COLLECTION
FOLIO CLASSIQUE

Les Quatre Évangiles

Édition présentée et annotée
par Olivier Clément

Traduction d'Hugues Oltramare

Gallimard

PRÉFACE

Les Évangiles : Jésus de l'histoire, Christ de la foi.

Que peut-on savoir ?

Les Évangiles parlent et ne parlent que de Jésus. Longtemps, ils ont été pris à la lettre. Puis, au XIXe *siècle, on a tenté d'élaborer des « vies de Jésus » qui seraient dépouillées des miracles, des signes et des symboles. Finalement, il ne restait plus grand-chose, de sorte que dans les premières décades de notre siècle, pour respecter les textes en les « démythologisant », on a opposé au « Jésus de l'histoire », dont on ne pouvait presque rien dire, le « Christ de la foi », c'est-à-dire les imaginations des premières communautés, imaginations qui rempliraient les Évangiles.*

Les recherches les plus récentes renoncent à cette dislocation disqualifiante pour rejoindre ce qu'une lecture précritique, dans sa sensibilité simultanément ecclésiale et spirituelle, pressentait d'instinct : les Évangiles racontent le Jésus de l'histoire dans la perspective de la foi. C'est la vie même de Jésus que les premières communautés, chacune selon ses préoccupations, ont tenté d'éclairer à la lumière de Pâques et de Pentecôte.

Il existe quatre Évangiles. Ils ne sont pas sans divergences. Que l'Église ait refusé de les fondre en les recti-

fiant (il y a eu des tentatives de ce genre, elles ont été rejetées) permet à ces regards croisés de faire surgir une présence, celle de Jésus, présence d'une force et d'une originalité incomparables. Et les spécialistes ont mis au point un certain nombre de critères, discutables certes et toujours à nuancer, mais qui permettent d'atteindre les ipsissima verba, *les paroles mêmes de Jésus.*

Le premier de ces critères est linguistique : Jésus parlait araméen, langue sémitique apparentée à l'hébreu et répandue alors dans tout le Moyen-Orient. Le mot abba, *plein d'enfantine tendresse, par lequel il révèle la paternité de Dieu, et son cri de désespoir sur la croix :* « Éli, Éli, lama sabactani » *(« Mon Dieu, mon Dieu, pourquoi m'as-tu abandonné ? ») sont tous deux araméens, alors que les Évangiles ont été rédigés en grec, langue d'universalité à l'époque dans le bassin oriental de la Méditerranée. Ces mots, les phrases contenant des mots araméens, ou des aramaïsmes évidents, ont donc été sans doute directement prononcés par Jésus.*

Vient ensuite le critère de dissimilitude, ou principe de Käsemann[1]*. Tout propos de Jésus sans analogue dans les textes juifs de l'époque, conservé mais sans être ni compris ni développé dans les documents de la première Église, est sans doute à la fois original et originel.*

À cela s'ajoutent les critères de convergence et de cohérence. Sont très probablement authentiques (toujours au sens des ipsissima verba*) des textes qui, n'ayant pas la même source, relatent le même propos.*

1. E. Käsemann, *Le Problème du Jésus historique*, trad. fr. in *Essais exégétiques*, Labor et Fides, Genève, 1972, p. 145-173.

On peut en dire autant pour certains gestes. D'autre part, si une parole est cohérente avec le sens profond de l'existence et de l'enseignement de Jésus, elle mérite pleine considération. En revanche relèvent plutôt des communautés primitives et des rédacteurs qui les représentent des conceptions alors banales dans la littérature intertestamentaire[1] *mais en contradiction avec l'enseignement fondamental et toute l'orientation de l'existence de Jésus (ainsi les malédictions collectives et certaines descriptions relevant du « genre littéraire » apocalyptique...).*

Par ailleurs, mieux vaut ne pas appliquer aux Évangiles les critères d'une rationalité close. Bien des recherches contemporaines peuvent rendre la rationalité plus respectueuse d'interventions venues d'ailleurs : je pense à la conception de la corporéité dans les médecines traditionnelles, en Asie surtout, à la médecine psychosomatique, à la « synchronicité » observée par Jung, à la traversée des apparences de la gnose de Princeton[2]*... En ce qui concerne songes et visions, comment ne pas renvoyer aux notations d'Henri Corbin concernant le* mundus imaginalis, *l'imaginaire vrai, lieu de bien des rencontres avec l'invisible. Charles-Harold Dodd, dans son livre sur* Le Fondateur du christianisme[3], *écrit : « Bien malin qui peut oser tracer la*

1. Textes rédigés surtout entre les derniers livres de l'Ancien Testament et les premiers du Nouveau, et mis souvent sous des patronages illustres : Hénoch, Abraham, Moïse, Salomon, etc. Cf. dans la « Bibliothèque de la Pléiade », *La Bible, Écrits intertestamentaires*, Gallimard, 1987.

2. Pour la « gnose de Princeton », née dans certains milieux scientifiques américains en 1969, l'univers sensible est une tapisserie vue à l'envers, il est fait de domaines de conscience qui participent d'une Source fondamentale. Cf. Raymond Ruyer, *La Gnose de Princeton, des savants à la recherche d'une religion*, Fayard, 1974.

3. Trad. fr., Seuil, 1972, p. 37.

frontière exacte entre le fait et le symbole. » Eugen Drewermann, dans La Parole qui guérit[1], *remarque de son côté : « Nous devons réapprendre que les symboles transmettent une réalité qu'on ne saurait traduire dans un autre langage. » Mais alors, pourquoi laisser entendre que le symbolique n'a rien à voir avec l'historique ? Peut-être est-ce la réalité elle-même qui est symbolique, peut-être le cosmos et l'histoire, si une Raison divine, même dénaturée par les forces du néant, s'y inscrit, sont-ils structurés par des symboles ?*

Les Évangiles de l'enfance.

Jésus est un Juif, il est nourri de la Bible où, mystérieusement, il se discerne, comme il le fait par exemple dans l'enseignement qu'il donne aux pèlerins d'Emmaüs, un des textes les plus archaïques des Évangiles (Luc XXIV, *13-35). Pourtant, tout en accomplissant, dit-il, le sens profond de la Loi, il brise les limites du judaïsme et, plus généralement, du « religieux », pour s'adresser à l'entière humanité dans le concret de la vie, de la mort, de l'amour. Des deux généalogies que présentent les Évangiles, celle de Matthieu place son point de départ en Abraham, père des croyants, mais celle de Luc remonte jusqu'à Adam, « fils de Dieu ». Et Jean désigne un « commencement » éternel : « Au commencement était la Parole » [le Verbe, le* Logos*] ; « la Parole était avec Dieu et la Parole était Dieu » (Jean* I, *1). La Parole s'est livrée hors du Livre, elle s'est faite chair (Jean* I, *14).*

1. Trad. fr., Cerf, p. 217.

C'est dans Matthieu et Luc que l'on trouve les « Évangiles de l'enfance », c'est-à-dire concernant l'enfance de Jésus. On y lit que sa mère, Marie, l'a conçu virginalement, « Le Saint-Esprit venant sur [elle] et la puissance du Très-Haut [la] couvrant de son ombre » (Luc I, *35). Il est de mode maintenant, chez certains auteurs pleins de bon sens [mais l'Incarnation relève-t-elle du bon sens ?], d'affirmer que ces récits sont légendaires. Essayons d'être attentifs aux textes.*

Selon Clément de Rome[1], *les deux Évangiles qui contiennent et la généalogie du Christ et le récit de son enfance sont les plus anciens. Ce sont en effet des textes où l'empreinte judéo-chrétienne est particulièrement sensible. Ils ont répondu à une historicité qui déconcertait beaucoup de chrétiens. On attendait en effet du Sauveur une origine pleine de gloire, ainsi qu'une ferme ascendance davidique. Or, des traditions solides le disaient originaire de la « Galilée des nations », marginale, un peu païenne, où il avait vécu dans la médiocrité jusqu'à l'âge mûr — alors une trentaine d'années. Ces traditions disaient aussi qu'il n'était pas né de Joseph et donc que son ascendance davidique ne l'était que par adoption.*

Matthieu et Luc n'embellissent rien, acceptent ce double scandale. Leurs généalogies sont des cascades d'« engendrements » mâles (on pensait alors que seule comptait la semence masculine, la femme n'offrant que le réceptacle où elle pouvait grandir), mais témoignent, comme malgré elles, de la conception virginale : Jésus est « engendré » mais n'a pas d'« engendrant »

1. Cité par Eusèbe de Césarée dans son *Histoire ecclésiastique*, trad. Gustave Bardy, Cerf, 1984, 6, 14, 5-7.

humain. Il ne naît pas davantage d'une théogamie de type païen, puisque l'Esprit qui « adombre » Marie est un nom du féminin en hébreu et du neutre en grec. L'intervention de la transcendance brise l'enchaînement des naissances et des morts, des naissances pour la mort...

Ainsi apparaît, dans la plus extrême humilité, un Vivant totalement vivant, capable d'apporter la Vie jusque dans la mort, qu'il ne subira pas comme une implacable fatalité, mais qu'il assumera volontairement pour qu'elle ne débouche ni sur un enfer fantomatique, ni sur le néant, ni sur une maléfique « roue des existences »...

Ainsi Jésus grandit en Galilée, dans une bourgade quelconque, Nazareth, où il a vécu jusqu'à l'âge de trente ans. La Galilée « des nations » — Gehil-ha-Goïm *— n'est pas seulement le pays où des « étrangers », Phéniciens, Babyloniens, Grecs, se sont mêlés aux Juifs, c'est une région rurale peuplée de « rustres », les* am-ha-arez, *qui « ne connaissent pas la loi » et dont aucun n'est pieux (*Pirké Aboth *II, 5*[1]*). Sans doute Jésus, « le fils du charpentier », a-t-il appris le métier de son père adoptif. « Il fabriquait des charrues et des jougs », dit, au siècle suivant, Justin*[2]*. De cette longue « vie cachée » nous ne savons rien, sinon une sorte de fugue, à douze ans, où l'enfant s'entretient avec les docteurs de la Loi au Temple de Jérusalem et désigne Dieu comme « mon Père » lorsqu'il répond aux*

1. *Pirké Aboth* : « Les Chapitres des Pères ». Traité de la Michnah, « enseignement » ou plutôt recueil d'enseignements recueillis au IIe siècle. Le *Pirké Aboth* est aussi utilisé dans la liturgie synagogale. Il établit la chaîne ininterrompue de la tradition depuis Moïse et comporte une collection de sentences des Pères de cette tradition, du Ier siècle avant notre ère au IIe siècle après.
2. *Dialogue avec Tryphon, LXXXVIII.*

reproches de Marie : « Ne saviez-vous pas que je dois être aux affaires [ou : “dans la maison”] de mon Père ? » (Luc II, 49-50).

« Jésus croissait en sagesse, en stature et en grâce, devant Dieu et devant les hommes » (Luc II, 52). Sa conscience humaine s'ouvre peu à peu à la plénitude qui constitue le fond de son être. Et sans doute, simultanément, la divinité prend peu à peu aussi, de l'intérieur, la mesure de la réalité humaine, dans sa misère et sa grandeur.

Le baptême et le désert.

À l'âge de trente ans, Jésus fut baptisé dans le Jourdain par Jean Baptiste que les chrétiens considèrent comme le dernier prophète d'Israël.

Le judaïsme pratiquait alors ablutions et bains rituels. La communauté de Qumrân avait élaboré tout un système à ce propos. Le baptême de Jean était différent puisqu'il était unique, rite de repentir et de renouvellement existentiel. Il faisait songer au bain rituel que prenaient ceux qui se convertissaient au judaïsme. Seulement ici, c'étaient les Juifs eux-mêmes qui étaient appelés à constituer un peuple renouvelé, à « préparer le chemin du Seigneur » (Luc III, 4). Pour les Évangiles, le baptême de Jean prend une configuration pascale : Jésus descend dans les eaux mortifères où se sédimente, pourrait-on dire, toute la misère de l'humanité et c'est cette humanité qu'il libère en émergeant des eaux par lui rendues vivifiantes. Alors se manifeste pour la première fois ce Père longtemps invisible et dont le Souffle embrase les eaux et investit Jésus — mystère de ce que l'on nommera plus tard la Trinité : « Comme tout le monde se faisait baptiser, Jésus se fit aussi baptiser ; et au moment où il priait, le ciel s'ouvrit ; le Saint-Esprit descendit sur lui sous une forme corporelle, comme une colombe, et une voix sortit du ciel, disant : "Tu es mon Fils bien-aimé ; c'est en toi que j'ai mis toute mon affection" » (Luc III, *21-22). La colombe : lumière et croix...*

Le judaïsme connaissait alors des mouvements « baptistes » qui étaient de renouveau. Ils annonçaient une voie spirituelle plus directe, plus personnelle que la Loi et les rites traditionnels. Il semble que Jésus ait traversé ces mouvements, ses premiers disciples se sont recrutés parmi ceux du Baptiste, et Jésus a peut-être, un moment, baptisé lui-même (Jean III, *22). Très vite cependant, il s'est éloigné pour une libre itinérance, annonçant un Dieu de miséricorde plutôt que le Dieu de colère dont parlait le Baptiste. Mais le thème du baptême comme nouvelle naissance persistera chez lui, comme le prouve son entretien avec Nicodème, un docteur de la Loi qui deviendra comme un disciple secret : « En vérité, en vérité, je te dis que si l'on ne naît d'eau et d'esprit, on ne peut entrer dans le Royaume de Dieu » (Jean* III, *5).*

« Rempli d'Esprit-Saint », Jésus est poussé par celui-ci au désert pour y affronter — est-ce une personne ou une non-personne, nous y reviendrons — le diabolos, *c'est-à-dire, très exactement, « celui qui sépare », alors que Jésus est celui qui réunit le ciel et la terre, Dieu et l'homme. Comme tel, il triomphe des tentations qui mentent et disloquent et auxquelles s'abandonne sans cesse l'humanité : celle, d'abord, du prodige matériel, transformer les pierres en pain, c'est-à-*

dire bloquer le désir de l'homme dans ses besoins, idolâtrer, en l'objectivant, l'économie. À quoi il répond : « L'homme ne vit pas seulement de pain mais de toute parole qui sort de la bouche de Dieu » (Deutéronome VIII, *3). Vient ensuite, la tentation de la magie qui fascinerait en escamotant la pesanteur, c'est-à-dire la vérité, humble, de l'in-carnation : se jeter du haut du Temple pour être porté par les anges. Et la réponse : « Tu ne tenteras pas le Seigneur ton Dieu » (Deutéronome* VI, *16). Nostalgie enfin du pouvoir qui permettrait de s'approprier « tous les royaumes de la terre », volonté de possession proprement « séparatrice », exorcisée par le rappel de la transcendance : « C'est le Seigneur ton Dieu que tu adoreras et à lui seul que tu rendras un culte » (Deutéronome* VI, *13). Les trois citations, empruntées au Deutéronome, ne sont que des commentaires ou des applications de l'acte de foi fondamental : « Écoute, Israël : le Seigneur est notre Dieu, le Seigneur est unique. Tu aimeras le Seigneur ton Dieu de tout ton cœur, de toute ton âme et de toute ta force » (Deutéronome* VI, *4-5).*

Nouvelle figure pascale : après cette traversée de l'enfer, Jésus « était avec les bêtes sauvages, et les anges le servaient » (Marc I, *13). Nouvel Orphée, dans une paix et une unité paradisiaques.*

De la Galilée à Jérusalem.

Désormais Jésus est comme revêtu de l'Esprit : « l'Esprit du Seigneur est sur moi », cite-t-il (Isaïe LXI, *1) lors de sa première prédication dans la synagogue de Nazareth, et le voici, lui que Nietzsche, lecteur trop hâtif des Évangiles, accusera de n'avoir jamais ri, le voici tressaillant de joie dans l'Esprit (Luc* X, *21). Il annonce la « bonne nouvelle », et s'annonce comme « bonne nouvelle » puisqu'en lui Dieu vient parmi les hommes, se faisant homme et assumant l'entière humanité. Les hommes, il les rejoint dans toutes les dimensions de leur existence. Dans la joie d'abord, à laquelle il donne une saveur paradisiaque. Aux noces de Cana, sa première « cène » publique, il change l'eau en vin, comme, à la dernière, il changera le vin en sang. « Miracle d'ivrognes », a dit Merejkovsky*[1]*, « festin nuptial », ajoute-t-il, où la Terre-Mère est l'épouse et le Fils de l'Homme l'époux. Pur signe de joie encore lorsqu'il installe, sur l'herbe étrangement fraîche en ce pays de sécheresse, la foule immense, et donne à chacun pain et poisson inépuisablement multipliés. « Multiplication des pains » rapportée par les quatre Évangiles, Matthieu et Marc donnant un double récit qui n'est pas sans signification puisque le premier concerne les Juifs et le second, dans la Décapole*[2]*, surtout des païens. L'événement est présenté comme un mystère : pour Jean c'est la préfiguration du repas sacramentel.*

Jésus rejoint aussi les hommes dans leur souffrance, leurs agonies, leur révolte et leur solitude désespérée. Il pleure son ami Lazare, un cadavre sentant déjà, il s'insurge contre la mort à Gethsémani, au Golgotha il connaît l'absence de Dieu et clame : « Mon Dieu, mon Dieu, pourquoi m'as-tu abandonné ? »

Des disciples s'étaient groupés autour de lui. Parmi

1. *Le Christ qui vient*, Grasset, 1937, p. 11.
2. Du grec *deka* : dix et *polis* : ville. Fédération de dix villes (dont Gadara) situées presque toutes en Transjordanie. Elle s'est constituée en 63 avant notre ère pour donner à ces villes — païennes pour les Juifs — une certaine autonomie et y renforcer l'influence hellénique.

eux, il en choisit douze pour en faire des « envoyés », des apôtres. Douze, pour juger les douze tribus d'Israël, et donc germe d'un peuple de Dieu renouvelé, correspondant à une nouvelle alliance. Il semble que Jésus ait d'abord espéré une adhésion de tout Israël : « le salut vient des Juifs » (Jean IV, *22), « je n'ai été envoyé qu'aux brebis perdues de la maison d'Israël » (Matthieu* XV, *24). Alors, à partir des plus humbles, des plus confiants, le peuple juif se serait transfiguré en Église, se serait entièrement ouvert à l'universalité. Une crise décisive, qui mit à bas cette perspective, s'ouvrit après la (ou les) multiplication(s) des pains : « Alors Jésus, ayant compris qu'ils allaient venir l'enlever pour le faire roi, se retira de nouveau dans la montagne, tout seul » (Jean* VI, *15). Puis il se réfugia quelque temps à l'étranger, refusant la royauté et l'insurrection, révélant à ses disciples déconcertés, ramenés à un petit reste, le mystère du pain — son corps, du vin — son sang, interprétant « à l'envers » la « messianité » qui, dit-il, doit passer par l'humiliation et la mort. « Secret messianique » constant dans l'Évangile de Marc où Jésus fait taire les malades qu'il guérit et les démons qu'il dépossède. « Mon royaume n'est pas de ce monde », dira-t-il à Pilate (Jean* XVIII, *36).*

Désormais il tient un langage d'universalité, désigne soixante-douze disciples selon le nombre de nations qu'on disait exister dans le monde. L'humilité mêlée d'un humour triste et confiant de la femme syro-phénicienne — « les petits chiens mangent sous la table, les miettes qui tombent des petits enfants [c'est-à-dire des Juifs] » (Marc VII, *28) — obtient de lui une guérison en terre étrangère. Le possédé gadarénien dont il expulse un démon est lui aussi un non-juif (Matthieu* VIII, *28-36).*

Dans la parabole du Jugement dernier (Matthieu XXV, *31 s.), toutes les nations sont rassemblées et jugées sur un seul critère : l'amour actif envers le prochain.*

Peu avant sa Passion, Jésus se transfigure devant trois de ses disciples — Pierre, Jacques et Jean — « sur une haute montagne » (Matthieu XVII, *2) où la tradition a voulu voir le Thabor, pourtant arrondi et bas. Il permet à ses compagnons de percevoir la lumière dont il rayonne secrètement — accomplissement indiqué de toute l'évolution du cosmos et de l'humanité. Il s'entretient avec Moïse et Élie, la Loi et les Prophètes, « de son départ [*exodos*] qui devait s'accomplir à Jérusalem » (Luc* IX, *30-31). Et cet exode tragique se fera afin que la Lumière incréée jaillisse, non seulement sur la montagne mais dans l'abîme, et qu'elle vienne désormais aux hommes non du dehors, trop éblouissante, car « nul ne peut voir Dieu sans mourir », mais justement à travers la mort, ce point aveugle de leur nature. Dans la douceur et la paix du pain et du vin partagés.*

*Jésus entre à Jérusalem en roi paradoxal — encore la « messianité » « à l'envers » — monté non sur le destrier du guerrier vainqueur, mais « humble, sur un âne, sur un ânon, le petit d'une ânesse », comme l'avait annoncé le prophète Zacharie (*IX, *9). Il chasse du Temple, à coups de fouet, vendeurs et changeurs, pour marquer l'abolition des sacrifices et saper la puissance économique de l'aristocratie sacerdotale, car on ne peut servir à la fois « Dieu et Mammon », c'est-à-dire l'argent (Matthieu* VI, *24). « Les acheteurs et les marchands n'entrent pas dans la demeure de mon Père », dit Jésus dans le 64*e logion *de l'*Évangile de Thomas[1]. *Un des commentateurs de cet Évangile note à ce propos*

1. Cf. « Formation des Évangiles », *infra*, p. 352, et aussi Matthieu XXI, 12-13 — Marc XI, 15-17 — Luc XIX, 45-46 — Jean II, 14-16.

que beaucoup ont un rapport de commerce avec Dieu, un « esprit marchand », dit Maître Eckhart. Or Dieu ne s'achète pas, il est la gratuité même[1].

Du pain partagé au « roi des Juifs » bafoué.

Lors de son dernier repas avec les apôtres, sans doute la veille de la Pâque juive, Jésus va assumer et transformer le rite traditionnel. Chaque famille devait immoler au Temple un agneau sans défaut. On recueillait son sang et, en mémoire de la libération de l'esclavage égyptien, on en marquait le linteau de la porte. L'agneau serait consommé sans qu'on en brisât un seul os, comme ce sera le cas pour Jésus après sa mort en croix (Jean XIX, *37). Selon Jean, Jésus est le véritable agneau pascal. Luc (*XXII, *17) mentionne la coupe de vin qui inaugurait le repas, et sur laquelle le président disait la louange du Créateur. Parfois il y avait trois coupes, en mémoire des alliances passées. Le président prenait ensuite les pains, les rompait et les distribuait aux convives. C'est alors que Jésus, qui présidait, dit : « Ceci est mon corps, donné pour vous. » La dernière coupe annonçait l'Alliance nouvelle et éternelle, que le Messie inaugurait. C'est la coupe que Jésus bénit et offre en disant : « Cette coupe est la nouvelle Alliance en mon sang versé pour vous » (1re Épître aux Corinthiens* XI, *25). Par là, il anticipe sa mort, sa résurrection, la transfiguration ultime inaugurée, anticipée, dans l'instant eucharistique : il ne mangera plus cette Pâque, il ne boira plus « du fruit de la vigne » « jusqu'à*

1. Jean-Yves Leloup, *l'Évangile de Thomas*, Albin Michel, 1986, p. 172.

ce que le Royaume de Dieu soit venu » (Luc XXII, *17-19). Traditionnellement, on ne buvait pas de cette coupe, qui signifiait le destin ultime de l'humanité. Jésus, en l'offrant, montre que toutes les alliances sont accomplies en lui, qui* est *la Nouvelle Alliance et dont le corps est le véritable temple (Jean* II, *19-22). Dès lors, avec lui, en lui, on peut boire de la coupe ultime.*

Jean ne décrit pas ce dernier repas, il le remplace par l'épisode du lavement des pieds, geste et symbole du service le plus humiliant, donc le plus dépouillé. Mais il a rapporté plus tôt, au sixième chapitre de son Évangile, ce qui fut probablement l'enseignement de Jésus au moment de la Cène : « Celui qui mange ma chair et boit mon sang a la vie éternelle [...]. Car ma chair est vraiment une nourriture et mon sang est vraiment un breuvage. Celui qui mange ma chair et qui boit mon sang demeure en moi, et moi en lui [...]. C'est là le pain descendu du ciel » (Jean VI, *54-58).*

« Celui qui mange » : le verbe employé est troguein, *qui veut dire « dévorer ». Certes, Jésus a repris une tradition juive, celle du repas d'Alliance. Il n'empêche que ses paroles et ses gestes sortent ici du cadre biblique pour assumer les intuitions des cultes archaïques, le mystère de la théophagie — et s'inscrire aussi dans la simplicité la plus quotidienne et la plus profonde, le pain de la nécessité et le vin de la fête. Expression ultime, et fondement de la sacralité de la terre épousée par l'homme.*

Alors s'unissent contre Jésus les pharisiens, les sadducéens, sans doute aussi les zélotes et les esséniens. Les pharisiens — c'est-à-dire les « séparés » — sont ces Juifs pieux qui observent scrupuleusement toutes les prescriptions de la Loi, et, malgré d'incontestables convergences, ne peuvent qu'être révulsés par les « blasphèmes » de Jésus se disant un avec le Père et donnant sa « chair » à manger, son « sang » à boire. Les sadducéens, aristocratie sacerdotale qui, tout en niant, par archaïsme, la résurrection des morts et l'existence des anges, tient le Temple dont le fonctionnement lui procure puissance économique et influence politique. Les zélotes, peu actifs encore à l'époque de Jésus, et les esséniens, surtout la communauté semi-monastique de Qumrân, sont des gens de haine et de violence : violence physique contre l'occupant romain pour les premiers, violence spirituelle, fantasmatique, contre tous les « Fils des Ténèbres » pour les seconds. Certains exégètes voient en Judas un zélote déçu, et par là expliquent sa trahison. Plus redoutables encore sont les Romains qui défendent un ordre politique sacralisé — l'Empereur n'est-il pas praesens divus *? — et ne peuvent que s'inquiéter devant cet obscur agitateur dénoncé comme « roi des Juifs ». C'est surtout, semble-t-il, l'alliance des sadducéens et des Romains qui décide du sort de Jésus : ceux qui fondent leur puissance sur le sacré et ceux qui sacralisent leur puissance. Jésus est arrêté, raillé, fouetté, revêtu par dérision d'un vêtement d'éclatante blancheur — celui du grand prêtre — puis d'un vêtement pourpre — celui du roi, en même temps qu'il est couronné d'épines.* Ecce homo, *voici l'homme — synthèse vertigineuse de l'humain. Le procurateur le condamne à mort comme roi des Juifs, donc rebelle à César, à la demande de certains chefs du peuple et de la foule sanguinaire et versatile qui avait d'abord acclamé Jésus, et qui est loin de représenter l'ensemble du peuple juif. N'oublions pas que les apôtres fréquenteront assez longtemps le*

Temple et que la première communauté, à Jérusalem, se composera entièrement de Juifs. Le peuple juif, disait profondément Péguy, fut alors un « théâtre d'humanité » où les acteurs qui sont juifs — et d'abord la victime, sa mère et ses disciples — jouent un rôle où s'exprime l'attitude de l'humanité entière. S'il y a responsabilité collective, ce n'est donc pas celle des Juifs, mais celle de tous les hommes : la mise à mort du Christ est permanente et chacun de nous en est responsable.

Jésus, durant son procès, ne cache pas son identité : « Tu es donc le Fils de Dieu ? » Il leur répondit : « Vous le dites, je le suis » (Luc XXII, *70). Ne l'étale pas non plus : son silence devant Pilate. Montre jusqu'au bout une liberté souveraine : « Ma vie, personne ne me l'ôte, mais je la donne » (Jean* X, *18).*

Le message.

Jésus enseigne parfois dans les synagogues, discute avec les docteurs de la Loi, sans doute parle-t-il hébreu, mais le plus souvent en plein air, il utilise la langue du peuple, l'araméen, sur les collines de Galilée, sur les rives du lac de Génésareth, montant s'il le faut dans une barque pour se dégager de la foule et lui faire face. Étonnant conteur oriental, il invente des « paraboles », petits récits où, comme l'a dit Paul Ricœur[1]*, la banalité fait surgir l'extravagance. Il décrit des scènes de la vie quotidienne avec une prédilection d'une part pour les relations finan-*

1. *Herméneutique de l'idée de Révélation*, in *La Révélation*, Louvain, Publications des facultés universitaires Saint-Louis, 1977.

cières, prosaïques, profanes, d'autre part pour des rois de légende souverainement cruels et pardonnants.

« Il enseignait avec autorité » (Marc I, 22), parlant en son propre nom, cherchant à amener son interlocuteur à la décision. Le jeu des parallélismes favorise la mémorisation, comme l'a bien montré Marcel Jousse[1]*. Abondent les traits incongrus, presque comiques (je vois la paille qui est dans l'œil du voisin mais non la poutre qui est dans le mien — Matthieu VII, 3-5), ainsi que l'humour, voire l'ironie (l'homme qui se lève en pleine nuit non par affection pour son ami mais parce que celui-ci l'importune — Luc XI, 5-13, ou la parabole de l'intendant malhonnête, donné en exemple — Luc XVI, 1-13).*

Jésus conscient de sa divinité.

Compassion et retrait, annonce, discussion et prière solitaire sur la montagne, la nuit. Angoisse et colère : « Il y a un baptême dont je dois être baptisé [la passion, la mort], et combien il me tarde qu'il soit accompli ! » (Luc XII, 50). À ses disciples : « Race incrédule, jusques à quand serai-je avec vous, jusques à quand vous supporterai-je ? » (Marc IX, 19). Mais toujours, en même temps, la paix des profondeurs, l'unité totale avec le Père. « Personne ne connaît le Fils, si ce n'est le Père ; et personne ne connaît le Père, si ce n'est le Fils (Matthieu XI, 17 ; Luc X, 22). « Je ne suis pas seul, parce que le Père est avec moi » (Jean XVI, 32). « Le Père et moi, nous ne faisons qu'un » (Jean X, 30 ; XVII, 11, 22).

1. *L'Anthropologie du geste*, 3 vol., Gallimard, 1974, 1975 et 1977.

Jésus s'affirme maître du sabbat et lance : « Avant qu'Abraham fût, je suis » (Jean VIII, *58). Il s'attribue des noms divins, comme le « Je suis » du Buisson Ardent (Exode* III, *14) : « Si vous ne croyez pas ce que* je suis *», « lorsque vous aurez élevé le Fils de l'Homme, vous connaîtrez qui* je suis *» (Jean* VIII, *24 et 28).*

Jésus s'identifie au « Fils de l'Homme », à la fois Homme céleste, archétype divin de l'homme dans le livre de Daniel, et « Homme-maximum » comme le dira Nicolas de Cuse[1]*. En lui, cette figure du « Fils de l'Homme » se fond avec celle du Serviteur souffrant chez le Deutéro-Isaïe. Chacune de ces figures désigne une personne qu'on pourrait appeler « inclusive », non séparée, incluant le nouveau peuple de Dieu et l'humanité entière appelée à devenir ce peuple. Jésus remet les péchés, guérit les malades, ressuscite les morts, affirme qu'il est lui-même et dès maintenant « la résurrection et la vie ». « Je suis la résurrection et la vie : celui qui croit en moi, vivra, quand même il serait mort, et quiconque vit et croit en moi ne mourra point pour toujours (Jean* XI, *25-26).*

Le Royaume.

Jésus appelle les hommes à « retourner » leur cœur-esprit, pour accéder au Royaume secret mais désor-

1. Nicolas de Cuse, ou de Cues (1401-1464), Allemand de Rhénanie, homme d'Église (il sera fait cardinal en 1448), savant, philosophe, mystique, lié aux grands penseurs byzantins venus en Italie pour le Concile de Florence (1438-1439). A plusieurs fois traité du Christ Homme-maximum : cf. *Œuvres choisies*, trad. Maurice de Gandillac, Aubier, 1942, p. 49, 440, 507.

mais présent qui rayonne du Verbe fait chair, n'étant autre que sa filialité, à laquelle il veut nous faire participer. Car la révélation fondamentale qu'apporte Jésus, c'est que l'abîme inaccessible de la divinité est en réalité un abîme « paternel », un abîme d'amour qui, à travers le Fils, dans son Esprit, vient à nous pour nous libérer. « Le Royaume est au-dedans de vous », dit-il (Luc XVII, *20-21), mais on peut traduire aussi : « entre vous ». L'intériorité est extériorité, la transcendance fonde la communion. Le Royaume « n'est pas de ce monde » de mensonge et de mort, c'est le creuset où se prépare, par la foi, l'humilité, la créativité humaine, la transfiguration ultime du monde comme création de Dieu, renouvelée en Christ. Les Béatitudes, qui décrivent Jésus, montrent en lui le chemin : où voient Dieu ceux dont le cœur est purifié par les larmes, désencombré par la pauvreté, où peuvent s'avancer les miséricordieux, les artisans de paix, les persécutés pour la justice...*

La rupture avec le « religieux ».

Jésus brise le « religieux » comme peur, scrupule magique, opposition d'un sacré et d'un profane. Il brise toute physique « surnaturelle » du pur et de l'impur, toute la hiérarchie assortie d'exclusions qui caractérise les sociétés archaïques (et qui subsiste en se transposant, dans les sociétés modernes). Il rejette les règles de pureté concernant les personnes, accepte l'invitation et le voisinage des impurs, pécheurs, publicains (qui prélevaient l'impôt pour l'occupant romain), prostituées... « Comment se fait-il qu'il mange et boive avec les gens de mauvaise vie et les publicains ? » demandent les pharisiens (Marc II, *16). Il rejette par là même les règles de pureté concernant les aliments. Avec une ironie très moderne, il rappelle les circuits physiologiques les plus prosaïques auxquels la nourriture donne lieu et donc que l'homme est souillé non par tel ou tel aliment mais par ce qui sort de son cœur : « meurtres, cupidité, mépris, envies, méchancetés, diffamations... » (Marc* VII, *14-23).*

« Le sabbat est pour l'homme et non l'homme pour le sabbat » — affirmation décisive qui remet les choses à leur place, qu'il s'agisse d'un rite ou de quelque structure que ce soit. Et il annonce à la Samaritaine qu'il n'y a plus de lieu sacré et qu'il faut désormais « adorer le Père en esprit et en vérité » (Jean IV, *20-23).*

Jésus attaque la vanité sacerdotale, volonté de parade et de puissance, avec des accents que Nietzsche ne pourra que reprendre. La parabole du Bon Samaritain est particulièrement dure à ce propos car le prêtre et le lévite mis en cause « descendaient » de Jérusalem et n'avaient donc pas à se hâter pour accomplir leur service au Temple, ni à redouter, dans le même but, le contact impur d'un cadavre.

Jésus dénonce l'étalage de la vie religieuse, le pharisien sûr de lui, content de soi, méprisant ceux qui n'accomplissent pas la Loi à la perfection : « Gardez-vous d'étaler votre justice devant les hommes, pour en être vus » (Matthieu VI, *1). Tous ces « guides aveugles », « scribes et pharisiens hypocrites », scrupuleux sur les détails mais « négligeant la justice, la miséricorde et la foi », ne sont en définitive que des « sépulcres blanchis [...] pleins d'ossements de mort » (Matthieu* XXIII, *23-27).*

L'amour des ennemis.

Jésus dénonce la tentation d'avoir des ennemis et des esclaves : des ennemis, pour projeter sur eux son angoisse ; des esclaves, pour se sentir dieu et oublier un instant la mort. D'où le commandement paradoxal « d'aimer ses ennemis », alors que, par exemple, le Manuel de Discipline *trouvé parmi les manuscrits de la mer Morte enjoint « d'aimer tous les enfants de lumière [...] et de haïr tous les enfants de ténèbres... » « Père, pardonne-leur, parce qu'ils ne savent pas ce qu'ils font », dit Jésus sur la croix (Luc* XXIII, *34).*

Ici encore, l'Évangile a été écrit dans une lumière pascale : on peut « aimer ses ennemis » quand, au fond de soi, l'angoisse devient confiance, la mort, résurrection. Et rompre ainsi les enchaînements, sinon inéluctables, de la violence : « Tous ceux qui se serviront de l'épée, périront par l'épée » (Matthieu XXVI, *52).*

« Rendez donc à César ce qui est à César, et à Dieu ce qui est à Dieu » (Matthieu XXII, *21), c'est-à-dire l'homme à son image, dans son ultime profondeur, dans la dimension où il se dépasse. Jésus, pour ouvrir l'espace de la liberté de l'esprit, croise le royaume de César, qu'il n'ignore pas mais désacralise, par le Royaume de Dieu, blessure et levain. Il demande aux siens de transformer le pouvoir en service : « Les rois des nations en sont Seigneurs, et les princes qui les gouvernent sont appelés Bienfaiteurs ; qu'il n'en soit pas ainsi entre nous, mais que le plus grand parmi vous soit comme le plus petit, et celui qui est à la tête comme celui*

qui sert [...] et moi [...] je suis au milieu de vous comme celui qui sert » (Luc XXII, *25-27).*

« Je ne suis pas venu appeler les justes, mais les pécheurs » (Matthieu IX, *12-13). Publicains et prostituées dont le cœur se retourne vous précèdent dans le Royaume. Les importants, les occupés se récusent quand ils sont invités au festin des noces. Le maître fait alors venir ceux qui traînent dans les quartiers louches, « méchants et bons » (Matthieu* XXII, *10). À une seule condition : qu'ils revêtent leur cœur d'un habit de fête, signe de la gratitude pour l'immense joie imméritée.*

L'hérétique, la femme, l'enfant.

Il est frappant que Jésus donne si souvent en exemple des Samaritains. Car c'étaient des hérétiques ! On disait qu'ils avaient corrompu la vérité sous des influences étrangères. On les évitait, on ne devait pas traverser leur territoire. Or c'est un Samaritain qui, dans la parabole, prend soin du blessé, qu'un prêtre et un lévite ont ignoré. C'est à une femme samaritaine, au puits-source de Jacob, que Jésus révèle l'adoration « en esprit et en vérité ». Non seulement samaritaine mais femme — or un rabbi *ne parlait pas à une femme — et perdue de mœurs puisqu'elle avait eu cinq maris et vivait avec un homme qui n'était pas son mari.*

Dans les anciennes sociétés, en Israël aussi, la femme était surtout une fonction, l'enfant une ébauche d'adulte, en attendant peu intéressant. Jésus consacre la femme dans sa pleine dignité de personne. Il justifie Marie, la contemplative, refusant de l'enfermer dans son rôle domestique, l'accueillant parmi ses disciples.

Il fait échapper à la lapidation une adultère prise en flagrant délit. Point culminant, peut-être, de la nouveauté évangélique, ce face à face de l'étrange Messie et d'une femme coupable d'un crime d'autant plus insupportable qu'il symbolisait l'infidélité d'Israël. « Comme ils persistaient à l'interroger, il se redressa et leur dit : "Que celui d'entre vous qui est sans péché lui jette le premier la pierre." Et s'étant baissé de nouveau, il se remit à écrire sur la terre. Eux, l'ayant entendu, et se sentant repris par leur conscience, se retirèrent les uns après les autres, depuis les plus âgés jusqu'aux derniers ; et Jésus resta seul avec la femme qui était là au milieu de l'assemblée. Alors Jésus s'étant relevé, et ne voyant plus que la femme lui dit : "Femme, où sont tes accusateurs ? Est-ce que personne ne t'a condamnée ?" Elle lui répondit : "Personne, Seigneur", et Jésus lui dit : "Je ne te condamne pas non plus ; va, et ne pèche plus" » (Jean VIII, *7-13).*

De même Jésus accueille la prostituée qui couvre ses pieds de parfum et de larmes et les essuie avec ses cheveux dénoués, alors suprême impudeur. « Ses nombreux péchés lui ont été pardonnés, car elle a beaucoup aimé » (Luc VII, *36-50). Jésus fait ici allusion à sa sépulture : l'éros — la scène est évidemment érotique — aboutit à une extase inaccomplie, une sorte de sépulture. Mais l'allusion à la mort le devient à la résurrection, qui métamorphose l'éros.*

Jésus rappelle le sens profond de la nuptialité en citant la Genèse : « Les deux deviendront une seule chair », il bénit le mariage à Cana, il refuse à l'homme la possibilité de répudier sa femme, constatant seulement que l'alliance peut être annulée par la porneia *(Matthieu* V, *31 ;* XIX, *8), c'est-à-dire par l'objectiva-*

tion de l'éros hors d'une authentique relation personnelle. Simultanément, il n'a aucune réaction moraliste devant les prostituées et les adultères, qu'il ne tient nullement pour impures mais appelle comme tous les autres à la métanoïa *(le mot signifie retournement de toute notre saisie du réel).*

On a beaucoup parlé de la sexualité de Jésus. Dès le IIe *siècle, les gnostiques font de Marie-Madeleine sa confidente voire sa compagne, tout en affirmant que les femmes sont enfin disciples de Jésus quand elles transcendent leur nature et « deviennent mâles » (Évangile de Thomas,* logion XXII*). Dans l'Évangile de Marie, c'est Marie elle-même qui invite les autres disciples à « louer la grandeur » des femmes initiées, car Jésus « a fait de nous des hommes » (*IX*, 20). Mais c'est surtout notre époque qui, selon ses découvertes et ses préoccupations, a évoqué les amours humaines de Jésus dans des romans et des films qui, souvent, ont scandalisé. Mieux vaudrait rappeler que, si « le Verbe s'est fait chair », il a assumé toute la réalité humaine, aussi bien féminine que masculine : homme total, il ignore le sexe comme séparation, section (un mot de la même racine) selon l'image de la Genèse bellement interprétée par la cabale à la lumière du Banquet platonicien, mais dans une entière positivité. Le symbolisme nuptial, en ce qui concerne Jésus, et comme saint Paul l'a précisé, concerne sa relation avec l'Église, avec l'humanité et la terre appelées à la déification. Hors de quoi, il ne connaît que des personnes, il est libre des fascinations du sexe comme de celles du pouvoir.*

Quant aux enfants, si longtemps dépréciés, il demande qu'on les laisse venir à lui et les propose en mo-

dèle (Marc X, *29). Sans doute à cause de leur entière et insouciante confiance...*

Abba, Père.

Ni bon mari ni bon père de famille (dans Matthieu, il annonce surtout que la foi en lui disloquera les familles), Jésus n'est pas davantage un moine : certes, il peut jeûner quarante jours au désert, mais il change l'eau en vin à Cana et se fait traiter de « mangeur et buveur » par les disciples du Baptiste (Matthieu XI, *19). Il accueille les femmes dans son amitié, il aime la beauté du monde, les lis des champs plus glorieusement vêtus que Salomon, il sent le caractère mystérieux des phénomènes naturels : la semence lève, pourquoi ? « On ne sait pas », « le vent souffle où il veut [...] « mais tu ne sais ni d'où il vient ni où il va » (Jean* III, *8) — ce qui ne désigne pas une ignorance dans l'enchevêtrement horizontal des causes et des effets, mais un étonnement selon une vision verticale du monde. « Jésus disait : "Que celui qui cherche soit toujours en quête, [...] et quand il aura trouvé, il s'éveillera et, s'éveillant, il s'émerveillera..." » (Évangile de Thomas, logion* II*).*

Car tout existe dans l'immense paternité de Dieu, dans cette tendresse qu'exprime le mot abba. *Certes, ce Père a des entrailles de miséricorde au sens utérin et Jean parle du « sein du Père », mais ce Dieu père et mère (et au-delà) est Père en définitive parce qu'il appelle à la communion, non à la fusion. Ce Père « fait lever le soleil sur les méchants et sur les bons, et répand sa pluie sur les justes et sur les injustes » (Matthieu* V, *45). La parabole de la brebis perdue révèle un amour qui dépasse toute raisonnable justice (Luc* XV, *4-7). Celle du fils prodigue (Luc* XV, *11-32) montre un Dieu infiniment respectueux de la liberté de l'homme — le père laisse aller son fils et lui donne, lui encore vivant, sa part d'héritage, puis court à sa rencontre et l'accueille dans une immense fête quand il décide de revenir à la maison comme un esclave affamé.*

La parabole des ouvriers de la onzième heure, tard venus au travail et pourtant payés autant que ceux de la première semble particulièrement significative. Elle nous fait pénétrer dans le monde mystérieux de l'amour, qui dépasse toute justice. Les dix premières heures, c'est le temps tout entier, temps d'une vie ou de l'histoire. Elles ne valent pas plus que l'instant ineffable de la onzième (Matthieu XX, *1-6).*

« Comme un grain de sable ne pèse pas autant que beaucoup d'or, l'exigence, chez Dieu, d'un jugement équitable ne pèse pas autant que sa compassion. Comme une poignée de sable dans la mer immense, ainsi sont les fautes de toute chair en comparaison de la miséricorde de Dieu[1]*... »*

La loi, a dit saint Paul, existe « pour nous être imputée à péché ». Dans l'exercice des vertus, comme le jeune homme riche, nous réalisons notre éloignement de Dieu. Toute la vie chrétienne n'est qu'un cri pour demander la grâce de la onzième heure.

C'est pourquoi, si l'on applique les critères que nous avons mentionnés, on peut se demander si les passages des Évangiles qui ne font que reprendre une vision légaliste séparant les « bons » des « mauvais » rapportent réellement les paroles de Jésus. Il est possible que

1. Saint Isaac le Syrien, VIIe siècle, *Traités ascétiques*, LVIIIe traité.

des avertissements lancés par celui-ci aient été interprétés par les premières communautés dans le langage de la condamnation et de la vengeance qui répondait à des refus, des rejets, voire des persécutions.

Aimer, créer.

À la question : « Et qui est mon prochain ? » Jésus répond par la parabole du Bon Samaritain et inverse la question : « Lequel des trois te semble avoir été le prochain [de l'homme blessé par les brigands] ? » (Luc X*, 36-37). Dieu, en Christ, se fait le prochain de l'homme pour que celui-ci, à son tour, se fasse — sans attendre de réciprocité — le prochain des autres. « Soyez donc miséricordieux, comme votre Père est miséricordieux » (Luc* VI*, 37). La réconciliation est plus importante que le culte et seule le rend possible : « Si donc tu présentes ton offrande à l'autel, et que, là, il te souvienne que ton frère a quelque chose contre toi, laisse là ton offrande, devant l'autel [ce qui était un acte sacrilège] et va d'abord te réconcilier avec ton frère » (Matthieu* V*, 23-25). Dans la lumière du Dieu Père, on refuse de réduire l'autre à quelque explication ou condamnation que ce soit : « Ne jugez point, et vous ne serez pas jugé » (Luc* VI*, 37). L'homme participe alors à la générosité de Dieu : « Donnez, et l'on vous donnera. » « Aimez vos ennemis, faites du bien et prêtez sans rien espérer : votre récompense sera grande ; et vous serez fils du Très-Haut, car il est bon envers les ingrats et les méchants » (Luc* VI*, 35, 38).*

Il faut multiplier la vie, inventer, fructifier, créer. Celui qui enterre son « talent » (une énorme somme d'argent, symbolique dans la parabole), c'est-à-dire les dons, les germes, les appels qu'il reçoit, celui-là est condamné à tout perdre. Mieux vaut l'inventivité rusée de l'intendant malhonnête ! « Car on donnera à celui qui a [la vie, la croissance, la fécondité], et il sera dans l'abondance » ; tandis que celui qui n'a pas perdra son avoir stérile, et le champ offert à sa créativité sera offert à celui qui sait multiplier les « talents » (Mat XXV*, 29).*

Mort et résurrection.

Jésus fut condamné par Pilate, le procurateur romain, à la crucifixion, supplice des esclaves révoltés. Toute la tradition chrétienne pense que le Dieu fait homme — celui qui ne devait pas mourir : « Je suis la résurrection et la vie » — est mort volontairement d'une mort qui récapitule les morts de tous les hommes. La Passion de Jésus unit la plus extrême dislocation du corps, la détresse de l'âme — de la trahison de l'ami au sentiment d'être abandonné par le Père — et l'exclusion sociale poussée jusqu'à l'infamie car « maudit est celui qui est pendu au bois » (Deutéronome XXI*, 23).*

C'est surtout le grand cri, — « Éli, Éli, lama sabactani, *Mon Dieu, mon Dieu, pourquoi m'as-tu abandonné ? » (Matthieu* XXVII*, 46), qui n'a cessé de retentir, comme si le mur de notre désespoir s'interposait entre Jésus et son Père. Or qu'est-ce que l'absence de Dieu, sinon l'enfer ? L'unité du Père et du Fils semble se briser et devenir la distance entre le ciel et l'enfer. Alors tout s'inverse : « Père, je remets mon esprit entre tes mains » (Luc* XXIII*, 46). La distance entre le Père et le Fils dans sa toute humanité n'est plus le lieu de l'enfer,* *mais de la confiance, d'autant plus dense qu'elle est désespérée : le lieu de l'amour, le lieu de l'Esprit. La croix n'est pas seulement l'instrument d'un supplice infamant, mais le symbole universel de l'union du ciel et de la terre. La voici devenue en effet l'axe du monde, le nouvel et définitif Arbre de Vie. Et c'est la résurrection.*

La résurrection n'est pas la réanimation d'un cadavre, mais le germe, ou l'accomplissement secret que nous avons à dévoiler, de la transfiguration du monde.

La venue des femmes au tombeau de Jésus est attestée par les quatre Évangiles. Et il semble qu'ils rapportent là de très anciens témoignages. Puis sont arrivés Pierre et Jean, ils ont vu le tombeau vide, les bandelettes enroulées autour du corps restées à terre comme une chrysalide abandonnée. Les Évangiles, avec une grande discrétion, montrent seulement la pierre roulée (qui fermait le sépulcre), la tombe vide et remplie de lumière. Un signe, un symbole aussi car le monde scellé par la mort est maintenant un tombeau vide.

Puis sont mentionnées diverses apparitions du Ressuscité, d'abord durant la première semaine, à Jérusalem puis en Galilée où se sont rendus les disciples. Le Ressuscité ne s'impose pas comme un objet, il n'est pas davantage une hallucination purement subjective. Quelqu'un est là, bien réel, que Marie de Magdala prend pour le jardinier et les pèlerins d'Emmaüs pour un voyageur mal informé. Et les apôtres, revenus à leur métier et pêchant sur le lac, lorsqu'ils l'entrevoient sur la rive, « ne savaient pas que c'était Jésus » (Jean XXI, *5). C'est qu'il était « sous une autre forme », dit la finale de Marc. Alors la « re-connaissance » se fait par le réveil de la relation personnelle, dans le champ, déjà ecclésial, de la communion. Au bord du lac, à Emmaüs, par la nourriture partagée, déjà eucharistique ; au jardin par l'appel, et l'échange : « "Marie !" Elle se retourna et lui dit en hébreu : "Rabbouni", c'est-à-dire, Maître » (Jean* XX, *16).*

La résurrection, victoire paradoxale de la Vie. La mort biologique et toutes les morts partielles qui la précèdent ne sont plus désormais que des passages. « Il fallait, écrit saint Grégoire de Nysse (330 env.-395 env.), rappeler de la mort à la vie l'humanité entière. Dieu alors vient à notre cadavre, il nous tend la main, à nous qui gisons là [...] et donne à notre nature l'élan de la résurrection » (Grande Catéchèse, XXII*).*

L'Évangile nous révèle ainsi un Dieu qui n'est pas « puissant » au sens des typhons et des tyrans. Il agit comme un influx de vie, d'amour, de liberté. Devant la mort, l'enfer et le mal, dont il n'est en rien responsable, il se laisse crucifier et ressuscite pour se communiquer à nous non seulement à travers ce qui le désigne mais aussi à travers ce qui le nie. En lui, l'homme trouve pleinement sa vocation créatrice : devenir témoin de la résurrection.

Note sur le miracle, le diable et l'enfer.

Le miracle est une donnée ferme des Évangiles, même s'il est difficile de préciser ce qui s'est réellement passé. Nos textes emploient ici trois mots bien différents : la dynamis, *c'est-à-dire la force, le* sêmeion, *le signe, et* téras, *le prodige. Celui-ci est formellement rejeté par Jésus, notamment lorsqu'il est tenté au désert. La Passion et la Croix sont la négation même du prodige, ce prodige que sollicitent railleusement les ennemis de Jésus : « Que le Messie, le roi d'Israël descende maintenant de la croix, pour que nous voyions et que nous croyions » (Marc* XV, *32).*

Jésus ne manifeste que des « forces » et des « signes ». « Toute la foule cherchait à le toucher, parce qu'il sortait de sa personne une vertu qui les guérissait tous » (Luc VI, *19). La scène est parfois d'un extrême réalisme, comme lorsqu'une femme atteinte d'un flux de sang touche, en se cachant, la frange du vêtement de Jésus et que celui-ci sent « qu'une force est sortie de [lui] » (Luc* VIII, *46).*

Cependant il ne peut aider que ceux qui ont entièrement confiance en lui. C'est pourquoi, à chaque guérison, il précise : « Ta foi t'a sauvé. » Sa présence, son rayonnement chassent les forces obscures qui ravageaient les âmes et les corps et se multipliaient avec l'extrême tension psychologique que provoquait l'occupation romaine et l'attente messianique.

Jésus fuit ses propres miracles, il fuit les hommes ainsi attirés. Certains de ces miracles, d'ailleurs, relèvent des forces profondes de l'humain et on en trouverait d'analogues dans d'autres traditions religieuses : la marche sur les eaux par exemple est bien connue dans l'Inde... Le miracle unique, dit Jésus (Matthieu XII, *42), c'est la résurrection. Forces et signes ne font qu'anticiper l'événement pascal.*

Forces et signes : avançons deux explications, au reste complémentaires. Pour certains Pères de l'Église, saint Grégoire de Nysse en particulier, l'état de la matérialité, son opacité ou sa transparence, son durcissement ou sa plasticité sont conditionnés par l'état spi-

rituel des hommes. De Jésus, qui rétablit la vérité de l'homme, le feu de la gloire divine rayonne et rend à l'ambiance cosmique sa sacramentalité où le miracle apparaît comme la vérité des êtres et des choses. Pour le grand philosophe russe Nicolas Berdiaev (1874-1948) qui a consacré à ce problème de longs développements dans sa Philosophie de la liberté [1]*, la nature, ou ce que nous appelons ainsi, constitue comme une pièce close où agissent, selon certaines lois, des forces immanentes. Mais si les murs sont soudain renversés, si les énergies d'une réalité plus vaste pénètrent dans cette pièce, alors peut intervenir quelque chose d'insolite qui paraîtra miraculeux aux habitants de la maison.*

C'est en Christ que s'effondrent les murailles et que surviennent les énergies divines (et aussi que sont revivifiées les forces profondes de l'homme). Dans la maison du monde, la mort continue de régner, mais la foi ouvre l'homme, dès maintenant et jusque dans l'agonie, à la victoire de la Vie.

Tout aussi légendaire pour la rationalité close, le diable. Nous pressentons pourtant l'existence de forces obscures dans le caractère, si souvent pervers, du mal cosmique et historique. Le monde présente un contraste frappant entre la beauté et l'horreur : comme si le néant, doté d'une existence paradoxale à travers des libertés maléfiques, tentait sans cesse de défigurer, de désintégrer l'œuvre de Dieu.

Faut-il alors parler d'un diabolos, *d'un* séparateur *car tel, on l'a vu, est le sens de ce mot ? Est-ce quelqu'un, une personne, comme les Évangiles, avec toute*

1. Éd. Put' (Le Chemin), Moscou, 1911, p. 52 s.

leur époque, semblent le dire ? Deux textes nous apportent les éléments d'une réponse[1]*. Lorsque Jésus libère le (ou les) possédé(s) gadarénien(s) (Matthieu* VIII, *28-34 ; Marc* V, *10 ; Luc* VIII, *29-39), il demande son nom à l'« esprit impur ». Et celui-ci répond : « Mon nom est Légion, car nous sommes nombreux. » Ainsi le* diabolos *apparaît comme une personne éclatée, désintégrée ; une non-personne qui, justement, n'a pas de nom. C'est pourquoi le cœur qu'il envahit n'est pas seulement durci, pétrifié, il est dédoublé, décomposé, agitation simiesque dans une cage de miroirs. Le* diabolos, *d'ailleurs, ne disloque pas seulement le cœur de l'homme mais l'humanité tout entière.*

L'autre texte est le terrible diagnostic de Jésus sur l'« adversaire », que nous lisons dans l'Évangile de Jean (VIII, *44) : « Il a été homicide dès le commencement et il ne demeure point dans la vérité, parce qu'il n'y a point de vérité en lui ; quand il profère le mensonge, il parle de son propre fonds, car il est menteur et le père du mensonge. » Nous retrouvons ici le mystère de la non-personne, car une personne n'est telle que par son lien avec Dieu, c'est-à-dire avec la « vérité ». Le* diabolos *étant refus de Dieu, « il n'y a pas de vérité en lui », il semble qu'il ait perdu l'image de Dieu. Quand il parle, c'est donc « de son propre fonds », c'est-à-dire du néant. Par là même sa parole est radicalement mensonge et elle communique la mort.*

Au sein de la culture moderne, c'est Dostoïevski qui a su génialement suggérer la réalité du diable, dans le

1. On trouvera un beau commentaire de ces textes dans le livre de Dominique Cerbelaud, *Le Diable*..., éd. de l'Atelier, 1997, « Méditation théologique », p. 91s.

chapitre des Frères Karamazov[1] *où ce « gentleman au visage gouailleur » apparaît à Ivan. « Moi qui comprends le sel de la comédie, j'aspire au néant. » « Je suis l'X d'une équation inconnue. Je suis le spectre de la vie [...] qui a oublié jusqu'à son nom. » Plein de dérision, il pose le mal comme facteur nécessaire de l'évolution ! Il rêve vraiment de s'incarner dans une grosse marchande... « La conscience, qu'est-ce que cela ? [...] Pourquoi a-t-on des remords — par habitude [...] Défaisons-nous de l'habitude, et nous serons des dieux. » Et Ivan se demande : l'apparition est-elle réelle, ou n'est-ce que son double : « Lui, c'est moi, moi-même. Tout ce qu'il y a en moi de bas, de vil, de méprisable. »*

Le diable, miroir grossissant et déformant, pourtant fidèle.

Au thème du diabolos *se lie étroitement celui de l'enfer. Les Évangiles parlent de la « géhenne », du feu, du soufre, de la fournaise, des « ténèbres extérieures » où sont « pleurs et grincements de dents », ou encore de l'*hadès *(étymologiquement, le lieu où l'on ne peut voir — le visage de l'autre). Jésus invite ses auditeurs à la* métanoïa *afin d'éviter « la géhenne où le ver ne meurt point et où le feu ne s'éteint point » (Marc* IX, *48). Très souvent, les paraboles mettent en parallèle la joie des élus et la détresse des rejetés. Ces textes contrastent violemment avec la révélation centrale des Évangiles, celle du Dieu incarné et crucifié pour sauver l'homme de l'enfer et lui ouvrir les voies de la déification. Bien des Pères, en Orient surtout, ont souligné qu'il s'agis-*

1. Trad. d'Henri Mongault, Gallimard, La Pléiade, 1952 ; Folio classique, 1973.

sait d'avertissements, de valeur essentiellement pédagogique. Nous pouvons ajouter que ces avertissements ont sans doute été orchestrés par les premières communautés selon un « genre littéraire » dont on peut suivre l'élaboration dans l'Ancien Testament et qui fleurissait de la manière la plus terrifiante dans la littérature intertestamentaire, qui était souvent une littérature de vengeance et d'exécration.

Certes, un mauvais infini de tourments — « le regret éternel de l'amour offensé », disait au siècle dernier saint Ambroise d'Optino[1] *— peut se déployer dans une âme orgueilleusement fermée, alors qu'elle est plongée dans la lumière divine — et justement parce qu'elle est plongée dans cette lumière. Mais à travers les « éons des éons*[2] *», la prière du Christ et celle des saints continueront d'agir. Dans l'espérance que la « seconde mort » dont parle l'Apocalypse (*XX*, 6, 14) se rapporte en définitive aux éléments démoniaques que chacun porte en soi et que tous les partages qu'évoquent les Évangiles se feront aussi en chacun. « S'il ne m'est pas donné de savoir qu'il n'existera pas d'enfer, il m'est donné de savoir que l'enfer ne doit pas exister et que je dois, sans jamais m'isoler, travailler à l'œuvre du salut universel*[3]*. »*

Olivier Clément

1. Ambroise d'Optino (1812-1891) fut le plus grand des *startsi* russes du XIXe siècle (le *starets*, ou « ancien », est un père spirituel charismatique). À la fois profond mystique et homme de culture, il savait accueillir aussi bien les paysans que les philosophes et les écrivains comme Dostoïevski, Soloviev ou Léontiev.

2. Les éons sont des états spirituels inférieurs ou supérieurs à l'existence terrestre (elle-même liée à l'ensemble du cosmos sensible), états donc infernaux ou angéliques à travers lesquels, selon de nombreux Pères de l'Église, l'âme, après la mort, si elle n'a pas atteint une parfaite sanctification, connaît un exode purificateur.

3. Nicolas Berdiaev, *De la destination de l'homme*, trad. fr. 1935, p. 363 ; rééd. L'Âge d'homme, 1979.

ÉVANGILE
SELON
SAINT MATTHIEU

N. B. : « T. R. » désigne le texte publié par les Elzévir et appelé vulgairement « Texte Reçu ». Les mots qui apparaissent entre crochets et en italiques sont eux aussi empruntés au « Texte Reçu ». Les passages en italiques indiquent une citation de l'Ancien Testament. Dans les sommaires, ils indiquent un déplacement de Jésus.

La généalogie de Jésus-Christ. – Sa naissance.

Généalogie de Jésus-Christ, fils de David, fils I
d'Abraham[1].

Abraham engendra Isaac ; Isaac, Jacob ; Jacob, Juda 2
et ses frères ; Juda, Pharès et Zara, qu'il eut de Thamar ; 3
Pharès, Esrom ; Esrom, Aram ; Aram, Aminabad ; 4
Aminabad, Naasson ; Naasson, Salmon ; Salmon, 5
Booz, qu'il eut de Rahab ; Booz, Jobed, qu'il eut de
Ruth ; Jobed, Issaï ; Issaï, le roi David. 6

David engendra Salomon, qu'il eut de la femme
d'Urie ; Salomon, Roboam ; Roboam, Abia ; Abia, 7
Asa ; Asa, Josaphat ; Josaphat, Joram ; Joram, Ozias ; 8
Ozias, Joatham ; Joatham, Achez ; Achez, Ezéchias ; 9
Ezéchias, Manassé ; Manassé, Amos ; Amos, Josias ; 10
Josias, Jéchonias et ses frères, lors de l'émigration à 11
Babylone.

Après l'émigration à Babylone, Jéchonias engendra 12
Salathiel ; Salathiel, Zorobabel ; Zorobabel, Abioud ; 13
Abioud, Éliacim ; Éliacim, Azor ; Azor, Sadoc ; Sadoc, 14
Achim ; Achim, Elioud ; Elioud, Éléazar ; Éléazar, 15
Matthan ; Matthan, Jacob ; Jacob, Joseph, l'époux de 16
Marie, de laquelle naquit Jésus, qu'on appelle Christ.

17 Il y a donc, en tout, quatorze générations d'Abraham
à David [1] ; quatorze, de David à l'émigration à Baby-
lone, et quatorze, de l'émigration jusqu'au Christ.
18 Or, voici de quelle manière Jésus-Christ vint au
monde.

Marie, sa mère, ayant été fiancée à Joseph, se trouva
enceinte par l'effet du Saint-Esprit, avant qu'ils eussent
19 habité ensemble. Joseph, son mari, étant un homme de
bien [2], et ne voulant pas l'exposer à la honte, résolut de
20 la répudier secrètement. Il y pensait, lorsqu'un ange du
Seigneur [3] lui apparut en songe, et lui dit : « Joseph, fils
de David, ne crains point de prendre chez toi Marie, ta
femme, car l'enfant qu'elle a conçu est du Saint-Esprit.
21 Elle mettra au monde un fils, et tu lui donneras le nom
de Jésus [4], parce que c'est lui qui sauvera son peuple [5] de
22 ses péchés. » Tout cela arriva, afin que s'accomplît ce
23 qu'avait dit le Seigneur par le prophète : *Voici, la vierge*
sera enceinte ; elle mettra au monde un fils à qui l'on
donnera le nom d'Emmanuel [6], ce qui signifie Dieu
24 avec nous [7]. À son réveil, Joseph fit comme l'ange du
Seigneur le lui avait commandé : il prit sa femme chez
25 lui. Et il ne la connut point [8] jusqu'à ce qu'elle eût mis
au monde un fils [a], et il lui donna le nom de Jésus.

Les Mages. – La fuite en Égypte. – Le massacre des Innocents. –
Retour de la sainte famille. – Son établissement à Nazareth.

II Jésus étant né à Bethléem [9] en Judée, au temps du roi
Hérode [10], des mages [11] d'Orient arrivèrent à Jérusalem,
2 et dirent : « Où est le roi des Juifs qui vient de naître ?

a. T. R... monde *son* fils *premier-né*, et...

car nous avons vu son étoile [1] en Orient, et nous sommes
venus lui rendre hommage. »
Le roi Hérode l'ayant appris, en fut troublé, et tout 3
Jérusalem avec lui. Il fit assembler tous les principaux 4
sacrificateurs et les scribes [2] du peuple, et s'informa
d'eux où devait naître le Messie. Ils lui dirent : « C'est 5
à Bethléem en Judée ; car voici ce qui a été écrit par le
prophète : *Et toi, Bethléem, terre de Juda, tu n'es pas la* 6
moindre entre les principales villes de Juda, car c'est
de toi que sortira un chef qui gouvernera Israël, mon
peuple [3]. » Alors Hérode ayant fait venir secrètement 7
les mages sut d'eux la date précise à laquelle l'étoile
était apparue, et leur dit, en les envoyant à Bethléem : 8
« Allez, recherchez soigneusement cet enfant, et, quand
vous l'aurez trouvé, faites-le-moi savoir, afin que j'aille
aussi lui rendre hommage. »
Après avoir entendu le roi, les mages partirent ; et 9
voici, l'étoile qu'ils avaient vue en Orient, marchait
devant eux, jusqu'à ce qu'elle s'arrêtât au-dessus du
lieu où était l'enfant. La vue de l'étoile leur causa une 10
grande joie ; et, étant entrés dans la maison, ils virent 11
l'enfant avec Marie sa mère. Ils lui rendirent hommage
en se prosternant, et ayant ouvert leurs trésors, ils lui
offrirent en présent de l'or, de l'encens et de la myrrhe [4].
Puis, ayant été avertis en songe de ne point retourner 12
vers Hérode, ils se retirèrent dans leur pays par un autre
chemin.
Lorsqu'ils furent partis, un ange du Seigneur apparut 13
en songe à Joseph, et lui dit : « Lève-toi, prends l'enfant
et sa mère, et fuis en Égypte. Restes-y jusqu'à ce que je
te dise de revenir, car Hérode doit chercher l'enfant
pour le faire périr. » Joseph s'étant levé, prit l'enfant et 14
sa mère pendant la nuit, et se retira en Égypte. Il y resta 15

jusqu'à la mort d'Hérode, afin que s'accomplît cette
parole que le Seigneur avait prononcée par le prophète :
J'ai appelé mon Fils d'Égypte[1].
16 Hérode, voyant qu'il avait été joué par les mages,
entra dans une violente colère, et fit tuer tous les enfants
qui étaient à Bethléem et dans tout son territoire, depuis
l'âge de deux ans et au-dessous, d'après la date qu'il
17 connaissait exactement par les mages. Alors s'accom-
18 plit cette parole prononcée par Jérémie, le prophète : *Un*
cri a été entendu à Rama, des pleurs et de grandes
lamentations : Rachel pleure ses enfants, et n'a pas
voulu être consolée, parce qu'ils ne sont plus[2].
19 Hérode étant mort, un ange du Seigneur apparut en
20 songe à Joseph en Égypte, et lui dit : « Lève-toi, prends
l'enfant et sa mère, et va dans le pays d'Israël, car ceux
21 qui en voulaient à la vie de l'enfant sont morts. » Joseph
se leva, prit l'enfant et sa mère, et rentra dans le pays
22 d'Israël. Mais, ayant appris qu'Archelaüs[3] régnait sur
la Judée à la place d'Hérode, son père, il craignit de s'y
rendre ; et, ayant été averti en songe, il se retira dans le
23 territoire de la Galilée[4], et alla s'établir dans une ville
appelée Nazareth, afin que s'accomplît ce qu'avaient
dit les prophètes, qu'il sera appelé Nazaréen[5].

Jean Baptiste, le précurseur. – *Jésus se rend au Jourdain.*
– Son baptême.

III En ces temps-là, parut Jean Baptiste, prêchant dans le
2 désert de Judée, et disant : « Repentez-vous, car le
3 royaume des cieux est proche[6]. » C'est de lui que parle
Ésaïe, le prophète, quand il dit : *C'est une voix qui crie*

au désert : Préparez le chemin du Seigneur, faites-lui des sentiers droits[1].

Jean avait un vêtement de poil de chameau, et une 4
ceinture de cuir autour des reins ; il se nourrissait de
sauterelles et de miel sauvage.

Les habitants de Jérusalem, de toute la Judée et de 5
tout le pays qui avoisine le Jourdain, se rendaient vers
lui, et se faisaient baptiser[2] par lui dans le Jourdain, 6
confessant leurs péchés. Or Jean, voyant un grand 7
nombre de pharisiens et de sadducéens[3], qui venaient se
faire baptiser, leur dit : « Race de vipères, qui vous a
appris à fuir la colère à venir[4] ? Produisez donc du fruit 8
digne de la repentance[5], et ne croyez pas dire en vous- 9
mêmes : “Nous avons pour père Abraham” ; car je vous
dis que de ces pierres, Dieu peut susciter des enfants[6] à
Abraham. Déjà la cognée est mise à la racine des 10
arbres ; tout arbre donc qui ne produit pas de bon fruit,
va être coupé et jeté au feu. Pour moi, je vous baptise 11
d'eau en vue de la repentance ; mais celui qui vient
après moi, est plus puissant que moi, et je ne suis pas
digne de lui porter ses sandales[7] : c'est lui qui vous bap-
tisera d'Esprit saint et de feu. Il a son van à la main, et il 12
nettoiera son aire ; il amassera son blé dans le grenier,
mais il brûlera la paille dans un feu qui ne s'éteint
point. »

Alors Jésus arriva de Galilée au Jourdain vers Jean, 13
pour se faire baptiser par lui. Mais Jean s'y opposait en 14
disant : « C'est moi qui ai besoin d'être baptisé par toi,
et tu viens à moi ! » Jésus lui répondit : « Laisse-moi 15
faire seulement, car il convient que nous accomplis-
sions ainsi tout ce qui est juste[8]. » Alors Jean le laissa
faire. Jésus, ayant été baptisé, sortit immédiatement de 16
l'eau ; et voici, les cieux s'ouvrirent à lui, et il vit l'Es-

prit de Dieu descendre comme une colombe et venir sur
17 lui. Et une voix sortit des cieux, disant : « Celui-ci est
mon Fils bien-aimé [1], en qui j'ai mis toute mon affec-
tion. »

La Tentation. – *Jésus retourne en Galilée et se fixe à Capharnaüm.* – Première prédication. – Vocation de Simon Pierre et d'André, de Jacques et de Jean. – Coup d'œil général sur l'activité de Jésus.

IV Alors Jésus fut emmené par l'Esprit au désert, pour
être tenté par le diable [2].
2 Il jeûna quarante jours et quarante nuits, après quoi il
3 eut faim. Et le tentateur l'ayant abordé, lui dit : « Si tu
es Fils de Dieu, ordonne que ces pierres se changent en
4 pains. » Mais Jésus répondit : « Il est écrit : *L'homme ne*
vivra pas de pain seulement, mais de toute parole qui
sort de la bouche de Dieu [3]. »
5 Alors le diable le transporta dans la ville sainte, le
6 posa à l'extrémité de l'aile du temple, et lui dit : « Si tu
es Fils de Dieu, jette-toi en bas ; car il est écrit : *Il don-*
nera des ordres à ses anges, à ton sujet ; et ils te porte-
ront sur leurs bras, de peur que ton pied ne heurte
7 *contre une pierre* [4]. » Jésus lui dit : « Il est écrit aussi :
Tu ne tenteras point le Seigneur ton Dieu. »
8 Le diable le transporta encore sur une montagne [5] très
haute [6], lui montra tous les royaumes du monde et leur
9 gloire, et lui dit : « Je te donnerai tout cela, si, te jetant à
10 mes pieds, tu m'adores. » Jésus lui dit : « Retire-toi,
Satan [7] ; car il est écrit : *Tu adoreras le Seigneur ton*
Dieu, et tu le serviras lui seul [8]. »
11 Alors le diable le quitta, et des anges approchèrent et
le servirent.

Jésus ayant appris que Jean avait été mis en prison, se 12
retira en Galilée. Il quitta Nazareth et alla s'établir à 13
Capharnaüm, ville située au bord de la mer, dans le ter-
ritoire de Zabulon et de Nephthali, afin que s'accomplît 14
ce qui a été dit par Ésaïe, le prophète : *La terre de Zabu-* 15
lon et la terre de Nephthali, ce pays qui s'étend vers la
mer jusqu'au-delà du Jourdain, la Galilée des Gentils,
ce pays, qui était plongé dans les ténèbres, a vu une 16
grande lumière, et la lumière s'est levée sur ceux qui
étaient dans la région et dans l'ombre de la mort[1].

Dès lors Jésus se mit à prêcher, disant : « Repentez- 17
vous, car le royaume des cieux est proche. »

Comme il cheminait le long de la mer de Galilée, il 18
vit deux frères, Simon, appelé Pierre, et André, son
frère, qui jetaient leurs filets dans la mer, car ils étaient
pêcheurs. Et il leur dit : « Venez, suivez-moi, et je vous 19
ferai pêcheurs d'hommes. » Ils quittèrent aussitôt leurs 20
filets, et le suivirent.

Puis, un peu plus loin, il vit deux autres frères, 21
Jacques, fils de Zébédée, et Jean, son frère, qui raccom-
modaient leurs filets dans leur barque avec Zébédée
leur père, et il les appela. Ils quittèrent aussitôt leur 22
barque et leur père, et le suivirent[2].

Jésus allait par toute la Galilée, enseignant dans les 23
synagogues, prêchant la bonne nouvelle du royaume et
guérissant toute maladie et toute infirmité parmi le
peuple. Sa renommée se répandit dans toute la Syrie, et 24
on lui amena tous ceux qui se portaient mal, qui étaient
affligés de maladies et de douleurs diverses, des démo-
niaques, des lunatiques[3], des paralytiques, et il les
guérit.

Le Sermon sur la montagne : Les béatitudes. – Le sel de la terre. – « Je suis venu, non abolir, mais accomplir. » – La justice des pharisiens et la justice du royaume de Dieu : Sainteté. – Charité.

25 Une grande foule le suivit de la Galilée, de la Déca-
V pole, de Jérusalem, de la Judée et d'au-delà du Jourdain.
Jésus voyant cette multitude, monta sur la montagne, et
quand il se fut assis, ses disciples s'approchèrent de lui.
2 Alors, ouvrant la bouche, il se mit à les enseigner,
disant :

3 « Heureux [1] les pauvres en esprit, car le royaume des cieux est à eux.

4 » Heureux les affligés, car ils seront consolés.

5 » Heureux ceux qui sont doux, car ils posséderont la terre.

6 » Heureux ceux qui ont faim et soif de la justice, car ils seront rassasiés.

7 » Heureux les miséricordieux, car ils obtiendront miséricorde.

8 » Heureux ceux qui ont le cœur pur, car ils verront Dieu.

9 » Heureux les pacificateurs, car ils seront appelés fils de Dieu.

10 » Heureux ceux qui sont persécutés pour la justice, car le royaume des cieux est à eux.

11 » Vous serez heureux lorsqu'on vous insultera,
qu'on vous persécutera et qu'on dira [a] de vous toute
12 sorte de mal à cause de moi. Réjouissez-vous alors et
tressaillez de joie, car votre récompense est grande dans

a. T. R. ajoute : *faussement.*

les cieux : c'est ainsi qu'on a persécuté les prophètes qui
ont été avant vous.
» Vous êtes le sel de la terre[1] ; mais si le sel perd sa 13
saveur, avec quoi la lui rendra-t-on ? Il n'est plus bon
qu'à être jeté dehors et foulé aux pieds par les hommes.
Vous êtes la lumière du monde. Une ville située au som- 14
met d'une montagne, ne peut être cachée. On n'allume 15
pas non plus une lampe pour la mettre sous le boisseau,
mais on la met sur son pied, et elle brille pour tous ceux
qui sont dans la maison. Qu'ainsi votre lumière brille 16
devant les hommes, afin qu'ils voient vos bonnes
œuvres, et qu'ils glorifient votre Père qui est dans les
cieux.
» Ne pensez pas que je sois venu abolir la Loi et les 17
Prophètes ; je ne suis pas venu abolir, mais accomplir,
car je vous dis, en vérité, que, jusqu'à ce que le ciel et la 18
terre passent, pas un iota, pas un trait de lettre de la Loi
ne passera, que tout ne soit exécuté. Celui donc qui aura 19
violé un des moindres de ces commandements, et aura,
par son exemple, appris aux hommes à les violer, sera
appelé le plus petit dans le royaume des cieux ; mais
celui qui les aura observés, et aura appris aux hommes
à les observer[2], celui-là sera appelé grand dans le
royaume des cieux. Car je vous dis que si votre justice 20
ne l'emporte de beaucoup sur celle des scribes et des
pharisiens, vous n'entrerez pas dans le royaume des
cieux.
» Vous avez entendu qu'il a été dit aux anciens : *Tu* 21
ne tueras point[3] ; celui qui aura tué sera condamné.
Mais moi je vous dis que quiconque se met en colère[a] 22
contre son frère, mérite la condamnation. Celui qui dira

a. T. R. ajoute : *sans raison...*

à son frère “raca [1]” mérite d’être condamné par le sanhé-
drin [2], celui qui lui dira “scélérat” mérite d’être jeté dans
la Géhenne ardente.
23 » Si donc tu présentes ton offrande à l’autel, et que,
là, il te souvienne que ton frère a quelque chose contre
24 toi, laisse là ton offrande, devant l’autel ; va d’abord te
réconcilier avec ton frère, puis viens présenter ton
25 offrande. Accorde-toi promptement avec ta partie
adverse, même pendant que tu es en chemin avec elle,
de peur qu’elle ne te livre au juge, le juge au sergent, et
26 que tu ne sois jeté en prison. En vérité, je te dis que tu
n’en sortiras pas que tu n’aies payé jusqu’au dernier
sou.
27 » Vous avez entendu qu’il a été dit : *Tu ne commet-*
28 *tras point l’adultère* [3]. Mais moi, je vous dis que qui-
conque regarde une femme pour la convoiter, a déjà
commis l’adultère avec elle dans son cœur.
29 » Si ton œil droit est pour toi une occasion de chute [4],
arrache-le et le jette loin de toi, car il vaut mieux pour
toi qu’un seul de tes membres périsse, que si ton corps
30 tout entier était jeté dans la Géhenne. Si ta main droite
est pour toi une occasion de chute, coupe-la et la jette
loin de toi, car il vaut mieux pour toi qu’un seul de tes
membres périsse, que si ton corps tout entier allait dans
la Géhenne [5].
31 » Il a été dit : *Que celui qui répudie sa femme, lui*
32 *donne un acte de divorce* [6]. Mais moi, je vous dis que
quiconque répudie sa femme, si ce n’est pour raison
d’infidélité, la pousse à devenir adultère, et que celui
qui épouse une femme répudiée, commet un adultère.
33 » Vous avez encore entendu qu’il a été dit aux
anciens : *Tu ne te parjureras point, mais tu t’acquitte-*
ras envers le Seigneur des serments que tu auras faits [7].

Mais moi, je vous dis de ne point jurer du tout, ni par le 34
ciel, car c'est le trône de Dieu, — ni par la terre, car c'est 35
son marchepied, — ni par Jérusalem, car c'est la ville
du grand roi. Ne jure pas non plus par ta tête, car tu ne 36
peux rendre blanc ou noir un seul de tes cheveux. Que 37
votre parole soit : Oui ! oui ! Non ! non ! Ce qui se dit
de plus vient du malin.

» Vous avez entendu qu'il a été dit : *Œil pour œil et* 38
dent pour dent[1]. Mais moi, je vous dis de ne point tenir 39
tête au méchant. Si quelqu'un te frappe sur la joue
droite, présente-lui l'autre. Si quelqu'un veut t'intenter 40
un procès pour prendre ta tunique, abandonne-lui aussi
le manteau. Si quelqu'un te met en réquisition pour faire 41
un mille, fais-en deux avec lui. Donne à qui te demande, 42
et n'évite pas celui qui veut t'emprunter.

» Vous avez entendu qu'il a été dit : *Tu aimeras ton* 43
prochain, et tu haïras ton ennemi[2]. Mais moi, je vous 44
dis : Aimez vos ennemis[a] et priez pour ceux qui vous
persécutent, afin que vous soyez fils de votre Père qui 45
est dans les cieux ; car il fait lever son soleil sur les
méchants et sur les bons, et il répand sa pluie sur les
justes et sur les injustes. Si vous aimez ceux qui vous 46
aiment, quelle récompense méritez-vous ? Les publi-
cains mêmes n'en font-ils pas autant ? Et si vous ne 47
saluez que vos frères, que faites-vous d'extraordinaire ?
Les païens mêmes n'en font-ils pas autant ? Soyez donc 48
parfaits comme votre Père céleste est parfait. »

a. T. R... vos ennemis, *bénissez ceux qui vous maudissent, faites du bien à ceux qui vous haïssent*, et priez pour ceux *qui vous maltraitent et* qui vous...

Suite du Sermon sur la montagne : Piété (Aumône. – Prière et Oraison dominicale. – Jeûne). – Le trésor dans le ciel. – « On ne peut servir deux maîtres. » – Confiance en Dieu.

VI « Gardez-vous d'étaler votre justice[a] devant les
hommes, pour en être vus ; autrement, il n'y a pas pour
vous de récompense auprès de votre Père qui est dans
les cieux.
2 » Lors donc que vous faites l'aumône, ne faites pas
sonner la trompette devant vous, comme font les hypo-
crites dans les synagogues et dans les rues, pour être
glorifiés des hommes. En vérité, je vous dis qu'ils ont
3 leur récompense. Pour toi, quand tu fais l'aumône, que
ta main gauche ne sache pas ce que fait ta main droite,
4 afin que ton aumône se fasse en secret ; et ton Père, qui
voit ce qui est secret, te récompensera.
5 » Lorsque vous priez, ne soyez pas comme les hypo-
crites, qui aiment à prier debout dans les synagogues et
au coin des places. En vérité, je vous dis qu'ils ont leur
6 récompense. Mais toi, quand tu pries, entre dans ta
chambre, ferme ta porte à clef, et prie ton Père qui est en
ce lieu secret[1] ; et ton Père, qui voit ce qui est secret, te
récompensera.
7 » Quand vous priez, ne bredouillez pas, comme font
les païens, qui s'imaginent que par leur flux de paroles
8 ils seront exaucés. Ne leur ressemblez point : votre Père
sait ce dont vous avez besoin, avant que vous le lui
demandiez.
9 » Vous donc priez ainsi : Notre Père qui es aux

a. T. R. de faire *votre aumône* devant...

cieux[1], que ton nom soit sanctifié, que ton règne 10
vienne ; que ta volonté soit faite sur la terre comme au
ciel. Donne-nous aujourd'hui notre pain quotidien[2]. 11
Remets-nous nos dettes, comme nous avons remis leurs 12
dettes à ceux qui nous doivent ; et ne nous induis point 13
en tentation[3], mais délivre-nous du mal[a][4]. [Car c'est à
toi qu'appartiennent le règne, la puissance et la gloire,
éternellement. Amen.] Si vous pardonnez aux hommes 14
leurs offenses, votre Père céleste vous pardonnera aussi
les vôtres ; mais si vous ne pardonnez pas aux hommes, 15
votre Père ne vous pardonnera pas non plus vos
offenses.

» Lorsque vous jeûnez, ne prenez pas un air sombre, 16
comme font les hypocrites, qui se rendent le visage
méconnaissable, pour qu'on connaisse qu'ils jeûnent.
En vérité, je vous dis qu'ils ont leur récompense. Mais 17
toi, quand tu jeûnes[5], parfume-toi la tête et te lave le
visage, afin qu'il ne paraisse pas aux hommes que tu 18
jeûnes, mais à ton Père, qui est avec toi dans le secret ;
et ton Père, qui voit ce qui est secret, te récompensera.

» Ne vous amassez pas des trésors sur la terre, où la 19
gerce[6] et tout ce qui ronge détruit, et où les voleurs font
effraction et dérobent. Amassez-vous des trésors dans 20
le ciel, où la gerce ni rien de ce qui ronge ne détruit, et où
les voleurs ne font point effraction ni ne dérobent, car là 21
où est ton trésor, là aussi sera ton cœur. La lampe du 22
corps, c'est l'œil[7]. Si ton œil est bon, tout ton corps sera
éclairé ; mais, si ton œil est mauvais, tout ton corps sera 23
dans les ténèbres. Si donc la lumière qui est en toi est
déjà ténèbres, quelles ténèbres !

» Nul ne peut servir deux maîtres, car, ou il haïra l'un 24

a. T. R. ajoute : [*Car c'est à toi...* etc.]

et aimera l'autre, ou il s'attachera à l'un et méprisera
l'autre : vous ne pouvez servir Dieu et Mammon[1].
25 » C'est pourquoi je vous dis : Ne vous mettez point
en souci, ni pour votre vie, de ce que vous mangerez et
de ce que vous boirez, ni pour votre corps, de quoi vous
vous vêtirez. La vie n'est-elle pas plus que la nourriture,
26 et le corps plus que le vêtement ? Regardez les oiseaux
du ciel : ils ne sèment ni ne moissonnent, ils n'amassent
rien dans des greniers, et votre Père céleste les nourrit.
27 Ne valez-vous pas bien plus qu'eux ? D'ailleurs, qui de
vous peut, par ses soucis, ajouter une coudée à sa taille ?
28 Et pourquoi vous mettre en souci du vêtement ? Consi-
dérez comment croissent les lis des champs : ils ne tra-
29 vaillent ni ne filent ; cependant je vous dis que Salomon
même, dans toute sa magnificence, n'était point vêtu
30 comme l'un de ces lis. Si Dieu revêt de la sorte l'herbe
des champs, qui est aujourd'hui et qui demain sera jetée
au four, combien plutôt ne vous vêtira-t-il pas, vous, ô
31 gens de peu de foi ? Ne vous mettez donc point en souci,
et ne dites pas : Que mangerons-nous, ou que boirons-
32 nous, ou de quoi nous vêtirons-nous ? comme font les
païens, qui recherchent toutes ces choses, car votre Père
33 céleste sait que vous en avez besoin[2]. Cherchez premiè-
rement le royaume et sa justice, et toutes ces choses
34 vous seront données par-dessus. Ne vous mettez pas en
souci du lendemain, car le lendemain aura souci de lui-
même : à chaque jour suffit sa peine. »

Suite et fin du discours sur la montagne : « Ne jugez point. » – La poutre dans l'œil. – Les perles devant les pourceaux. – « Demandez, et vous recevrez. » – Faire aux autres ce que nous voudrions qu'on nous fît. – La porte étroite. – « Gardez-vous des faux prophètes. » – Ceux qui disent : « Seigneur ! Seigneur ! » – La maison bâtie sur le roc.

« Ne jugez point, afin de n'être pas jugés, car on vous VII
jugera comme vous aurez jugé, et l'on se servira pour
vous de la mesure avec laquelle vous aurez mesuré.
D'où vient que tu vois la paille qui est dans l'œil de ton 3
frère, tandis que tu ne remarques pas la poutre qui est
dans ton œil ? Ou comment peux-tu dire à ton frère : 4
"Laisse-moi ôter cette paille qui est dans ton œil",
quand il y a une poutre dans le tien ? Hypocrite, ôte pre- 5
mièrement la poutre qui est dans ton œil, et alors tu ver-
ras à ôter la paille de l'œil de ton frère.

» Ne donnez point les choses saintes aux chiens ; ne 6
jetez pas non plus vos perles devant les pourceaux, de
peur qu'ils ne les foulent aux pieds, et que, se tournant
contre vous, ils ne vous déchirent[1]. »

» Demandez, et l'on vous donnera ; cherchez, et vous 7
trouverez ; heurtez, et l'on vous ouvrira ; car quiconque 8
demande, reçoit ; qui cherche, trouve ; et l'on ouvre à
celui qui heurte. Ou bien, quel est l'homme parmi vous 9
qui donne une pierre à son fils, quand il lui demande du
pain ? ou, s'il lui demande du poisson, lui donnera-t-il 10
un serpent ? Si donc vous, tout méchants que vous êtes, 11
vous savez donner de bonnes choses à vos enfants,
combien plus votre Père qui est dans les cieux, donnera-
t-il de bonnes choses à ceux qui les lui demandent.

12 » Ainsi, tout ce que vous voudriez que les hommes
fissent pour vous, faites-le de même pour eux [1] : c'est la
Loi et les Prophètes.
13 » Entrez par la porte étroite, car la porte large et le
chemin spacieux mènent à la perdition, et bien des gens
14 y passent. Que la porte est petite et le sentier étroit, qui
mènent à la vie, et qu'il y a peu de gens qui les trouvent !
15 » Gardez-vous des faux prophètes : ils viennent à
vous sous la peau de brebis, mais au-dedans, ce sont des
16 loups ravissants. Vous les connaîtrez à leurs fruits.
Cueille-t-on du raisin sur des épines, ou des figues sur
17 des chardons ? De même, tout bon arbre donne de bons
fruits, mais le mauvais arbre donne de mauvais fruits.
18 Un bon arbre ne peut donner de mauvais fruits, ni un
19 mauvais arbre, de bons fruits. On coupe tout arbre qui
20 ne donne pas de bons fruits, et on le jette au feu. C'est
donc à leurs fruits que vous les connaîtrez [2].
21 » Ceux qui me disent : "Seigneur ! Seigneur !" n'en-
treront pas tous dans le royaume des cieux, mais ceux-
là seulement qui font la volonté de mon Père qui est
22 dans les cieux. Plusieurs me diront en ce jour-là : "Sei-
gneur, Seigneur, n'est-ce pas en ton nom que nous
avons prophétisé ? n'est-ce pas en ton nom que nous
avons chassé les démons ? n'est-ce pas en ton nom que
23 nous avons fait bien des miracles ?" Alors je leur dirai
ouvertement : Je ne vous ai jamais connus. Retirez-vous
de moi, ouvriers d'iniquité [3].
24 » Tout homme donc qui entend ce que je viens de dire
et le met en pratique, je le comparerai à un homme
25 sensé, qui a bâti sa maison sur le roc. La pluie est tom-
bée, les torrents sont venus, les vents ont soufflé et se
sont déchaînés contre cette maison ; elle n'est point
26 tombée, parce qu'elle était fondée sur le roc. Et qui-

conque entend ce que je viens de dire et ne le met pas en
pratique, sera comparé à un insensé qui a bâti sa maison
sur le sable. La pluie est tombée, les torrents sont venus, 27
les vents ont soufflé et ont battu cette maison ; elle est
tombée, et la ruine en a été grande. »
Quand Jésus eut fini de parler, la foule fut frappée de 28
son enseignement, car il l'enseignait avec autorité, et 29
non comme les scribes.

Jésus à Capharnaüm. – Guérison d'un lépreux, – du serviteur d'un centurion, – de la belle-mère de Pierre et de plusieurs démoniaques. – *Jésus traverse la mer.* – Le scribe renvoyé ; le disciple retenu. – La tempête apaisée. – Guérison des deux démoniaques de Gadare.

Quand Jésus descendit de la montagne, une grande VIII
foule le suivit ; et voici, un lépreux [1] s'étant approché, se 2
prosterna devant lui, et lui dit : « Seigneur, si tu le veux,
tu peux me rendre net. » Jésus avançant la main, le tou- 3
cha, disant : « Je le veux, sois net. » Aussitôt il fut puri-
fié de sa lèpre. Et Jésus lui dit : « Garde-toi d'en parler 4
à personne [2] : mais va, montre-toi au sacrificateur, et
présente l'offrande que Moïse a prescrite pour attester
au peuple la guérison. »
Comme Jésus entrait à Capharnaüm, un centurion 5
l'aborda, et lui adressa cette prière : « Seigneur, mon 6
serviteur est au lit, chez moi, paralysé et souffrant cruel-
lement. » Jésus lui dit : « J'irai le guérir. » Le centurion 7-8
répondit : « Je ne suis pas digne que tu entres sous mon
toit, mais dis seulement un mot, et mon serviteur sera
guéri. Car, moi qui suis sous le commandement d'au- 9
trui, j'ai des soldats sous mes ordres, et je dis à celui-ci :

“Va” et il va ; et à un autre : “Viens” et il vient ; et à mon
10 esclave : “Fais cela” et il le fait. » Jésus, étonné de ce
qu’il entendait, dit à ceux qui le suivaient : « Je vous
assure que je n’ai pas trouvé une aussi grande foi même
11 en Israël. Je vous dis que bien des gens viendront de
l’orient et l’occident, et seront à table avec Abraham,
12 Isaac et Jacob dans le royaume des cieux, tandis que les
fils du royaume seront jetés dans les ténèbres du dehors,
où il y aura des pleurs et des grincements de dents. »
13 Puis Jésus dit au centurion : « Va, et qu’il te soit fait
selon ta foi. » Et à cette heure même son serviteur fut
guéri.

14 Jésus entra ensuite dans la maison de Pierre, et vit sa
15 belle-mère qui était au lit, ayant la fièvre. Il lui toucha la
main, et la fièvre la quitta : elle se leva et le servit.

16 Quand le soir fut venu, on amena à Jésus plusieurs
démoniaques : d’un mot, il chassa les esprits et guérit
17 tous les malades, afin que s’accomplît ce qui a été dit
par Ésaïe, le prophète : *Il a pris nos infirmités et a
emporté nos maladies*[1].

18 Jésus se voyant entouré d’une grande foule, donna
19 l’ordre de passer à l’autre bord. Un scribe s’approcha et
20 lui dit : « Maître, je te suivrai partout où tu iras. » Et
Jésus lui dit : « Les renards ont des tanières et les
oiseaux du ciel, des abris ; mais le Fils de l’homme[2] n’a
pas un lieu pour reposer sa tête. »

21 Un de ses disciples lui dit : « Seigneur, permets-moi
22 d’aller auparavant ensevelir mon père. » Mais Jésus lui
dit : « Suis-moi, et laisse les morts ensevelir leurs
morts[3]. »

23 Il entra dans la barque et ses disciples l’accompagnèrent.

24 Tout à coup une grande tourmente s’éleva sur la mer,

au point que la barque était couverte par les vagues.
Cependant Jésus dormait. Les disciples s'approchèrent 25
de lui, et le réveillèrent en disant : « Seigneur, sauve-
nous, nous périssons. » Jésus leur dit : « Pourquoi avez- 26
vous peur, gens de peu de foi ? » Alors, il se leva, tança
les vents et la mer ; et il se fit un grand calme. L'équi- 27
page étonné dit : « Quel est cet homme, que les vents et
la mer lui obéissent ! »

Quand Jésus eut abordé à l'autre rive, dans le pays 28
des Gadaréniens, deux démoniaques vinrent à sa ren-
contre : ils sortaient des sépulcres, et ils étaient si
méchants que personne n'osait passer par ce chemin. Ils 29
se mirent à crier : « Qu'y a-t-il entre toi et nous, Fils
de Dieu ? Es-tu venu ici nous tourmenter avant le
temps ? » Or il y avait loin d'eux un grand troupeau de 30
pourceaux qui paissaient. Et les démons lui adressèrent 31
cette prière : « Si tu nous chasses, envoie-nous dans ce
troupeau de pourceaux. » Jésus dit : « Allez. » Les 32
démons étant sortis, allèrent dans le troupeau de pour-
ceaux, et aussitôt le troupeau tout entier se rua du haut
du précipice dans la mer et périt dans les eaux. Ceux qui 33
le gardaient s'enfuirent, et, s'étant rendus dans la ville,
ils rapportèrent tout ce qui venait de se passer, ainsi que
ce qui concernait les démoniaques. Aussitôt tous les 34
habitants de la ville allèrent au-devant de Jésus, et, dès
qu'ils le virent, ils le supplièrent de quitter leur terri-
toire [1].

Retour de Jésus à Capharnaüm. – Un paralytique guéri. – Vocation de Matthieu. – Ceux qui ont besoin de médecin. – « Pourquoi tes disciples ne jeûnent-ils pas ? » – Guérison d'une hémorroïsse. – Résurrection d'une jeune fille. – Guérison de deux aveugles et d'un muet. – Coup d'œil général sur l'activité de Jésus.

IX Jésus, étant entré dans la barque, traversa la mer et
2 vint en sa ville. On lui présenta un paralytique couché
sur un lit ; et Jésus voyant la foi de ces gens-là, dit au
paralytique : « Prends courage, mon enfant, tes péchés
3 te sont pardonnés. » Là-dessus, quelques scribes dirent
4 en eux-mêmes : « Cet homme blasphème. » Et Jésus,
voyant leurs pensées, dit : « Pourquoi avez-vous de
5 mauvaises pensées dans votre cœur ? Car lequel est le
plus aisé de dire : Tes péchés sont pardonnés, ou de
6 dire : Lève-toi et marche ? Or, afin que vous sachiez que
le Fils de l'homme a sur la terre le pouvoir de pardonner
les péchés : Lève-toi, dit-il alors au paralytique, prends
7 ton lit, et va-t'en dans ta maison. » Le paralytique se
8 leva, et s'en alla dans sa maison. La foule, voyant cela,
fut remplie de crainte[a], et elle glorifia Dieu qui a donné
un tel pouvoir aux hommes.

9 Jésus, quittant ce lieu, vit, en passant, un homme
appelé Matthieu, qui était assis au bureau des péages, et
il lui dit : « Suis-moi. » Celui-ci se leva, et le suivit.

10 Et comme Jésus était à table, à la maison, beaucoup
de publicains[1] et de gens de mauvaise vie vinrent se
11 mettre à table avec lui et avec ses disciples. Les phari-
siens, ayant vu cela, dirent à ses disciples : « Pourquoi

a. T. R. : d'*admiration.*

votre Maître mange-t-il avec les publicains et les gens
de mauvaise vie ? » Jésus les ayant entendus, leur dit : 12
« Ce ne sont pas les bien portants qui ont besoin de
médecin, mais ceux qui se portent mal. Allez apprendre 13
ce que signifie cette parole : *Je veux la miséricorde, et
non le sacrifice*[1] ; car je ne suis pas venu appeler[a] les
justes, mais les pécheurs[2]. »

Alors les disciples de Jean vinrent vers Jésus, et lui 14
dirent : « Pourquoi les pharisiens et nous, jeûnons-nous
souvent, tandis que tes disciples ne jeûnent point ? »
Jésus leur dit : « Les amis de l'époux peuvent-ils s'at- 15
trister aussi longtemps que l'époux est avec eux ? Le
temps viendra où l'époux leur sera ôté, alors ils jeûne-
ront[3]. Personne ne met une pièce de drap neuf à un vieil 16
habit, car la pièce emporte un morceau de l'habit, et il
se fait une déchirure pire. On ne met pas non plus du vin 17
nouveau dans de vieilles outres ; autrement, les outres
se rompent, le vin se répand, et les outres sont perdues ;
mais on met le vin nouveau dans des outres neuves, de
sorte que le vin et les outres se conservent[4]. »

Il leur parlait ainsi, lorsqu'un des chefs de la syna- 18
gogue entra, se prosterna devant lui, et lui dit : « Ma fille
vient de mourir ; mais viens lui imposer les mains, et
elle vivra. » Jésus se leva, et le suivit avec ses disciples. 19

Alors une femme, atteinte d'une hémorragie depuis 20
douze ans, s'approcha de lui par-derrière, et toucha la
houppe de son manteau ; car elle disait en elle-même :
« Si seulement je touche son manteau, je serai guérie. » 21
Jésus, s'étant retourné, la vit, et lui dit : « Rassure-toi, 22
ma fille, ta foi t'a guérie. » Et cette femme fut guérie à
l'heure même.

a. T. R. ajoute : *à la repentance.*

23 Quand Jésus fut arrivé à la maison du chef de la syna-
gogue, et qu'il vit les joueurs de flûte, et une foule de
24 gens qui faisaient un grand bruit, il leur dit : « Retirez-
vous, car cette jeune fille n'est pas morte, mais elle
25 dort. » Et ils se moquèrent de lui. Lorsqu'on eut fait sor-
tir tout le monde, il entra dans la chambre, saisit la main
26 de la jeune fille, et elle se leva. Et la nouvelle s'en
répandit dans toute la contrée.

27 Jésus s'en alla [1].

Comme il passait, deux aveugles le suivirent en
28 criant : « Aie pitié de nous, Fils de David [2]. » Lorsqu'il
fut rentré dans sa maison, ces aveugles s'approchèrent
de lui, et Jésus leur dit : « Croyez-vous que je puisse
faire ce que vous demandez ? » Ils lui dirent : « Oui,
29 Seigneur. » Alors il leur toucha les yeux, et leur dit :
30 « Qu'il vous soit fait selon votre foi. » Et ils recouvrè-
rent la vue. Jésus ajouta d'un ton sévère : « Prenez garde
31 que personne ne le sache. » Mais, dès qu'ils furent
dehors, ils publièrent ses louanges dans toute la contrée.

32 Quand ils furent partis, on présenta à Jésus un démo-
33 niaque sourd-muet. Le démon ayant été chassé, le muet
parla, et la foule, pleine d'admiration, disait : « Jamais
34 pareille chose ne s'est vue en Israël. » Mais les phari-
siens disaient : « C'est par le prince des démons qu'il
chasse les démons. »

35 Jésus allait par toutes les villes et les villages, ensei-
gnant dans les synagogues, prêchant la bonne nouvelle
du royaume et guérissant toute maladie et toute in-
firmité.

Compassion de Jésus pour le peuple. – Mission des Douze. – Leurs noms. – Les instructions de Jésus. – *Tournée missionnaire de Jésus dans les villes de la Galilée.*

À la vue des foules qui le suivaient, Jésus se sentit 36
ému de compassion pour elles, car elles étaient dans un
état de lassitude et de prostration, comme le seraient des
brebis qui n'ont point de berger. Alors il dit à ses dis- 37
ciples : « La moisson est grande, mais il y a peu d'ou-
vriers [1] ; priez donc le maître de la moisson d'envoyer 38
des ouvriers dans sa moisson. »

Puis, ayant appelé ses douze disciples, il leur donna X
le pouvoir de chasser les esprits impurs, et de guérir
toute maladie et toute infirmité.

Or, voici les noms des douze Apôtres [2] : le premier est 2
Simon, appelé Pierre, puis André, son frère ; Jacques
fils de Zébédée, et Jean, son frère ; Philippe et Barthéle- 3
mi ; Thomas [3] et Matthieu le publicain ; Jacques fils
d'Alphée et Lebbée [4] ; Simon le zélateur [5], et Judas Isca- 4
riote [6], celui qui livra Jésus.

Ce sont là les douze que Jésus envoya en mission, 5
après leur avoir donné ses instructions, en disant :
« N'allez pas vers les Gentils, et n'entrez pas dans les
villes des Samaritains ; allez plutôt vers les brebis per- 6
dues de la maison d'Israël [7]. Partout, sur votre chemin, 7
prêchez, et dites : Le royaume des cieux est proche.
Guérissez les malades, rendez nets les lépreux [a], chas- 8
sez les démons.

» Vous avez reçu gratuitement, donnez gratuitement.

a. T. R. ajoute : *ressuscitez les morts.*

9 Ne prenez ni or, ni argent, ni monnaie dans vos cein-
10 tures, ni sac de voyage, ni deux tuniques, ni sandales, ni
bâton, car l'ouvrier mérite sa nourriture.
11 » En quelque ville ou village que vous entriez, infor-
mez-vous de quelque personne honorable, et demeurez
12 chez elle jusqu'à ce que vous partiez. En entrant, saluez
13 ceux de la maison ; et, si cette maison est honorable, que
votre paix vienne sur elle ; mais si elle ne l'est pas, que
14 votre paix revienne à vous. Si l'on ne vous reçoit pas, et
même si l'on n'écoute pas vos paroles, sortez de cette
maison ou de cette ville en secouant la poussière de vos
15 pieds. En vérité, je vous dis qu'au jour du jugement, le
sort du pays de Sodome et de Gomorrhe sera plus sup-
portable que celui de cette ville-là.
16 » Je vous envoie comme des brebis au milieu des
loups ; soyez donc prudents comme les serpents et
17 simples comme les colombes. Tenez-vous en garde
contre les hommes, car ils vous livreront aux tribunaux,
18 et ils vous fouetteront dans leurs synagogues. On vous
mènera devant les gouverneurs et devant les rois, à
cause de moi, et vous rendrez témoignage devant eux et
19 devant les Gentils. Quand on vous livrera entre leurs
mains, ne vous mettez pas en souci de la manière dont
vous parlerez, ni de ce que vous direz : ce que vous
20 devez dire vous sera inspiré à l'heure même. Ce n'est
pas vous qui parlez, c'est l'Esprit de votre Père, qui
parle en vous.
21 » Le frère livrera son frère à la mort, et le père, son
enfant ; les enfants s'élèveront contre leurs pères et
22 leurs mères, et les mettront à mort, et vous serez haïs de
tous à cause de mon nom ; mais celui qui persévérera
jusqu'à la fin, sera sauvé.
23 » Quand on vous persécutera dans une ville, fuyez

dans une autre. En vérité, je vous dis que vous n'aurez
pas achevé de parcourir les villes d'Israël, que le Fils de
l'homme sera venu. Le disciple n'est pas au-dessus du 24
maître, ni l'esclave au-dessus de son seigneur ; il suffit 25
au disciple d'être traité comme son maître, et à l'esclave
d'être traité comme son seigneur. S'ils ont appelé le
maître de la maison Belzébuth[1], à combien plus forte
raison appelleront-ils ainsi ses gens. Ne les craignez 26
donc point, car il n'y a rien de caché qui ne se découvre,
ni rien de secret qui ne finisse par être connu. Ce que je 27
vous dis dans les ténèbres, dites-le au grand jour ; et ce
que je vous dis à l'oreille, publiez-le sur les toits. Ne 28
craignez pas ceux qui tuent le corps, et qui ne peuvent
tuer l'âme ; craignez plutôt celui qui peut faire périr
l'âme et le corps dans la Géhenne. Ne donne-t-on pas 29
deux passereaux pour un sou ? et pourtant il n'en tombe
pas un à terre sans la volonté de votre Père[2] ; les che- 30
veux même de votre tête sont tous comptés. Ne craignez 31
donc point ; vous valez plus qu'un grand nombre de
passereaux.

» Ainsi, quiconque me confessera devant les 32
hommes, je le confesserai aussi devant mon Père qui est
dans les cieux ; mais quiconque me reniera devant les 33
hommes, je le renierai aussi devant mon Père qui est
dans les cieux[3].

» Ne pensez pas que je sois venu apporter la paix sur 34
la terre ; je suis venu apporter, non la paix, mais l'épée :
je suis venu mettre le fils contre son père, la fille contre 35
sa mère, et la belle-fille contre sa belle-mère : on aura 36
pour ennemis, les gens de sa propre maison[4]. Celui qui 37
aime son père ou sa mère plus que moi, n'est pas digne
de moi ; celui qui aime son fils ou sa fille plus que moi,
n'est pas digne de moi[5], et celui qui ne prend pas sa 38

39 croix et ne me suit pas, n'est pas digne de moi. Celui qui
sauvera sa vie, la perdra, et celui qui perdra sa vie [1] à
cause de moi, la retrouvera.
40 » Qui vous reçoit, me reçoit, et qui me reçoit, reçoit
41 celui qui m'a envoyé. Celui qui reçoit un prophète en
qualité de prophète recevra une récompense de prophè-
te ; celui qui reçoit un juste, en qualité de juste recevra
42 une récompense de juste ; et n'eût-on donné qu'un
verre d'eau froide à l'un de ces petits, parce qu'il est
mon disciple, je vous dis en vérité, qu'on ne perdra
point sa récompense. »
XI Quand Jésus eut achevé de donner ses instructions à
ses douze disciples, il quitta ces lieux pour aller ensei-
gner et prêcher dans les villes du pays.

Députation de Jean Baptiste à Jésus. – Témoignage de Jésus sur Jean Baptiste. – Indifférence de cette génération. – Menaces aux villes impénitentes. – Jésus bénit Dieu de ce qu'il a révélé ces choses aux enfants. – « Venez à moi. »

2 Jean ayant entendu parler dans sa prison des œuvres
que le Christ faisait lui envoya dire par ses disciples [a] :
3 « Es-tu celui qui doit venir, ou devons-nous en attendre
4 un autre ? » Jésus leur répondit : « Allez rapporter à
5 Jean ce que vous entendez et ce que vous voyez : les
aveugles voient, les boiteux marchent, les lépreux sont
rendus nets, les sourds entendent, les morts ressusci-
tent, et la bonne nouvelle est annoncée aux pauvres.
6 Heureux celui pour qui je ne serai pas une occasion de
chute ! »

a. T. R. : envoya *deux* de ses disciples, pour lui dire...

Comme les disciples s'en allaient, Jésus se mit à par- 7
ler de Jean au peuple : « Qu'êtes-vous allés contempler
au désert ? un roseau agité par le vent ? Mais encore 8
qu'êtes-vous allés voir ? un homme vêtu d'habits
somptueux ? Ceux qui portent des habits somptueux se
trouvent dans les maisons des rois. Mais pourquoi êtes- 9
vous allés au désert ? pour voir un prophète ? — Oui,
vous dis-je, et plus qu'un prophète ; car c'est celui dont 10
il est écrit : *Voici, j'envoie mon messager devant ta face,*
pour préparer le chemin devant toi[1]. En vérité, je vous 11
dis que parmi ceux qui sont nés de femme, il n'en est
point paru de plus grand que Jean Baptiste ; toutefois, le
plus petit dans le royaume des cieux est plus grand que
lui. Depuis le temps de Jean Baptiste jusqu'à présent, le 12
royaume des cieux est forcé, et ce sont les violents qui
s'en emparent. Car tous les Prophètes et la Loi ont pro- 13
phétisé jusqu'à Jean, et, si vous voulez le savoir, c'est 14
lui qui est l'Élie[2] qui devait venir. Que celui qui a des 15
oreilles pour entendre, entende.

» Mais à qui comparerai-je cette génération ? Elle 16
ressemble à des enfants qui sont assis dans les places
publiques, et qui apostrophent les autres enfants, et leur
disent : "Nous vous avons joué de la flûte, et vous 17
n'avez pas dansé ; nous avons chanté des complaintes,
et vous ne vous êtes pas frappé la poitrine." En effet, 18
Jean est venu, ne mangeant ni ne buvant, et ils disent :
"C'est un possédé." Le Fils de l'homme est venu man- 19
geant et buvant, et ils disent : "C'est un mangeur et un
buveur, un ami des publicains et des pécheurs" : et pourtant la Sagesse a été justifiée par ses enfants. »

Alors Jésus se mit à adresser des reproches aux villes 20
où il avait fait la plupart de ses miracles, de ce qu'elles
ne s'étaient pas repenties. « Malheur à toi, Chorazin ! 21

malheur à toi, Bethsaïde ! car si les miracles qui ont été
faits au milieu de vous avaient été faits dans Tyr et dans
Sidon, il y a longtemps qu'elles se seraient repenties
22 sous le sac et la cendre. Mais, je vous dis qu'au jour du
jugement, Tyr et Sidon seront traitées moins rigoureu-
23 sement que vous. Et toi, Capharnaüm, seras-tu élevée
jusqu'au ciel ? — Non, tu descendras jusqu'aux
enfers[a] ; car si les miracles qui ont eu lieu au milieu de
toi avaient été faits dans Sodome, elle subsisterait
24 encore aujourd'hui. Aussi, je te dis qu'au jour du juge-
ment Sodome sera traitée moins rigoureusement que
toi[1]. »

25 En ce temps-là, Jésus prit la parole, et dit : « Je te
loue, Père, Seigneur du ciel et de la terre, de ce que tu as
caché ces choses aux sages et aux intelligents, et de ce
26 que tu les as révélées aux enfants[2] : oui, Père, je te loue
27 de ce que tel a été ton bon plaisir. Toutes choses m'ont
été enseignées par mon Père ; et nul ne connaît le Fils
que le Père, et nul ne connaît le Père que le Fils et que
celui à qui le Fils le veut bien révéler.

28 » Venez à moi, vous tous qui êtes fatigués et chargés,
29 et je vous donnerai du repos. Chargez-vous de mon joug
et apprenez de moi que je suis doux et humble de cœur ;
30 et vous trouverez du repos pour vos âmes, car mon joug
est doux, et mon fardeau léger. »

a. T. R. Et toi, Capharnaüm, toi *qui as été élevée* jusqu'au ciel, *tu seras abaissée* jusqu'aux enfers...

Épis arrachés un jour de sabbat. – Guérison de l'homme à la main sèche, dans la synagogue de Capharnaüm. – Hostilité des pharisiens. – Guérison d'un démoniaque aveugle et muet. – « Il chasse les démons par Belzébuth. » – Le blasphème contre le Saint-Esprit. – Le signe de Jonas. – Venue de la mère et des frères de Jésus.

En ce temps-là, Jésus passait par les blés, le jour du XII
sabbat, et ses disciples, qui avaient faim, se mirent à
arracher des épis et à les manger. Les pharisiens, voyant 2
cela, lui dirent : « Tes disciples font une chose qu'il
n'est pas permis de faire un jour de sabbat. » Mais Jésus 3
leur dit : « N'avez-vous pas lu ce que fit David, lorsqu'il
eut faim, lui et ceux qui étaient avec lui [1] ; comment il 4
entra dans la maison de Dieu, et mangea les pains de
proposition [2], ce qu'il ne lui était pas permis de manger,
non plus qu'à ceux qui l'accompagnaient, mais aux
seuls sacrificateurs ? Ou bien n'avez-vous pas lu dans 5
la Loi que, le jour du sabbat, les sacrificateurs profanent
le sabbat dans le temple, sans être coupables pour cela.
Or, je vous dis qu'il y a ici plus que le temple. Si vous 6-7
saviez ce que signifie cette parole : *Je veux la miséri-
corde et non le sacrifice* [3], vous n'auriez pas condamné
des innocents ; car le Fils de l'homme est maître du sab- 8
bat. »

Jésus, ayant quitté ce lieu, entra dans la synagogue. Il 9-10
s'y trouvait un homme qui avait la main sèche, et l'on
demanda à Jésus s'il était permis de guérir, le jour du
sabbat : c'était afin de l'accuser. Jésus leur dit : « Quel 11
est celui d'entre vous, qui, n'ayant qu'une brebis, si elle
vient à tomber, un jour de sabbat, dans une fosse, ne la

12 prend et ne l'en retire ? Combien un homme ne vaut-il
pas mieux qu'une brebis ! Ainsi, il est permis de bien
13 faire le jour du sabbat[1]. » Alors il dit à l'homme :
« Étends ta main. » Il l'étendit, et elle redevint saine
comme l'autre.
14 Les pharisiens sortirent et tinrent conseil contre lui,
15 sur les moyens de le faire périr ; mais Jésus, en ayant eu
connaissance, s'éloigna de ces lieux. Une grande foule
16 le suivit, et il guérit tous leurs malades ; et il leur
17 commanda sévèrement de ne pas le faire connaître, afin
que s'accomplît ce qui a été dit par Ésaïe, le prophète :
18 *Voici le serviteur que je me suis choisi, le bien-aimé en*
qui j'ai mis toute mon affection. Je lui donnerai mon
19 *Esprit, et il annoncera la justice aux nations. Il ne*
contestera point, il ne criera point, on n'entendra pas
20 *sa voix dans les places publiques ; il n'achèvera point*
de briser le roseau froissé, et il n'éteindra point le lumi-
gnon qui fume encore, jusqu'à ce qu'il ait fait triompher
21 *la justice. Et les nations mettront leur espérance en son*
nom[2].
22 Alors on lui amena un démoniaque aveugle et sourd-
muet, et il le guérit ; de sorte que le muet parlait et
23 voyait. Toute la foule était ravie en admiration, et
24 disait : « N'est-ce point là le Fils de David ? » Les pha-
risiens entendant cette parole, dirent : « Il ne chasse les
25 démons que par Belzébuth, prince des démons. » Jésus
connaissant leurs pensées, leur dit : « Tout royaume en
proie aux divisions se détruit, et toute ville ou maison en
26 proie aux divisions ne subsistera point. Si Satan chasse
Satan, il est divisé ; comment donc son royaume subsis-
27 tera-t-il ? Et si moi je chasse les démons par Belzébuth,
par qui vos fils les chassent-ils ? C'est pourquoi ils
28 seront eux-mêmes vos juges. Mais, si je chasse les

démons par l'Esprit de Dieu, le royaume de Dieu est
donc venu vers vous. Comment peut-on entrer dans la 29
maison de l'homme fort et piller ses biens, si l'on n'a
auparavant lié cet homme fort, après quoi on pillera sa
maison. Qui n'est pas avec moi, est contre moi ; et qui 30
n'assemble pas avec moi, disperse.

» C'est pourquoi je vous dis que tout péché et tout 31
blasphème seront pardonnés aux hommes ; mais le
blasphème contre l'Esprit ne leur sera point pardonné.
À celui qui aura parlé contre le Fils de l'homme, on le 32
lui pardonnera ; mais à celui qui aura parlé contre le
Saint-Esprit, on ne le lui pardonnera ni dans ce temps-
ci, ni dans le siècle à venir [1]. Ou dites que l'arbre est bon 33
et que son fruit est bon, ou dites que l'arbre est mauvais
et que son fruit est mauvais, car c'est au fruit qu'on
connaît l'arbre. Race de vipères, comment pouvez-vous 34
dire de bonnes choses, méchants comme vous l'êtes ?
car de l'abondance du cœur la bouche parle. L'homme 35
de bien tire de bonnes choses de son bon trésor [a], et le
méchant tire de mauvaises choses de son mauvais tré-
sor. Je vous déclare qu'au jour du jugement les hommes 36
rendront compte de toute parole mauvaise qu'ils auront
dite, car par vos paroles vous serez justifiés, et par vos 37
paroles vous serez condamnés. »

Alors des scribes et des pharisiens prirent la parole, 38
et lui dirent : « Maître, nous voudrions te voir faire un
miracle. » Mais Jésus leur répondit : « Cette génération 39
méchante et adultère réclame un miracle... eh bien ! il
ne lui en sera point accordé d'autre que celui de Jonas le
prophète : de même que Jonas passa trois jours et trois 40
nuits dans le ventre de la baleine, ainsi le Fils de

a. T. R. du bon trésor *de son cœur*.

l'homme passera trois jours et trois nuits dans le sein de
41 la terre [1]. Les Ninivites se lèveront au jour du jugement
avec cette génération, et la condamneront ; car ils se
repentirent à la prédication de Jonas, et il y a ici plus que
42 Jonas. La reine du Midi [2] se lèvera au jour du jugement
avec cette génération, et la condamnera ; car elle vint du
bout du monde pour entendre la sagesse de Salomon, et
il y a ici plus que Salomon.

43 » Quand l'esprit impur est sorti d'un homme, il va
par les lieux arides, cherchant du repos, et il n'en trouve
44 point. Alors il se dit : “Je vais retourner dans la maison
d'où je suis sorti ; il revient et la trouve vacante, balayée
45 et mise en ordre. Alors il va prendre avec lui sept autres
esprits plus méchants que lui, puis ils y entrent et s'y
établissent, et la dernière condition de cet homme est
pire que la première. Il en sera de même de cette
méchante génération [3].” »

46 Pendant qu'il parlait encore à la foule, sa mère et ses
47 frères [4] étaient dehors, qui cherchaient à lui parler. On
lui dit : « Ta mère et tes frères sont là dehors, et ils cher-
48 chent à te parler. » Mais Jésus répondit à celui qui le lui
disait : « Qui est ma mère, et qui sont mes frères ? »
49 Puis, étendant la main sur ses disciples, il dit : « Voici
50 ma mère et mes frères, car celui qui fait la volonté de
mon Père qui est dans les cieux, celui-là est mon frère,
et ma sœur, et ma mère. »

Jésus *sort de chez lui* et enseigne au bord de la mer. – Parabole du semeur et son explication. – Paraboles de l'ivraie et du bon grain, – du grain de moutarde, – du levain. – *Jésus rentre chez lui.* – Explication de la parabole de l'ivraie et du bon grain. – Paraboles du trésor dans le champ, – de la perle, – du filet. – « Avez-vous compris tout cela ? » – *Jésus à Nazareth* : Incrédulité.

Ce même jour, Jésus étant sorti de la maison, s'assit XIII
au bord de la mer. Il s'assembla près de lui une si grande 2
foule, qu'il entra dans une barque et s'y assit, et toute la
foule se tenait sur le rivage.
Il lui dit beaucoup de choses en paraboles. 3
« Un semeur, dit-il, sortit pour semer, et, comme il 4
semait, une partie de la semence tomba le long du che-
min : les oiseaux vinrent, et la mangèrent. Une autre 5
partie tomba sur les endroits pierreux où elle n'avait pas
beaucoup de terre : elle leva aussitôt, parce que le sol
n'avait pas de profondeur ; mais le soleil s'étant levé, 6
elle fut brûlée et sécha, faute de racines. Une autre par- 7
tie tomba parmi les épines : les épines crurent et l'étouf-
fèrent. Une autre partie tomba dans la bonne terre et 8
donna du fruit : un grain en donna cent, un autre
soixante, un autre trente. Que celui qui a des oreilles 9
pour entendre, entende [1]. »
Les disciples s'approchèrent de Jésus, et lui dirent : 10
« Pourquoi leur parles-tu, à eux, en paraboles ? » Il leur
répondit : « C'est que pour vous, il vous a été donné de 11
connaître les mystères du royaume des cieux ; mais
pour eux, cela ne leur a point été donné ; car on donnera 12
à celui qui a, et il sera dans l'abondance ; quant à celui

13 qui n'a pas, on lui ôtera même ce qu'il a[1]. En consé-
quence je leur parle en paraboles, parce qu'en regar-
dant, ils ne voient pas, et qu'en écoutant, ils n'entendent
14 ni ne comprennent, et que pour eux s'accomplit cette
prophétie d'Ésaïe : *Vous entendrez de vos oreilles, et
vous ne comprendrez pas ; vous regarderez de vos
15 yeux, et vous ne verrez pas. Car ce peuple s'est épaissi
l'intelligence, il est dur d'oreille, et il a fermé les yeux
de peur de voir de ses yeux, d'entendre de ses oreilles,
de comprendre avec son intelligence et de se convertir :
16 aussi ne le guérirai-je point*[2]. Mais heureux vos yeux,
parce qu'ils voient ; heureuses vos oreilles, parce
17 qu'elles entendent. En vérité, je vous le dis, beaucoup
de prophètes et de justes ont souhaité de voir ce que
vous voyez, et ne l'ont pas vu ; et d'entendre ce que
vous entendez, et ne l'ont pas entendu.

18 » Vous donc, écoutez ce que signifie la parabole du
19 semeur. Quand un homme entend la parole du royaume,
et ne la comprend pas, le malin vient et enlève ce qui a
été semé dans son cœur : cet homme est celui qui a reçu
20 la semence le long du chemin. Celui qui a reçu la
semence dans les endroits pierreux, c'est celui qui
21 entend la parole et la reçoit aussitôt avec joie ; mais il
n'y a point en lui de racines, et il est sans consistance :
que l'affliction ou la persécution survienne à cause de la
parole, elle est aussitôt pour lui une occasion de chute.
22 Celui qui a reçu la semence parmi les épines, c'est celui
qui entend la parole et en qui les soucis du temps présent
et la séduction des richesses étouffent cette parole et la
23 rendent infructueuse. Celui qui a reçu la semence dans
la bonne terre, c'est celui qui entend la parole et la
comprend, qui porte du fruit et donne, qui cent, qui
soixante, qui trente. »

Jésus leur proposa une autre parabole. « Le royaume 24
des cieux, dit-il, est semblable à un homme qui a semé
de bonne semence dans son champ. Pendant que les 25
gens dormaient, son ennemi vint, sema de l'ivraie parmi
le froment, et s'en alla. Quand le blé eut poussé et donné 26
des épis, alors l'ivraie parut aussi. Les serviteurs du père 27
de famille vinrent le trouver, et lui dirent : "Seigneur
n'as-tu pas semé de la bonne semence dans ton champ ?
D'où vient donc qu'il y a de l'ivraie ?" Il leur dit : "C'est 28
un ennemi qui a fait cela." Les serviteurs reprirent :
"Veux-tu donc que nous allions l'arracher ? — Non, 29
leur dit-il, de peur qu'en arrachant l'ivraie, vous n'arra-
chiez le froment en même temps. Laissez-les croître 30
tous deux ensemble jusqu'à la moisson, et, au moment
de la moisson, je dirai aux moissonneurs : Ramassez
d'abord l'ivraie et la liez en bottes pour la brûler ; quant
au froment, serrez-le dans mon grenier [1]." »

Il leur proposa une autre parabole. « Le royaume des 31
cieux, dit-il, est semblable à un grain de moutarde qu'un
homme a pris et a semé dans son champ. C'est la plus 32
petite des graines, mais quand elle a crû, elle est plus
grande que les plantes potagères et donne un arbre, de
sorte que les oiseaux du ciel viennent s'abriter dans ses
branches. »

Jésus leur dit une autre parabole : « Le royaume des 33
cieux est semblable à du levain qu'une femme a pris et
mis dans trois mesures de farine, jusqu'à ce que tout ait
levé. »

Jésus dit toutes ces choses à la foule en paraboles, et 34
il ne lui parlait point autrement, afin que s'accomplît ce 35
qui a été dit par le prophète : *J'ouvrirai la bouche pour
parler en paraboles, je publierai des choses cachées
depuis la création du monde* [2].

36 Alors laissant la foule, il rentra à la maison, et ses dis-
ciples s'approchèrent de lui, et lui dirent : « Explique-
37 nous la parabole de l'ivraie du champ. » Il répondit :
« Celui qui sème la bonne semence, c'est le Fils de
38 l'homme ; le champ, c'est le monde ; la bonne semence,
ce sont les fils du royaume ; l'ivraie, ce sont les fils du
39 malin ; l'ennemi qui l'a semée, c'est le diable ; la mois-
son, c'est la fin du monde ; les moissonneurs, ce sont les
40 anges. Comme donc on arrache l'ivraie et qu'on la brûle
41 au feu, ainsi en sera-t-il à la fin du monde. Le Fils de
l'homme enverra ses anges arracher de son royaume
42 tous les scandales et ceux qui commettent l'iniquité, et
ils les jetteront dans la fournaise ardente : c'est là qu'il
43 y aura des pleurs et des grincements de dents. Alors les
justes resplendiront comme le soleil dans le royaume de
leur Père. Que celui qui a des oreilles pour entendre,
entende.

44 » Le royaume des cieux est encore semblable à un
trésor caché dans un champ : un homme l'ayant décou-
vert, l'y cache de nouveau, et, dans sa joie, il s'en va,
vend tout ce qu'il a, et il achète le champ.

45 » Le royaume des cieux est encore semblable à un
46 marchand qui cherche de belles perles. En ayant trouvé
une de grand prix, il alla vendre tout ce qu'il avait, et il
l'acheta [1].

47 » Le royaume des cieux est encore semblable à un
filet qu'on a jeté dans la mer et qui ramasse toutes sortes
48 de poissons. Quand il est plein, les pêcheurs le tirent sur
la grève, puis ils s'asseyent, mettent ce qu'il y a de bon
49 dans leurs vaisseaux, et jettent le mauvais. Il en sera de
même à la fin du monde : les anges viendront séparer les
50 méchants d'avec les justes, et les jetteront dans la four-

naise ardente. C'est là qu'il y aura des pleurs et des grincements de dents.
» Avez-vous compris toutes ces choses ? — Oui, lui 51
dirent-ils. Et Jésus ajouta : « Voilà pourquoi tout scribe 52
versé dans ce qui regarde le royaume des cieux ressemble à un père de famille qui tire de son trésor des nouveautés et des antiques. »
Quand Jésus eut achevé ces paraboles, il quitta ces 53
lieux, et s'étant rendu dans sa patrie, il enseignait ses 54
concitoyens dans leur synagogue, de sorte qu'ils étaient frappés d'étonnement, et disaient : « D'où lui viennent
cette sagesse et ces miracles ? N'est-ce pas le fils du 55
charpentier [1] ? Sa mère ne s'appelle-t-elle pas Marie, et
ses frères, Jacques, Joseph, Simon et Jude ? Et ses 56
sœurs ne sont-elles pas toutes avec nous ? D'où lui
viennent donc cette sagesse et cette puissance ? » Et il 57
était pour eux une pierre d'achoppement. Mais Jésus leur dit : « Ce n'est que dans son pays et dans sa maison
qu'un prophète n'est pas honoré. » Et il ne fit pas beau- 58
coup de miracles dans ce lieu à cause de leur incrédulité.

Propos d'Hérode sur Jésus. – Mort de Jean Baptiste. – *Jésus se retire de l'autre côté de la mer :* la foule le suit. – La première multiplication des pains. – Retour et traversée des disciples. – Jésus marche sur les eaux. – *Il arrive au pays de Génésareth.*

En ce temps-là, Hérode le Tétrarque entendit le bruit XIV
qui se faisait autour de Jésus, et il dit à ses serviteurs : 2
« C'est Jean Baptiste ; il est ressuscité des morts, et c'est pour cela que la puissance miraculeuse se déploie en lui. »
Hérode, en effet, avait fait arrêter Jean, l'avait chargé 3

de chaînes et mis en prison à cause d'Hérodiade, femme
4 de [a] son frère, parce que Jean lui disait : « Il ne t'est pas
5 permis d'en faire ta femme [1]. » Il voulait le faire mourir,
mais il craignait le peuple, parce qu'on tenait Jean pour
6 un prophète. Or, à l'anniversaire de la naissance d'Hé-
rode, la fille d'Hérodiade [2] dansa devant les convives et
7 charma Hérode, si bien qu'il lui promit avec serment de
8 lui donner ce qu'elle demanderait. Poussée par sa mère,
elle lui dit : « Donne-moi, ici, dans un bassin, la tête de
9 Jean Baptiste. » Le roi en fut fâché ; mais à cause de ses
serments et de ceux qui étaient à table avec lui, il
10 commanda qu'on la lui donnât, et il envoya décapiter
11 Jean [3] dans la prison. On apporta la tête dans un bassin,
12 et on la donna à la jeune fille, qui la porta à sa mère. Les
disciples de Jean vinrent prendre le corps et l'enseveli-
rent, puis ils allèrent informer Jésus de ce qui s'était
passé.

13 Jésus ayant appris ce que disait Hérode, entra dans
une barque et se retira à l'écart, en un lieu solitaire ; la
foule, l'ayant su, l'y suivit à pied, des différentes villes.
14 Lorsqu'il sortit de la barque, il vit une grande foule, il
en eut pitié, et il guérit leurs malades.

15 Quand le soir fut venu, les disciples s'approchèrent
de Jésus, et lui dirent : « Ce lieu est désert et l'heure est
déjà avancée ; renvoie cette foule de gens, afin qu'ils
16 aillent dans les villages s'acheter des vivres. » Mais
Jésus leur dit : « Il n'est pas nécessaire qu'ils y aillent ;
17 donnez-leur vous-mêmes à manger. » Ils lui répondi-
rent : « Nous n'avons ici que cinq pains et deux pois-
18-19 sons. — Apportez-les-moi ici », leur dit Jésus. Après
avoir fait asseoir cette multitude sur l'herbe, il prit les

a. T. R. : femme de *Philippe*, son frère,

cinq pains et les deux poissons, et, levant les yeux au
ciel, il prononça la bénédiction ; puis, ayant rompu les
pains, il les donna à ses disciples, et les disciples les
donnèrent à la foule. Tous mangèrent et furent rassa- 20
siés ; et l'on emporta douze corbeilles pleines des mor-
ceaux qui restaient. Le nombre de ceux qui mangèrent 21
se montait à cinq mille hommes environ, sans compter
les femmes et les enfants [1].

Aussitôt après, Jésus pressa ses disciples d'entrer 22
dans la barque et de le précéder vers l'autre rive, pen-
dant qu'il renverrait la foule. Quand il l'eut renvoyée, il 23
monta sur la montagne, pour prier à l'écart ; et, la nuit
venue, il était là seul.

Cependant la barque, qui se trouvait déjà au milieu de 24
la mer, était tourmentée par les vagues, car le vent était
contraire. À la quatrième veille de la nuit, Jésus alla vers 25
ses disciples, en marchant sur la mer. Eux, le voyant 26
marcher sur la mer, furent bouleversés, et dirent :
« C'est un fantôme » ; et ils poussèrent un cri de
frayeur. Mais aussitôt Jésus leur parla, et leur dit : 27
« Rassurez-vous, c'est moi [2] ; n'ayez point de peur. »
Pierre ayant pris la parole lui dit : « Seigneur, si c'est 28
toi, ordonne que j'aille vers toi en marchant sur les
eaux. » Jésus lui dit : « Viens. » Et Pierre, étant sorti de 29
la barque, marcha sur les eaux et s'avança vers Jésus.
Mais, voyant que le vent était fort, il eut peur, et, comme 30
il commençait à enfoncer, il s'écria : « Seigneur, sauve-
moi ! » Aussitôt Jésus étendit la main, le saisit, et lui 31
dit : « Homme de peu de foi, pourquoi as-tu douté ? »
Ils entrèrent ensuite dans la barque, et le vent cessa [3]. 32
Ceux qui étaient dans la barque vinrent se prosterner 33
devant Jésus, disant : « Tu es vraiment Fils de Dieu. »

Lorsqu'ils eurent achevé leur traversée, ils arrivèrent 34

35 au pays de Génésareth. Les gens de l'endroit, ayant
reconnu Jésus, envoyèrent annoncer sa présence dans
tous les environs, de sorte qu'on lui amena tous les
36 malades. On le pria de leur laisser seulement toucher la
houppe de son manteau ; et tous ceux qui la touchèrent
furent guéris.

La Tradition. – « Ce qui souille l'homme. » – *Jésus aux confins de Tyr et de Sidon.* – La Cananéenne. – *Jésus revient près de la mer :* la foule le suit. – La seconde multiplication des pains.

XV Alors des scribes et des pharisiens venus de Jérusa-
2 lem s'approchèrent de Jésus, et lui dirent : « Pourquoi
tes disciples transgressent-ils la tradition des anciens ?
car ils ne se lavent pas les mains, quand ils prennent leur
3 repas. » Il leur répondit : « Et vous, pourquoi transgres-
sez-vous le commandement de Dieu par votre tradi-
4 tion ? Par exemple, Dieu a donné ce commandement :
Honore ton père et ta mère [1], et : *Que celui qui maudit*
5 *son père ou sa mère, soit mis à mort* ; mais vous, vous
dites : "Celui qui dira à son père ou à sa mère : 'Ce dont
j'aurais pu vous assister, j'en ai fait offrande à Dieu' ;
6 eh bien ! qu'il n'honore pas son père et sa mère !" Ainsi
vous mettez à néant le commandement de Dieu par
7 votre tradition [2]. Hypocrites, Ésaïe a bien prophétisé sur
8 votre compte, quand il a dit : *Ce peuple* [a] *m'honore des*
9 *lèvres, mais son cœur est fort éloigné de moi. C'est vai-*
nement qu'il m'honore, en donnant des préceptes qui ne
sont que des commandements d'hommes [3]. »
10 Puis, ayant appelé la foule, il lui dit : « Écoutez et

a. T. R. ajoute : *s'approche de moi de la bouche, et* m'honore.

comprenez : Ce n'est pas ce qui entre dans la bouche qui 11
souille l'homme ; c'est ce qui sort de la bouche : voilà
ce qui le souille. »

Alors les disciples s'approchèrent de lui, et lui 12
dirent : « Sais-tu que les pharisiens ont été scandalisés
de la parole qu'ils viennent d'entendre ? » Jésus répon- 13
dit : « Toute plante que mon Père céleste n'a pas plan-
tée, sera arrachée. Laissez-les ; ce sont des aveugles qui 14
conduisent des aveugles. Si un aveugle en conduit un
autre, ils tomberont tous deux dans un fossé. »

Pierre, prenant la parole, lui dit : « Explique-nous 15
cette sentence. — Vous aussi, dit Jésus, vous êtes 16
encore sans intelligence ? Vous ne comprenez pas que 17
tout ce qui entre dans la bouche, va dans le ventre et se
rejette aux lieux ; tandis que ce qui sort de la bouche 18
vient du cœur : voilà ce qui souille l'homme. Car c'est 19
du cœur que sortent les mauvaises pensées, les
meurtres, le libertinage, les vols, les faux témoignages,
les calomnies. C'est là ce qui souille l'homme ; mais de 20
manger sans s'être lavé les mains, cela ne souille pas
l'homme[1].

Jésus étant parti de là, se retira dans le territoire de 21
Tyr et de Sidon. Et une Cananéenne qui venait de ces 22
confins, lui dit à haute voix : « Seigneur, Fils de David,
aie pitié de moi : ma fille est cruellement tourmentée par
un démon. » Jésus ne lui répondit pas un mot. Ses dis- 23
ciples s'approchèrent de lui et le prièrent de la ren-
voyer : « Car, disaient-ils, elle nous poursuit de ses
cris. » Jésus répondit : « Je n'ai été envoyé qu'aux bre- 24
bis perdues de la maison d'Israël. » Mais cette femme 25
vint se prosterner devant lui en disant : « Seigneur,
secours-moi. » Il lui répondit : « Il n'est pas bien de 26
prendre le pain des enfants pour le jeter aux petits

27 chiens. » Elle repartit : « Sans doute, Seigneur, puisque
les petits chiens mangent les miettes qui tombent de la
28 table de leurs maîtres. » Alors Jésus lui dit : « Femme ta
foi est grande ; qu'il te soit fait comme tu le désires. »
Dès cette heure sa fille fut guérie [1].

29 Jésus, ayant quitté ces lieux, se rendit près de la mer
30 de Galilée. Il monta sur la montagne et s'assit. Une
grande foule s'approcha de lui, ayant avec elle des boi-
teux, des aveugles, des sourds-muets, des estropiés et
beaucoup d'autres malades. Elle les mit aux pieds de
31 Jésus, et il les guérit, de sorte que la foule était dans
l'admiration en voyant des muets parler, des estropiés
être guéris, des boiteux marcher, des aveugles voir ; et
elle glorifia le Dieu d'Israël.

32 Jésus ayant appelé ses disciples, leur dit : « J'ai
compassion de cette foule, car voilà déjà trois jours que
ces gens restent près de moi, et ils n'ont pas de quoi
manger. Je ne veux pas les renvoyer à jeun, de peur
33 qu'ils ne défaillent en route. Sur quoi ses disciples lui
dirent : « Où trouver en un désert assez de pains, pour
34 nourrir tant de monde. » Et Jésus leur dit : « Combien de
pains avez-vous ? — Sept, dirent-ils, et quelques petits
35-36 poissons. » Alors il fit asseoir la foule par terre, puis il
prit les sept pains et les poissons, et, ayant rendu grâces,
il les rompit et les donna à ses disciples, et les disciples
37 les donnèrent à la foule. Tous mangèrent et furent rassa-
siés, et l'on emporta sept corbeilles pleines des mor-
38 ceaux qui restaient. Le nombre de ceux qui mangèrent
s'élevait à quatre mille hommes, sans compter les
femmes et les enfants [2].

39 Après avoir renvoyé la foule, Jésus entra dans la
barque et gagna le territoire de Magadan.

Refus d'un signe venant du ciel. – *Jésus passe la mer et va du côté de Césarée de Philippe.* – Le levain des pharisiens. – « Qui dites-vous que je suis ? » – Jésus annonce ses souffrances. – « Porter sa croix. »

Les pharisiens et les sadducéens l'abordèrent, et, XVI
pour le mettre à l'épreuve, lui demandèrent de leur faire
voir un signe qui vînt du ciel. Jésus leur répondit : 2
« Quand le soir est venu, vous dites : "Beau temps ! car
le ciel est rouge" ; et le matin : "Mauvais temps 3
aujourd'hui ! car le ciel est d'un rouge sombre." Vous
savez bien discerner l'aspect du ciel, et vous ne pouvez
discerner les signes des temps ! Cette génération 4
méchante et adultère réclame un signe, eh bien ! il ne lui
en sera point accordé d'autre que celui de Jonas le prophète. »

Là-dessus, il les quitta et s'en alla.

Les disciples, en passant à l'autre bord, avaient 5
oublié de prendre des pains. Jésus leur dit : « Gardez- 6
vous du levain des pharisiens et des sadducéens, et
faites-y attention. » Les disciples raisonnaient entre 7
eux, et disaient : « C'est que nous n'avons pas pris des
pains. » Jésus s'en étant aperçu, leur dit : « Quelle idée 8
avez-vous, gens de peu de foi ? C'est que vous n'avez
pas pris des pains ! Vous ne comprenez pas encore, et 9
vous ne vous rappelez pas les cinq pains des cinq mille
hommes, et combien de corbeilles vous en avez eues ;
non plus que les sept pains des quatre mille hommes, et 10
combien de corbeilles vous en avez emportées.
Comment ne voyez-vous pas que ce n'est pas de pains 11
que je vous ai parlé ? Oui, gardez-vous du levain des

12 pharisiens et des sadducéens. » Ils comprirent alors que
ce n'était pas du levain du pain qu'il avait dit de se gar-
der, mais de l'enseignement des pharisiens et des sad-
ducéens.
13 Jésus, étant arrivé dans le territoire de Césarée de
Philippe, adressa cette question à ses disciples : « Qui
14 dit-on que je suis, moi, le Fils de l'homme ? » Ils lui
répondirent : « Les uns disent que tu es Jean Baptiste ;
les autres, que tu es Élie ; d'autres, Jérémie ou quel-
15 qu'un des prophètes. — Et vous, leur dit-il, qui dites-
16 vous que je suis ? » Simon Pierre répondit : « Toi, tu es
17 le Messie, le Fils du Dieu vivant. » Jésus reprit, et lui
dit : « Tu es heureux, Simon, fils de Jonas, car ce n'est
pas la chair et le sang qui t'ont révélé cela, mais mon
18 Père qui est dans les cieux. Et moi, je te dis que tu es
Pierre, et que sur cette pierre je bâtirai mon église [1], et
que les portes des enfers ne prévaudront point contre
19 elle. Je te donnerai les clefs du royaume des cieux : ce
que tu lieras sur la terre, sera lié dans les cieux, et ce que
20 tu délieras sur la terre, sera délié dans les cieux. » Alors
il enjoignit à ses disciples de ne dire à personne qu'il
était le Messie.
21 Dès lors Jésus commença à leur faire connaître qu'il
fallait qu'il allât à Jérusalem, qu'il souffrît beaucoup de
la part des anciens, des principaux sacrificateurs et des
scribes, qu'il fût mis à mort, et qu'il ressuscitât le troi-
22 sième jour. Pierre le prenant à part, se mit à le reprendre,
disant : « À Dieu ne plaise, Seigneur ! Cela ne t'arrivera
23 pas. » Mais Jésus s'étant retourné, dit à Pierre : « Ar-
rière de moi, Satan, tu m'es en scandale, car tes senti-
ments ne sont pas ceux de Dieu, mais ceux des hom-
mes. »
24 Là-dessus, Jésus dit à ses disciples : « Si quelqu'un

veut venir après moi, qu'il renonce à lui-même, qu'il se
charge de sa croix, et qu'il me suive. Car celui qui veut 25
sauver sa vie, la perdra ; mais celui qui perdra sa vie à
cause de moi, la retrouvera. Que sert-il à un homme de 26
gagner le monde entier, s'il perd son âme ? Ou, que
donnera un homme pour recouvrer son âme ? En effet, 27
le Fils de l'homme doit venir dans la gloire de son Père,
avec ses anges, et alors il rendra à chacun selon ses
œuvres. En vérité, je vous le dis, quelques-uns de ceux 28
qui sont ici présents ne goûteront point la mort, qu'ils
n'aient vu le Fils de l'homme venir dans sa royauté [1]. »

La Transfiguration. – « Élie est déjà venu. » – Guérison d'un lunatique. – La puissance de la foi. – *Tournée en Galilée :* Jésus annonce ses souffrances. – *Retour à Capharnaüm :* Le statère dans le poisson.

Six jours après, Jésus, ayant pris avec lui Pierre, XVII
Jacques et Jean, son frère, les mena à l'écart sur une
haute montagne, et il fut transfiguré devant eux : son 2
visage resplendit comme le soleil, et ses vêtements
devinrent blancs comme la lumière [2]. Tout à coup 3
Moïse et Élie [3] leur apparurent, s'entretenant avec lui.
Pierre, prenant la parole, dit à Jésus : « Seigneur, il est 4
bon que nous soyons ici ; si tu le veux, je dresserai ici
trois tentes, une pour toi, une pour Moïse, et une pour
Élie. » Comme il parlait encore, une nuée lumineuse les 5
enveloppa, et il en sortit une voix qui dit : « Celui-ci est
mon Fils bien-aimé, en qui j'ai mis toute mon affection :
écoutez-le. » Les disciples, entendant cette voix, tom- 6
bèrent la face contre terre, et furent saisis d'une vive
frayeur. Jésus s'approcha d'eux, les toucha, et leur dit : 7

8 « Relevez-vous, et n'ayez point de peur. » Et eux,
levant les yeux, ne virent que Jésus seul.
9 En descendant de la montagne, Jésus leur défendit de
parler à personne de cette vision, jusqu'à ce que le Fils
10 de l'homme fût ressuscité des morts. Et les disciples lui
adressèrent cette question : « Pourquoi donc les scribes
11 disent-ils qu'Élie doit venir premièrement ? » Il répon-
dit : « Élie doit venir, en effet, et rétablir toutes choses ;
12 mais je vous dis qu'Élie est déjà venu. Ils ne l'ont pas
reconnu, mais ils lui ont fait tout ce qu'ils ont voulu. Ils
13 feront souffrir de même le Fils de l'homme. » Alors les
disciples comprirent qu'il leur parlait de Jean Baptiste.
14 Quand ils arrivèrent vers la foule, un homme s'ap-
15 procha de Jésus, se jeta à ses genoux, et lui dit : « Sei-
gneur, aie pitié de mon fils qui est lunatique et très
malade, car souvent il tombe dans le feu, souvent aussi
16 dans l'eau. Je l'ai amené à tes disciples, et ils n'ont pu le
17 guérir. » Jésus répondit : « Race incrédule et perverse,
jusques à quand serai-je avec vous ? Jusques à quand
18 vous supporterai-je ?... Amenez-le-moi ici. » Jésus
tança le démon : le démon sortit, et l'enfant fut guéri sur
l'heure.
19 Alors les disciples s'approchèrent de Jésus, et lui
dirent en particulier : « Pourquoi n'avons-nous pu chas-
20 ser ce démon ? » Jésus leur dit : « C'est à cause de votre
manque de foi. En vérité, je vous dis que si vous aviez
de la foi gros comme un grain de moutarde, vous diriez
à cette montagne : Transporte-toi d'ici là ; et elle s'y
21 transporterait, et rien ne vous serait impossible. Cette
sorte de démon ne sort que par la prière et par le jeûne. »
22 Pendant qu'ils parcouraient la Galilée, Jésus leur dit :
« Le Fils de l'homme doit être livré entre les mains des

hommes ; ils le mettront à mort, mais, le troisième jour, 23
il ressuscitera. » Et ils en furent vivement affligés.

Lorsqu'ils furent de retour à Capharnaüm, les per- 24
cepteurs de la double drachme s'approchèrent de
Pierre, et lui dirent : « Votre maître ne paie-t-il pas la
double drachme ? — Oui », dit-il. Quand Pierre entra 25
dans la maison, Jésus le prévint, et lui dit : « Que t'en
semble, Simon ? Sur qui les rois de la terre lèvent-ils
des impôts ou des contributions ? sur leurs fils ou sur les
étrangers ? — Sur les étrangers, lui dit-il. — Ainsi 26
donc, dit Jésus, les fils en sont exempts. Néanmoins, 27
pour ne pas les scandaliser, va-t'en à la mer, jette l'hameçon, prends le premier poisson que tu tireras, ouvre-lui la bouche, et tu trouveras un statère. Prends-le, et donne-le-leur pour moi et pour toi [1]. »

« Qui est le plus grand dans le royaume des cieux ? » – Respect pour les petits. – Les scandales. – Parabole de la brebis perdue. – Le pardon des offenses. – Parabole du serviteur impitoyable.

En ce même moment, les disciples s'adressèrent à XVIII
Jésus, et lui dirent : « Qui donc est le plus grand dans le
royaume des cieux ? » Jésus, ayant appelé un petit 2
enfant, le plaça au milieu d'eux, et dit : « En vérité, je 3
vous dis que si vous ne changez et ne devenez comme
les petits enfants, vous n'entrerez pas dans le royaume
des cieux. Celui donc qui se rendra humble comme ce 4
petit enfant sera le plus grand dans le royaume des
cieux.

» Celui qui reçoit un tel enfant en mon nom, me 5
reçoit. Mais, si quelqu'un devait être une occasion de 6
chute pour un seul de ces petits qui croient en moi, il

vaudrait mieux pour lui qu'on lui suspendît au cou une
grosse meule de moulin et qu'on le précipitât au plus
profond de la mer.
7 » Malheur au monde à cause des scandales ! Il est
impossible qu'il n'y ait pas de scandales ; néanmoins,
8 malheur à l'homme par qui le scandale arrive ! Si ta
main ou ton pied est pour toi une occasion de chute,
coupe-les et les jette loin de toi ; il te vaut mieux entrer
dans la vie, boiteux ou manchot, que d'avoir deux
9 mains ou deux pieds, et d'être jeté dans le feu éternel. Et
si ton œil est pour toi une occasion de chute, arrache-le
et le jette loin de toi ; il te vaut mieux entrer borgne dans
la vie, que d'avoir deux yeux, et d'être jeté dans la
Géhenne ardente [1].
10 » Prenez garde de mépriser un seul de ces petits, car
je vous déclare que leurs anges, dans les cieux, voient
continuellement la face de mon Père qui est dans les
cieux [a].
12 » Que vous en semble ? Si un homme a cent brebis,
et que l'une d'elles s'égare, ne laisse-t-il pas les quatre-
vingt-dix-neuf autres sur les montagnes, pour aller
13 chercher celle qui est égarée ? Et, s'il a le bonheur de la
trouver, il en a plus de joie, je vous assure, que des
quatre-vingt-dix-neuf autres qui ne se sont point éga-
14 rées [2]. De même, c'est la volonté de votre Père qui est
dans les cieux, qu'il ne se perde pas un seul de ces petits.
15 » Si ton frère t'a offensé, va, fais-le-lui sentir seul à
16 seul : s'il t'écoute, tu auras gagné ton frère. S'il ne
t'écoute pas, prends encore une ou deux personnes avec
toi, afin que *toute l'affaire soit décidée sur la déclara-*

a. T. R. ajoute v. 11 : *Car le Fils de l'homme est venu chercher et sauver ce qui était perdu.*

tion de deux ou trois témoins[1]. S'il refuse de les écouter, 17
dis-le à l'église ; et s'il refuse aussi d'écouter l'église,
qu'il soit pour toi comme un païen et un publicain. En 18
vérité, je vous dis que tout ce que vous lierez sur la terre,
sera lié dans le ciel, et que tout ce que vous délierez sur
la terre, sera délié dans le ciel[2].

» En vérité, je vous dis encore que si deux d'entre 19
vous s'accordent sur la terre, pour demander quoi que
ce soit, ils obtiendront de mon Père qui est dans les
cieux, tout ce qu'ils auront demandé ; car, où il y a deux 20
ou trois personnes assemblées en mon nom, je suis là au
milieu d'elles. »

Alors Pierre s'approcha, et lui dit : « Seigneur, 21
combien de fois pardonnerai-je à mon frère, s'il m'of-
fense ? Sera-ce jusqu'à sept fois ? » Jésus lui dit : « Je 22
ne dis pas jusqu'à sept fois, mais jusqu'à soixante-dix
fois sept fois.

» C'est pourquoi le royaume des cieux ressemble à 23
un roi qui voulut régler ses comptes avec ses serviteurs.
On lui amena, pour commencer, un homme qui lui 24
devait dix mille talents. Comme il ne pouvait payer, le 25
maître ordonna de le vendre en paiement, lui, sa femme,
ses enfants et tout ce qu'il avait. Ce serviteur se jetant à 26
ses pieds, se tenait prosterné, et lui disait : "Use de
patience envers moi, et je te paierai tout." Le maître de 27
ce serviteur, ému de pitié, le laissa aller, et le tint quitte
de sa dette. Mais, en sortant, ce serviteur trouva un de 28
ses compagnons, qui lui devait cent deniers, et le saisis-
sant à la gorge jusqu'à l'étrangler, il lui dit : "Paie,
puisque tu dois." Son compagnon se jeta à ses pieds, et 29
lui dit en le suppliant : "Use de patience envers moi, et
je te paierai." Mais l'autre ne le voulut point, et il le fit 30
jeter en prison, jusqu'à ce qu'il eût payé ce qu'il devait.

31 Ses compagnons, témoins de ce qui s'était passé, en res-
sentirent un profond chagrin, et allèrent raconter à leur
32 maître tout ce qui s'était passé. Alors le maître, ayant
fait venir ce serviteur, lui dit : "Méchant serviteur, je
t'avais remis en entier ta dette parce que tu m'en avais
33 supplié ; ne devais-tu pas aussi avoir pitié de ton
34 compagnon, comme j'ai eu pitié de toi ?" Et le maître
irrité le livra aux geôliers, jusqu'à ce qu'il eût payé tout
35 ce qu'il lui devait. C'est ainsi que mon Père céleste vous
traitera, si chacun de vous ne pardonne pas à son frère
de tout son cœur[1]. »

Jésus se rend en Judée : la foule le suit. – « Est-il permis de répudier sa femme ? » – « Laissez venir vers moi les petits enfants. » – Le jeune homme riche. – « Quitter tout. »

XIX Quand Jésus eut achevé ces discours, il quitta la Gali-
lée, et se rendit aux confins de la Judée, de l'autre côté
2 du Jourdain. Une grande foule le suivit, et il guérit ceux
qui étaient malades.

3 Des pharisiens vinrent vers lui, et lui dirent, pour le
mettre à l'épreuve : « Est-il permis à un homme de répu-
4 dier sa femme pour quelque motif que ce soit ? » Jésus
répondit : « N'avez-vous pas lu que celui qui les créa à
5 l'origine *les fit, l'un homme, l'autre femme*, et dit : *Pour
cette raison, l'homme quittera son père et sa mère pour
s'attacher à sa femme, et les deux ne feront qu'une seule
6 chair*[2] ? Ainsi ils ne sont plus deux, mais ils sont une
seule chair. Que l'homme donc ne sépare pas ce que
7 Dieu a uni. » Ils lui dirent : « Pourquoi donc Moïse a-t-il
prescrit de donner à une femme un acte de divorce, et de
8 la répudier ? » Jésus leur dit : « C'est à cause de la

dureté de votre cœur que Moïse vous a autorisés à répu-
dier vos femmes ; mais à l'origine, il n'en a pas été
ainsi. Moi, je vous dis que celui qui répudie sa femme, si 9
ce n'est pour cause d'infidélité, et en épouse une autre,
commet un adultère, et que celui qui épouse une femme
répudiée commet un adultère. » Ses disciples lui dirent : 10
« Si tel est le rapport de l'homme avec la femme, il vaut
mieux ne pas se marier. » Il leur dit : « Les hommes ne 11
sont pas tous capables de tenir ce langage, mais seule-
ment ceux à qui cela a été donné ; car il y a des eunuques 12
qui sont tels dès le sein de leur mère ; il y a aussi des
eunuques qui le sont devenus par la main des hommes,
et il y en a qui se sont faits eunuques eux-mêmes à cause
du royaume des cieux [1]. Que celui qui est capable de
cette résolution, la prenne. »

Alors on lui amena de petits enfants, afin qu'il leur 13
imposât les mains, et qu'il priât pour eux. Les disciples
reprenaient ces gens ; mais Jésus dit : « Laissez ces 14
petits enfants, et ne les empêchez pas de venir vers moi,
car le royaume des cieux est à ceux qui leur ressem-
blent. » Puis, après leur avoir imposé les mains, il conti- 15
nua sa route.

Un homme aborda Jésus, et lui dit : « [a]Maître, quel 16
bien dois-je faire pour avoir la vie éternelle ? » Jésus lui 17
dit : « Pourquoi me demandes-tu, à moi, le bien que tu
dois faire ? Un seul est le Bon [b]. Si tu veux entrer dans
la vie, garde les commandements. — Lesquels ? lui dit 18
cet homme. — C'est, répondit Jésus, *tu ne tueras point ;*
tu ne commettras point l'adultère ; tu ne déroberas
point ; tu ne porteras point de faux témoignage ;

a. T. R. : *Bon* Maître.

b. T. R. Jésus lui dit : *Pourquoi m'appelles-tu bon ? il n'y a qu'un seul Bon, c'est Dieu*. Si tu veux...

19 *honore ton père et ta mère*[1], et *tu aimeras ton prochain*
20 *comme toi-même.* » Le jeune homme répondit : « J'ai
gardé tous ces commandements[a] ; que me manque-t-il
21 encore ? » Jésus lui dit : « Si tu veux être parfait, va,
vends ce que tu as et le donne aux pauvres, et tu auras
22 un trésor dans le ciel ; puis viens, et suis-moi. » Le
jeune homme, ayant entendu cette parole, s'en alla tout
23 triste, car il avait de grands biens. Jésus dit à ses dis-
ciples : « En vérité, je vous dis qu'il est difficile à un
24 riche d'entrer dans le royaume des cieux. Je vous le dis
encore, il est plus aisé qu'un chameau passe par le trou
d'une aiguille, qu'il ne l'est à un riche d'entrer dans le
25 royaume de Dieu. » Les disciples vivement frappés de
cette parole, disaient : « Qui peut donc être sauvé ? »
26 Jésus arrêtant son regard sur eux, dit : « Cela est impos-
sible aux hommes, mais toutes choses sont possibles à
Dieu[2]. »

27 Alors Pierre prenant la parole, dit : « Pour nous, tu le
vois, nous avons tout quitté pour te suivre ; qu'avons-
28 nous donc à attendre ? » Jésus leur dit : « En vérité, je
vous le dis, lors de la Renaissance[3], quand le Fils de
l'homme sera assis sur son trône glorieux, vous qui
m'avez suivi, vous serez aussi assis sur douze trônes,
29 pour juger les douze tribus d'Israël. Celui qui aura
quitté pour mon nom ses maisons, ou ses frères, ou ses
sœurs, ou son père, ou sa mère, ou ses enfants, ou ses
terres, en recevra beaucoup plus, et il héritera la vie
30 éternelle. Bien des derniers seront les premiers, et bien
des premiers seront les derniers. »

a. T. R. ajoute : *dès ma jeunesse ;*

Parabole des ouvriers. – *Jésus monte à Jérusalem.* – Il annonce ses souffrances. – Demande des fils de Zébédée. – *Jésus à Jéricho :* il guérit deux aveugles.

« En effet, le royaume des cieux est semblable à un XX
chef de famille, qui sortit dès le matin, afin de louer des
ouvriers pour sa vigne. Il fit accord avec eux à raison 2
d'un denier par jour, et les envoya à sa vigne. Il sortit 3
vers la troisième heure, et ayant vu d'autres ouvriers qui
étaient sur la place, sans rien faire, il leur dit : "Allez, 4
vous aussi, à ma vigne, et je vous donnerai ce qui sera
raisonnable" ; et ils y allèrent. Il sortit encore vers la 5
sixième heure et vers la neuvième, et fit de même. Étant 6
sorti vers la onzième heure, il en trouva d'autres qui se
tenaient sur la place, et leur dit : "Pourquoi vous tenez-
vous ici toute la journée, sans rien faire ? — C'est que 7
personne, lui dirent-ils, ne nous a loués." Et il leur dit :
"Allez, vous aussi, à ma vigne." Quand le soir fut venu, 8
le maître de la vigne dit à son intendant : "Appelle les
ouvriers, et leur donne leur salaire, en allant des der-
niers aux premiers." Les ouvriers loués à la onzième 9
heure vinrent, et reçurent chacun un denier. Puis vinrent 10
les premiers, qui croyaient recevoir davantage, et ils
reçurent, eux aussi, un denier chacun. En le touchant, ils 11
murmuraient contre le maître, et disaient : "Ces derniers 12
n'ont fait qu'une heure, et tu les mets sur le même pied
que nous, qui avons supporté la fatigue et l'ardeur brû-
lante du jour." Mais le maître, prenant la parole, dit à 13
l'un d'eux : "Mon ami, je ne te fais point de tort : n'es-
tu pas convenu d'un denier avec moi ? Prends ce qui te 14
revient, et t'en va. Pour moi, je veux donner à ce dernier

15 autant qu'à toi. Ne suis-je pas libre de faire ce que je
veux de mon bien ? ou vois-tu de mauvais œil que je
16 sois bon ?" — Ainsi les derniers seront les premiers, et
les premiers seront les derniers[a][1]. »
17 Comme Jésus montait à Jérusalem, il prit à part les
18 douze disciples, en chemin, et leur dit : « Voici que nous
montons à Jérusalem, et le Fils de l'homme sera livré
aux principaux sacrificateurs et aux scribes : ils le
19 condamneront à mort et le livreront aux Gentils, pour le
bafouer, le flageller et le crucifier ; mais, le troisième
jour, il ressuscitera. »
20 Alors la mère des fils de Zébédée s'approcha de lui
avec ses fils, et se prosterna pour lui faire une demande.
21 Jésus lui dit : « Que veux-tu ? — Ordonne, dit-elle, que
mes deux fils que voici, soient assis, l'un à ta droite,
22 l'autre à ta gauche, dans ton royaume. » Jésus répondit :
« Vous ne savez ce que vous demandez. Pouvez-vous
boire le calice que je dois boire[b] ? — Nous le pou-
23 vons », dirent-ils. Et Jésus répondit : « Oui, vous boirez
mon calice[c] ; quant à être assis à ma droite et à ma
gauche, il ne m'appartient pas de l'accorder : cette dis-
tinction sera pour ceux à qui mon Père l'a réservée. »
24 Les dix autres disciples, ayant entendu cette demande,
25 furent irrités contre les deux frères. Jésus les appela, et
leur dit : « Vous savez que les princes des nations les
26 maîtrisent, et que les grands les dominent. Il n'en sera
point ainsi parmi vous ; mais que celui qui aspire à être
27 grand parmi vous, soit votre serviteur, et que celui qui
28 veut être le premier parmi vous, soit votre esclave. C'est
ainsi que le Fils de l'homme est venu, non pour être

a. T. R. ajoute : *car il y a beaucoup d'appelés, mais peu d'élus.*
b. T. R. ajoute : *et être baptisé du baptême dont je dois être baptisé ?*
c. T. R. ajoute : *et vous serez baptisés du baptême dont je dois être baptisé ;*

servi, mais pour servir et donner sa vie pour la rançon de
beaucoup. »
Comme ils sortaient de Jéricho, une grande foule sui- 29
vit Jésus. Deux aveugles assis au bord de la route, 30
entendant dire que Jésus passait, se mirent à crier : « Aie
pitié de nous, Seigneur, Fils de David. » La foule les 31
reprenait pour les faire taire ; mais ils criaient plus fort :
« Aie pitié de nous, Seigneur, Fils de David. » Jésus 32
s'arrêta, les appela, et leur dit : « Que voulez-vous que
je vous fasse ? » Ils lui dirent : « Seigneur que nous 33
recouvrions la vue. » Jésus, ému de compassion, leur 34
toucha les yeux ; et aussitôt ils recouvrèrent la vue, et le
suivirent.

Entrée de Jésus à Jérusalem. – Ovation populaire. – Les vendeurs chassés du temple. – Indignation des sacrificateurs. – *Jésus passe la nuit à Béthanie. – Il revient le lendemain dans le temple.* – Le figuier maudit. – La puissance de la foi. – « De quel droit fais-tu ces choses ? » – Parabole des vignerons. – Hostilité des sacrificateurs et des pharisiens.

Lorsqu'ils approchèrent de Jérusalem et qu'ils eurent XXI
atteint Bethphagé, vers la montagne des Oliviers, Jésus
envoya deux disciples, en leur disant : « Allez à ce vil- 2
lage qui est en face de vous, et, en entrant, vous trouve-
rez une ânesse attachée et un ânon avec elle ; détachez-
les, et amenez-les-moi. Si l'on vous dit quelque chose, 3
vous direz que le Seigneur en a besoin, et on les enverra
tout de suite[1]. » Cela arriva, afin que s'accomplît la 4
parole du prophète : *Dites à la fille de Sion : Voici ton* 5
roi qui vient à toi ; il est clément, et monté sur une
ânesse et sur un ânon, le petit d'une bête de somme[2].

6 Les disciples partirent et firent comme Jésus le leur
7 avait commandé. Ils amenèrent l'ânesse et l'ânon,
mirent leurs manteaux sur ces animaux, et Jésus s'assit
8 dessus. La plupart des gens étendaient leurs manteaux
sur la route, tandis que d'autres coupaient des rameaux
9 aux arbres, et en jonchaient le chemin. La foule qui
allait devant, et celle qui suivait, criaient :

« Hosanna au Fils de David [1] !
» *Béni soit celui qui vient au nom du Seigneur* [2] *!*
» Hosanna dans les lieux très hauts ! »

10 Et quand il entra dans Jérusalem, toute la ville fut en
11 émoi. On disait : « Qui est-ce ? » Et la foule répondait :
« C'est Jésus le prophète de Nazareth en Galilée. »

12 Jésus entra dans le temple de Dieu ; il chassa tous
ceux qui vendaient et qui achetaient dans le temple ; il
renversa les tables des changeurs et les bancs des ven-
13 deurs de pigeons, et leur dit : « Il est écrit : *Ma maison
sera appelée une maison de prière,* mais vous, vous en
faites *une caverne de voleurs* [3]. »

14 Des aveugles et des boiteux vinrent le trouver dans le
temple et il les guérit.

15 Les principaux sacrificateurs et les scribes voyant les
merveilles qu'il avait faites, et les enfants qui criaient
dans le temple : « Hosanna au Fils de David ! » s'en
16 indignèrent, et lui dirent : « Tu entends ce qu'ils disent ?
— Oui, leur dit Jésus ; n'avez-vous jamais lu cette
parole : *Tu as tiré des louanges de la bouche des petits
17 enfants et de ceux qui sont à la mamelle* [4] ? » Et il les
laissa là, et sortit de la ville pour se rendre à Béthanie,
où il passa la nuit.

18-19 Le matin, en revenant à la ville, il eut faim, et ayant
vu un figuier sur la route, il y monta ; et n'y trouvant que
des feuilles, il lui dit : « Que jamais fruit ne naisse de

toi ! » À l'instant le figuier sécha. À cette vue, les dis- 20
ciples étonnés, dirent : « Comment ce figuier a-t-il
séché tout à coup[1] ? » Jésus leur répondit : « En vérité, 21
je vous dis que si vous aviez de la foi et que vous ne dou-
tiez point, non seulement vous feriez ce qui a été fait à
ce figuier, mais encore quand vous diriez à cette mon-
tagne : Va te jeter à la mer, cela se ferait. Tout ce que 22
vous demanderez avec foi, dans votre prière, vous l'ob-
tiendrez. »

Lorsque Jésus fut entré dans le temple, les principaux 23
sacrificateurs et les anciens du peuple le vinrent trouver
pendant qu'il enseignait, et lui dirent : « De quel droit
fais-tu ces choses, et qui t'a donné ce droit ? » Jésus leur 24
répondit : « Je vous ferai aussi une question, et, si vous
y répondez, je vous dirai de quel droit je fais ces choses.
Le baptême de Jean, d'où venait-il ? du ciel ou des hom- 25
mes ? » Mais ils firent entre eux cette réflexion : « Si
nous disons "du ciel", il nous dira : "Pourquoi donc n'y
avez-vous pas cru ?" et si nous disons "des hommes", 26
nous avons lieu de craindre le peuple, car tout le monde
tient Jean pour un prophète. Ils répondirent à Jésus : 27
"Nous ne savons." Jésus leur dit aussi : "Moi non plus,
je ne vous dirai pas de quel droit je fais ces choses."

» Mais, que vous semble-t-il de ceci ? Un homme 28
avait deux fils, et, s'adressant au premier, il lui dit :
"Mon enfant, va aujourd'hui travailler à la vigne."
Celui-ci répondit : "Non, je ne veux pas." Mais ensuite 29
il se repentit, et y alla. Le père s'adressa à l'autre, et lui 30
parla de la même manière. Celui-ci répondit : "J'y vais,
seigneur" ; et il n'y alla point. Lequel des deux a fait la 31
volonté de son père ? — C'est le premier », dirent-ils.
Jésus ajouta : « En vérité, je vous dis que les publicains
et les femmes de mauvaise vie vous devancent dans le

32 royaume de Dieu ; car Jean est venu à vous en toute
droiture, et vous ne l'avez pas cru, tandis que les publi-
cains et les femmes de mauvaise vie ont ajouté foi à sa
parole ; et ensuite, quand bien même vous en avez été
témoins, vous ne vous êtes pas repentis et vous n'avez
point cru.
33 » Écoutez une autre parabole : Il y avait un chef de
famille qui avait planté une vigne ; il l'avait entourée
d'une haie, y avait creusé un pressoir, bâti une tour ;
puis, il la donna à cultiver à des vignerons, et quitta le
34 pays. Quand vint le temps des vendanges, il envoya ses
serviteurs vers les vignerons pour recevoir sa récolte ;
35 mais les vignerons, ayant pris ses serviteurs, battirent
36 l'un, tuèrent l'autre, et en lapidèrent un troisième. Le
maître en envoya d'autres en plus grand nombre que les
37 premiers, et ils les traitèrent de même. Enfin il leur
envoya son fils, se disant : “Ils respecteront mon fils.”
38 Mais quand les vignerons virent le fils, ils se dirent entre
eux : “C'est l'héritier ; venez, tuons-le, et gardons son
39 héritage.” Là-dessus, ils le prirent, le jetèrent hors de la
40 vigne et le tuèrent. Eh bien ! quand le maître de la vigne
41 viendra, que fera-t-il à ces vignerons ? » Ils dirent à
Jésus : « Il fera périr misérablement ces misérables, et
remettra la vigne à d'autres vignerons, qui lui donne-
42 ront le produit en la saison. » Jésus leur dit : « N'avez-
vous jamais lu dans les Écritures cette parole : *La pierre
que les constructeurs avaient mise au rebut, est deve-
nue la pierre angulaire. C'est par la volonté du Sei-
gneur qu'elle l'est devenue, et elle est une merveille à
43 nos yeux* [1]. C'est pourquoi je vous dis que le royaume de
Dieu vous sera ôté, et qu'il sera donné à une nation qui
45 en produira les fruits [a]. » En entendant les paraboles de

a. T. R. ajoute v. 44 : *et celui qui tombera sur cette pierre, s'y brisera, et elle écrasera celui sur qui elle tombera.*

Jésus, les principaux sacrificateurs et les pharisiens
comprirent que c'était d'eux qu'il parlait, et, quoiqu'ils 46
eussent le désir de se saisir de lui, la crainte du peuple
les retint, parce qu'on tenait Jésus pour un prophète.

Parabole des noces. – « Est-il permis de payer le tribut à César ? » – Y a-t-il une résurrection des morts ? – « Quel est le plus grand commandement ? » – « De qui le Messie est-il fils ? »

Jésus, prenant la parole, leur parla de nouveau en XXII
paraboles. « Le royaume des cieux, dit-il, est semblable 2
à un roi qui célébrait les noces de son fils. Il envoya ses 3
serviteurs appeler ceux qui avaient été invités aux
noces, mais ils ne voulurent point venir. Il envoya 4
d'autres serviteurs avec ordre de dire aux conviés : "J'ai
préparé mon festin : mes bœufs et mes bêtes grasses
sont tués, et tout est prêt : venez aux noces." Mais ils ne 5
s'en soucièrent point, et s'en allèrent, celui-ci à son
champ, celui-là à son commerce ; et les autres se saisi- 6
rent de ses serviteurs, les insultèrent et les tuèrent. Le 7
roi irrité envoya ses armées, fit périr ces meurtriers, et
brûla leur ville. Alors il dit à ses serviteurs : "Le festin 8
des noces est prêt, mais les conviés n'en étaient pas
dignes. Allez donc dans les carrefours, et invitez aux 9
noces tous ceux que vous trouverez." Et ces serviteurs 10
se répandirent dans les chemins, amenèrent tous ceux
qu'ils trouvèrent, méchants et bons, et la salle des noces
fut remplie de convives.

» Le roi, étant entré pour voir les convives, aperçut à 11
table un homme qui n'avait pas mis d'habit de noces, et
il lui dit : "Mon ami, comment es-tu venu ici, sans avoir 12

un habit de noces [1] ?” Et cet homme resta bouche close.
13 Alors le roi dit à ceux qui servaient : “Liez-lui les pieds
et les mains, emportez-le, et le jetez dans les ténèbres du
dehors.” C’est là qu’il y aura des pleurs et des grince-
14 ments de dents ; car il y a beaucoup d’appelés, mais peu
d’élus [2]. »

15 Alors les pharisiens, s’étant retirés, tinrent conseil
pour amener Jésus à se compromettre par quelque
16 parole, et ils envoyèrent leurs disciples avec les héro-
diens, pour lui dire : « Maître, nous savons que tu es
vrai, et que tu enseignes en toute vérité la voie de Dieu,
sans te soucier de qui que ce soit, car tu ne fais pas
17 acception de personnes. Donne-nous donc ton avis. Est-
18 il permis, ou non, de payer le tribut à César ? » Mais
Jésus connaissant leur perfidie, leur dit : « Hypocrites,
19 pourquoi essayez-vous de me surprendre ? Montrez-
moi la monnaie avec laquelle on paie le tribut. » Ils lui
20 présentèrent un denier ; et Jésus leur dit : « De qui sont
21 cette effigie et cette légende ? — De César », répondi-
rent-ils. Alors il leur dit : « Rendez donc à César ce qui
22 est à César, et à Dieu ce qui est à Dieu. » Surpris de cette
réponse, ils le quittèrent, et s’en allèrent.

23 Le même jour, des sadducéens, gens qui prétendent
qu’il n’y a point de résurrection, vinrent vers Jésus, et
24 lui posèrent cette question : « Maître, Moïse a dit que si
un homme meurt sans enfants, son frère, en sa qualité de
beau-frère, épousera sa veuve, et suscitera lignée à son
25 frère [3]. Or, il y avait chez nous sept frères : le premier se
maria, et mourut ; et, comme il n’avait pas d’enfants, il
26 laissa sa femme à son frère. Il en fut de même du
second, du troisième et des autres, jusqu’au septième.
27-28 Après eux tous, la femme mourut aussi. Duquel des sept
frères sera-t-elle donc la femme dans la résurrection, car

tous l'ont eue pour femme ? » Jésus leur répondit : 29
« Vous êtes dans l'erreur, parce que vous ne connaissez
ni les Écritures, ni même la puissance de Dieu ; car dans 30
la résurrection on ne se marie point, hommes et femmes
sont comme les anges de Dieu dans le ciel [1]. Quant à la 31
résurrection des morts, n'avez-vous pas lu ce que Dieu
vous a dit : *Je suis le Dieu d'Abraham, le Dieu d'Isaac* 32
et le Dieu de Jacob [2] ? Dieu n'est pas Dieu des morts,
mais Dieu des vivants. » Et la foule qui l'entendait, était 33
frappée de son enseignement.

Les pharisiens ayant appris que Jésus avait fermé la 34
bouche aux sadducéens, se rassemblèrent, et l'un d'eux, 35
qui était docteur de la Loi, posa à Jésus cette question,
pour voir ce qu'il répondrait : « Maître, quel est, dans la 36
Loi, le plus grand commandement ? » Jésus lui dit : 37
« *Tu aimeras le Seigneur ton Dieu de tout ton cœur, de*
toute ton âme et de toute ta pensée [3] ; voilà le premier et 38
le plus grand commandement ; et en voici un second 39
qui lui est semblable : *Tu aimeras ton prochain comme*
toi-même [4]. De ces deux commandements dépendent 40
toute la Loi et les Prophètes. »

Comme les pharisiens se trouvaient réunis, Jésus leur 41
adressa cette question : « Que pensez-vous du Messie ? 42
de qui est-il fils ? — De David », répondirent-ils. Jésus 43
leur dit : « Comment donc David, animé de l'Esprit,
l'appelle-t-il "Seigneur", quand il dit : *Le Seigneur a dit* 44
à mon Seigneur : "Assieds-toi à ma droite, jusqu'à ce
que j'aie mis tes ennemis sous tes pieds [5]" ? Si donc 45
David l'appelle "Seigneur", comment est-il son fils ? »
Personne ne put lui répondre un mot, et même, depuis 46
ce jour, personne n'osa plus lui poser de questions.

Orgueil des scribes et des pharisiens. – « Malheur à vous, scribes et pharisiens hypocrites ! » – Regrets sur Jérusalem.

XXIII Alors Jésus s'adressant à la foule et à ses disciples,
2 parla ainsi : « Les scribes et les pharisiens sont assis
3 dans la chaire de Moïse. Faites donc, et observez tout ce
qu'ils vous disent, mais ne faites pas comme ils font, car
4 ils disent et ne font pas. Ils lient de lourds et accablants
fardeaux, dont ils chargent les épaules des hommes,
mais, pour eux, ils ne veulent pas les remuer du doigt.
5 » Tout ce qu'ils font, ils le font pour être remarqués
des hommes : ils portent de larges phylactères et de
6 grosses houppes ; ils aiment la première place dans les
7 repas, les premiers sièges dans les synagogues, et les
salutations dans les places publiques ; ils se complai-
8 sent à être appelés par les hommes, Rabbi, Rabbi. Pour
vous, ne vous faites pas appeler Rabbi, car vous n'avez
9 qu'un seul Maître [a], et vous, vous êtes tous frères. N'ap-
pelez personne sur la terre votre Père, car vous n'avez
10 qu'un seul Père, celui qui est dans les cieux. Ne vous
faites pas appeler Docteurs, car vous n'avez qu'un seul
11 Docteur, le Messie. Le plus grand parmi vous sera votre
12 serviteur. Quiconque s'élève, sera abaissé, et qui-
conque s'abaisse, sera élevé.
13 » Malheur à vous, scribes et pharisiens hypocrites,
parce que vous fermez aux hommes le royaume des
cieux ! Vous n'y entrez point vous-mêmes, et vous ne
laissez point entrer ceux qui veulent y entrer [b].

a. T. R. ajoute : *le Messie.*

b. T. R. ajoute v. 14 : « *Malheur à vous, scribes et pharisiens hypocrites ! parce que vous dévorez les maisons des veuves, sous prétexte de vos longues prières ; c'est pourquoi vous serez jugés d'autant plus sévèrement.* »

» Malheur à vous, scribes et pharisiens hypocrites ! 15
parce que vous courez la mer et la terre pour faire un
prosélyte, et, quand il l'est devenu, vous en faites un
homme digne de la Géhenne deux fois plus que vous.

» Malheur à vous, conducteurs aveugles, qui dites : 16
“Si l'on jure par le sanctuaire, ce n'est rien ; mais si l'on
jure par l'or du sanctuaire, cela oblige !” Insensés et 17
aveugles ! lequel est le plus grand, de l'or ou du sanc-
tuaire, qui a rendu l'or sacré ? Vous dites encore : “Si 18
l'on jure par l'autel, ce n'est rien ; mais si l'on jure par
l'offrande qui est dessus, cela oblige.” Aveugles ! 19
lequel est le plus grand de l'offrande ou de l'autel qui
rend l'offrande sacrée ? Celui qui jure par l'autel, jure 20
par l'autel et par tout ce qui est dessus. Celui qui jure par 21
le sanctuaire, jure par le sanctuaire et par celui qui en a
fait sa demeure ; et celui qui jure par le ciel, jure par le 22
trône de Dieu et par celui qui y est assis.

» Malheur à vous, scribes et pharisiens hypocrites ! 23
parce que vous payez la dîme de la menthe, de l'aneth et
du cumin, et que vous laissez les devoirs plus impor-
tants que commande la Loi, savoir, la justice, la miséri-
corde et la bonne foi. Il fallait remplir ceux-ci, sans tou-
tefois négliger ceux-là. Conducteurs aveugles qui 24
coulez le moucheron et qui avalez le chameau.

» Malheur à vous, scribes et pharisiens hypocrites ! 25
parce que vous nettoyez le dehors de la coupe et du plat,
tandis qu'au-dedans ils sont pleins de rapine et d'intem-
pérance. Pharisien aveugle, nettoie d'abord le dedans 26
de la coupe, afin que le dehors aussi soit net.

» Malheur à vous, scribes et pharisiens hypocrites ! 27
parce que vous ressemblez à des sépulcres blanchis, qui
paraissent beaux au-dehors, mais qui, au-dedans, sont
pleins d'ossements de morts et de toute sorte de pourri-

28 ture. Vous, de même, à l'extérieur vous paraissez justes
aux hommes, mais, à l'intérieur, vous êtes remplis
d'hypocrisie et de corruption.
29 » Malheur à vous, scribes et pharisiens hypocrites !
parce que vous bâtissez les tombeaux des prophètes et
30 que vous ornez les sépulcres des justes, et que vous
dites : "Si nous avions vécu du temps de nos pères, nous
n'aurions pas pris part avec eux au meurtre des prophè-
31 tes" ; de sorte que vous vous rendez le témoignage que
vous êtes bien les fils de ces tueurs de prophètes.
32-33 Comblez donc la mesure de vos pères ! Serpents, race
de vipères, comment échapperez-vous au châtiment de
34 la Géhenne ? C'est pourquoi, je vais vous envoyer des
prophètes, des sages et des scribes : vous tuerez et vous
crucifierez les uns, vous en flagellerez d'autres dans
vos synagogues, et vous les poursuivrez de ville en
35 ville, afin que tout le sang innocent versé sur la terre
retombe sur vous, depuis le sang d'Abel le juste jus-
qu'au sang de Zacharie, fils de Barachie[1], que vous
36 avez tué entre le sanctuaire et l'autel : en vérité, je vous
le dis, tous ces châtiments fondront sur cette génération.
37 Jérusalem, Jérusalem, toi qui tues les prophètes et qui
lapides ceux qui te sont envoyés, que de fois j'ai voulu
rassembler tes enfants, comme une poule rassemble ses
poussins sous ses ailes, et vous ne l'avez pas voulu !
38-39 Voici, votre maison[2] vous est laissée solitaire ; car je
vous dis que vous ne me verrez plus désormais, jusqu'à
ce que vous disiez : *Béni soit celui qui vient au nom du
Seigneur*[3] *!* »

Jésus quitte le temple. – Assis sur la montagne des Oliviers, il annonce la ruine de Jérusalem et son avènement final. – Exhortation à la vigilance.

Jésus sortit du temple et s'éloigna. XXIV
Ses disciples s'approchèrent de lui, pour lui en faire
remarquer les constructions ; mais il leur répondit : 2
« Vous voyez tous ces bâtiments ? En vérité, je vous dis
qu'il n'y restera pierre sur pierre qui ne soit renversée. »
Comme il était assis sur la montagne des Oliviers, ses 3
disciples vinrent lui dire en particulier : « Dis-nous
quand cela doit avoir lieu, et quel sera le signe de ton
avènement et de la fin du monde[1] ? » Jésus leur répon- 4
dit : « Prenez garde qu'on ne vous séduise, car plusieurs 5
viendront sous mon nom, disant : "C'est moi qui suis le
Messie" ; et ils séduiront beaucoup de monde. Vous 6
entendrez parler de guerres et de bruits de guerre ; gar-
dez-vous de vous en alarmer, car il faut que toutes ces
choses arrivent ; mais ce ne sera pas encore la fin. Une 7
nation s'élèvera, en effet, contre une nation[2], et un
royaume contre un royaume, et il y aura des famines[a] et
des tremblements de terre en divers lieux. Toutes ces 8
calamités sont le commencement des douleurs[3].
» Alors on cherchera à vous écraser, on vous mettra à 9
mort, et vous serez haïs de toutes les nations à cause de
mon nom. Dans ces circonstances, beaucoup trébuche- 10
ront ; ils se trahiront et se haïront les uns les autres. Plu- 11
sieurs faux prophètes s'élèveront et séduiront bien des
gens ; et la charité du plus grand nombre se refroidira à 12

a. T. R. ajoute : *des pestes.*

13 cause des progrès croissants de l'iniquité ; mais celui
14 qui persévérera jusqu'à la fin, sera sauvé. Et cette bonne
nouvelle du royaume sera publiée dans le monde entier
en témoignage à toutes les nations. Alors viendra la fin.
15 » Quand donc vous verrez établie dans le lieu saint,
l'abomination cause de la désolation [1], dont parle le pro-
16 phète Daniel (que celui qui lit y réfléchisse), alors que
ceux qui sont en Judée s'enfuient dans les montagnes ;
17 que celui qui est sur le toit, ne descende pas prendre ce
18 qu'il a dans sa maison, et que celui qui est dans son
champ, ne revienne pas en arrière pour prendre son
19 manteau. Malheur aux femmes qui seront enceintes et à
20 celles qui allaiteront en ce temps-là ! Priez pour que
21 votre fuite n'arrive pas en hiver, ni un jour de sabbat, car
il y aura alors une grande détresse, une détresse telle
qu'il n'y en a point eu depuis le commencement du
22 monde jusqu'à nos jours, et qu'il n'y en aura jamais ; et
si ce temps n'était abrégé, nul n'échapperait ; mais il
sera abrégé à cause des élus.
23 » Si l'on vous dit alors : “le Messie est ici” ou bien :
24 “le Messie est là”, ne le croyez point ; car il s'élèvera de
faux Messies et de faux prophètes, qui feront de grands
miracles et des prodiges, au point de séduire, s'il était
25-26 possible, les élus eux-mêmes : vous voilà prévenus. Si
donc l'on vous dit : “il est dans tel désert”, n'y allez
point ; “il est dans tel et tel appartement”, n'en croyez
27 rien : de même que l'éclair part de l'orient et brille jus-
qu'en occident, ainsi sera l'avènement du Fils de
28 l'homme. Partout où sera le corps mort, les vautours s'y
rassembleront.
29 » Aussitôt après ces temps de détresse, le soleil
pâlira, la lune refusera sa lumière, les étoiles tomberont
du ciel et les puissances des cieux seront ébranlées.

Alors paraîtra dans le ciel le signe du Fils de l'homme, 30
et tous les peuples de la terre se frapperont la poitrine, et
ils verront le Fils de l'homme qui viendra sur les nuées
du ciel, revêtu d'une grande puissance et d'une grande
gloire. Il enverra ses anges, qui, au son éclatant de la 31
trompette, rassembleront ses élus des quatre vents, d'un
bout du monde à l'autre.

» Tirez instruction de la comparaison avec le figuier. 32
Quand sa branche devient tendre et que les feuilles
poussent, vous connaissez que l'été est proche ; de 33
même, quand vous verrez tous ces événements, sachez
que le Fils de l'homme est proche : il est à vos portes.
En vérité, je vous dis que cette génération ne passera 34
point que tous ces événements n'arrivent. Le ciel et la 35
terre passeront, mais mes paroles ne passeront point.
Quant au jour et à l'heure, nul ne les sait, pas même les 36
anges du ciel, mais mon Père seul [1].

» Ce qui se passa au temps de Noé se passera égale- 37
ment à l'avènement du Fils de l'homme. Dans les temps 38
qui précédèrent le déluge, on mangeait et l'on buvait, on
se mariait et l'on donnait en mariage, jusqu'au jour où
Noé entra dans l'arche, et l'on ne se douta de rien, jus- 39
qu'à ce que vînt le déluge, qui emporta tous les
hommes : il en sera de même à l'avènement du Fils de
l'homme [2]. Alors, de deux hommes qui seront dans un 40
champ, l'un sera pris, l'autre laissé ; de deux femmes 41
qui moudront à la meule, l'une sera prise, l'autre lais-
sée [3]. Veillez [4] donc, puisque vous ne savez quel jour 42
votre Seigneur doit venir.

» Apprenez que si le maître de la maison savait à 43
quelle heure de la nuit les voleurs doivent venir, il veil-
lerait et ne laisserait pas forcer sa maison. Vous donc 44

aussi, tenez-vous prêts, car le Fils de l'homme viendra
à l'heure où vous n'y penserez pas.
45 » Quel est le serviteur fidèle et sensé que son maître
a mis à la tête de ses gens, pour leur distribuer la nourri-
46 ture quand il est temps ? Heureux ce serviteur que le
47 maître, à son arrivée, trouvera agissant de la sorte ! En
vérité, je vous dis qu'il lui donnera l'administration de
48 tous ses biens. Mais, si c'est un méchant serviteur, qui
49 dise en lui-même, "mon maître tarde à venir", qui se
mette à battre ses camarades, et qui mange et boive avec
50 les ivrognes, son maître viendra le jour où il ne s'y
51 attend pas et à l'heure qu'il ne sait pas, il le coupera en
deux, et lui assignera son lot avec les hypocrites : c'est
là qu'il y aura des pleurs et des grincements de dents. »

Parabole des Vierges. – Parabole des talents.
– Jugement dernier.

XXV « Alors le royaume des cieux sera semblable à dix
vierges, qui prirent leurs lampes et allèrent au-devant de
2 l'époux. Il y en avait cinq qui étaient folles, et cinq qui
3 étaient sages. Celles qui étaient folles ne prirent point
4 d'huile avec elles en prenant leurs lampes, tandis que
les sages prirent de l'huile dans des vases avec leurs
5 lampes. Comme l'époux tardait à venir, elles s'assoupi-
6 rent toutes et s'endormirent. Au milieu de la nuit, un cri
se fit entendre : "Voici l'époux ! Allez au-devant de
7 lui." Alors toutes ces vierges s'éveillèrent et arrangè-
8 rent leurs lampes. Les folles dirent aux sages : "Donnez-
9 nous de votre huile, car nos lampes s'éteignent." Mais
les sages leur répondirent : "Non pas ; il n'y en aurait
point assez pour nous et pour vous. Allez plutôt vers

ceux qui en vendent, et achetez-en pour vous." Pendant 10
qu'elles étaient allées en acheter, l'époux vint ; celles
qui étaient prêtes entrèrent avec lui dans la salle des
noces, et la porte fut fermée. Plus tard, les autres vierges 11
vinrent, et dirent : "Seigneur, Seigneur, ouvre-nous."
Mais il répondit : "Je vous dis en vérité que je ne vous 12
connais pas." Veillez donc, car vous ne savez ni le jour, 13
ni l'heure [a].

» En effet, le royaume des cieux est semblable à un 14
homme, qui, partant pour un voyage, appela ses servi-
teurs et leur remit ses biens. Il donna à l'un cinq talents, 15
à l'autre deux, et un au troisième, à chacun selon sa
capacité, et il partit aussitôt. Le maître parti, celui qui 16
avait cinq talents trafiqua avec cette somme, et gagna
cinq autres talents. De même, celui qui en avait reçu 17
deux en gagna aussi deux autres. Mais celui qui n'en 18
avait reçu qu'un alla faire un creux en terre et y cacha
l'argent de son maître. Longtemps après, le maître de 19
ces serviteurs vint, et compta avec eux. Celui qui avait 20
reçu cinq talents, s'étant approché, présenta les cinq
autres talents, et dit : "Seigneur, tu m'avais remis cinq
talents, en voici cinq autres que j'ai gagnés." Son maître
lui dit : "C'est bien, bon et fidèle serviteur, tu as été 21
fidèle en peu, je te mettrai à la tête d'affaires plus consi-
dérables : entre dans la joie de ton maître." Celui qui 22
avait reçu deux talents, s'étant aussi approché, dit :
"Seigneur, tu m'avais remis deux talents, en voici deux
autres que j'ai gagnés." Son maître lui dit : "C'est bien, 23
bon et fidèle serviteur, tu as été fidèle en peu, je te met-
trai à la tête d'affaires plus considérables : entre dans la
joie de ton maître." Celui qui n'avait reçu qu'un talent, 24

a. T. R. ajoute : *où le Fils de l'homme doit venir.*

s'approcha à son tour, et dit : “Seigneur, je savais que tu
es un homme dur, que tu moissonnes là où tu n'as pas
semé, et que tu recueilles là où tu n'as pas jeté de
25 semence, et, dans ma crainte, je suis allé cacher ton
26 talent dans la terre. Tiens, le voici.” Mais son maître lui
répondit : “Méchant et paresseux serviteur, tu savais
que je moissonne là où je n'ai point semé, et que je
27 recueille là où je n'ai point jeté de semence ! il te fallait
donc porter mon argent aux banquiers, et, à mon retour,
28 j'aurais retiré ce qui m'appartient avec l'intérêt. Ôtez-
29 lui donc ce talent, et donnez-le à celui qui en a dix. Car
on donnera à celui qui a, et il sera dans l'abondance ;
quant à celui qui n'a pas, on lui ôtera même ce qu'il a [1].
30 Jetez ce serviteur, qui n'est bon à rien, dans les ténèbres
de dehors : c'est là qu'il y aura des pleurs et des grince-
ments de dents.

31 » Quand le Fils de l'homme viendra dans sa gloire, et
tous les anges avec lui, il s'assiéra sur son trône glo-
32 rieux, et toutes les nations seront assemblées devant lui.
Il séparera les uns d'avec les autres, comme le berger
33 sépare les brebis d'avec les boucs, et il mettra les brebis
34 à sa droite et les boucs à sa gauche. Alors le roi dira à
ceux qui sont à sa droite : “Venez, vous les bénis de mon
Père, prenez possession du royaume qui vous a été pré-
35 paré dès la fondation du monde ; car j'ai eu faim, et
vous m'avez donné à manger ; j'ai eu soif, et vous
m'avez donné à boire ; j'étais étranger, et vous m'avez
36 recueilli ; j'étais nu, et vous m'avez vêtu ; j'étais
malade, et vous m'avez visité ; j'étais en prison, et vous
37 m'êtes venus voir.” Alors les justes lui répondront :
“Seigneur, quand est-ce que nous t'avons vu avoir faim,
et que nous t'avons donné à manger ; ou avoir soif, et
38 que nous t'avons donné à boire ? Quand t'avons-nous

vu étranger, et t'avons-nous recueilli ; ou nu, et t'avons-
nous vêtu ? Quand t'avons-nous vu malade ou en pri- 39
son, et sommes-nous allés te voir ?" Et le roi leur répon- 40
dra, et leur dira : "En vérité, je vous le dis, toutes les fois
que vous l'avez fait à l'un de ces plus petits de mes
frères, vous me l'avez fait à moi-même [1]." Ensuite il 41
dira à ceux qui sont à sa gauche : "Retirez-vous de moi,
maudits, allez dans le feu éternel qui a été préparé pour
le diable et pour ses anges ; car j'ai eu faim, et vous ne 42
m'avez pas donné à manger ; j'ai eu soif, et vous ne
m'avez pas donné à boire ; j'étais étranger, et vous ne 43
m'avez pas logé ; j'étais nu, et vous ne m'avez pas
vêtu ; j'étais malade et en prison, et vous ne m'avez pas
visité." Alors ils répondront, eux aussi : "Seigneur, 44
quand est-ce que nous t'avons vu avoir faim ou soif, ou
être étranger, ou nu, ou malade, ou en prison, et que
nous ne t'avons pas assisté ?" Il leur répondra : "En 45
vérité, je vous le dis, toutes les fois que vous ne l'avez
pas fait à l'un de ces plus petits, c'est à moi-même que
vous ne l'avez pas fait." Et ceux-ci s'en iront aux peines
éternelles, et les justes à la vie éternelle. » 46

La Pâque dans deux jours. – Jésus annonce ses souffrances. – Complot des sacrificateurs. – *Jésus à Béthanie :* une femme l'oint de parfum. – Judas et les sacrificateurs. – *Jésus à Jérusalem.* – La Sainte Cène. – Prédiction du reniement de Pierre. – *Gethsémani.* – Le baiser de Judas. – Pierre tire l'épée. – Arrestation de Jésus. – Il est conduit chez Caïphe. – Interrogatoire et condamnation. – Triple reniement de Pierre.

Lorsque Jésus eut achevé tous ces discours, il dit à ses XXVI
disciples : « Vous savez que la Pâque se fait dans deux 2

jours, et que le Fils de l'homme sera livré pour être cru-
cifié. »
3 Alors les principaux sacrificateurs [a] et les anciens du
peuple s'assemblèrent dans le palais du souverain sacri-
4 ficateur appelé Caïphe ; et ils tinrent conseil pour arrê-
5 ter Jésus par ruse et le mettre à mort. « Mais, disaient-
ils, il ne faut pas que ce soit pendant la fête, de peur qu'il
n'y ait du tumulte parmi le peuple. »
6 Comme Jésus était à Béthanie, dans la maison de
7 Simon le lépreux, une femme s'approcha de lui, avec un
flacon d'albâtre contenant un parfum de grand prix, et
8 elle le lui versa sur la tête, pendant qu'il était à table. Les
disciples, voyant cela, en témoignèrent leur méconten-
9 tement, et dirent : « À quoi bon cette perte ? On aurait
pu vendre ce parfum très cher, et en donner le prix aux
10 pauvres. » Jésus, s'en étant aperçu, leur dit : « Pourquoi
faites-vous de la peine à cette femme ? car elle a fait une
11 bonne action à mon égard. Vous aurez toujours des
pauvres avec vous, mais vous ne m'aurez pas toujours.
12 En répandant ce parfum sur mon corps, elle l'a fait pour
13 ma sépulture. En vérité, je vous dis que partout où cet
évangile sera prêché, dans le monde entier, ce qu'elle a
fait sera aussi raconté en mémoire d'elle. »
14 Alors l'un des Douze, qui s'appelait Judas Iscariote,
15 alla trouver les principaux sacrificateurs, et leur dit :
« Que voulez-vous me donner, et je vous le livrerai ? »
16 Ils lui comptèrent trente pièces d'argent. Depuis ce
moment, Judas cherchait une occasion favorable pour
livrer Jésus.
17 Le premier jour des pains sans levain [1], les disciples
dirent à Jésus : « Où veux-tu que nous te préparions le

a. T. R. ajoute : *les scribes,*

repas de la Pâque ? » Il leur dit : « Allez à la ville chez 18
un tel, et dites-lui : “Le maître te fait dire, mon temps est
proche ; c'est chez toi que je veux faire la Pâque avec
mes disciples.” » Les disciples firent ce que Jésus leur 19
avait commandé, et ils préparèrent la Pâque.

Le soir étant venu, Jésus se mit à table avec ses douze 20
disciples, et pendant le repas, il dit : « En vérité, je vous 21
dis que l'un de vous me livrera. » Ils en furent extrême- 22
ment affligés, et chacun se mit à lui dire : « Est-ce moi,
Seigneur ? » Il répondit : « Celui qui a mangé au même 23
plat que moi, oui, cet homme-là me livrera. Le Fils de 24
l'homme s'en va selon ce qui est écrit de lui ; mais mal-
heur à l'homme par qui le Fils de l'homme est livré !
Mieux vaudrait pour cet homme-là n'être point né. »
Judas, qui le livrait, prit la parole et dit : « Rabbi, est-ce 25
moi ? — C'est toi-même », lui repartit Jésus.

Pendant le repas, Jésus prit le pain, et, après avoir 26
prononcé la bénédiction, il le rompit, et le donna à ses
disciples en disant : « Prenez, mangez, ceci est mon
corps. » Puis, il prit une coupe, et, ayant rendu grâces, il 27
la leur donna en disant : « Buvez-en tous ; car ceci est 28
mon sang, le sang[a] de l'alliance, qui sera répandu pour
beaucoup de gens, en vue du pardon des péchés. Je vous 29
dis que désormais je ne boirai plus de ce fruit de la
vigne, jusqu'au jour où j'en boirai du nouveau avec
vous dans le royaume de mon Père[1]. » Puis ils chantè- 30
rent les cantiques, et s'en allèrent à la montagne des Oli-
viers.

Alors Jésus leur dit : « Je serai pour vous tous, cette 31
nuit, une occasion de chute, car il est écrit : *Je frapperai
le berger, et les brebis du troupeau seront dispersées*[2].

a. T. R. : *le sang* de la *nouvelle* alliance.

32 Mais, après que je serai ressuscité, je vous précéderai en
33 Galilée. » Pierre prit la parole, et lui dit : « Quand tu
serais pour tous une occasion de chute, tu ne le seras
34 jamais pour moi. » Jésus lui répondit : « En vérité, je te
dis que, cette nuit même, avant que le coq chante, tu me
35 renieras trois fois. » Pierre lui dit : « Quand je devrais
mourir avec toi, non, je ne te renierai point. » Et tous les
disciples protestèrent de même.

36 Jésus arriva avec eux dans un lieu appelé Gethsé-
mani, et leur dit : « Asseyez-vous ici, pendant que j'irai
37 là pour prier. Il prit avec lui Pierre et les deux fils de
Zébédée, et commença à être fort triste et fort angoissé.
38 Il leur dit alors : « Mon âme est saisie d'une tristesse
39 mortelle ; restez ici et veillez avec moi. » Puis, ayant
fait quelques pas en avant, il tomba la face contre terre,
et pria, disant : « Mon Père, s'il est possible, que ce
calice passe loin de moi !... toutefois que ta volonté soit
40 faite, et non pas la mienne [1]. » Ensuite il vint vers ses
disciples, et les trouvant endormis, il dit à Pierre :
« Ainsi, vous n'avez pu veiller une heure avec moi !
41 Veillez et priez, de peur que vous ne tombiez en tenta-
tion : l'esprit est plein d'ardeur, mais la chair est fai-
42 ble. » Il s'éloigna de nouveau, pour la seconde fois, et
pria, disant : « Mon Père, si ce calice ne peut passer sans
43 que je le boive, que ta volonté soit faite ! » Puis il revint
et les trouva endormis ; car leurs yeux étaient appesan-
44 tis. Il les laissa, et, s'en étant allé, il pria de nouveau,
45 pour la troisième fois, en répétant la même parole. Alors
il vint vers ses disciples, et leur dit : « C'est trop dormir
et vous reposer. L'heure approche ; le Fils de l'homme
46 va être livré entre les mains des pécheurs. Levez-vous,
allons ! voici, celui qui me livre est proche. »

47 Il parlait encore, quand Judas, l'un des Douze, arriva,

et avec lui une troupe nombreuse, armée d'épées et de
bâtons, qui avait été envoyée par les principaux sacrifi-
cateurs et par les anciens du peuple. Le traître leur 48
donna ce signe : « Celui que je baiserai, leur dit-il, c'est
lui ; saisissez-le. » Et aussitôt, s'approchant de Jésus, il 49
lui dit : « Salut, Rabbi », et il le baisa. Jésus lui dit : 50
« Mon ami, pourquoi es-tu ici ? » Alors ces gens
s'avancèrent, mirent la main sur Jésus et l'arrêtèrent.

Tout à coup un de ceux qui étaient avec Jésus, met- 51
tant l'épée à la main, frappa le serviteur du souverain
sacrificateur et lui emporta l'oreille. Jésus lui dit alors : 52
« Remets ton épée à sa place : tous ceux qui se serviront
de l'épée, périront par l'épée. Crois-tu que je ne puisse 53
pas sur l'heure prier mon Père, qui me donnerait plus de
douze légions d'anges ? Comment donc s'accompli- 54
raient les Écritures, d'après lesquelles il en doit être ain-
si ? »

En même temps Jésus dit à cette troupe : « Vous êtes 55
venus me prendre avec des épées et des bâtons, comme
si vous poursuiviez un brigand. Tous les jours j'étais
assis dans le temple, y enseignant, et vous ne m'avez
pas arrêté ; mais tout cela est arrivé, afin que les écrits 56
des prophètes s'accomplissent. » Alors tous ses dis-
ciples l'abandonnèrent et s'enfuirent.

Ceux qui avaient arrêté Jésus, l'emmenèrent chez le 57
souverain sacrificateur Caïphe, où les scribes et les
anciens s'étaient réunis. Pierre le suivit de loin, jus- 58
qu'au palais du souverain sacrificateur ; il y entra, et
s'assit avec les agents, pour voir comment cela finirait.

Les principaux sacrificateurs[a] et tout le sanhédrin 59
cherchaient quelque fausse déposition contre Jésus,

a. T. R. ajoute : *les anciens,*

afin de le mettre à mort, et, quoique plusieurs faux
60 témoins se fussent présentés, ils n'en trouvèrent point
61 qui fût suffisante. Enfin, il vint deux faux témoins qui
dirent : « Il a dit : “Je puis détruire le temple de Dieu, et
62 le rebâtir en trois jours.” » Alors le souverain sacrifica-
teur se leva, et dit à Jésus : « Ne réponds-tu rien ?
63 Qu'est-ce que ces gens déposent contre toi ? » Mais
Jésus garda le silence. Le souverain sacrificateur reprit :
« Je t'adjure, par le Dieu vivant, de nous dire si tu es le
64 Messie, le Fils de Dieu ? » Jésus lui répondit : « Tu l'as
dit ; et même je vous déclare que désormais vous verrez
le Fils de l'homme siéger à la droite du Tout-Puissant,
65 et venir sur les nuées du ciel. » Alors le souverain sacri-
ficateur déchira ses vêtements, disant : « Il a blas-
phémé : qu'avons-nous encore besoin de témoins ?
66 Vous venez d'entendre son blasphème : que vous en
semble ? » Ils répondirent : « Il mérite la mort. »

67 Alors ils lui crachèrent au visage et lui donnèrent des
68 coups de poing ; quelques-uns le souffletèrent, disant :
« Messie, devine qui t'a frappé. »

69 Cependant Pierre était assis dehors, dans la cour, et
une servante l'aborda, et lui dit : « Toi aussi, tu étais
70 avec Jésus, le Galiléen. » Mais il le nia devant tout le
monde, disant : « Je ne sais ce que tu veux dire. »
71 Comme il se dirigeait vers le porche, pour s'en aller,
une autre servante le vit, et dit aux gens qui étaient là :
72 « Celui-là aussi était avec Jésus de Nazareth. » Et Pierre
le nia encore une fois, jurant qu'il ne connaissait pas cet
73 homme. Un instant après, ceux qui étaient là, s'étant
approchés, dirent à Pierre : « Certainement, toi aussi, tu
74 es des leurs ; on le reconnaît bien à ton langage. » Alors
il se mit à faire des imprécations et à jurer qu'il ne

connaissait point cet homme. Aussitôt un coq chanta ;
et Pierre se souvint de la parole que Jésus lui avait dite : 75
« Avant que le coq chante, tu me renieras trois fois. » Et
étant sorti du palais, il pleura amèrement.

Jésus conduit à Pilate. – Suicide de Judas. – Jésus devant Pilate. – Barrabas. – Pilate livre Jésus. – Outrages des soldats. – *Jésus conduit au Golgotha.* – Simon de Cyrène. – Le crucifiement. – Les vêtements tirés au sort. – Insultes. – « Mon Dieu, pourquoi m'as-tu abandonné ? » – La mort. – Phénomènes extraordinaires. – Le centurion. – Les femmes autour de la croix. – La sépulture. – La garde au tombeau.

De grand matin, tous les principaux sacrificateurs et XXVII
les anciens du peuple tinrent conseil pour faire exécuter
Jésus. Après l'avoir lié, ils l'emmenèrent et le livrèrent 2
à Ponce-Pilate, qui était gouverneur [1].
Alors Judas, qui l'avait livré, voyant que Jésus était 3
condamné, se repentit, et alla rendre les trente pièces
d'argent aux principaux sacrificateurs et aux anciens,
disant : « J'ai péché en livrant le sang innocent. » Mais 4
ils lui dirent : « Que nous importe ? cela te regarde. »
Là-dessus, Judas jeta les pièces d'argent dans le temple, 5
se retira, et alla se pendre. Les principaux sacrificateurs, 6
ayant ramassé l'argent, dirent : « Il n'est pas permis de
le mettre dans le trésor, puisque c'est le prix du sang » ;
et, après en avoir délibéré, ils achetèrent avec cet argent 7
le champ du Potier pour la sépulture des étrangers. C'est 8
pourquoi ce champ est appelé encore aujourd'hui le
Champ du Sang. Alors s'accomplit ce qui avait été dit 9
par le prophète Jérémie : *Et ils ont reçu les trente pièces
d'argent, prix de celui qui avait été mis à prix et qu'ils*

10 *avaient taxé de la part des enfants d'Israël, et ils les ont données pour le champ du Potier comme le Seigneur me l'avait commandé*[1].

11 Cependant Jésus comparut devant le gouverneur, qui
l'interrogea, disant : « C'est toi qui es le roi des Juifs ?
12 — Tu le dis », lui répondit Jésus. Quand les principaux
sacrificateurs et les anciens l'accusaient, il ne répondait
13 rien[2]. Alors Pilate lui dit : « N'entends-tu pas de
14 combien de crimes ils te chargent ? » Et Jésus ne répon-
dit pas même sur un seul point, ce qui étonna fort le gou-
verneur.

15 C'était la coutume, à chaque fête, que le gouverneur
16 relâchât un prisonnier, celui que le peuple voulait. Or,
on détenait alors un prisonnier fameux, nommé Barra-
17 bas. Pilate, ayant fait assembler la multitude, lui dit :
« Lequel voulez-vous que je vous relâche ? Barrabas[3],
18 ou Jésus qu'on appelle Christ ? » Car il savait que
19 c'était par envie que les sénateurs l'avaient livré. D'ail-
leurs, pendant qu'il siégeait sur son tribunal, sa femme[4]
lui avait fait dire : « Ne te mêle pas de l'affaire de ce
juste, car j'ai eu aujourd'hui des rêves affreux à cause
20 de lui. » Mais les principaux sacrificateurs et les
anciens persuadèrent au peuple de demander Barrabas,
21 et de faire périr Jésus. Le gouverneur, prenant la parole,
leur dit : « Lequel des deux voulez-vous que je vous
22 relâche ? — Barrabas », dirent-ils. Pilate reprit : « Que
ferai-je donc de Jésus, qu'on appelle Christ ? » Ils
23 dirent tous : « Qu'il soit crucifié ! » — « Quel mal a-t-il
donc fait ? » dit le gouverneur. Mais ils crièrent encore
24 plus fort : « Qu'il soit crucifié ! » Pilate voyant que son
insistance ne servait à rien, mais que le tumulte allait
croissant, prit de l'eau, se lava les mains à la vue du
peuple, et dit : « Je suis innocent du sang de ce juste :

cela vous regarde. » Et tout le peuple répondit : « Que 25
son sang soit sur nous et sur nos enfants[1] ! » Alors il 26
leur relâcha Barrabas ; et, après avoir fait flageller
Jésus, il le livra pour être crucifié.

Alors les soldats du gouverneur emmenèrent Jésus 27
dans le prétoire et assemblèrent autour de lui toute la
cohorte. Ils le dépouillèrent de ses vêtements et l'affu- 28
blèrent d'un manteau écarlate ; puis, ils tressèrent une 29
couronne d'épines, qu'ils lui mirent sur la tête ; ils lui
mirent aussi un roseau dans la main droite. Ils se pros-
ternaient devant lui, et lui disaient par dérision : « Salut,
roi des Juifs. » Puis, ils crachaient sur lui, et, prenant le 30
roseau, ils le frappaient sur la tête. Quand ils l'eurent 31
ainsi bafoué, ils lui ôtèrent le manteau, lui remirent ses
vêtements, et l'emmenèrent pour le crucifier.

En sortant de la ville, ils trouvèrent un homme de 32
Cyrène, nommé Simon, qu'ils mirent en réquisition
pour porter la croix de Jésus. Quand ils furent arrivés à 33
la place appelée Golgotha, c'est-à-dire, la place du
Crâne, ils lui présentèrent du vin mêlé de fiel[2], et Jésus, 34
l'ayant goûté, ne le voulut point boire. Après qu'ils 35
l'eurent crucifié, ils se partagèrent ses vêtements en les
tirant au sort[a][3], puis ils s'assirent pour le garder. Ils pla- 36-37
cèrent au-dessus de sa tête cet écriteau indiquant le sujet
de sa condamnation : « Jésus, roi des Juifs. »

On crucifia avec lui deux brigands, l'un à sa droite, 38
l'autre à sa gauche.

Et les passants l'insultaient en branlant la tête, et en 39-40
disant : « Toi, qui détruis le temple, et qui le rebâtis en
trois jours, sauve-toi toi-même. Si tu es Fils de Dieu,

a. T. R. : sort, *afin que s'accomplît ce qui a été dit par le prophète : « Ils se sont partagé mes vêtements, et ils ont tiré mon habillement au sort.* » Puis...

41 descends de ta croix. » Les principaux sacrificateurs
aussi le poursuivaient de leurs sarcasmes, ainsi que les
42 scribes et les anciens, et disaient : « Il en a sauvé
d'autres, et il ne peut se sauver lui-même ! Il est le roi
d'Israël ! Qu'il descende maintenant de la croix, et nous
43 croirons en lui. Il s'est confié en Dieu ; que Dieu le
délivre maintenant, s'il l'aime ; car il a dit : "Je suis Fils
44 de Dieu. " » Et les brigands qui étaient crucifiés avec
lui, l'insultaient de la même manière [1].

45 Depuis la sixième heure jusqu'à la neuvième, des
46 ténèbres se répandirent sur tout le pays. Vers la neu-
vième heure, Jésus cria d'une voix forte : *Éli, Éli, lama*
sabactani [2], c'est-à-dire « mon Dieu, mon Dieu, pour-
47 quoi m'as-tu abandonné ? ». Quelques-uns des assis-
tants, l'ayant entendu, dirent : « Voilà qu'il appelle
48 Élie » ; et aussitôt l'un d'eux courut prendre une
éponge, qu'il trempa dans du vinaigre, et, l'ayant ajus-
49 tée à une tige, il lui donna à boire. Mais les autres
disaient : « Laisse, voyons si Élie viendra le sauver. »
50 Mais Jésus poussa de nouveau un grand cri et rendit
l'esprit.

51 À ce moment le voile du temple se déchira en deux [3],
depuis le haut jusqu'en bas ; la terre trembla ; les
52 rochers se fendirent ; les sépulcres s'ouvrirent, et plu-
sieurs saints, dont les corps y étaient couchés, ressusci-
53 tèrent, et, étant sortis de leurs sépulcres, ils vinrent après
la résurrection de Jésus, dans la ville sainte, et apparu-
rent à un grand nombre de personnes [4].

54 Le centurion et ceux qui étaient avec lui pour garder
Jésus, voyant le tremblement de terre et ce qui venait de
se passer, furent saisis d'une grande terreur, et dirent :
« Assurément cet homme était Fils de Dieu. »

55 Il y avait là plusieurs femmes qui regardaient de loin ;

elles avaient accompagné Jésus depuis la Galilée, pour
le servir ; c'étaient entre autres Marie Madeleine, 56
Marie, mère de Jacques et de Joses, et la mère des fils de
Zébédée.

Sur le soir, il vint un homme riche d'Arimathée, 57
nommé Joseph, qui était lui-même disciple de Jésus.
Cet homme s'était rendu auprès de Pilate, pour lui 58
demander le corps de Jésus, et Pilate avait ordonné
qu'on le lui remît. Joseph prit le corps, l'enveloppa d'un 59
linceul blanc, et le déposa dans un sépulcre neuf, qu'il 60
avait fait tailler dans le roc pour lui-même ; puis il roula
une grosse pierre à l'entrée du sépulcre, et s'en alla.
Marie Madeleine et l'autre Marie étaient là, assises en 61
face du tombeau.

Le lendemain, c'est-à-dire, le jour qui suivait la pré- 62
paration [1], les principaux sacrificateurs et les pharisiens
se rendirent ensemble auprès de Pilate, et lui dirent : 63
« Seigneur, nous nous sommes rappelés que, lorsqu'il
vivait encore, cet imposteur a dit : "Après trois jours je
ressusciterai", donne donc l'ordre qu'on s'assure du 64
tombeau jusqu'au troisième jour, de peur que ses dis-
ciples ne viennent [a] dérober le corps [2], et ne disent au
peuple : "Il est ressuscité des morts" ; cette dernière
imposture serait pire que la première. » Pilate leur dit : 65
« Une garde est à vos ordres ; allez, assurez-vous du
tombeau comme vous l'entendrez. » Ils allèrent s'assu- 66
rer du tombeau à l'aide de la garde, après avoir scellé la
pierre.

a. T. R. ajoute : *de nuit.*

La Résurrection. – Les gardes et les femmes au tombeau. – Retour des femmes ; apparition de Jésus. – Les gardes et les sacrificateurs. – Apparition de Jésus en Galilée.

XXVIII Après le sabbat, à l'aube du premier jour de la
semaine, Marie Madeleine et l'autre Marie allèrent visi-
2 ter le tombeau. Tout à coup un tremblement de terre se
fit sentir, car un ange du Seigneur descendit du ciel,
3 s'approcha, roula la pierre et s'assit dessus. Son visage
était brillant comme l'éclair, et son vêtement, blanc
4 comme la neige. Ceux qui faisaient la garde, furent bou-
leversés et comme morts de la peur qu'il leur causa.
5 Mais l'ange, prenant la parole, dit aux femmes : « Pour
vous, n'ayez point de peur ; je sais que vous cherchez
6 Jésus qui a été crucifié. Il n'est point ici ; il est ressus-
cité, comme il l'avait dit. Venez, voyez le lieu où il
7 gisait, et hâtez-vous d'aller dire à ses disciples qu'il est
ressuscité des morts. Il vous précède en Galilée, c'est là
8 que vous le verrez : vous voilà prévenues. » Elles se
hâtèrent de sortir du sépulcre, et coururent, pleines de
crainte et de joie, porter la nouvelle aux disciples de
Jésus.

9 [a]Tout à coup Jésus vint au-devant d'elles, et leur dit :
« Salut. » Les femmes s'approchèrent pour embrasser
10 ses pieds, et se prosternèrent devant lui. Alors Jésus leur
dit : « N'ayez point de peur, allez dire à mes frères de se
rendre en Galilée : c'est là qu'ils me verront. »

11 Pendant qu'elles étaient en chemin, quelques
hommes de la garde vinrent à la ville rapporter aux prin-

a. T. R. : *Comme elles allaient porter la nouvelle à ses disciples*, tout à coup...

cipaux sacrificateurs tout ce qui s'était passé. Ceux-ci, 12
réunis aux anciens, tinrent conseil, et dirent aux soldats,
en leur donnant une forte somme d'argent : « Dites que 13
ses disciples sont venus de nuit, et qu'ils l'ont enlevé
pendant que vous dormiez. Et si cela vient à la connais- 14
sance du gouverneur, nous lui parlerons, et nous vous
tirerons de peine. » Les soldats prirent l'argent et firent 15
ce qu'on leur avait suggéré ; et ce bruit a couru chez les
Juifs jusqu'à ce jour.

Les onze disciples se rendirent en Galilée, sur la 16
montagne où Jésus leur avait ordonné de se rendre.
Quand ils le virent, ils se prosternèrent ; mais quelques- 17
uns eurent des doutes. Jésus s'approcha d'eux, leur 18
adressa la parole, et leur dit : « Tout pouvoir m'a été
donné au ciel et sur la terre. Allez, instruisez toutes les 19
nations, baptisez-les au nom du Père, du Fils et du
Saint-Esprit, leur enseignant à garder tout ce que je vous 20
ai commandé ; pour moi, je suis tous les jours avec vous
jusqu'à la fin du monde. »

ÉVANGILE
SELON
SAINT MARC

Titre. – Jean Baptiste, le précurseur. – *Jésus se rend au Jourdain.* – Le Baptême. – La Tentation. – *Il retourne en Galilée.* – Première prédication. – Vocation de Simon Pierre et d'André, de Jacques et de Jean. – *Jésus se rend à Capharnaüm.* – Il enseigne dans la synagogue. – Guérison d'un démoniaque, – de la belle-mère de Pierre, – de plusieurs démoniaques. – *Tournée missionnaire dans les villages de la Galilée.* – Guérison d'un lépreux.

Commencement de l'Évangile de Jésus-Christ, Fils I
de Dieu.
Selon ce qui est écrit dans Ésaïe, le prophète [a], *voici,* 2
j'envoie devant toi mon messager pour te préparer le
chemin ; c'est une voix qui crie au désert : Préparez le 3
chemin du Seigneur, faites-lui des sentiers droits, Jean 4
parut, baptisant au désert, et prêchant le baptême de
repentance pour le pardon des péchés. Toutes les cam- 5
pagnes de la Judée et tous les habitants de Jérusalem se
rendaient vers lui, et se faisaient baptiser par lui dans le
fleuve du Jourdain, confessant leurs péchés.
Jean avait un vêtement de poil de chameau et une 6

a. T. R. écrit dans *les Prophètes,*

ceinture de cuir autour des reins ; il mangeait des saute-
7 relles et du miel sauvage. Il prêchait, disant : « Il vient
après moi, celui qui est plus puissant que moi, et je ne
suis pas digne de délier, en me baissant, la courroie de
8 ses sandales. Pour moi, je vous ai baptisés d'eau, mais
il vous baptisera d'Esprit-Saint[1]. »
9 En ce temps-là, Jésus vint de Nazareth ville de Gali-
10 lée, et il fut baptisé par Jean dans le Jourdain. Au
moment où il sortait de l'eau, il vit les cieux s'entrou-
vrir, et l'Esprit, comme une colombe, descendre sur lui.
11 Et une voix sortit des cieux, disant : « Tu es mon Fils
bien-aimé, c'est en toi que j'ai mis toute mon affec-
tion. »
12 Aussitôt après, Jésus fut poussépar l'Esprit au désert,
13 et il y passa quarante jours, tenté par Satan. Il était avec
les bêtes sauvages, et les anges le servaient.
14 Après que Jean eut été mis en prison, Jésus se rendit
en Galilée, prêchant l'évangile[a] de Dieu, et disant : « Le
15 temps est venu, et le royaume de Dieu est proche.
Repentez-vous, et croyez à la bonne nouvelle. »
16 Comme il passait le long de la mer de Galilée, il vit
Simon et André, frère de Simon, qui pêchaient au filet
17 dans la mer, car ils étaient pêcheurs, et Jésus leur dit :
« Venez, suivez-moi, et je vous ferai pêcheurs d'hom-
18 mes. » Aussitôt ils quittèrent leurs filets, et le suivirent.
19 Étant allé un peu plus loin, il vit Jacques, fils de Zébé-
dée, et Jean, son frère, qui raccommodaient leurs filets
20 dans leur barque. Il les appela aussitôt ; et eux, laissant
Zébédée, leur père, dans la barque avec les ouvriers, le
suivirent.
21 Ils se rendirent à Capharnaüm.

a. T. R. : *du royaume* de Dieu,

Dès le sabbat, Jésus entra dans la synagogue, et y
enseigna. Et l'on était frappé de son enseignement, car 22
il enseignait avec autorité et non comme les scribes.
Dès que Jésus eut parlé, un homme qui avait un esprit 23
impur, et qui se trouvait dans la synagogue, s'écria :
« Qu'y a-t-il entre nous et toi, Jésus de Nazareth ? Tu es 24
venu nous faire périr. Je te connais, tu es le Saint de
Dieu [1]. » Jésus le tança. « Tais-toi, lui dit-il, et sors de 25
cet homme. » Et l'esprit impur, ayant jeté cet homme 26
dans des convulsions, sortit en poussant un grand cri.
Tous les assistants furent dans la stupéfaction, de sorte 27
qu'ils discutaient entre eux, et disaient : « Qu'est-ce
donc ? Un enseignement nouveau [a] ! Il commande avec
autorité même aux esprits impurs, et ils lui obéissent ! »
Et sa renommée se répandit aussitôt de tous côtés, dans 28
tous les lieux qui avoisinent la Galilée.
En sortant de la synagogue, ils allèrent avec Jacques 29
et Jean dans la maison de Simon et d'André. La belle- 30
mère de Simon était couchée, ayant la fièvre. Aussitôt
on parla d'elle à Jésus : il s'approcha, et la saisissant par 31
la main, il la fit lever. À l'instant la fièvre la quitta, et
elle les servit.
Le soir, quand le soleil fut couché, on amena à Jésus 32
tous ceux qui étaient malades, ainsi que les démonia-
ques ; et toute la ville se pressait à sa porte. Il guérit un 33-34
grand nombre de malades atteints de divers maux, et il
chassa beaucoup de démons. Il imposait silence aux
démons, parce qu'ils le connaissaient.
Le lendemain matin, s'étant levé bien avant le jour, il 35
sortit, alla dans un lieu solitaire, et il y pria. Simon et 36
ceux qui étaient ordinairement avec lui, se mirent à sa

a. T. R. : disaient : *Quel est ce nouvel enseignement, car* il commande...

37 recherche, et l'ayant trouvé, ils lui dirent : « Tout le
38 monde te cherche. » Il leur répondit : « Allons ailleurs,
dans les bourgades qui sont plus loin, afin que j'y
39 prêche aussi, car c'est dans ce but que je suis sorti. » Et
il allait par toute la Galilée, prêchant dans les synagogues et chassant les démons.

40 Un lépreux vint vers lui, pour lui adresser une prière ;
il se jeta à ses pieds, et lui dit : « Si tu le veux, tu peux
41 me rendre net. » Jésus, ému de compassion, avança la
42 main, le toucha et lui dit : « Je le veux, sois net. » À
peine eut-il parlé, que la lèpre quitta cet homme, et il
43-44 devint net. Jésus le renvoya sur-le-champ, en lui disant
d'un ton sévère : « Garde-toi d'en rien dire à personne ;
mais, va, montre-toi au sacrificateur, et offre pour ta
guérison, ce que Moïse a ordonné pour l'attester au peu-
45 ple. » Cet homme s'en étant allé se mit à publier et à
répandre partout la nouvelle, de sorte que Jésus ne pouvait plus entrer publiquement dans une ville, mais il se tenait en dehors, dans des lieux solitaires ; et l'on venait vers lui de toutes parts.

Retour de Jésus à Capharnaüm. – Un paralytique guéri. – Jésus enseigne au bord de la mer. – Vocation de Lévi. – Ceux qui ont besoin de médecin. – « Pourquoi tes disciples ne jeûnent-ils pas ? » – Épis arrachés un jour de sabbat.

II Après une absence de quelques jours, Jésus rentra à
2 Capharnaüm. Aussitôt qu'on sut qu'il était de retour
chez lui, il se fit un tel attroupement que la place même qui est devant sa porte ne suffisait plus.

Jésus leur annonça la Parole.

3 Il vint des gens qui lui amenèrent un paralytique

porté par quatre hommes. Comme ils ne pouvaient arri- 4
ver jusqu'à lui, à cause de la foule, ils découvrirent le
toit à l'endroit où était Jésus, et par cette ouverture, ils
descendirent le lit sur lequel le paralytique était couché.
Jésus, voyant leur foi, dit au paralytique : « Mon enfant, 5
tes péchés sont pardonnés. » Or il y avait là, assis, des 6
scribes qui se disaient en eux-mêmes : « Pourquoi cet 7
homme profère-t-il ainsi des blasphèmes ? Qui peut
pardonner les péchés, que Dieu seul ? » Jésus ayant 8
immédiatement connu, par son esprit, quelles étaient
leurs pensées, leur dit : « Pourquoi avez-vous ces pen-
sées dans vos cœurs ? Lequel est le plus aisé, de dire au 9
paralytique : "Tes péchés sont pardonnés", ou de dire :
"Lève-toi, prends ton lit et marche ?" Or, afin que vous 10
sachiez que le Fils de l'homme a sur la terre le pouvoir
de pardonner les péchés : Je te le commande, dit-il au 11
paralytique, lève-toi, prends ton lit, et t'en va dans ta
maison. » À l'instant, le paralytique se leva, prit son lit, 12
et sortit en présence de tout le monde, de sorte qu'ils
étaient tous stupéfaits, et glorifiaient Dieu, disant :
« Nous n'avons jamais rien vu de pareil. »

Jésus sortit de nouveau pour aller au bord de la mer : 13
tout le peuple venait vers lui, et il l'enseignait.

En passant, il vit Lévi [1], fils d'Alphée, qui était assis 14
au bureau des péages, et il lui dit : « Suis-moi. » Celui-
ci se leva et le suivit.

Jésus était à table dans sa maison, et plusieurs publi- 15
cains et gens de mauvaise vie — car il y en avait beau-
coup à Capharnaüm, et ils suivaient Jésus — se trou-
vaient à table avec lui et avec ses disciples. Les scribes 16
et les pharisiens le voyant manger avec des publicains
et des gens de mauvaise vie, dirent à ses disciples :
« Comment se fait-il qu'il mange et boive avec les gens

17 de mauvaise vie et les publicains ? » Jésus, les ayant
entendus, leur dit : « Ce ne sont pas les bien portants qui
ont besoin de médecin, mais ceux qui se portent mal : je
ne suis pas venu appeler [a] les justes, mais les pécheurs. »
18 Les disciples de Jean et les pharisiens qui jeûnaient,
vinrent vers Jésus, et lui dirent : « Pourquoi les disciples
de Jean et ceux des pharisiens jeûnent-ils, tandis que tes
19 disciples ne jeûnent point ? » Et Jésus leur dit : « Les
amis de l'époux peuvent-ils jeûner pendant que l'époux
est avec eux ? Tant qu'ils ont l'époux avec eux, ils ne
20 peuvent jeûner. Le temps viendra où l'époux leur sera
21 ôté ; et ils jeûneront en ce jour-là. On ne coud pas une
pièce de drap neuf à un vieil habit ; autrement, la pièce
de drap neuf mise au vieil habit en emporte un morceau,
22 et il se fait une déchirure pire. Et l'on ne met pas du vin
nouveau dans de vieilles outres ; autrement, le vin [b] fait
rompre les outres, et le vin est perdu, ainsi que les
outres. »
23 Un jour de sabbat, Jésus passait par les blés, et, che-
min faisant, ses disciples se mirent à arracher des épis.
24 Les pharisiens lui dirent : « Vois donc ! pourquoi font-
25 ils ce qui n'est pas permis le jour du sabbat ? » Et Jésus
leur dit : « N'avez-vous jamais lu ce que fit David dans
le besoin où il se trouva, lorsqu'il eut faim, lui et ceux
26 qui étaient avec lui ; comment il entra dans la maison
de Dieu, du temps du souverain sacrificateur Abiathar,
et mangea les pains de proposition, que les sacrifica-
teurs seuls ont le droit de manger, et en donna même à
27 ceux qui l'accompagnaient ? » — « Le sabbat, ajouta
Jésus, a été fait pour l'homme, non l'homme pour le

a. T. R. ajoute : *à la repentance,*

b. T. R. : le vin *nouveau* fait rompre les outres, et le vin *se répand,* et les outres *sont perdues ; mais il faut mettre le vin nouveau dans des outres neuves.*

sabbat, de sorte que le Fils de l'homme est maître même 28
du sabbat. »

Guérison de l'homme à la main sèche dans la synagogue de Capharnaüm. – Hostilité des pharisiens. – Jésus enseigne au bord de la mer ; une foule immense l'entoure. – *Il monte sur la montagne* : choix des Douze. – *Il rentre chez lui.* – « Il chasse les démons par Belzébuth. » – Le blasphème contre le Saint-Esprit. – La mère et les frères de Jésus viennent l'arrêter.

Il entra de nouveau dans la synagogue de Caphar- III
naüm. Il s'y trouvait un homme qui avait la main sèche,
et l'on observait Jésus, pour voir s'il le guérirait le jour 2
du sabbat, afin de l'accuser. Jésus dit à l'homme qui 3
avait la main sèche : « Lève-toi, et mets-toi là au
milieu. » Puis il leur dit : « Est-il permis, le jour du sab- 4
bat, de faire bien ou de faire mal, de sauver la vie ou de
l'ôter ? » Mais ils gardèrent le silence. Alors, prome- 5
nant ses regards sur eux avec indignation, affligé qu'il
était de l'aveuglement de leurs cœurs, il dit à cet
homme : « Étends ta main. » Il l'étendit, et sa main fut
guérie. Aussitôt les pharisiens sortirent et tinrent 6
conseil contre lui avec les hérodiens, sur les moyens de
le faire périr.

Jésus se retira avec ses disciples vers la mer, et il fut 7
suivi d'une grande foule venue de la Galilée, ainsi que
de la Judée, de Jérusalem, de l'Idumée et de delà le 8
Jourdain. Les gens des environs de Tyr et de Sidon,
ayant entendu parler de tout ce qu'il faisait, vinrent
aussi vers lui en grand nombre. Il ordonna à ses dis- 9
ciples de tenir toujours un bateau à sa disposition, pour
que la foule ne l'accablât pas ; car, par suite des nom- 10

breuses guérisons qu'il avait faites, tous ceux qui
avaient des infirmités se jetaient sur lui pour le toucher ;
11 et, quand les esprits impurs le voyaient, ils se précipi-
taient à ses pieds, et s'écriaient : « Tu es le Fils de
12 Dieu. » Jésus leur recommandait fort sévèrement de ne
pas le faire connaître[1].

13 Ensuite, étant monté sur la montagne, il appela ceux
14 qu'il lui plut ; et ils vinrent vers lui. Il en désigna douze
15 pour être avec lui, et pour les envoyer prêcher avec le
16 pouvoir[a] de chasser les démons : ce furent Simon, à qui
17 il donna le nom de Pierre, Jacques fils de Zébédée, et
Jean, frère de Jacques, auxquels il donna le nom de Boa-
18 nerges, c'est-à-dire, fils du tonnerre, André, Philippe,
Barthélemy, Matthieu, Thomas, Jacques fils d'Alphée,
19 Thaddée, Simon le zélateur et Judas Iscariote, qui le
livra.

20 Ils rentrèrent à la maison, et il s'assembla de nouveau
une si grande foule, qu'ils ne pouvaient pas même
prendre leur repas.

21 Les parents de Jésus, ayant appris ce qui se passait,
partirent pour se saisir de lui ; car ils disaient : « Il a
perdu l'esprit. »

22 Les scribes qui étaient venus de Jérusalem, disaient :
« Il est possédé de Belzébuth », et : « C'est par le prince
23 des démons, qu'il chasse les démons. » Jésus les appela,
et leur dit en se servant de comparaisons : « Comment
24 Satan peut-il chasser Satan ? Si un royaume est en proie
25 aux divisions, ce royaume ne peut subsister ; et si une
maison est en proie aux divisions, cette maison ne peut
26 subsister. S'il est vrai que Satan s'est soulevé contre lui-
même, et qu'il est en proie aux divisions, il ne peut sub-

a. T. R. ajoute : *de guérir les maladies et* de...

sister, mais c'en est fait de lui. D'ailleurs, personne ne 27
peut entrer dans la maison de l'homme fort, pour piller
ses biens, s'il n'a auparavant lié cet homme fort, après
quoi il pillera sa maison. En vérité, je vous dis que tous 28
les péchés seront pardonnés aux fils des hommes, et
tous les blasphèmes qu'ils auront pu proférer ; mais 29
celui qui aura blasphémé contre le Saint-Esprit, n'ob-
tiendra jamais de pardon ; il est coupable d'un péché [a]
éternel. » Jésus leur parla ainsi, parce qu'ils disaient : 30
« Il est possédé d'un esprit impur. »

Ses frères et sa mère arrivèrent donc, et se tenant 31
dehors, ils le firent appeler. La foule était assise autour 32
de lui, lorsqu'on lui dit : « Ta mère, tes frères et tes
sœurs sont là dehors, qui te cherchent. » Et Jésus répon- 33
dit : « Qui est ma mère, et qui sont mes frères ? » Puis, 34
promenant ses regards sur ceux qui étaient assis tout
autour de lui : « Voici, dit-il, ma mère et mes frères ; car 35
celui qui fait la volonté de Dieu, celui-là est mon frère,
et ma sœur, et ma mère.

Jésus enseigne au bord de la mer, sur une barque. – Parabole du semeur et son explication. – Paraboles de la semence qui pousse jour et nuit, – et du grain de moutarde. – *Jésus traverse la mer.* – La tempête apaisée.

Jésus se mit de nouveau à enseigner au bord de la IV
mer ; et il s'assembla près de lui une si grande foule,
qu'il entra et s'assit dans une barque, sur l'eau, et toute
la foule était près de la mer, sur le rivage.

Il leur enseignait beaucoup de choses en paraboles, et 2

a. T. R. : il mérite *une condamnation* éternelle.

3 leur disait dans son enseignement : « Écoutez : un
4 semeur sortit pour semer ; et, comme il semait, il arriva
qu'une partie de la semence tomba le long du chemin :
5 les oiseaux vinrent et la mangèrent. Une autre partie
tomba sur un sol pierreux, où elle n'avait pas beaucoup
de terre ; elle leva aussitôt, parce que le sol n'avait pas
6 de profondeur, et, lorsque le soleil fut levé, elle fut brû-
7 lée, et sécha, faute de racines. Une autre partie tomba
parmi les épines : les épines crûrent et l'étouffèrent ; et
8 elle ne donna point de fruit. Une autre partie tomba dans
la bonne terre : elle donna un blé grand et bien déve-
loppé, et rapporta jusqu'à trente, soixante et cent pour
9 un. » — Et il ajouta : « Que celui qui a des oreilles pour
entendre, entende. »

10 Quand la foule se fut retirée, ceux qui entouraient
Jésus avec les Douze le questionnèrent sur les parabo-
11 les[a] ; et il leur dit : « C'est à vous qu'a été donné[b] le
mystère du royaume de Dieu, mais pour eux, qui sont en
12 dehors, tout se dit en paraboles, *afin qu'en regardant,*
ils regardent et ne voient point, et qu'en entendant, ils
entendent et ne comprennent point ; de peur qu'ils ne se
convertissent, et que leurs péchés ne soient pardon-
13 *nés.* » Et il ajouta : « Vous n'entendez pas cette parabo-
le ! comment donc comprendrez-vous toutes les
14-15 autres ? Celui qui sème, sème la Parole. Ceux qui reçoi-
vent la semence le long du chemin, quand la Parole est
semée, ce sont ceux qui l'ont à peine entendue, que
Satan vient et enlève la Parole qui a été semée en eux.
16 De même, ceux qui reçoivent la semence dans les
endroits pierreux, ce sont ceux qui, dès qu'ils entendent

a. T. R. : sur *cette parabole ;*
b. T. R. : qu'il a été donné *de connaître* le mystère...

la Parole, la reçoivent avec joie ; mais il n'y a point en 17
eux de racines ; ils sont sans consistance : qu'ensuite
l'affliction ou la persécution survienne à cause de la
Parole, elle est aussitôt pour eux une occasion de chute.
Autres sont ceux qui reçoivent la semence parmi les 18
épines : ce sont ceux qui entendent la Parole, et en qui 19
les soucis du temps présent, la séduction des richesses
et toutes les autres passions qui les envahissent, étouf-
fent la Parole et la rendent infructueuse. Enfin ceux qui 20
ont reçu la semence dans la bonne terre, ce sont ceux qui
entendent la Parole, la reçoivent et portent du fruit à rai-
son de trente, de soixante et de cent pour un. » Et il 21
ajouta : « Apporte-t-on la lampe, pour la mettre sous le
boisseau ou sous le lit ? N'est-ce pas pour la mettre sur
son pied ? Car rien n'est caché, qui ne doive[a] être 22
révélé, rien même n'a été tenu secret, que pour venir au
grand jour. Si quelqu'un a des oreilles pour entendre, 23
qu'il entende. » Et il ajouta : « Prenez garde à ce que 24
vous entendez. On se servira pour vous de la mesure
avec laquelle vous aurez mesuré, en y ajoutant encore
pour vous[b] ; car on donnera à celui qui a, mais pour 25
celui qui n'a pas, on lui ôtera même ce qu'il a. »

Il dit encore : « Il en est du royaume de Dieu comme 26
de la semence qu'un homme a jetée en terre : qu'il 27
dorme ou qu'il veille, nuit et jour, la semence pousse et
grandit sans qu'il sache comment. La terre produit 28
d'elle-même du fruit : d'abord de l'herbe, puis un épi,
puis voilà un grain bien nourri dans l'épi. Aussitôt que 29
le fruit le permet, on y met la faucille, parce que c'est la
moisson[1]. »

a. T. R. : car il n'y a rien de caché *qui ne puisse être découvert,*
b. T. R. ajoute : *qui écoutez ;*

30 Il dit encore : « À quoi devons-nous comparer le
royaume de Dieu, ou par quelle parabole faut-il le
31 représenter ? — Nous le comparerons à un grain de
moutarde, qui, lorsqu'on le sème, est la plus petite des
32 graines de la terre, puis, quand il a été semé, il croît et
devient la plus grande des plantes potagères ; il pousse
des branches assez grandes pour que les oiseaux du ciel
puissent s'abriter à son ombre. »
33 C'était par beaucoup de paraboles de ce genre, qu'il
leur annonçait la Parole, selon qu'ils étaient capables de
34 l'entendre. Il ne leur parlait qu'en paraboles, mais, en
particulier, il expliquait tout à ses disciples.
35 Ce même jour vers le soir, il leur dit : « Passons à
36 l'autre bord. » Après avoir renvoyé la foule, ses dis-
ciples l'emmenèrent dans la barque, sans le déranger :
37 d'autres petites embarcations l'accompagnaient. Il
s'éleva un violent orage, et les vagues déferlaient sur la
38 barque, de sorte qu'elles menaçaient de la remplir : et
Jésus était à la poupe, dormant sur l'oreiller. Les dis-
ciples le réveillèrent et lui dirent : « Maître, tu ne t'in-
39 quiètes pas de ce que nous périssons. » Jésus étant
réveillé, tança le vent, et dit à la mer : « Tais-toi ! Silen-
40 ce ! » et le vent cessa, et il se fit un grand calme. Alors
il dit à ses disciples : « Pourquoi avez-vous peur ?
41 Comment ? n'avez-vous point de foi ? » Et ils furent
saisis d'une grande terreur, et ils se dirent les uns aux
autres : « Quel est donc cet homme, que le vent et la mer
lui obéissent ? »

Guérison du démoniaque de Gadare. – *Jésus repasse la mer et revient à Capharnaüm.* – Guérison d'une hémorroïsse. – Résurrection de la fille de Jaïre.

Ils abordèrent à l'autre rive de la mer, dans le pays V
des Gadaréniens.
À peine Jésus fut-il sorti de la barque, qu'un homme 2
possédé d'un esprit impur vint au-devant de lui. Il sor- 3
tait des sépulcres, dont il avait fait sa demeure. Per-
sonne ne pouvait plus le tenir attaché, même avec une
chaîne ; car on l'avait souvent chargé de liens aux pieds, 4
et de chaînes, et il avait brisé les chaînes, rompu les
liens, de sorte que personne ne pouvait en être maître. Il 5
ne cessait, nuit et jour, dans les sépulcres et sur les mon-
tagnes, de pousser des cris et de se meurtrir avec des
pierres. Il courut vers Jésus, d'aussi loin qu'il l'aperçut, 6
se prosterna devant lui, et, ayant poussé un cri, il dit 7
d'une voix forte : « Qu'y a-t-il entre toi et moi, Jésus,
Fils du Dieu Très-Haut ? Je t'en conjure, au nom de
Dieu, ne me tourmente pas. » Jésus, en effet, lui avait 8
dit : « Esprit impur, sors de cet homme. » « Quel est ton 9
nom ? » lui demanda Jésus. Le démoniaque lui dit :
« Mon nom est Légion, car nous sommes nombreux » ;
et il le priait instamment de ne pas les envoyer hors du 10
pays. Or il y avait là, vers la montagne, un grand trou- 11
peau de pourceaux qui paissaient, et les démons lui 12
adressèrent cette prière : « Envoie-nous dans ces pour-
ceaux, afin que nous y entrions. » Jésus le leur permit 13
aussitôt. Et les esprits impurs étant sortis, entrèrent dans
les pourceaux ; et le troupeau, au nombre d'environ
deux mille pourceaux, se rua du haut du précipice dans

14 la mer, et s'y noya. Ceux qui les gardaient s'enfuirent et
répandirent la nouvelle dans la ville et dans la cam-
pagne. Beaucoup de gens allèrent voir ce qui était arri-
15 vé ; ils vinrent vers Jésus, et virent le démoniaque, le
même qui avait eu la légion, assis, vêtu et dans son bon
16 sens ; ce qui les remplit de frayeur. Lorsque les témoins
de ce fait leur eurent raconté comment les choses
s'étaient passées pour le démoniaque, et ce qui concer-
17 nait les pourceaux, ils se mirent à supplier Jésus de
s'éloigner de leur pays.

18 Comme Jésus entrait dans la barque, le démoniaque
19 lui demanda la permission de rester avec lui. Et Jésus ne
le lui permit pas, mais il lui dit : « Va-t'en chez toi, vers
les tiens, et rapporte-leur tout ce que le Seigneur a fait
20 pour toi, et comme il a eu compassion de toi. » Il s'en
alla et se mit à publier dans la Décapole tout ce que
Jésus avait fait pour lui ; et tout le monde en était
étonné[1].

21 Quand Jésus eut regagné l'autre rive, dans la barque,
une grande foule s'assembla près de lui. Il était au bord
de la mer.

22 Alors vint un des chefs de la synagogue, nommé Jaï-
23 re[2], qui, en le voyant, se jeta à ses pieds et lui adressa
cette instante prière : « Ma fille est à toute extrémité ;
viens lui imposer les mains, afin qu'elle soit guérie et
24 qu'elle vive. » Jésus partit avec lui, et une grande foule
25 le suivait et le pressait. Une femme malade d'une
26 hémorragie depuis douze ans, qui avait beaucoup souf-
fert entre les mains de plusieurs médecins, et qui, après
avoir dépensé tout son bien, n'avait point été soulagée,
27 mais avait vu plutôt son mal empirer, ayant entendu
parler de Jésus, vint se mêler à la foule et toucha par-
28 derrière son manteau ; car elle se disait : « Si je puis seu-

lement toucher ses vêtements, je serai guérie. » Au 29
même instant sa perte s'arrêta, et elle sentit dans son
corps qu'elle était guérie de son infirmité. À l'instant 30
aussi Jésus sentit intérieurement qu'une vertu était sor-
tie de lui [1], et, se retournant au milieu de la foule, il dit :
« Qui est-ce qui a touché mes vêtements ? » Ses dis- 31
ciples lui dirent : « Tu vois que la foule te presse, et tu
demandes qui t'a touché ! » Et Jésus regardait tout 32
autour de lui, pour voir celle qui l'avait touché. La 33
femme effrayée et tremblante, sachant ce qui s'était
passé en elle, vint se jeter à ses pieds, et lui dit toute la
vérité. Jésus lui dit : « Ma fille, ta foi t'a guérie ; va en 34
paix, et sois délivrée de ton infirmité. »

Il parlait encore, lorsqu'on vint dire au chef de la 35
synagogue : « Ta fille est morte ; pourquoi fatiguer
encore le maître ? » Mais Jésus, sans s'arrêter à cette 36
parole, dit tout de suite au chef de la synagogue : « Ne
crains point, crois seulement. » Et il ne permit à per- 37
sonne de l'accompagner, si ce n'est à Pierre, à Jacques
et à Jean, frère de Jacques. Quand ils furent arrivés à la 38
maison du chef de la synagogue, Jésus entendit un
grand bruit, des gens qui pleuraient et criaient beau-
coup ; et, étant entré, il leur dit : « Pourquoi faites-vous 39
ce bruit et pleurez-vous ? L'enfant n'est pas morte,
mais elle dort. » Et ils se moquèrent de lui. Mais ayant 40
fait sortir tout le monde, il prit avec lui le père de l'en-
fant, la mère et les disciples qui l'accompagnaient, et
entra dans la chambre où était l'enfant ; puis, la saisis- 41
sant par la main, il lui dit : « Talitha Koumi » ; ce qui
signifie : « Jeune fille, je te le commande, lève-toi. » À 42
l'instant la jeune fille se leva, et se mit à marcher, car
elle avait douze ans ; et les assistants furent dans un
ravissement extrême. Jésus leur enjoignit expressément 43

de n'en parler à personne ; et il dit qu'on donnât à manger à l'enfant.

Visite à Nazareth : incrédulité. – *Tournée missionnaire dans les villages.* – Mission des Douze : instructions de Jésus. – Propos d'Hérode sur Jésus. – Mort de Jean Baptiste. – Retour des Douze. – *Jésus les emmène et traverse la mer :* la foule le rejoint. – La première multiplication des pains. – Retour et traversée des disciples. – Jésus marche sur les eaux. – *Il arrive au pays de Génésareth :* malades guéris.

VI Jésus partit de là et se rendit dans sa patrie. Ses disciples l'accompagnaient.
2 Quand le sabbat fut venu, il se mit à enseigner dans la
synagogue ; et plusieurs étaient étonnés en l'entendant,
et disaient : « D'où cela lui vient-il ? Quelle est cette
sagesse qui lui a été donnée ? De pareils miracles se font
3 par ses mains ! N'est-ce pas le charpentier, le fils de
Marie, un frère de Jacques, de Joses, de Jude et de
Simon ? Ses sœurs ne sont-elles pas ici avec nous ? » Et
4 il était pour eux une pierre d'achoppement. Mais Jésus
leur dit : « Ce n'est que dans son pays, chez ses parents
et dans sa maison, qu'un prophète n'est pas honoré. »
5 Et, sauf un petit nombre de malades qu'il guérit en leur
6 imposant les mains, il ne put faire là aucun miracle : il
était surpris de leur incrédulité.

Ensuite il fit une tournée dans les villages en enseignant.

7 Il appela près de lui les Douze et se mit à les envoyer
deux à deux, en leur donnant pouvoir sur les esprits
8 impurs. Il leur recommanda de ne rien prendre pour la
route, si ce n'est un bâton, de n'emporter ni pain, ni sac,

ni monnaie dans leur ceinture ; mais d'être chaussés de 9
sandales et de ne pas mettre deux tuniques. Puis il 10
ajouta : « Dans quelque maison que vous entriez, res-
tez-y, jusqu'à ce que vous partiez de cet endroit, et, quel 11
que soit le lieu où l'on ne vous reçoive pas et où l'on ne
vous écoute pas, sortez-en, et secouez la poussière de
vos pieds pour que cela serve de témoignage aux habi-
tants [a]. » Et les Douze étant partis, prêchèrent qu'on se 12
repentît ; ils chassaient beaucoup de démons ; ils 13
oignaient d'huile beaucoup de malades et les guéris-
saient.

Le roi Hérode, ayant entendu parler de Jésus, dont le 14
nom était devenu célèbre, dit : « Jean Baptiste est res-
suscité, c'est pour cela que la puissance miraculeuse se
déploie en lui. » D'autres disaient : « C'est Élie » ; 15
d'autres : « C'est un prophète [b] comme l'un des anciens
prophètes » ; mais Hérode, entendant ces bruits, disait : 16
« C'est ce Jean que j'ai fait décapiter, qui est ressus-
cité. »

En effet, c'était lui, Hérode, qui avait fait arrêter Jean 17
et l'avait fait charger de chaînes dans la prison, à cause
d'Hérodiade, femme de Philippe, son frère, parce qu'il
l'avait épousée, et que Jean lui avait dit : « Il ne t'est pas 18
permis d'avoir pour femme la femme de ton frère. »
Hérodiade, qui en voulait à Jean, désirait le faire mettre 19
à mort ; mais elle ne pouvait y parvenir, parce qu'Hé- 20
rode craignait Jean, le connaissant pour un homme juste
et saint ; il le protégeait même, et faisait beaucoup de
choses, après avoir pris ses conseils, et il les prenait
volontiers. Enfin il se présenta une occasion favorable. 21

a. T. R. ajoute : *En vérité, je vous dis qu'au jour du jugement, Sodome et Gomorrhe seront traitées moins rigoureusement que cette ville-là.*

b. T. R. : prophète, *ou apparemment* l'un des...

Le jour anniversaire de sa naissance, Hérode donna un
festin aux grands de sa cour, à ses officiers et aux princi-
22 paux de la Galilée ; et la fille d'Hérodiade étant entrée
dans la salle, dansa et charma Hérode ainsi que les
convives. Le roi dit à la jeune fille : « Demande-moi ce
23 que tu voudras, et je te le donnerai. » Et il ajouta avec
serment : « Quoi que tu me demandes, je te le donnerai,
24 fût-ce même la moitié de mon royaume. » Elle sortit, et
dit à sa mère : « Que dois-je demander ? » Sa mère lui
25 dit : « La tête de Jean Baptiste. » La jeune fille rentrant
aussitôt, s'empressa d'adresser au roi sa demande : « Je
veux, dit-elle, que tu me donnes, à l'heure même, dans
26 un bassin, la tête de Jean Baptiste. » Le roi devint tout
triste ; mais, à cause de ses serments et à cause des
27 convives, il ne voulut pas la refuser, et il envoya immé-
diatement un de ses gardes, avec l'ordre d'apporter la
28 tête de Jean. Le garde alla décapiter Jean dans la prison
et apporta sa tête dans un bassin ; il la donna à la jeune
29 fille, qui la donna à sa mère. Les disciples de Jean, ayant
appris ce meurtre, vinrent prendre le corps de leur
maître et le déposèrent dans un sépulcre.

30 Les Apôtres s'étant réunis auprès de Jésus, et lui
ayant rapporté tout ce qu'ils avaient fait et tout ce qu'ils
31 avaient enseigné, Jésus leur dit : « Venez, vous seuls, à
l'écart, dans un lieu solitaire, et prenez un peu de
repos. » Il y avait, en effet, beaucoup d'allants et de
venants, de sorte que les disciples n'avaient pas même
32 le temps de manger. Ils s'en allèrent donc, dans une
barque, en un lieu solitaire à l'écart.

33 On [a] les vit partir, et bon nombre de gens devinèrent

a. T. R. : *La foule* les vit... des gens *le* reconnurent ; ils accoururent... villes *au lieu où il se rendait,* y arrivèrent avant eux, *et se réunirent à lui.*

où ils allaient ; ils y accoururent à pied de toutes les
villes, et arrivèrent avant eux. Lorsque Jésus sortit de la 34
barque, il vit une grande foule, et fut ému de compas-
sion envers eux, parce qu'ils étaient comme des brebis
qui n'ont point de berger ; et il se mit à les enseigner
longuement.

Comme l'heure était déjà fort avancée, ses disciples 35
s'approchèrent de lui, et lui dirent : « Ce lieu est désert,
et l'heure est déjà fort avancée ; renvoie-les, afin qu'ils 36
aillent dans les campagnes et dans les villages d'alen-
tour s'acheter de quoi manger. » Il leur répondit : 37
« Donnez-leur, vous-mêmes, à manger. » Et ils lui
dirent : « Que nous allions acheter pour deux cents
deniers de pain, et que nous leur donnions à manger ! »
Jésus reprit : « Combien de pains avez-vous ? Allez, 38
voyez. » Et eux, s'en étant assurés, dirent : « Cinq pains
et deux poissons. » Alors il leur commanda de faire 39
asseoir tout le monde, par groupes, sur l'herbe verte ; et 40
ils s'assirent par troupes de cent et de cinquante. Jésus 41
prit les cinq pains et les deux poissons, et, levant les
yeux au ciel, il prononça la bénédiction ; puis il rompit
les pains et les donna à ses disciples, pour qu'ils les dis-
tribuassent. Il partagea aussi les deux poissons entre
tous. Tous mangèrent et furent rassasiés ; et l'on 42-43
emporta douze corbeilles pleines de morceaux de pain
et de ce qui restait des poissons. Le nombre de ceux qui 44
mangèrent des pains, s'élevait à cinq mille hommes.

Aussitôt après, Jésus pressa ses disciples d'entrer 45
dans la barque et de le précéder vers l'autre rive, du côté
de Bethsaïde, pendant que lui-même renverrait la foule.
Après avoir pris congé d'elle, il s'en alla sur la mon- 46
tagne pour prier.

Quand la nuit fut venue, la barque était au milieu de 47

48 la mer, et Jésus était seul à terre. Ayant aperçu ses dis-
ciples qui avaient une traversée pénible, car le vent leur
était contraire, il vint vers eux, à la quatrième veille de
la nuit environ, en marchant sur la mer, il voulait les
49 dépasser. Mais eux, le voyant marcher sur la mer, cru-
50 rent que c'était un fantôme, et poussèrent des cris, car
ils le voyaient tous et ils étaient bouleversés. Alors il
leur parla et leur dit : « Rassurez-vous, c'est moi, n'ayez
51 point de peur. » Puis il entra auprès d'eux dans la
barque, et le vent cessa. Et les disciples en furent stupé-
52 faits et surpris au-delà de toute idée ; car ils n'avaient
rien compris à l'affaire des pains, parce que leur cœur
était aveuglé.

53 Lorsqu'ils eurent achevé leur traversée, ils arrivèrent
au pays de Génésareth, et abordèrent.

54 À peine eurent-ils débarqué, que les gens reconnais-
55 sant Jésus, coururent çà et là, dans tous les environs, et
l'on se mit à transporter les malades sur leurs lits partout
56 où l'on entendait dire qu'il était. En quelque lieu qu'il
entrât, dans les villages, dans les villes ou dans les
campagnes, on déposait les malades sur les places
publiques, et on le priait de les laisser seulement toucher
la houppe de son manteau ; et tous ceux qui pouvaient
toucher Jésus étaient guéris.

La Tradition. – « Ce qui souille l'homme. » – *Jésus aux confins de Tyr*. – La Cananéenne. – *Jésus revient vers la mer de Galilée en passant par la Décapole*. – Guérison d'un sourd-muet.

VII Les pharisiens et quelques scribes venus de Jérusa-
2 lem s'assemblèrent près de Jésus : ils avaient vu
quelques-uns de ses disciples prendre leurs repas avec

des mains souillées, c'est-à-dire qui n'avaient pas été
lavées[a]. En effet, les pharisiens et tous les juifs[1] ne 3
mangent pas, sans s'être soigneusement lavé les mains,
observant strictement en cela la tradition des anciens.
Ils ne mangent point au retour du marché, sans s'être 4
plongés dans l'eau ; et ils pratiquent encore beaucoup
d'autres observances traditionnelles, le lavage des
coupes, des brocs, des ustensiles d'airain et des lits. Les 5
pharisiens donc et les scribes firent à Jésus cette ques-
tion : « Pourquoi tes disciples ne se conforment-ils pas
à la tradition des anciens, mais prennent-ils leurs repas
avec des mains souillées ? » Il leur répondit : « Ésaïe a 6
bien prophétisé sur votre compte, hypocrites que vous
êtes, ainsi qu'il est écrit : *Ce peuple m'honore des*
lèvres, mais son cœur est fort éloigné de moi. C'est vai- 7
nement qu'il m'honore en donnant des préceptes qui ne
sont que des commandements d'hommes. Vous aban- 8
donnez le commandement de Dieu, pour vous attacher
à la tradition des hommes, au lavage des brocs et des
coupes, et vous faites beaucoup d'autres choses sem-
blables et toutes pareilles. » Et il ajouta : « Vous vous 9
entendez merveilleusement à mettre à néant le
commandement de Dieu pour garder votre tradition.
Par exemple, Moïse a dit : *Honore ton père et ta mère,* 10
et : *Que celui qui maudit père ou mère soit mis à mort* ;
mais vous, vous dites : "Si un homme dit à son père ou 11
à sa mère, 'ce dont je pourrais vous assister est Corban'"
(c'est-à-dire, un don consacré), eh bien ! vous ne le lais- 12
sez plus rien faire pour son père ni pour sa mère, annu- 13
lant ainsi le commandement de Dieu par la tradition que

a. T. R. ajoute : *et ils les en avaient blâmés.*

vous enseignez. Et vous faites beaucoup de choses semblables et toutes pareilles. »
14 Puis, ayant rappelé le peuple, il lui dit : « Écoutez-
15 moi tous, et comprenez : Rien de ce qui est hors de
l'homme et qui entre dans l'homme ne peut le souiller ;
mais ce qui sort de l'homme, voilà ce qui le souille[a]. »
17 Lorsqu'il fut rentré chez lui, et qu'il se trouva loin de
la foule, ses disciples lui demandèrent le sens de cette
18 sentence, et il leur dit : « Vous aussi, vous êtes donc
sans intelligence ? Vous ne comprenez pas que tout ce
qui de dehors entre dans l'homme ne peut le souiller,
19 parce que cela n'entre pas dans son cœur, mais dans son
ventre, et s'en va aux lieux qui purifient tous les ali-
20 ments. » Et il ajouta : « Ce qui sort de l'homme, voilà ce
21 qui souille l'homme ; car c'est du dedans, du cœur des
hommes, que sortent les mauvaises pensées, le liberti-
22 nage, les vols, les meurtres, les adultères, la rapacité, la
malhonnêteté, la fourberie, le dérèglement, le regard
23 envieux, la calomnie, l'orgueil, la déraison : toutes ces
mauvaises choses-là sortent de dedans, et souillent
l'homme. »
24 Jésus, étant parti de là, se rendit aux confins de Tyr[b].
Il entra dans une maison et aurait voulu qu'on ne le
25 sût point, mais il ne put rester ignoré. Une femme, dont
la fille était possédée d'un esprit impur, eut à peine
entendu parler de lui, qu'elle vint se jeter à ses pieds.
26 Cette femme était grecque, syro-phénicienne d'origine,
27 et elle le pria de délivrer sa fille du démon. Jésus lui dit :
« Laisse d'abord les enfants se rassasier, car il n'est pas
bien de prendre le pain des enfants pour le jeter aux

a. T. R. ajoute v. 16 : *Si quelqu'un a des oreilles pour entendre, qu'il entende.*

b. T. R. ajoute : *et de Sidon.*

petits chiens. » Elle lui repartit : « Sans doute, Seigneur, 28
puisque les petits chiens mangent sous la table les
miettes des petits enfants. — À cause de cette parole, lui 29
dit Jésus, va, le démon est sorti de ta fille. » À son retour 30
chez elle, cette femme trouva l'enfant couchée sur le lit,
et le démon parti.

Ayant quitté les confins de Tyr[a], il revint par Sidon 31
vers la mer de Galilée, en traversant le pays de la
Décapole.

On lui amena un sourd-muet, et on le pria de lui 32
imposer les mains. Jésus l'ayant emmené loin de la 33
foule, à l'écart, lui mit les doigts dans les oreilles et de
la salive sur la langue, puis levant les yeux au ciel, il 34
soupira, et lui dit : « Ephphata[1] », c'est-à-dire, ouvre-
toi. Et les oreilles de cet homme s'ouvrirent, sa langue 35
se délia, et il parla distinctement. Jésus recommanda à 36
ceux qui avaient vu cette guérison de n'en parler à per-
sonne, mais plus il le leur recommandait, plus ils la
publiaient. Ils étaient frappés d'étonnement au-delà de 37
toute idée, et disaient : « C'est merveilleux, tout ce qu'il
a fait ! Il fait entendre les sourds et parler les muets. »

La seconde multiplication des pains. – *Jésus passe la mer et arrive dans le territoire de Dalmanutha.* – Refus d'un signe venant du ciel. – *Jésus passe de nouveau la mer.* – Le levain des pharisiens. – *Il arrive à Bethsaïde-Julias.* – Guérison d'un aveugle. – *Jésus va dans les villages de Césarée de Philippe.* – « Qui dites-vous que je suis ? » – Il annonce ses souffrances. – « Porter sa croix. »

En ces jours-là, Jésus se trouvant avec une foule VIII
immense qui n'avait pas de quoi manger, appela ses dis-

a. T. R. les confins de Tyr *et de Sidon, revint* vers la mer...

2 ciples et leur dit : « J'ai compassion de cette foule, car
voilà déjà trois jours que ces gens restent près de moi, et
3 ils n'ont pas de quoi manger. Si je les renvoie chez eux
à jeun, ils défailleront en route, car quelques-uns
4 d'entre eux viennent de loin. » Ses disciples lui répon-
dirent : « Où pourrait-on trouver, ici, dans un désert, des
5 pains pour nourrir ces gens ? » Jésus leur demanda :
« Combien de pains avez-vous ? — Sept », dirent-ils.
6 Alors il fit asseoir la foule par terre, puis il prit les sept
pains, et, ayant rendu grâces, il les rompit, et les donna
à ses disciples pour les distribuer, et les disciples les dis-
7 tribuèrent à la foule. Ils avaient encore quelques petits
poissons, et Jésus, ayant prononcé la bénédiction, les fit
8 aussi distribuer. Ils mangèrent et furent rassasiés, et l'on
emporta sept corbeilles pleines des morceaux qui res-
9 taient. Il y avait environ quatre mille personnes. Ensuite
Jésus les renvoya.

10 Aussitôt après, il entra dans la barque avec ses dis-
ciples et s'en alla dans le territoire de Dalmanutha.

11 Les pharisiens vinrent et se mirent à discuter avec
Jésus, lui demandant, pour le mettre à l'épreuve, un
12 signe qui vînt du ciel. Et Jésus, ayant poussé un profond
soupir en son cœur, dit : « Pourquoi cette génération
réclame-t-elle un signe ? En vérité, je vous le dis, non, il
13 ne sera point accordé de signe à cette génération. » Là-
dessus, il les quitta et se rembarqua pour passer à l'autre
bord.

14 Les disciples avaient oublié de prendre des pains ; ils
15 n'en avaient qu'un seul avec eux dans la barque. Et
comme Jésus leur faisait des recommandations, disant :
« Faites attention, gardez-vous du levain des phari-
16 siens, ainsi que du levain d'Hérode », ils raisonnaient
ainsi entre eux : « C'est que nous n'avons pas de pain. »

Jésus s'en étant aperçu, leur dit : « Quelle idée avez- 17
vous ? “C'est que vous n'avez pas de pain !” Vous ne
saisissez pas encore, vous ne comprenez pas ? Avez-
vous l'intelligence obtuse ? Puisque vous avez des 18
yeux, ne voyez-vous pas ? et, puisque vous avez des
oreilles, n'entendez-vous pas ? N'avez-vous point de
mémoire ? Quand j'ai rompu les cinq pains pour les 19
cinq mille hommes, combien avez-vous emporté de
corbeilles pleines de morceaux ? — Douze », lui dirent-
ils. — Et quand j'ai rompu les sept pains pour les quatre 20
mille hommes, combien avez-vous emporté de cor-
beilles pleines de morceaux ? — Sept, lui répondirent-
ils. — Eh bien ! leur dit-il, vous ne comprenez pas 21
encore ? »

Et ils arrivèrent à Bethsaïde. 22

On lui amena un aveugle, et on le pria de le toucher.
Jésus, prenant l'aveugle par la main, l'emmena hors du 23
village ; et, après lui avoir mis de la salive sur les yeux,
il lui imposa les mains, et lui demanda s'il voyait
quelque chose. L'aveugle, ayant ouvert les yeux, dit : 24
« Je vois[a] des hommes, car je les aperçois marcher
comme si c'étaient des arbres. » Jésus lui mit une 25
seconde fois les mains sur les yeux, et l'aveugle, ayant
regardé fixement, fut complètement guéri : il voyait
tous les objets avec netteté. Jésus le renvoya dans sa 26
maison, en lui disant : « Ne rentre pas dans le village, et
n'y parle à personne de ce qui t'est arrivé[1]. »

Jésus s'en alla avec ses disciples dans les villages de 27
Césarée de Philippe, et chemin faisant, il leur adressa
cette question : « Qui dit-on que je suis ? » Ils lui répon- 28
dirent : « On dit que tu es Jean Baptiste ; d'autres disent

a. T. R. : Je vois *les hommes marcher,* comme si c'étaient...

que tu es Élie, mais d'autres prétendent que tu es quel-
29 qu'un des prophètes. — Et vous, leur demanda-t-il, qui
dites-vous que je suis ? » Pierre lui répondit : « Tu es le
Messie. »

30 Jésus leur recommanda sévèrement de ne parler de
31 lui à personne, et il commença à leur apprendre qu'il
fallait que le Fils de l'homme souffrît beaucoup, qu'il
fût rejeté par les anciens, par les principaux sacrifica-
teurs et par les scribes, qu'il fût mis à mort, et qu'il res-
32 suscitât trois jours après : il s'exprimait ouvertement.
33 Pierre le prenant à part, se mit à le reprendre. Mais
Jésus, s'étant retourné, et ayant regardé ses disciples,
réprimanda Pierre et lui dit : « Arrière de moi, Satan, car
tes sentiments ne sont pas ceux de Dieu, mais ceux des
34 hommes. » Puis, ayant appelé la foule, ainsi que ses dis-
ciples, il leur dit : « Si quelqu'un veut venir après moi,
qu'il renonce à lui-même, qu'il se charge de sa croix, et
35 qu'il me suive. Car celui qui veut sauver sa vie, la per-
dra ; mais celui qui perdra sa vie à cause de moi et de
36 l'évangile, la sauvera. Que servira-t-il à l'homme de
37 gagner le monde entier, s'il perd son âme ? Car que
38 donnera un homme pour recouvrer son âme ? En effet,
si quelqu'un a honte de moi et de mes paroles, au milieu
de cette génération adultère et pécheresse, le Fils de
l'homme aura aussi honte de lui, quand il viendra dans
IX la gloire de son Père avec les saints anges. » Et il ajouta :
« En vérité, je vous le dis, quelques-uns de ceux qui sont
ici présents, ne goûteront point la mort, qu'ils n'aient vu
le royaume de Dieu inauguré avec puissance. »

La Transfiguration. – « Élie est déjà venu. » – Guérison d'un épileptique. – *Jésus rentre chez lui à Capharnaüm. – Tournée missionnaire dans la Galilée.* – Jésus annonce ses souffrances. – *Retour à Capharnaüm.* – « Qui est le plus grand ? » – Amour pour les petits. – « Qui n'est pas contre nous est pour nous. » – Les scandales.

Six jours après, Jésus ayant pris avec lui Pierre, 2
Jacques et Jean, les mena sur une haute montagne,
seuls, à l'écart, et il fut transfiguré devant eux : ses vête- 3
ments devinrent[a] éblouissants d'une blancheur telle,
qu'il n'est pas un foulon sur la terre qui puisse blanchir
ainsi. Puis Élie leur apparut avec Moïse ; ils s'entrete- 4
naient avec Jésus. Pierre, prenant la parole, dit à Jésus : 5
« Rabbi, il est bon que nous soyons ici ; dressons trois
tentes, une pour toi, une pour Moïse, et une pour Élie. »
Il ne savait ce qu'il disait : l'effroi les avait saisis tous 6
trois. Une nuée survint qui les enveloppa, et il sortit de 7
la nuée une voix : « Celui-ci est mon fils bien-aimé ;
écoutez-le. » Soudain, ayant jeté les regards autour 8
d'eux, ils ne virent plus personne que Jésus, seul avec
eux.

Comme ils descendaient de la montagne, Jésus leur 9
recommanda de ne raconter à personne ce qu'ils avaient
vu, avant que le Fils de l'homme fût ressuscité des
morts. Les disciples retinrent cette recommandation, 10
tout en discutant entre eux pour savoir ce que signifiait
ce mot « être ressuscité des morts » ; et ils adressèrent 11
à Jésus cette question : « Pourquoi les scribes disent-ils
qu'Élie doit venir premièrement ? » Il leur répondit : 12

a. T. R. ajoute : *comme la neige,*

« Élie doit venir premièrement, et rétablir toutes cho-
ses !... et d'où vient qu'il est écrit, que c'est afin que le
fils de l'homme souffre beaucoup, et qu'il soit rejeté
13 avec mépris ? Mais je vous dis qu'Élie est venu, et
qu'ils lui ont fait tout ce qu'ils ont voulu, selon qu'il est
écrit à son sujet. »
14 Quand il arriva vers ses disciples, il vit une grande
foule autour d'eux, et des scribes qui disputaient avec
15 eux. Toute la foule fut surprise de le voir, et elle accou-
16 rut pour le saluer. Il leur [a] demanda : « De quoi disputez-
17 vous avec eux ? » Et un homme de la foule lui répondit :
« Maître, je t'ai amené mon fils qui est possédé d'un
18 esprit muet : en quelque lieu que cet esprit s'empare de
lui, il le jette par terre ; l'enfant écume, grince des dents,
et dépérit. J'ai prié tes disciples de chasser l'esprit, et ils
19 ne l'ont pu. » Jésus répondit, et leur dit : « Race incré-
dule, jusques à quand serai-je avec vous, jusques à
20 quand vous supporterai-je ?... Amenez-le-moi. » Et on
le lui amena. Aussitôt que l'enfant vit Jésus, il fut jeté
par l'esprit dans des convulsions, il tomba par terre et se
21 roulait en écumant. Jésus demanda au père : « Combien
y a-t-il de temps que cela lui arrive ? — Depuis son
22 enfance, dit-il ; et souvent l'esprit l'a jeté soit dans le
feu, soit dans l'eau, afin de le faire périr ; mais si tu le
23 peux, viens à notre secours par pitié pour nous. » Jésus
lui répliqua : « Si je le peux [b] ! Tout est possible envers
24 celui qui croit. » Aussitôt le père de l'enfant s'écria [c] :
« Je crois : viens au secours de mon incrédulité [1] ! »
25 Jésus, voyant la foule accourir, tança l'esprit impur, et
lui dit : « Esprit muet et sourd, je te le commande, moi,

a. T. R. : il demanda *aux scribes :*
b. T. R. : Si tu peux *croire*, tout...
c. T. R. ajoute : *les larmes aux yeux :* Je crois, *Seigneur,* viens...

sors de cet enfant, et n'y rentre plus. » Alors, ayant 26
poussé un cri et causé de violentes convulsions, l'esprit
sortit, et l'enfant devint comme un cadavre, au point
que la plupart disaient : « Il est mort. » Mais Jésus, le 27
saisissant par la main, le releva, et il se tint debout.

Jésus étant rentré chez lui, ses disciples lui demandè- 28
rent en particulier : « Pourquoi n'avons-nous pu chasser
cet esprit ? » Il leur dit : « Rien, excepté la prière [a], ne 29
peut faire sortir cette espèce de démons. »

Étant partis de là, ils cheminèrent à travers la Galilée, 30
et Jésus ne voulait pas qu'on le sût, parce qu'il ensei- 31
gnait ses disciples. Il leur disait : « Le fils de l'homme
va être livré entre les mains des hommes, et ils le met-
tront à mort ; mais, lorsqu'il aura été mis à mort, trois
jours après, il ressuscitera. » Mais eux ne comprenaient 32
point cette parole, et ils craignaient de l'interroger.

Jésus rentra à Capharnaüm. 33

Quand il fut chez lui, il leur demanda : « De quoi
vous entreteniez-vous en chemin ? » Mais ils gardèrent 34
le silence, parce qu'en chemin ils avaient débattu entre
eux cette question : « Qui est le plus grand ? » Jésus 35
s'étant assis, appela les Douze, et leur dit : « Si quel-
qu'un veut être le premier, il sera le dernier de tous et le
serviteur de tous. » Puis, il prit un petit enfant, le plaça 36
au milieu d'eux, et, l'ayant embrassé, il leur dit : « Celui 37
qui reçoit un de ces enfants-là en mon nom, me reçoit ;
et celui qui me reçoit, reçoit, non pas moi, mais celui qui
m'a envoyé. »

Jean, prenant la parole, lui dit : « Maître, nous avons 38
vu un homme qui ne va pas avec nous, chasser le démon
en ton nom, et nous l'en avons empêché, parce qu'il ne

a. T. R. ajoute : *et le jeûne,*

39 va pas avec nous. » Mais Jésus dit : « Ne l'en empêchez
pas, car il n'est personne qui, après avoir fait un miracle
en mon nom, puisse, aussitôt après, dire du mal de moi.
40-41 Qui n'est pas contre nous est pour nous. Car celui qui
vous donnera un verre d'eau pour le nom du Christ à qui
vous êtes, je vous dis en vérité qu'il ne perdra point sa
42 récompense. Si quelqu'un devait être une occasion de
chute pour un seul des petits qui ont la foi, il vaudrait
mieux pour lui qu'on lui mît une pierre de moulin
43 autour du cou, et qu'on le jetât dans la mer. Si ta main
est pour toi une occasion de chute, coupe-la ; il te vaut
mieux entrer manchot dans la vie, que d'avoir deux
mains, et d'aller dans la Géhenne, dans le feu qui ne
45 s'éteint point[a]. Si ton pied est pour toi une occasion de
chute, coupe-le ; il te vaut mieux entrer boiteux dans la
vie, que d'avoir deux pieds, et d'être jeté dans la Géhen-
47 ne[b]. Si ton œil est pour toi une occasion de chute,
arrache-le ; il te vaut mieux entrer borgne dans le
royaume de Dieu, que d'avoir deux yeux, et d'être jeté
48 dans la Géhenne[c], *où le ver ne meurt point, et où le feu*
49 *ne s'éteint point*[1]. Car tout homme sera salé par le feu,
50 et tout sacrifice sera salé avec du sel. C'est une bonne
chose que le sel ; mais s'il devient insipide, avec quoi
lui donnerez-vous de la saveur ? Gardez bien le sel en
vous, et soyez en paix les uns avec les autres. »

a. T. R. ajoute v. 44 : « *où le ver ne meurt point, et où le feu ne s'éteint point.* »

b. T. R. : Géhenne, *dans le feu qui ne s'éteint point ;* v. 46, « *où le ver ne meurt point, et où le feu ne s'éteint point.* »

c. T. R. ajoute : *ardente.*

Jésus se rend en Judée : la foule le suit. – « Est-il permis de répudier sa femme ? » – « Laissez venir vers moi les petits enfants. » – Le jeune homme riche. – « Quitter tout. » – *Jésus monte à Jérusalem.* – Il annonce ses souffrances. – Demande des fils de Zébédée. – *Jésus à Jéricho.* – Guérison de l'aveugle Bar-Timée.

Jésus étant parti de là, se rendit aux confins de la X
Judée, de l'autre côté du Jourdain. Des foules se joignirent de nouveau à lui, et Jésus, suivant sa coutume, se mit de nouveau à les enseigner.

Des pharisiens vinrent vers lui, et lui demandèrent 2
s'il était permis à un mari de répudier sa femme : c'était
pour le mettre à l'épreuve. Jésus leur répondit : 3
« Qu'est-ce que Moïse vous a prescrit ? – Moïse, 4
dirent-ils, nous a autorisés à dresser un acte de divorce
et à répudier. » Jésus reprit : « C'est à cause de la dureté 5
de votre cœur que Moïse vous a donné ce commande-
ment, mais au commencement de la création, Dieu *les* 6
fit, l'un homme, l'autre femme ; pour cette raison, 7
l'homme quittera son père et sa mère pour s'attacher à
sa femme, et les deux ne feront qu'une seule chair. Ainsi 8
ils ne sont plus deux, mais ils sont une seule chair. Que 9
l'homme donc ne sépare pas ce que Dieu a uni. »

Rentrés au logis, les disciples l'interrogèrent encore 10
sur ce sujet ; et il leur dit : « Si un homme répudie sa 11
femme et en épouse une autre, il se rend coupable
d'adultère à l'égard de la première ; et si une femme se 12
divorce d'avec son mari et en épouse un autre, elle
commet un adultère. »

On lui amena de petits enfants, pour qu'il les touchât. 13

14 Les disciples reprenaient ceux qui les amenaient, mais
Jésus, s'en étant aperçu, en fut fâché, et leur dit : « Lais-
sez venir vers moi ces petits enfants ; ne les en empê-
chez pas, car le royaume de Dieu est à ceux qui leur res-
15 semblent. En vérité, je vous dis que si l'on ne reçoit pas
le royaume de Dieu avec les dispositions d'un petit
16 enfant, l'on n'y entre point. » Puis il embrassa ces
enfants, leur imposa les mains, et les bénit.

17 Au moment où il sortait pour se mettre en route, un
homme accourut, et, se jetant à ses genoux, lui adressa
cette question : « Bon Maître, que dois-je faire pour
18 hériter la vie éternelle ? » Jésus lui dit : « Pourquoi
19 m'appelles-tu bon ? Dieu seul est bon. Tu connais les
commandements : *Ne commets point l'adultère ; ne tue
point ; ne dérobe point ; ne porte point de faux témoi-
gnage ;* ne fais tort à personne ; *honore ton père et ta
20 mère.* » Cet homme répondit : « Maître, j'ai gardé tous
21 ces commandements dès ma jeunesse. » Jésus, l'ayant
regardé, l'aima, et lui dit : « Il te manque une chose : va,
vends tout ce que tu as et le donne aux pauvres, et tu
auras un trésor dans le ciel ; puis viens, suis-moi en por-
22 tant ta croix. » Mais lui, assombri par cette parole, s'en
alla tout triste, car il avait de grands biens.

23 Alors Jésus, jetant ses regards autour de lui, dit à ses
disciples : « Qu'il est difficile à ceux qui possèdent les
24 richesses d'entrer dans le royaume de Dieu ! » Ils furent
stupéfaits de ces paroles. Alors Jésus reprit : « Mes
enfants, qu'il est difficile à ceux qui mettent leur
confiance dans les richesses d'entrer dans le royaume
25 de Dieu ! Il est plus aisé qu'un chameau passe par le
trou d'une aiguille, qu'il ne l'est à un riche d'entrer dans
26 le royaume de Dieu. » Les disciples encore plus
étonnés, se disaient les uns aux autres : « Et qui peut être

sauvé ? » Jésus, arrêtant son regard sur eux, dit : « Cela 27
est impossible aux hommes, mais non à Dieu ; car
toutes choses sont possibles à Dieu. »
Pierre se mit à lui dire : « Pour nous, tu le vois, nous 28
avons tout quitté pour te suivre. » Jésus répondit : « En 29
vérité je vous le dis, personne ne quittera, pour moi et
pour l'évangile, maison, ou frères, ou sœurs, ou mère,
ou père, ou enfants, ou terres, qu'il ne reçoive au cen- 30
tuple, dans le temps présent, des maisons, des frères,
des sœurs, des mères, des enfants et des terres, au milieu
même des persécutions, et, dans le siècle à venir, la vie
éternelle. Bien des derniers seront les premiers, et bien 31
des premiers seront les derniers. »
Ils étaient en route pour monter à Jérusalem : Jésus 32
allait devant, et les disciples suivaient pleins de stupeur,
quelques-uns même pleins d'effroi.
Jésus, prenant de nouveau les Douze près de lui, se
mit à leur dire ce qui devait lui arriver : « Voici que nous 33
montons à Jérusalem, et le Fils de l'homme sera livré
aux principaux sacrificateurs et aux scribes : ils le
condamneront à mort et le livreront aux Gentils, qui le 34
bafoueront, le flagelleront, cracheront sur lui et le met-
tront à mort ; mais, trois jours après, il ressuscitera. »
Jacques et Jean, fils de Zébédée, s'avancèrent vers 35
lui, et lui dirent : « Maître, nous voudrions que tu fisses
pour nous ce que nous allons te demander. » Jésus leur 36
dit : « Que voulez-vous que je fasse pour vous ? —
Accorde-nous, lui dirent-ils, d'être assis, l'un à ta 37
droite, l'autre à ta gauche, quand tu seras dans ta gloi-
re. » Jésus leur répondit : « Vous ne savez ce que vous 38
demandez. Pouvez-vous boire le calice que je vais
boire, et être baptisé du baptême dont je vais être bapti-
sé ? — Nous le pouvons », dirent-ils. Jésus leur répon- 39

dit : « Oui, vous boirez le calice que je vais boire, et
vous serez baptisés du baptême dont je vais être bapti-
40 sé ; mais quant à être assis à ma droite ou à ma gauche, il
ne m'appartient pas de l'accorder ; cette distinction sera
41 pour ceux à qui elle est réservée. » Les dix autres dis-
ciples, qui avaient entendu cette demande, commencè-
42 rent à se fâcher contre Jacques et Jean. Jésus les appela
et leur dit : « Vous savez que les princes reconnus par
les nations les maîtrisent, et que les grands les domi-
43 nent ; il n'en est point ainsi parmi vous : au contraire,
celui qui veut être grand parmi vous sera votre serviteur,
44 et celui qui veut être le premier, sera l'esclave de tous.
45 Car le Fils de l'homme est venu, non pour être servi,
mais pour servir et donner sa vie pour la rançon de beau-
coup. »

46 Ils arrivèrent à Jéricho .

Comme Jésus sortait de Jéricho, lui, ses disciples et
une assez grande foule, le fils de Timée, Bar-Timée,
mendiant aveugle, se trouvait assis sur le bord de la
47 route. Ayant entendu dire que c'était Jésus de Nazareth
qui passait, il se mit à crier : « Fils de David, Jésus, aie
48 pitié de moi. » Plusieurs le reprenaient pour le faire tai-
re ; mais il criait encore plus fort : « Fils de David, aie
49 pitié de moi [1]. » Jésus s'arrêta, et dit : « Appelez-le. »
On appela l'aveugle, et on lui dit : « Courage ! lève-toi,
50 il t'appelle. » Et lui, jetant son manteau, se leva d'un
51 bond, et vint vers Jésus. Jésus, prenant la parole, lui dit :
« Que veux-tu que je fasse pour toi ? » L'aveugle lui
52 dit : « Rabboni, que je recouvre la vue. — Va, lui dit
Jésus, ta foi t'a guéri. » Aussitôt il recouvra la vue, et il
suivit Jésus dans le chemin.

Entrée de Jésus à Jérusalem. – Ovation populaire. – *Il passe la nuit à Béthanie. – Il revient le lendemain à Jérusalem.* – Le figuier maudit. – Les vendeurs chassés du temple. – *Jésus sort de Jérusalem et y revient le lendemain matin.* – Le figuier desséché. – La puissance de la foi. – « De quel droit fais-tu ces choses ? »

Comme ils approchaient de Jérusalem et qu'ils XI
avaient atteint Bethphagé et Béthanie, vers la montagne
des Oliviers, Jésus envoya deux de ses disciples, en leur 2
disant : « Allez à ce village qui est en face de vous, et
vous trouverez en y entrant un ânon attaché, sur lequel
jamais homme ne s'est assis : détachez-le et amenez-le-
moi. Si l'on vous dit : "Pourquoi faites-vous cela ?" 3
dites : "Parce que le Seigneur en a besoin", et aussitôt
on l'enverra ici. » Ils allèrent et trouvèrent un ânon 4
attaché à une porte, dehors, au contour du chemin, et ils
le détachèrent. Quelques-uns de ceux qui étaient là, leur 5
dirent : « Que faites-vous ? vous détachez cet ânon ? »
Ils répondirent comme Jésus le leur avait dit, et on les 6
laissa faire.

Ils amenèrent l'ânon à Jésus, jetèrent leurs manteaux 7
sur l'animal, et Jésus monta dessus.

Une foule de gens étendirent leurs manteaux sur la 8
route, d'autres des rameaux qu'ils avaient coupés dans
les champs. Ceux qui allaient devant, et ceux qui sui- 9
vaient, criaient :

« Hosanna !

» *Béni soit celui qui vient au nom du Seigneur !*

» Béni soit le règne qui vient, le règne de David notre 10
père !

» Hosanna dans les lieux très hauts ! »
11 Jésus entra à Jérusalem, dans le temple, et, après
avoir tout considéré, comme il était déjà tard, il s'en alla
à Béthanie avec les Douze.
12 Le lendemain, quand ils eurent quitté Béthanie, Jésus
13 eut faim ; et, apercevant de loin un figuier couvert de
feuilles, il alla voir s'il y trouverait quelque fruit. Il y
monta et n'y trouva que des feuilles, car ce n'était pas la
14 saison des figues. Alors, prenant la parole, il dit au
figuier : « Que jamais personne ne mange de ton
fruit ! » Et ses disciples l'entendirent.
15 Ils arrivèrent à Jérusalem.
Jésus, étant entré dans le temple, se mit à chasser
ceux qui y vendaient et qui y achetaient ; il renversa les
tables des changeurs et les bancs des vendeurs de
16 pigeons ; et il ne souffrait pas qu'on transportât aucun
17 objet en traversant le temple. Il ajoutait cet enseigne-
ment : « N'est-il pas écrit : *Ma maison sera appelée une*
maison de prière pour toutes les nations ? Mais vous,
18 vous en avez fait une caverne de voleurs. » Les princi-
paux sacrificateurs et les scribes l'ayant entendu, cher-
chaient le moyen de le faire périr, car ils le craignaient,
parce que tout le peuple était frappé de son ensei-
gnement.
19 Quand le soir fut venu, Jésus sortit de la ville.
20 Le lendemain matin, en passant, les disciples virent
21 le figuier qui avait séché jusqu'à la racine. Pierre se rap-
pelant ce qui s'était passé, dit à Jésus : « Rabbi, vois
22 donc, le figuier que tu as maudit a séché. » Et Jésus leur
23 répondit : « Ayez foi en Dieu. En vérité, je vous le dis,
si quelqu'un dit à cette montagne, “va te jeter à la mer”,
et s'il ne doute point en son cœur, mais qu'il ait foi à
24 l'accomplissement de sa parole, cela se fera. C'est

pourquoi je vous dis : Tout ce que vous demandez dans
vos prières, ayez foi que vous l'avez reçu[a], et vous le
verrez s'accomplir. Quand vous êtes debout, en prière, 25
si vous avez quelque chose contre quelqu'un, pardon-
nez, afin que votre Père qui est dans les cieux vous par-
donne aussi vos offenses : si vous ne pardonnez pas, 26
votre Père qui est dans les cieux, ne vous pardonnera
pas non plus vos offenses[1]. »
Ils arrivèrent de nouveau à Jérusalem. 27
Pendant que Jésus allait et venait dans le temple, les
principaux sacrificateurs, les scribes et les anciens se
rendirent vers lui, et lui dirent : « De quel droit fais-tu 28
ces choses, et qui t'a donné le droit de les faire ? » Jésus 29
leur répondit : « Je vous ferai aussi une question ;
répondez-moi, et je vous dirai de quel droit je fais ces
choses. Le baptême de Jean venait-il du ciel ou des 30
hommes ? Répondez-moi. » Mais ils firent entre eux 31
cette réflexion : Si nous disons : « du ciel » il dira :
"Pourquoi n'y avez-vous pas cru ?" Faut-il dire « des 32
hommes » ? — Ils craignaient le peuple, car tous
croyaient réellement que Jean était un prophète. Ils 33
répondirent à Jésus : « Nous ne savons. » Et Jésus leur
dit : « Moi non plus, je ne vous dirai pas de quel droit je
fais ces choses. »

Parabole des vignerons. – Hostilité. – « Est-il permis de payer le tribut à César ? » – Y a-t-il une résurrection des morts ? – « Quel est le premier de tous les commandements ? » – « Comment le Messie est-il fils de David ? » Orgueil des scribes. – La pite de la veuve.

Il se mit alors à leur parler en paraboles. XII
« Un homme planta une vigne, il l'entoura d'une

a. T. R. : que vous *allez* le *recevoir*...

haie, creusa un pressoir, bâtit une tour, puis il l'afferma
2 à des vignerons et quitta le pays. Au temps des ven-
danges, il envoya un serviteur vers les vignerons pour
3 recevoir d'eux une part de la récolte ; mais les vigne-
rons l'ayant pris, le battirent et le renvoyèrent les mains
4 vides. Le maître leur envoya encore un autre serviteur :
ils le frappèrent à la tête et le maltraitèrent indignement.
5 Il en envoya un troisième, qu'ils tuèrent ; et ils en mal-
traitèrent beaucoup d'autres, battant les uns, tuant les
6 autres. Le maître avait encore un fils unique, un fils
bien-aimé, il le leur envoya le dernier, se disant : "Ils
7 respecteront mon fils." Mais ces vignerons se dirent
entre eux : "C'est l'héritier ; venez, tuons-le, et l'héri-
8 tage sera à nous." Là-dessus, ils le prirent, le tuèrent et
9 le jetèrent hors de la vigne. Que fera donc le maître de
la vigne ? — Il viendra, fera périr ces vignerons, et don-
10 nera la vigne à d'autres [1]. Vous n'avez pas lu non plus ce
passage de l'Écriture : *La pierre, que les constructeurs*
avaient mise au rebut, est devenue la pierre angulaire.
11 *C'est par la volonté du Seigneur qu'elle l'est devenue,*
12 *et elle est une merveille à nos yeux.* » Ils cherchaient à
l'arrêter, mais la crainte du peuple les retint : ils avaient
compris que c'était à eux que s'adressait cette parabole.
Ils le quittèrent et s'en allèrent.

13 Ils envoyèrent vers lui des pharisiens et des héro-
14 diens, pour lui faire une question insidieuse. Ceux-ci
vinrent lui dire : « Maître, nous savons que tu es vrai, et
que tu ne te soucies de qui que ce soit, car tu ne fais pas
acception des personnes, mais tu enseignes en toute
vérité la voie de Dieu. Est-il permis, ou non, de payer le

tribut à César ? Devons-nous payer, oui ou non ? »
Mais Jésus connaissant leur hypocrisie, leur dit : 15
« Pourquoi essayez-vous de me surprendre ? Apportez-
moi un denier, que je le voie. » Ils en apportèrent un ; et 16
Jésus leur dit : « De qui sont cette effigie et cette légen-
de ? — De César », lui dirent-ils. Jésus reprit : « Rendez 17
à César ce qui est à César, et à Dieu ce qui est à Dieu. »
Et il les étonna par sa réponse.

Des sadducéens, gens qui prétendent qu'il n'y a point 18
de résurrection, vinrent vers Jésus, et lui posèrent cette
question : « Maître, Moïse nous a donné cette loi : *Si un* 19
frère meurt et qu'il laisse une femme sans laisser d'en-
fants, que son frère épouse la veuve et suscite lignée à
son frère. Il y avait sept frères : le premier se maria, et 20
mourut sans laisser de postérité. Le second épousa la 21
veuve, et mourut aussi sans postérité. Le troisième
pareillement. Enfin aucun des sept frères ne laissa de 22
postérité. Après eux tous, la femme mourut aussi.
Duquel d'entre eux sera-t-elle la femme dans la résur- 23
rection, lorsqu'ils seront ressuscités, car tous les sept
l'ont épousée ? » Jésus leur répondit : « N'est-ce pas, 24
parce que vous ne connaissez ni les Écritures, ni même
la puissance de Dieu, que vous êtes dans l'erreur ?
Quand on ressuscitera, ni hommes ni femmes ne se 25
marieront, mais ils seront comme les anges qui sont
dans les cieux. Quant aux morts, nul doute qu'ils ne res- 26
suscitent. N'avez-vous pas lu dans le livre de Moïse,
dans le passage où il est parlé du buisson[1], comment
Dieu s'exprima, quand il dit à Moïse : *Je suis le Dieu*
d'Abraham, le Dieu d'Isaac et le Dieu de Jacob ? Il 27
n'est pas Dieu des morts, mais Dieu des vivants. Vous
êtes donc dans une grande erreur. »

Un scribe témoin de cette discussion, trouvant que 28

Jésus leur avait bien répondu, s'approcha, et lui
demanda : « Quel est le premier de tous les commande-
29 ments ? » Jésus répondit : « Le premier commande-
ment, c'est : *Écoute Israël : le Seigneur notre Dieu est*
30 *le seul Seigneur*, et *tu aimeras le Seigneur ton Dieu de*
tout ton cœur, de toute ton âme, de toute ta pensée et de
31 *toute ta force*[a]. Voici le second : *Tu aimeras ton pro-*
chain comme toi-même. Il n'y a pas d'autre commande-
32 ment plus grand que ceux-là. » Le scribe lui dit :
« Maître, tu as vraiment bien parlé, quand tu as dit qu'il
est le "seul[b] Seigneur", et qu'il n'y en a point d'autre
33 que lui, et que "l'aimer de tout son cœur, de toute sa
pensée, de toute son âme et de toute sa force, et aimer
son prochain comme soi-même", c'est plus que tous les
34 holocaustes et tous les sacrifices. » Jésus, voyant qu'il
avait sagement répondu, lui dit : « Tu n'es pas loin du
royaume de Dieu[1]. » Et personne n'osait plus lui poser
de questions.

35 Jésus, continuant à enseigner dans le temple, ajouta :
« Comment se fait-il que les scribes disent que le Mes-
36 sie est fils de David ? David lui-même, animé du Saint-
Esprit, a dit : *Le Seigneur dit à mon Seigneur : Assieds-*
toi à ma droite jusqu'à ce que j'aie fait de tes ennemis
37 *ton marchepied*. David lui-même l'appelle "Seigneur",
et d'où vient qu'il est son fils ? » Et la masse du peuple
prenait plaisir à l'entendre.

38 Il leur disait encore dans son enseignement : « Gar-
dez-vous des scribes, qui aiment à se promener en
robes, qui recherchent les salutations dans les places
39 publiques, les premiers sièges dans les synagogues et

a. T. R. ajoute : *Voilà le premier commandement, et* voici le second *qui lui est semblable :*

b. T. R. : qu'*il n'y a qu'un Dieu,* et qu'il...

les premières places dans les repas : ces gens qui dévo- 40
rent les maisons des veuves, sous prétexte de longues
prières, seront jugés d'autant plus sévèrement. »
Jésus, s'étant assis en face du trésor, observait la 41
foule qui mettait de l'argent dans le tronc [1]. Plusieurs
riches y mettaient beaucoup. Il vint une pauvre veuve 42
qui y mit deux pites [2], ce qui vaut un quart de sol. Alors 43
Jésus, ayant appelé ses disciples, leur dit : « Je vous
assure que cette pauvre veuve a donné plus que tous
ceux qui ont mis dans le tronc, car tous ont mis de leur 44
superflu, tandis qu'elle a donné de son nécessaire, tout
ce qu'elle possédait, tout ce qu'elle avait pour vivre. »

Jésus quitte le temple. – Assis sur la montagne des Oliviers, il annonce la ruine de Jérusalem et son avènement final. – « Veillez. »

Comme il sortait du temple, un de ses disciples lui XIII
dit : « Maître, vois donc, quelles pierres et quelles
constructions ! » Et Jésus lui dit : « Tu vois ces grandes 2
constructions ? Eh bien ! il n'y restera pierre sur pierre
qui ne soit renversée. »
Comme il était assis sur la montagne des Oliviers, en 3
face du temple, Pierre, Jacques, Jean et André lui
demandèrent en particulier : « Dis-nous quand ces évé- 4
nements doivent avoir lieu, et quel sera le signe précur-
seur de leur accomplissement. » Jésus se mit à leur dire : 5
« Prenez garde qu'on ne vous séduise, car plusieurs 6
viendront sous mon nom, disant : "C'est moi qui suis le
Messie" ; et ils séduiront beaucoup de monde. Quand 7
vous entendrez parler de guerres, et de bruits de guerre,
ne vous alarmez pas, car il faut que cela arrive ; mais ce

8 ne sera pas encore la fin. Une nation s'élèvera, en effet,
contre une nation, et un royaume contre un royaume ; il
y aura des tremblements de terre en divers lieux, il y
aura des famines et des troubles. Ces calamités sont le
commencement des douleurs.
9 » Prenez garde à vous-mêmes : on vous livrera aux
tribunaux et aux synagogues, vous serez battus, et l'on
vous traduira devant les gouverneurs et devant les rois,
à cause de mon nom, pour rendre témoignage devant
10 eux : il faut premièrement que l'évangile soit prêché à
11 toutes les nations. Quand on vous conduira pour vous
livrer, ne vous inquiétez pas de ce que vous direz, ne
vous préparez même pas, mais dites ce qui vous sera
donné au moment même : ce n'est pas vous qui parlez,
12 c'est le Saint-Esprit. Le frère livrera son frère à la mort,
et le père, son enfant ; les enfants s'élèveront contre
13 leurs pères et leurs mères, et les mettront à mort ; et
vous serez haïs de tous à cause de mon nom ; mais celui
qui persévérera jusqu'à la fin sera sauvé.
14 » Or, quand vous verrez l'abomination cause de la
désolation [a] établie là où elle ne doit pas être (que celui
qui lit y réfléchisse), alors, que ceux qui sont en Judée
15 s'enfuient dans les montagnes ; que celui qui est sur le
toit, ne descende pas dans la maison, qu'il n'entre pas
16 même prendre quoi que ce soit chez lui, et que celui qui
est allé dans son champ, ne revienne pas en arrière pour
17 prendre son manteau. Malheur aux femmes qui seront
enceintes et à celles qui allaiteront en ces jours-là !
18-19 Priez pour que cela n'arrive pas en hiver, car il y aura
dans ce temps une détresse telle, qu'il n'y en a point eu
depuis le commencement du monde que Dieu a créé,

a. T. R. ajoute : *dont parle le prophète Daniel,*

jusqu'à nos jours, et qu'il n'y en aura jamais. Et si le 20
Seigneur n'avait abrégé ce temps, nul n'échapperait ;
mais il l'a abrégé à cause des élus qu'il a choisis.
» Si l'on vous dit alors : “Le Messie est ici”, ou bien 21
“le Messie est là”, ne le croyez point, car il s'élèvera de[a] 22
faux prophètes, qui feront des miracles et des prodiges
pour séduire, s'il était possible, les élus mêmes. Pour 23
vous, prenez garde ; vous êtes prévenus de tout[1]. »
» Mais en ce temps-là et après cette détresse, le soleil 24
pâlira, la lune refusera sa lumière, les étoiles tomberont 25
du ciel et les puissances qui sont dans les cieux seront
ébranlées. Alors on verra le Fils de l'homme venir dans 26
les nuées, revêtu d'une grande puissance et de gloire.
Alors il enverra les anges pour rassembler les élus, des 27
quatre vents, d'un bout du monde à l'autre.
» Tirez instruction de la comparaison avec le figuier. 28
Dès que sa branche devient tendre et que les feuilles
poussent, on connaît que l'été est proche ; de même, 29
quand vous verrez ces événements se produire, sachez
que le Fils de l'homme est proche : il est à vos portes.
En vérité, je vous dis que cette génération ne passera 30
point que tous ces événements n'arrivent. Le ciel et la 31
terre passeront, mais mes paroles ne passeront point.
Quant au jour ou à l'heure, nul ne le sait, pas même les 32
anges qui sont dans le ciel, ni même le Fils, mais le Père.
» Prenez garde, veillez[b], car vous ne savez quand ce 33
sera le moment. Il en est du Fils de l'homme comme 34
d'un homme, qui, en quittant sa maison pour aller en
voyage, a laissé ses serviteurs maîtres, et qui, en assignant à chacun sa tâche, a enjoint au portier de veiller.

a. T. R. ajoute : *de faux Messies et*
b. T. R. ajoute : *et priez.*

35 Veillez donc, car vous ne savez quand le maître de la
maison doit arriver, si ce sera le soir, ou à minuit, ou au
36 chant du coq, ou le matin ; craignez qu'en arrivant tout
37 à coup, il ne vous trouve endormis. Ce que je vous dis,
je le dis à tous : veillez. »

La Pâque dans deux jours. – Complot des sacrificateurs. – *Jésus à Béthanie :* une femme l'oint de parfum. – Judas et les sacrificateurs. – *Jésus à Jérusalem.* – La Sainte Cène. – Prédiction du reniement de Pierre. – *Gethsémani.* – Le baiser de Judas. – Pierre tire l'épée. – Arrestation de Jésus. – Il est conduit chez le Souverain Sacrificateur. – Interrogatoire et condamnation. – Jésus est bafoué. – Triple reniement de Pierre.

XIV La Pâque et la fête des Pains sans levain devaient
avoir lieu deux jours après. Les principaux sacrifica-
teurs cherchaient le moyen d'arrêter Jésus par ruse,
2 pour le mettre à mort ; car ils disaient : « Il ne faut pas
que ce soit pendant la fête de peur qu'il n'y ait du
tumulte parmi le peuple. »
3 Comme Jésus était à Béthanie, dans la maison de
Simon le lépreux, et qu'il était à table, une femme entra
avec un flacon d'albâtre contenant une essence de nard
pur de grand prix. Elle ouvrit le flacon, et lui versa le
4 parfum sur la tête. Or il y avait là des gens qui en témoi-
gnaient entre eux leur mécontentement : « Pourquoi
5 perdre ainsi ce parfum ? On aurait pu le vendre plus de
trois cents deniers, et les donner aux pauvres » ; et ils se
6 fâchaient contre elle. Mais Jésus dit : « Laissez-la ;
pourquoi lui faites-vous de la peine ? Elle a fait une
7 bonne action à mon égard. Vous aurez toujours des
pauvres avec vous, et, quand vous voudrez, vous pour-

rez leur faire du bien ; mais vous ne m'aurez pas tou-
jours. Elle a fait ce qu'elle a pu ; elle a embaumé 8
d'avance mon corps pour la sépulture. En vérité, je vous 9
dis que partout où l'évangile sera prêché, dans le monde
entier, ce qu'elle a fait sera aussi raconté en mémoire
d'elle. »

Judas l'Iscariote, l'un des Douze, alla trouver les 10
principaux sacrificateurs pour leur livrer Jésus. Cette 11
ouverture les remplit de joie, et ils promirent de lui don-
ner de l'argent. Judas cherchait donc une occasion favo-
rable pour le livrer.

Le premier jour des Pains sans levain, où l'on immo- 12
lait la pâque, les disciples de Jésus lui dirent : « Où
veux-tu que nous allions te préparer le repas de la
Pâque ? » Alors il envoya deux de ses disciples, et leur 13
dit : « Allez à la ville ; vous rencontrerez un homme
portant une cruche d'eau, suivez-le. Et, en quelque lieu 14
qu'il entre, dites au maître de la maison : "Le maître te
fait dire : 'Où est la salle qui m'est réservée pour man-
ger la pâque avec mes disciples ?" Et lui-même vous 15
montrera une grande salle haute, meublée et toute prête.
Préparez-nous-y la pâque. » Ses disciples partirent ; ils 16
vinrent à la ville, trouvèrent les choses comme il le leur
avait dit, et ils préparèrent la pâque.

Jésus vint le soir avec les Douze. 17

Pendant qu'ils étaient à table et qu'ils mangeaient, 18
Jésus dit : « En vérité, je vous dis que l'un de vous me
livrera, oui, celui qui mange avec moi ! » La tristesse 19
les saisit, et ils se mirent à lui dire l'un après l'autre :
« Est-ce moi ? Est-ce moi ? » Il leur dit : « C'est l'un 20
des Douze ; oui, celui qui mange au même plat que
moi ! Le Fils de l'homme s'en va selon ce qui est écrit 21
de lui, mais malheur à l'homme par qui le Fils de

l'homme est livré ! Mieux vaudrait pour cet homme-là
n'être point né. »
22 Pendant le repas, Jésus prit du pain, et, après avoir
prononcé la bénédiction, il le rompit, et le leur donna en
23 disant : « Prenez [a], ceci est mon corps. » Puis il prit une
coupe, et, ayant rendu grâces, il la leur donna ; et ils en
24 burent tous. Et il leur dit : « Ceci est mon sang, le sang [b]
de l'alliance, qui sera répandu pour beaucoup de gens.
25 En vérité, je vous dis que je ne boirai plus du fruit de la
vigne, jusqu'au jour où j'en boirai du nouveau dans le
26 royaume de Dieu. » Puis ils chantèrent les cantiques, et
s'en allèrent à la montagne des Oliviers.
27 Jésus leur dit : « Je serai pour tous une occasion de
chute, car il est écrit : *Je frapperai le berger, et les bre-*
28 *bis seront dispersées*. Mais, après que je serai ressus-
29 cité, je vous précéderai en Galilée. » Pierre lui dit :
« Quand tu serais pour tous une occasion de chute, tu ne
30 le seras point pour moi. » Jésus lui repartit : « En vérité,
je te dis que toi, aujourd'hui, cette nuit même, avant que
le coq ait chanté deux fois, tu m'auras renié trois fois. »
31 Mais Pierre renchérissant, lui dit : « Quand je devrais
mourir avec toi, non, je ne te renierai point. » Et tous
protestèrent de même.
32 Ils arrivèrent en un lieu nommé Gethsémani, et Jésus
dit à ses disciples : « Asseyez-vous ici, jusqu'à ce que
33 j'aie prié. » Il prit avec lui Pierre, Jacques et Jean, et
34 commença à être rempli d'effroi et d'angoisse, et il leur
dit : « Mon âme est saisie d'une tristesse mortelle ; res-
35 tez ici et veillez. » Puis, ayant fait quelques pas, il se jeta
à genoux sur la terre, et il priait que, s'il était possible,

a. T. R. ajoute : *mangez,*
b. T. R. : mon sang, *le sang de la nouvelle* alliance.

cette heure passât loin de lui ; et il disait : « Abba, Père, 36
toutes choses te sont possibles, éloigne de moi ce cali-
ce ; toutefois que ta volonté soit faite, et non la mien-
ne. » Il vint vers ses disciples, et, les trouvant endormis, 37
il dit à Pierre : « Simon, tu dors ! Tu n'as pu veiller une
heure. Veillez et priez, de peur que vous ne tombiez en 38
tentation : l'esprit est plein d'ardeur, mais la chair est
faible. » Il s'éloigna de nouveau, et pria en répétant la 39
même parole. Puis il revint et les trouva de nouveau 40
endormis, car leurs yeux étaient appesantis, et ils ne
savaient que lui répondre. Il vint pour la troisième fois 41
vers eux, et leur dit : « C'est trop dormir et vous repo-
ser ; assez ! L'heure est venue ; le Fils de l'homme va
être livré entre les mains des pécheurs. Levez-vous, 42
allons ! voici, celui qui me livre est proche. »

Au même moment, comme il parlait encore, arriva 43
Judas Iscariote, qui était l'un des Douze, et avec lui une
troupe armée d'épées et de bâtons, qui avait été envoyée
par les principaux sacrificateurs, par les scribes et par
les anciens. Le traître était convenu avec eux d'un 44
signe ; il leur avait dit : « Celui que je baiserai, c'est lui ;
saisissez-le et l'emmenez sûrement. » Dès qu'il fut 45
arrivé, il s'approcha de Jésus et lui dit : « Rabbi, Rab-
bi », et il le baisa. Les autres mirent la main sur Jésus, et 46
l'arrêtèrent.

Un de ceux qui étaient présents, ayant tiré l'épée, 47
frappa le serviteur du souverain sacrificateur et lui
emporta l'oreille.

Jésus prenant la parole, leur dit : « Vous êtes venus 48
me prendre avec des épées et des bâtons, comme si vous
poursuiviez un brigand. Tous les jours j'étais assis au 49
milieu de vous dans le temple, y enseignant, et vous ne
m'avez pas arrêté ; mais il faut que les Écritures s'ac-

50 complissent. » Alors ses disciples l'abandonnèrent et
51 s'enfuirent tous. Un jeune homme le suivait, n'ayant
qu'un drap sur le corps. Les jeunes gens le saisirent,
52 mais lui, ayant lâché le drap, leur échappa tout nu [1].

53 Ils emmenèrent Jésus vers le souverain sacrificateur, chez qui tous les principaux sacrificateurs, les anciens et les scribes s'assemblèrent.

54 Pierre suivit Jésus de loin, jusque dans l'intérieur de la cour du souverain sacrificateur, et, s'étant assis avec les agents, il se chauffait vers le feu.

55 Les principaux sacrificateurs et tout le sanhédrin
cherchaient quelques dépositions contre Jésus, pour le
56 mettre à mort, et ils n'en trouvaient point ; car plusieurs
déposaient faussement contre lui, mais les dépositions
57 ne s'accordaient pas. Alors des gens se présentèrent qui
58 portèrent contre lui un faux témoignage, disant : « Nous
l'avons, nous-mêmes, entendu dire : “Je détruirai ce
temple élevé par la main des hommes, et en trois jours
j'en bâtirai un autre, qui ne sera pas fait de main d'hom-
59 me” » ; et même sur ce point, leurs témoignages ne
60 concordaient pas. Alors le souverain sacrificateur se
leva, et, s'étant avancé au milieu de l'assemblée, il
interrogea Jésus, disant : « Ne réponds-tu rien ? Qu'est-
61 ce que ces gens déposent contre toi ? » Mais Jésus garda
le silence, et ne répondit rien. Le souverain sacrificateur
l'interrogea de nouveau, et lui dit : « Es-tu le Messie, le
62 Fils du Dieu béni ? — Je le suis, répondit Jésus ; et vous
verrez le Fils de l'homme siéger à la droite du Tout-
63 Puissant, et venir sur les nuées du ciel. » Le souverain
sacrificateur déchira ses tuniques, et dit : « Qu'avons-
64 nous encore besoin de témoins ? Vous avez entendu le
blasphème : que vous en semble ? » Tous prononcèrent
qu'il méritait la mort.

Quelques-uns se mirent à cracher sur lui, et, lui ayant 65
bandé les yeux, ils lui donnaient des coups de poing, et
lui disaient : « Devine. » Et les gardes le reçurent en le
souffletant.

Pendant que Pierre était en bas, dans la cour, il vint 66
une des servantes du souverain sacrificateur, qui, 67
voyant Pierre se chauffer, dit en l'envisageant : « Toi
aussi, tu étais avec le Nazaréen, ce Jésus[a]. » Il le nia, 68
disant : « Je ne sais pas, je ne comprends pas ce que tu
veux dire » ; là-dessus, il s'en alla, gagnant la cour exté-
rieure, et un coq chanta. La servante, le voyant qui s'en 69
allait, se mit de nouveau à dire à ceux qui étaient là :
« Voilà un de ces gens-là. » Pierre le nia une seconde 70
fois. Un instant après, encore, ceux qui étaient là dirent
à Pierre : « Certainement tu es des leurs, car tu es Gali-
léen[b]. » Mais il se mit à faire des imprécations et à dire 71
avec serment : « Je ne connais pas l'homme dont vous
me parlez. » Alors, pour la seconde fois, un coq chanta, 72
et Pierre se ressouvint de la parole que Jésus lui avait
dite : « Avant que le coq ait chanté deux fois, tu m'auras
renié trois fois » : à cette pensée, il pleura.

Jésus devant Pilate. – Barrabas. – Pilate livre Jésus. – Outrages des soldats. – *Jésus conduit au Golgotha*. – Simon de Cyrène. – Le crucifiement. – Les vêtements tirés au sort. – Insultes. – Ténèbres. – « Mon Dieu, pourquoi m'as-tu abandonné ? » – La mort. – Le voile du temple. – Le centurion. – Les femmes autour de la croix. – La sépulture.

Dès le matin, les principaux sacrificateurs, après XV
avoir tenu conseil avec les anciens, les scribes et tout le

a. T. R. : avec *Jésus de Nazareth.*
b. T. R. ajoute : « *et tu en as l'accent.* »

sanhédrin, firent lier Jésus, l'emmenèrent et le livrèrent
à Pilate.
2 Pilate l'interrogea : « C'est toi qui es le roi des Juifs ?
3 — Tu le dis », lui répondit Jésus. Comme les principaux
4 sacrificateurs le chargeaient de plusieurs crimes, Pilate
l'interrogea de nouveau, disant : « Tu ne réponds rien ?
5 Vois donc, de combien de crimes ils te chargent. » Mais
Jésus ne fit plus aucune réponse, ce qui étonna Pilate.
6 À chaque fête, il relâchait un prisonnier, celui que le
7 peuple demandait. Or, on tenait en prison le nommé
Barrabas, avec ses complices, pour un meurtre commis
8 dans une émeute. La foule [a], étant montée au prétoire, se
mit à demander l'élargissement d'un prisonnier, ainsi
9 qu'il le leur accordait toujours. Pilate leur répondit :
« Voulez-vous que je vous relâche le roi des Juifs ? »
10 car il comprenait que c'était par envie que les princi-
11 paux sacrificateurs l'avaient livré. Mais les principaux
sacrificateurs agitèrent le peuple, afin que Pilate leur
12 relâchât plutôt Barrabas. Pilate reprenant la parole leur
dit : « Que voulez-vous donc que je fasse de celui que
13 vous appelez le roi des Juifs ? » Ils crièrent de nouveau :
14 « Crucifie-le. — Quel mal a-t-il fait ? » leur dit Pilate.
15 Ils crièrent encore plus fort : « Crucifie-le. » Pilate vou-
lant satisfaire le peuple, lui relâcha Barrabas, et, après
avoir fait flageller Jésus, il le livra pour être crucifié.
16 Les soldats l'emmènent dans l'intérieur de la cour,
c'est-à-dire dans le prétoire, et appellent toute la
17 cohorte. Ils l'affublent d'un manteau de pourpre [1], et
tressent une couronne d'épines, dont ils ceignent sa tête.
18-19 Puis ils se mettent à le saluer : « Salut, roi des Juifs. » Et
ils le frappent sur la tête avec un roseau, crachent sur lui,

a. T. R. : La foule se mit à demander *à grands cris* l'élargissement...

et fléchissent les genoux par manière d'hommage.
Quand ils l'eurent bafoué, ils lui ôtèrent la pourpre et le 20
revêtirent de ses propres vêtements.

Après cela, ils l'emmenèrent pour le crucifier.

Ils mettent en réquisition, pour porter sa croix, un 21
passant qui venait des champs, Simon de Cyrène, le
père d'Alexandre et de Rufus ; et ils entraînent Jésus à 22
la place de Golgotha, ce qui signifie : la place du Crâne.
Ils lui présentent du vin aromatisé avec de la myrrhe, 23
mais il n'en prit pas [1]. Ils le crucifient, et se partagent ses 24
vêtements en tirant au sort pour savoir qui aurait telle ou
telle pièce : c'était la troisième heure du jour quand on 25
le crucifia. L'inscription indiquant le sujet de sa 26
condamnation, portait : « Le Roi des Juifs. »

Ils crucifient avec lui deux brigands, l'un à sa droite, 27
l'autre à sa gauche [a].

Les passants l'insultaient en branlant la tête, et en 29
disant : « Hé ! toi qui détruis le temple, et qui le rebâtis
en trois jours, sauve-toi toi-même en descendant de ta 30
croix. » Les principaux sacrificateurs aussi, avec les 31
scribes, le raillaient entre eux, et disaient : « Il en a
sauvé d'autres, et il ne peut se sauver lui-même ! Que le 32
Messie, le roi d'Israël descende maintenant de la croix,
pour que nous voyions et que nous croyions. » Les brigands qui étaient crucifiés avec lui, l'insultaient également.

À la sixième heure, des ténèbres se répandirent sur 33
tout le pays jusqu'à la neuvième.

À la neuvième heure, Jésus cria d'une voix forte : 34
« Éloï, Éloï, lema sabachtani », ce qui signifie : « mon

a. T. R. ajoute v. 28 : *Et* ainsi *s'accomplit le passage des Écritures qui dit : « Et il a été mis au nombre des malfaiteurs* [2]. »

Dieu, mon Dieu, pourquoi m'as-tu abandonné ? »
35 Quelques-uns des assistants l'ayant entendu, dirent :
36 « Tenez, il appelle Élie. » Il y en eut un qui courut trem-
per une éponge dans du vinaigre, et l'ayant ajustée à une
tige, il lui donna à boire, disant : « Laissez, voyons si
37 Élie viendra l'ôter de la croix. » Mais Jésus, ayant
poussé un grand cri, expira.

38 Le voile du temple se déchira en deux, depuis le haut
jusqu'en bas.

39 Le centurion, qui était en face de Jésus, voyant qu'il
avait expiré en jetant un tel cri, dit : « Assurément, cet
homme était Fils de Dieu. »

40 Il y avait aussi des femmes qui regardaient de loin,
entre autres Marie Madeleine, Marie, mère de Jacques
41 le mineur et de Joses, et Salomé, qui suivaient Jésus et
l'assistaient, lorsqu'il était en Galilée, et plusieurs
autres qui étaient montées avec lui à Jérusalem.

42 Comme c'était le jour de la préparation, c'est-à-dire,
43 la veille du sabbat, Joseph d'Arimathée arriva sur le
soir : c'était un membre éminent du Conseil ; il atten-
dait, lui aussi, le royaume de Dieu. Il avait osé se rendre
auprès de Pilate, pour lui demander le corps de Jésus.
44 Pilate surpris de ce que Jésus était déjà mort, fit venir le
centurion et lui demanda s'il y avait longtemps que
45 Jésus était mort ; et, sur le rapport du centurion, il
46 accorda gratuitement le cadavre à Joseph. Alors Joseph,
ayant acheté un linceul, descendit Jésus de la croix,
l'enveloppa dans le linceul, le déposa dans un sépulcre
taillé dans le roc, et roula une pierre à l'entrée du
sépulcre.

47 Marie Madeleine et Marie, mère de Joses, obser-
vaient le lieu où l'on mettait le corps.

Les femmes au sépulcre. – La Résurrection. – [*Apparition de Jésus à Marie Madeleine, – à deux disciples, – aux Onze. – L'Ascension.*]

Quand le sabbat fut passé, Marie Madeleine, Marie, XVI
mère de Jacques, et Salomé achetèrent des aromates,
afin d'aller embaumer Jésus ; et, le premier jour de la 2
semaine, de très grand matin, elles arrivèrent au
sépulcre au moment où le soleil venait de se lever. Elles 3
se disaient entre elles : « Qui nous ôtera la pierre de
l'entrée du sépulcre ? » Et, ayant levé les yeux, elles 4
aperçurent que la pierre était ôtée, car elle était extrême-
ment grosse. Étant entrées dans le sépulcre, elles virent 5
un jeune homme assis à droite, vêtu d'une robe blan-
che ; et elles furent bouleversées. Il leur dit : « Ne vous 6
bouleversez pas. Vous cherchez Jésus de Nazareth, qui
a été crucifié ; il est ressuscité ; il n'est point ici : voilà
la place où on l'avait mis. Mais allez dire à ses disciples 7
et à Pierre, qu'il vous précède en Galilée : c'est là que
vous le verrez, comme il vous l'a dit. » Elles sortirent et 8
s'enfuirent du sépulcre. Le tremblement et l'émotion
les avaient saisies ; et elles ne dirent rien à personne,
parce qu'elles étaient effrayées.

[a] [*Or Jésus* [1], *étant ressuscité le matin du premier* 9
jour de la semaine, apparut d'abord à Marie Made-
leine, de laquelle il avait chassé sept démons. Elle alla 10
en porter la nouvelle à ceux qui avaient été avec lui, et
qui étaient dans le deuil et dans les larmes. Quand ils 11

a. T. R. ajoute tout ce paragraphe.

*entendirent que Jésus était vivant, et qu'elle l'avait vu,
ils ne la crurent point.*
12 *Ensuite Jésus se montra en chemin sous une autre
forme que la sienne, à deux d'entre eux, qui allaient à*
13 *la campagne. Eux aussi vinrent l'annoncer aux autres
disciples, mais ils ne les crurent pas davantage.*
14 *Plus tard, il se montra aux Onze eux-mêmes, pendant
qu'ils étaient à table. Il leur reprocha leur incrédulité
et leur obstination à ne pas croire ceux qui l'avaient vu*
15 *ressuscité, et il ajouta : « Allez par tout le monde, et*
16 *prêchez l'évangile à toute créature. Celui qui croira et
qui sera baptisé, sera sauvé ; mais celui qui ne croira*
17 *pas, sera condamné. Voici les miracles qui accompa-
gneront ceux qui auront cru : en mon nom, ils chasse-*
18 *ront les démons ; ils parleront de nouvelles langues ; ils
prendront les serpents ; s'ils boivent quelque breuvage
mortel, ils n'en ressentiront aucun mal ; ils guériront*
19 *les malades en leur imposant les mains. » Après leur
avoir ainsi parlé, le Seigneur fut enlevé au ciel et il s'as-*
20 *sit à la droite de Dieu. Pour eux, ils allèrent prêcher en
tous lieux. Le Seigneur les assistait dans leur œuvre, et
confirmait la Parole par les miracles qui l'accompa-
gnaient.*]

ÉVANGILE
SELON
SAINT LUC

Dédicace. – L'ange Gabriel envoyé à Zacharie. –
L'Annonciation. – La Visitation : cantique de Marie. –
Naissance de Jean : cantique de Zacharie.

Plusieurs ayant entrepris d'écrire l'histoire des évé- I
nements qui se sont accomplis parmi nous, d'après ce 2
que nous ont enseigné ceux qui en ont été les témoins
oculaires dès le commencement, et qui sont devenus les
ministres de la Parole, j'ai cru devoir aussi, après m'être 3
soigneusement enquis de tous les faits, dès leur origine,
te les raconter dans leur ordre, excellent Théophile[1],
afin que tu reconnaisses la vérité des récits qui ont fait 4
la matière de ton instruction.

Il y avait du temps d'Hérode[2], roi de Judée, un sacri- 5
ficateur nommé Zacharie ; il appartenait à la classe
d'Abia, et sa femme, qui était une descendante d'Aa-
ron, se nommait Élisabeth. Ils étaient tous deux justes 6
devant Dieu, et observaient tous les commandements et
ordonnances du Seigneur, de manière à être sans
reproches. Ils n'avaient point d'enfants, parce qu'Élisa- 7
beth était stérile ; et ils étaient l'un et l'autre avancés en
âge.

8 Quand vint le tour de sa classe, et qu'il dut officier
9 devant Dieu, il fut désigné par le sort, selon les usages
du sacerdoce, pour aller offrir les parfums dans le sanc-
10 tuaire du Seigneur[1]. Pendant que tout le peuple était
11 dehors en prières, à l'heure qu'on offre les parfums, un
ange[2] du Seigneur lui apparut, debout, à droite de l'au-
12 tel des parfums. Zacharie fut troublé à sa vue, et la
13 frayeur s'empara de lui ; mais l'ange lui dit : « Ne crains
point, Zacharie, car ta prière a été exaucée : Élisabeth,
14 ta femme, te donnera un fils, et tu le nommeras Jean ; il
sera pour toi un sujet de joie et d'allégresse, et beaucoup
15 de gens se réjouiront de sa naissance[3]. Car il sera grand
devant le Seigneur ; il ne boira ni vin, ni liqueur eni-
vrante, et il sera rempli du Saint-Esprit dès le sein de sa
16 mère ; il convertira bien des fils d'Israël au Seigneur
17 leur Dieu, et lui-même marchera devant Dieu dans l'es-
prit et avec la puissance d'Élie, pour *ramener les cœurs
des pères vers les enfants*[4], et les rebelles aux senti-
ments des justes, afin de préparer au Seigneur un peuple
18 bien disposé. » Zacharie dit à l'ange : « À quoi recon-
naîtrai-je la vérité de ce que tu m'annonces ? car je suis
19 vieux, et ma femme est déjà avancée en âge. » L'ange
lui répondit : « Je suis Gabriel, je me tiens devant Dieu,
j'ai été envoyé pour te parler, et pour t'annoncer ces
20 heureuses nouvelles. Voici, tu seras muet, et tu ne pour-
ras plus parler jusqu'au jour où se réalisera cette pro-
messe, parce que tu n'as pas ajouté foi à mes paroles,
21 qui s'accompliront en leur temps. » Cependant le
peuple attendait Zacharie, et s'étonnait qu'il demeurât
22 si longtemps dans le sanctuaire. Quand Zacharie sortit,
il ne pouvait leur parler ; et ils comprirent qu'il avait eu
une vision dans le sanctuaire, ce que lui-même confir-
mait par signes : et il resta muet.

Lorsque les jours de son office furent accomplis, il 23
s'en retourna chez lui. Quelque temps après, Élisabeth, 24
sa femme, devint enceinte, et elle se tint cachée durant
cinq mois, « parce que, disait-elle, c'est une grâce 25
cachée que le Seigneur m'a faite, quand il a daigné ôter
l'opprobre qui pesait sur moi aux yeux des hommes [1]. »

Au sixième mois, Dieu envoya l'ange Gabriel dans 26
une ville de Galilée, appelée Nazareth, vers une vierge 27
fiancée à un homme de la famille de David, nommé
Joseph. Cette vierge se nommait Marie. L'ange lui dit
en entrant : « Je te salue [2], toi qui es l'objet d'une grande 28
grâce ; le Seigneur est avec toi [a]. » Cette parole la trou- 29
bla ; et elle se demandait ce que pouvait bien être cette
salutation. L'ange lui dit : « Ne crains point, Marie, car 30
tu as trouvé grâce devant Dieu. Tu concevras en ton 31
sein, et tu enfanteras un fils ; et tu lui donneras le nom
de Jésus. Il sera grand ; on l'appellera Fils du Très- 32
Haut ; le Seigneur Dieu lui donnera le trône de David,
son Père ; il régnera éternellement sur la maison de 33
Jacob, et son règne n'aura point de fin. » Mais Marie dit 34
à l'ange : « Comment cela se fera-t-il, puisque je ne
connais point d'homme [3] ? » L'ange lui répondit : « Le 35
Saint-Esprit viendra sur toi, et la puissance du Très-
Haut te couvrira de son ombre ; aussi l'être saint qui
naîtra de toi, sera-t-il appelé Fils de Dieu. Déjà Élisa- 36
beth, ta parente, a, elle aussi, conçu un fils dans sa vieil-
lesse, et celle qu'on appelait stérile est dans son sixième
mois : rien ne saurait être impossible à Dieu. » Marie lui 37-38
dit : « Je suis la servante du Seigneur ; qu'il me soit fait
selon ta parole. » Et l'ange la quitta.

Dans ce même temps Marie partit et s'en alla en hâte 39

a. T. R. ajoute : *femme bénie entre les femmes.*

40 au pays des montagnes, dans une ville de Juda. Étant
entrée dans la maison de Zacharie, elle salua Élisabeth.
41 Dès qu'Élisabeth eut entendu la salutation de Marie,
son enfant tressaillit dans son sein, et elle fut remplie du
42 Saint-Esprit [1]. Elle s'écria à haute voix : « Tu es bénie
43 entre les femmes, et le fruit que tu portes est béni. Et
d'où me vient cet honneur, que la mère de mon Seigneur
44 vienne me visiter ? Car, sitôt que la voix de ta salutation
a frappé mon oreille, mon enfant a tressailli de joie dans
45 mon sein. Heureuse celle qui a cru à l'accomplissement
46 de ce que le Seigneur lui a fait annoncer ! » Et Marie
dit :

47 « Mon âme glorifie le Seigneur, et mon esprit est ravi
48 de joie en Dieu, mon Sauveur, parce qu'il a jeté les yeux
sur la bassesse de sa servante.

» Car désormais toutes les générations me diront
49 bienheureuse, parce que le Tout-Puissant a fait en moi
50 de grandes choses : son nom est saint, et sa miséricorde
s'étend d'âge en âge sur ceux qui le craignent.

51 » Il a déployé la force de son bras ; il a dissipé ceux
qui s'enorgueillissaient dans les pensées de leur cœur ;
52 il a renversé les puissants de leurs trônes, et il a élevé les
53 petits ; il a comblé de biens les affamés, et a renvoyé les
riches les mains vides.

54-55 » Il s'est intéressé à Israël son serviteur, et, comme il
l'avait dit à nos pères, il s'est souvenu de sa miséri-
corde [2] envers Abraham et sa postérité, pour toujours. »

56 Marie demeura avec Élisabeth, environ trois mois,
puis elle s'en retourna dans sa maison.

57 Cependant Élisabeth, étant arrivée à son terme, mit
58 au monde un fils. Ses voisins et ses parents, ayant appris
la grâce signalée que le Seigneur lui avait faite, l'en féli-
59 citèrent. Le huitième jour, on vint circoncire l'enfant, et

on lui donnait le nom de Zacharie, qui était le nom de
son père, lorsque sa mère prit la parole, et dit : « Non ; 60
il s'appellera Jean. » Ils lui dirent : « Il n'y a personne 61
dans ta famille qui porte ce nom-là » ; et ils deman- 62
dèrent par signes au père de l'enfant, comment il
voulait qu'on le nommât. Zacharie ayant demandé des 63
tablettes, écrivit ces mots : « Son nom est Jean [1] », et ils
en furent tous étonnés. Au même instant sa bouche 64
s'ouvrit, sa langue se délia, il parlait, bénissant Dieu. La 65
crainte saisit tous les habitants des alentours, et, dans
tout le pays des montagnes de la Judée, on parla de ces
événements. Tous ceux qui les apprirent les serraient 66
dans leur cœur en disant : « Que sera donc cet enfant ? »
En effet, la main du Seigneur était avec lui.

Zacharie, son père, fut rempli du Saint-Esprit, et il 67
prophétisa en ces termes [2] :

« Béni soit le Seigneur, le Dieu d'Israël, de ce qu'il a 68
visité et racheté son peuple. Il nous a suscité une Puis- 69
sance libératrice dans la maison de David, son serviteur,
selon qu'il en avait parlé par la bouche de ses saints pro- 70
phètes des temps anciens, une Puissance qui nous déli- 71
vrera de nos ennemis et des mains de tous ceux qui nous
haïssent. Il a voulu faire miséricorde à nos pères, et il 72
s'est souvenu de sa sainte alliance, selon la promesse 73
qu'il avait faite par serment à Abraham, notre père, de
nous donner, lorsque nous serions délivrés des mains de 74
nos ennemis, de le servir sans crainte, en pratiquant 75
sous son regard la sainteté et la justice tous les jours de
notre vie.

» Et toi, petit enfant, tu seras appelé prophète du 76
Très-Haut ; car tu marcheras devant la face du Sei-
gneur, pour préparer ses voies, afin qu'il donne à son 77
peuple la connaissance du salut [3] par le pardon de ses

78 péchés. Car notre Dieu, dans ses tendres compassions [1],
79 a fait lever d'en haut, sur nous, un soleil qui doit éclairer
ceux qui sont dans les ténèbres et dans l'ombre de la
mort, afin de diriger nos pas dans le chemin de la paix. »
80 Or, le petit enfant croissait, il se fortifiait en esprit ;
et il se tenait dans les déserts, jusqu'au jour où il se fit
connaître à Israël.

La naissance de Jésus. – Les bergers de Bethléem. – La circoncision. – La présentation dans le temple. – Le vieillard Syméon. – Anne la prophétesse. – Jésus dans le temple à l'âge de douze ans.

II En ce temps-là parut un édit de César-Auguste, portant l'ordre de faire le recensement des habitants de
2 toute la terre. Ce recensement, le premier qui eut lieu, se
fit pendant que Quirinius était gouverneur de Syrie.
3 Tous allaient se faire enregistrer, chacun dans sa
4 ville. Joseph aussi, qui était de la maison et de la famille
de David, partit de la ville de Nazareth en Galilée, pour
se rendre en Judée, dans la ville de David, appelée Beth-
5 léem, afin de se faire enregistrer avec Marie, qui lui était
6 fiancée, et qui était enceinte. Pendant qu'ils étaient à
Bethléem, le moment de la délivrance de Marie arriva :
7 elle mit au monde son fils premier-né, l'emmaillotta et
le coucha dans la crèche [2], parce qu'il ne se trouvait pas
de place pour eux dans l'hôtellerie.
8 Il y avait, dans cette contrée, des bergers qui passaient la nuit en plein air, pour garder leurs troupeaux.
9 Tout à coup un ange du Seigneur leur apparut, et, la
gloire du Seigneur les enveloppant de son éclat, ils
10 furent saisis d'une grande frayeur. L'ange leur dit : « Ne

craignez point, car je viens vous donner une heureuse
nouvelle, qui causera une grande joie à tout le peuple :
c'est qu'aujourd'hui, dans la ville de David, il vous est 11
né un Sauveur, qui est Messie, Seigneur ; et voici à quel 12
signe vous le reconnaîtrez : vous trouverez un enfant
emmaillotté, couché dans une crèche. » Soudain, il se 13
joignit à l'ange une troupe nombreuse de l'armée
céleste, qui louait Dieu et disait :

« Gloire à Dieu, dans les lieux très hauts ! 14

» Et paix sur la terre[a] parmi les hommes de bonne
volonté[1] ! »

Lorsque les anges les eurent quittés pour remonter au 15
ciel, les bergers se dirent les uns aux autres : « Allons
jusqu'à Bethléem voir ce qui est arrivé et que le Sei-
gneur nous a fait savoir. » Ils s'y rendirent en toute hâte, 16
et trouvèrent Marie, Joseph, et le nouveau-né couché
dans la crèche. Après l'avoir vu, ils divulguèrent ce qui 17
leur avait été dit touchant ce petit enfant, et tous ceux 18
qui les entendirent furent étonnés de ce que les bergers
disaient. Pour Marie, elle gardait toutes ces paroles et 19
les repassait dans son cœur[2]. Les bergers s'en retournè- 20
rent, glorifiant et louant Dieu de tout ce qu'ils avaient
entendu et vu, conformément à ce qui leur avait été
annoncé.

Le huitième jour, on circoncit l'enfant, et on le 21
nomma Jésus, nom que l'ange lui avait donné, avant
qu'il eût été conçu dans le sein de sa mère. Et quand, 22
selon la loi de Moïse, le jour de leur purification fut
arrivé, ses parents le portèrent à Jérusalem, pour le pré-
senter au Seigneur, selon qu'il est écrit dans la Loi : 23
Tout mâle premier-né sera consacré au Seigneur, ainsi 24

a. T. R. : terre, *bienveillance* parmi les hommes !

que pour offrir en sacrifice *une paire de tourterelles ou deux jeunes pigeons*, comme le porte la loi du Seigneur[1].
25 Or, il y avait à Jérusalem un homme juste et pieux,
nommé Syméon, qui vivait dans l'attente de la consola-
26 tion d'Israël ; et le Saint-Esprit reposait sur lui. Il avait
été averti par l'Esprit-Saint qu'il ne mourrait point
27 avant d'avoir vu l'Oint du Seigneur. Syméon vint au
temple par un mouvement de l'Esprit, et quand les
parents y apportèrent l'enfant Jésus, pour accomplir à
28 son égard les cérémonies d'usage selon la Loi, il reçut
l'enfant dans ses bras, bénit Dieu, et dit[2] :
29 « C'est maintenant, Maître, que, selon ta parole, tu
30 laisses ton serviteur s'en aller en paix, car mes yeux ont
31 vu ton salut, ce salut qui est prêt à paraître devant tous
32 les peuples, comme une lumière destinée à éclairer les
nations, et comme la gloire de ton peuple Israël. »
33 Le père[a] et la mère de l'enfant étaient dans l'admira-
34 tion des choses qu'on disait de lui. Syméon les bénit, et
il dit à Marie, sa mère : « Cet enfant sera cause de la
chute et du relèvement de bien des gens en Israël, et il
sera un prodige qui rencontrera de la contradiction, afin
que les pensées de bien des cœurs soient dévoilées ;
35 pour toi, un glaive te traversera l'âme. »
36 Il y avait aussi une prophétesse nommée Anne, fille
de Phanuel, de la tribu d'Asser, qui était fort avancée en
âge. Après avoir vécu sept ans mariée depuis sa virgi-
37 nité, elle était demeurée veuve, et avait atteint l'âge de
quatre-vingt-quatre ans, ne quittant pas le temple, où
elle servait Dieu, jour et nuit, dans le jeûne et dans la
38 prière. Étant survenue, elle aussi, en ce même instant,

a. T. R. : *Joseph* et la mère de...

elle se mit à louer le Seigneur, et elle parlait de l'enfant
à tous ceux qui, à Jérusalem, attendaient la délivrance.
Quand Joseph et Marie eurent achevé d'accomplir 39
toutes les prescriptions de la loi du Seigneur, ils s'en
retournèrent en Galilée, dans leur ville de Nazareth.
Cependant l'enfant croissait et se fortifiait[a], étant 40
rempli de sagesse ; et la grâce de Dieu se répandait sur
lui.
Son père et sa mère allaient tous les ans à Jérusalem, 41
à la fête de Pâque. Quand il eut douze ans[1], ils y montè- 42
rent selon la coutume ; et lorsqu'ils s'en retournèrent 43
après les jours de fête, l'enfant Jésus resta à Jérusalem,
sans que Joseph ni sa mère s'en fussent aperçus. Ils 44
firent une journée de chemin, le croyant dans la cara-
vane, et le cherchèrent parmi leurs parents et leurs
connaissances ; mais ne l'ayant point trouvé, ils retour- 45
nèrent à Jérusalem pour le chercher. Au bout de trois 46
jours, ils le trouvèrent dans le temple, assis au milieu
des docteurs, les écoutant et leur adressant des ques-
tions ; et tous ceux qui l'entendaient étaient ravis de son 47
intelligence et de ses réponses. Quand Joseph et Marie 48
le virent, ils furent frappés d'étonnement, et sa mère lui
dit : « Mon enfant, pourquoi te conduire ainsi avec
nous ? Nous te cherchions, ton père et moi, étant fort en
peine. » Il leur dit : « Pourquoi me cherchiez-vous ? Ne 49
saviez-vous pas que je dois être dans la maison de mon
Père ? » Et ils ne comprirent point ce qu'il leur disait. 50
Il descendit avec eux, allant à Nazareth. Il leur était 51
soumis. Sa mère gardait soigneusement toutes ces
choses dans son cœur ; et Jésus croissait en sagesse, en 52
stature et en grâce, devant Dieu et devant les hommes.

a. T. R. ajoute : *en esprit,*

Jean Baptiste, le précurseur. – Sa prédication et son emprisonnement. – Baptême de Jésus dans le Jourdain. – Sa généalogie.

III La quinzième année du règne de Tibère César, lors-
que Ponce Pilate était gouverneur de la Judée, qu'Hé-
rode était tétrarque de la Galilée, et Philippe, son frère,
tétrarque de l'Iturée et de la Trachonite, et que Lysanias
2 était tétrarque de l'Abilène, du temps du souverain
sacrificateur Anne et de Caïphe, la parole de Dieu fut
3 adressée dans le désert à Jean, fils de Zacharie. Il vint
dans toute la contrée qui avoisine le Jourdain, prêchant
le baptême de la repentance pour le pardon des péchés,
4 ainsi qu'il est écrit dans le livre des discours d'Ésaïe, le
prophète : *C'est une voix qui crie au désert : Préparez le*
5 *chemin du Seigneur, faites-lui des sentiers droits : toute*
vallée sera comblée, toute montagne et toute colline
seront abaissées ; ce qui est tortu sera redressé, et les
6 *chemins raboteux seront aplanis : et toute chair verra*
le salut de Dieu.

7 Jean disait donc à la foule qui venait se faire baptiser
par lui : « Race de vipères, qui vous a appris à fuir la
8 colère à venir ? Produisez donc des fruits dignes de la
repentance, et ne vous mettez pas à dire en vous-
mêmes : "Nous avons pour père Abraham" ; car je vous
dis que de ces pierres, Dieu peut susciter des enfants à
9 Abraham. Déjà même la cognée est mise à la racine des
arbres ; tout arbre donc qui ne produit pas de bon fruit,
va être coupé et jeté au feu. »

10 Et le peuple lui demanda : « Que faut-il donc faire ? »
11 Il leur répondit : « Que celui qui a deux tuniques partage

avec celui qui n'en a point, et que celui qui a de quoi
manger fasse de même. »
Des publicains vinrent aussi se faire baptiser, et lui 12
dirent : « Maître, que devons-nous faire ? » Il leur dit : 13
« N'exigez rien au-delà de ce qui vous est commandé. »
Des soldats l'interrogèrent aussi : « Et nous, que 14
devons-nous faire ? » Il leur dit : « Ne commettez point
d'extorsions, et ne faites de chicanes à personne ;
contentez-vous de votre paie. »
Comme le peuple était dans l'attente et que chacun se 15
demandait au-dedans de soi, si Jean ne serait point le
Messie, Jean, s'adressant à tous, leur dit : « Pour moi, je 16
vous baptise d'eau ; mais il vient, celui qui est plus puis-
sant que moi, et je ne suis pas digne de délier la courroie
de ses sandales : c'est lui qui vous baptisera d'Esprit
saint et de feu. Il a son van à la main, et il nettoiera son 17
aire ; il amassera le blé dans son grenier, mais il brûlera
la paille dans un feu qui ne s'éteint point. » Il annonçait 18
donc la bonne nouvelle au peuple, tout en lui adressant
beaucoup d'autres exhortations. Mais Hérode, le 19
tétrarque, qu'il reprit au sujet d'Hérodiade, femme de
son frère [a], et de toutes les mauvaises actions que lui,
Hérode, avait commises, ajouta à tous ses crimes celui 20
de faire jeter Jean en prison.
Comme tout le peuple se faisait baptiser, Jésus se fit 21
aussi baptiser ; et au moment où il priait, le ciel s'ou-
vrit ; le Saint-Esprit descendit sur lui sous une forme 22
corporelle, comme une colombe, et une voix sortit du
ciel, disant : « Tu es mon Fils bien-aimé ; c'est en toi
que j'ai mis toute mon affection. »
Jésus avait environ trente ans, quand il commença 23

a. T. R. ajoute : *Philippe,*

son ministère. Il était, à ce que l'on croyait, fils de
24 Joseph, fils d'Héli, fils de Matthat, fils de Lévi, fils de
25 Melchi, fils de Janné, fils de Joseph, fils de Mattathias,
fils d'Amos, fils de Nahum, fils d'Hesli, fils de Naggé,
26 fils de Maath, fils de Mattathias, fils de Semeï, fils de
27 Joseph, fils de Juda, fils de Johanna, fils de Rhésa, fils
28 de Zorobabel, fils de Salathiel, fils de Néri, fils de Mel-
chi, fils d'Addi, fils de Cosam, fils d'Elmodam, fils de
29 Her, fils de José, fils d'Eliézer, fils de Jorim, fils de
30 Matthat, fils de Lévi, fils de Syméon, fils de Juda, fils de
31 Joseph, fils de Jônan, fils d'Éliakim, fils de Méléa, fils
de Marnan, fils de Mattatha, fils de Nathan, fils de
32 David, fils d'Issaï, fils de Jobed, fils de Booz, fils de
33 Salmon, fils de Naasson, fils d'Aminadab, fils d'Ad-
min, fils d'Arni [a], fils d'Esron, fils de Pharès, fils de
34 Juda, fils de Jacob, fils d'Isaac, fils d'Abraham, fils de
35 Tharé, fils de Nachor, fils de Seruch, fils de Ragan, fils
36 de Phalez, fils d'Héber, fils de Sala, fils de Caïnan, fils
37 d'Arpaxad, fils de Sem, fils de Noé, fils de Lamech, fils
de Mathusalem, fils d'Hénoch, fils de Jared, fils de
38 Maleèl, fils de Caïnan, fils d'Énos, fils de Seth, fils
d'Adam, fils de Dieu [1].

La Tentation. – *Jésus retourne en Galilée.* – Il enseigne. – *Visite à Nazareth :* persécution. – *Retour à Capharnaüm.* – Il enseigne avec autorité. – Guérison d'un démoniaque – de la belle-mère de Pierre – de plusieurs démoniaques. – *Jésus se retire au désert :* la foule le suit. – *Tournée missionnaire en Galilée.*

IV Jésus, rempli du Saint-Esprit, revint du Jourdain, et
2 fut poussé par un mouvement de l'Esprit au désert : il y
fut tenté par le diable pendant quarante jours.

a. T. R. : fils d'Aminadab, *fils d'Aram*, fils d'Esron...

Il ne mangea rien dans ces jours-là, et, quand ils
furent passés, il eut faim. Le diable lui dit : « Si tu es Fils 3
de Dieu, commande à cette pierre de se changer en
pain. » Jésus lui répondit : « Il est écrit que *l'homme ne* 4
vivra pas de pain seulement[a]. » Le diable l'ayant 5
emmené[b], lui fit voir en un instant tous les royaumes de
la terre, et lui dit : « Je te donnerai toute cette puissance 6
et la gloire de ces royaumes, car elles m'ont été don-
nées, et je les donne à qui je veux. Si donc tu te pros- 7
ternes devant moi, elles t'appartiendront tout entières. »
Jésus lui répondit : « [c]Il est écrit : *Tu adoreras le Sei-* 8
gneur ton Dieu, et tu le serviras lui seul. » Le diable le 9
mena à Jérusalem, le posa à l'extrémité de l'aile du
temple, et lui dit : « Si tu es[d] Fils de Dieu, jette-toi d'ici
en bas, car il est écrit qu'*il ordonnera à ses anges de te* 10
garder, et qu'*ils te porteront sur leurs bras, de peur que* 11
ton pied ne heurte contre une pierre. » Jésus lui répli- 12
qua qu'il est dit : « *Tu ne tenteras point le Seigneur ton*
Dieu. » Et le diable ayant épuisé toute espèce de tenta- 13
tion, s'éloigna de lui jusqu'à nouvelle occasion.

Jésus, animé de la puissance de l'Esprit, s'en 14
retourna en Galilée, et sa renommée se répandit dans
tout le pays d'alentour. Il enseignait dans les syna- 15
gogues, et tout le monde le glorifiait.

Il vint à Nazareth, où il avait été élevé, et, suivant sa 16
coutume, il entra le jour du sabbat dans la synagogue, et
se leva pour faire la lecture. On lui remit le livre du pro- 17
phète Ésaïe ; et l'ayant ouvert, il trouva l'endroit où il
est écrit : *L'Esprit du Seigneur est sur moi*[1], *parce qu'il* 18

a. T. R. ajoute : *mais de toute parole de Dieu.*
b. T. R. ajoute : *sur une haute montagne,*
c. T. R. ajoute : *Arrière de moi, Satan, car* il...
d. T. R. : Si tu es *le* Fils de Dieu,

m'a oint pour annoncer l'évangile aux pauvres : il m'a
envoyé[a] *pour annoncer la délivrance aux captifs, et aux*
aveugles le recouvrement de la vue ; pour renvoyer en
19 *liberté les opprimés, et pour publier une année favo-*
20 *rable du Seigneur*[1]. Puis, il ferma le livre, le rendit au
desservant, et s'assit ; et tout le monde dans la syna-
21 gogue avait les yeux fixés sur lui. Il se mit à leur dire :
« Aujourd'hui est accomplie la parole de l'Écriture,
22 comme vous venez de l'entendre de vos oreilles. » Et
tous témoignaient en sa faveur ; ils étaient étonnés des
paroles pleines de grâce qui sortaient de sa bouche, et ils
23 disaient : « N'est-ce pas là le fils de Joseph ? » Alors il
leur dit : « Sans doute, vous m'alléguerez le proverbe,
"médecin, guéris-toi toi-même", et vous me direz, fais
également ici, dans ta patrie, tout ce que nous avons
24 appris que tu as fait pour Capharnaüm. » Mais il ajouta :
« En vérité, je vous dis qu'aucun prophète n'est bien
25 venu dans son pays. Vraiment, je vous le dis, il y avait
beaucoup de veuves en Israël au temps d'Élie, quand le
ciel fut fermé durant trois ans et demi, et qu'il y eut une
26 grande famine sur toute la terre, et pourtant Élie ne fut
envoyé à aucune d'elles, mais à une veuve de Sarepta,
27 dans le pays de Sidon[2]. Il y avait de même beaucoup de
lépreux en Israël au temps du prophète Élysée, et pour-
tant aucun d'eux ne fut guéri, mais Naaman le Syrien fut
28 seul guéri[3]. Ces paroles remplirent de colère tous ceux
29 qui étaient dans la synagogue ; ils se levèrent, entraînè-
rent Jésus hors de la ville, et l'emmenèrent jusqu'à un
escarpement de la montagne sur laquelle leur ville était
30 bâtie, pour le précipiter en bas ; mais il passa au milieu
d'eux, et s'en alla.

a. T. R. ajoute : *pour guérir ceux qui ont le cœur brisé.*

Il descendit à Capharnaüm, ville de Galilée, et il y 31
enseignait les habitants les jours de sabbat ; et l'on était 32
frappé de son enseignement, parce que sa parole était
pleine d'autorité.

Il y avait dans la synagogue un homme possédé d'un 33
esprit, d'un démon impur ; il poussa un grand cri, et dit :
« Ah ! Qu'y a-t-il entre nous et toi, Jésus de Nazareth ? 34
Tu es venu nous faire périr ; je te connais, tu es le Saint
de Dieu. » Jésus le tança : « Tais-toi, lui dit-il, et sors de 35
cet homme. » Et le démon ayant jeté cet homme par
terre, au milieu de la synagogue, sortit de lui sans lui
avoir fait aucun mal. Tous les assistants étaient dans la 36
stupéfaction, et ils se disaient les uns aux autres :
« Quelle parole est la sienne ? Il commande avec auto-
rité et puissance aux esprits impurs, et ils sortent ! » Et il 37
n'était bruit que de Jésus dans tous les lieux d'alentour.

Étant sorti de la synagogue, il entra dans la maison de 38
Simon. Or la belle-mère de Simon avait une grosse
fièvre, et l'on pria Jésus de la guérir. Il se pencha sur 39
elle, tança la fièvre, et la fièvre la quitta. À l'instant cette
femme se leva et se mit à les servir.

Quand le soleil fut couché, tous ceux qui avaient des 40
malades atteints de divers maux, les lui amenèrent ; et
il les guérit en imposant les mains à chacun d'eux. Des 41
démons aussi sortaient de plusieurs malades en criant :
« Tu es [a] le Fils de Dieu », et Jésus les tançait pour leur
imposer silence, parce qu'ils savaient qu'il était le
Messie.

Quand le jour parut, il sortit et s'en alla dans un lieu 42
désert. Une foule de gens vinrent le chercher jusqu'au
lieu où il était, et ils le retenaient pour qu'il ne s'éloignât

a. T. R. ajoute : *le Messie,*

43 pas d'eux. Mais il leur dit : « Il faut que je porte aussi à
d'autres villes la bonne nouvelle du royaume de Dieu,
44 car c'est dans ce but que j'ai été envoyé. » Et il prêchait
dans les synagogues de la Galilée.

Jésus enseigne au bord de la mer, sur une barque. – La Pêche miraculeuse. – Vocation de Simon Pierre, de Jacques et de Jean. – Jésus guérit un lépreux – et un paralytique. – Vocation de Lévi. – Ceux qui ont besoin de médecin. – « Pourquoi tes disciples ne jeûnent-ils pas ? »

V Un jour que Jésus, pressé par la foule qui voulait
entendre la parole de Dieu, était acculé vers le lac de
2 Génésareth, il vit deux barques qui stationnaient près du
rivage. Les pêcheurs, après en être descendus, avaient
3 nettoyé leurs filets. Il entra dans l'une de ces barques,
qui appartenait à Simon, et le pria de s'éloigner un peu
de terre ; puis, s'étant assis, il enseigna la foule de dessus la barque.

4 Quand il eut cessé de parler, il dit à Simon : « Avance
en pleine eau, et vous jetterez vos filets pour pêcher. »
5 Simon lui répondit : « Maître, nous avons travaillé toute
la nuit sans rien prendre, mais, sur ta parole, nous jette-
6 rons le filet. » Et l'ayant jeté, ils prirent une si grande
7 quantité de poissons, que leur filet se rompait. Ils firent
donc signe à leurs compagnons, qui étaient dans l'autre
barque, de venir les aider. Ils vinrent et ils remplirent les
8 deux barques au point qu'elles enfonçaient. À cette vue,
Simon Pierre tomba aux genoux de Jésus, et lui dit :
« Éloigne-toi de moi, Seigneur, car je suis un homme
9 pécheur. » Il était, en effet, stupéfié, aussi bien que tous
ceux qui étaient avec lui, de la quantité de poissons

qu'ils avaient prise. Il en était de même de Jacques et de 10
Jean, fils de Zébédée, qui étaient associés de Simon.
Alors Jésus dit à Simon : « Ne crains point, désormais tu
seras pêcheur d'hommes. » Et eux, ayant ramené leurs 11
barques à terre, quittèrent tout, et le suivirent.

Comme il était dans une des villes de la Galilée, un 12
homme couvert de lèpre le vit, et, se prosternant la face
contre terre, lui adressa cette prière : « Seigneur, si tu le
veux, tu peux me rendre net. » Jésus, avançant la main, 13
le toucha, après lui avoir dit : « Je le veux, sois net. »
Aussitôt la lèpre le quitta. Il lui recommanda de n'en 14
parler à personne : « Mais va, lui dit-il, montre-toi au
sacrificateur, et présente pour ta guérison l'offrande
que Moïse a prescrite pour l'attester au peuple. »

Sa renommée se répandait de plus en plus ; et le 15
peuple venait en foule pour l'entendre et pour se faire
guérir de ses maladies. Pour lui, il se retirait dans les
déserts, et priait. 16

Un jour qu'il enseignait en présence de pharisiens et 17
de docteurs de la Loi, venus de tous les villages de la
Galilée, ainsi que de la Judée et de Jérusalem, et que la
puissance du Seigneur se déployait dans la guérison des
malades, arrivèrent des gens qui portaient sur un lit un 18
homme paralysé ; ils cherchaient à le faire entrer et à le
placer sous les yeux de Jésus. Ne sachant par où péné- 19
trer, à cause de la foule, ils montèrent sur le toit, et, en
ayant enlevé les briques, ils descendirent le malade,
avec son lit, au milieu de l'assemblée, devant Jésus.
Celui-ci voyant leur foi, dit : « Ô homme, tes péchés te 20
sont pardonnés. » Les scribes et les pharisiens commen- 21
cèrent à dire en eux-mêmes : « Qui est cet homme qui
profère des blasphèmes ? Qui peut pardonner les
péchés, que Dieu seul ? » Mais Jésus connaissant leurs 22

pensées, prit la parole, et leur dit : « Quelles pensées
23 avez-vous dans vos cœurs ? Lequel est le plus aisé de
dire : “Tes péchés te sont pardonnés”, ou de dire :
24 “Lève-toi et marche” ? Or, afin que vous sachiez que le
Fils de l’homme a sur la terre le pouvoir de pardonner
les péchés : “Je te le commande, dit-il au paralytique,
25 lève-toi, prends ton lit et va-t’en dans ta maison.” » À
l’instant, le paralytique se leva en leur présence, prit ce
qui lui servait de lit, et s’en alla dans sa maison en glori-
26 fiant Dieu. Tous les assistants étaient dans la stupéfac-
tion ; ils glorifiaient Dieu, et, tout remplis de crainte, ils
disaient : « Nous avons vu aujourd’hui des choses
étranges. »

27 Après cela, Jésus étant sorti, remarqua un publicain
nommé Lévi, qui était assis au bureau des péages, et lui
28 dit : « Suis-moi. » Et lui, quittant tout, se leva et le
suivit.

29 Lévi lui donna un grand repas dans sa maison, et il y
avait une troupe nombreuse de publicains et d’autres
30 gens, qui étaient à table avec eux. Les pharisiens et les
scribes du lieu s’en plaignaient à ses disciples, disant :
« Pourquoi mangez-vous et buvez-vous avec les publi-
31 cains et les gens de mauvaise vie ? » Jésus prit la parole,
et leur dit : « Ce ne sont pas les bien portants qui ont
32 besoin de médecin, mais ceux qui se portent mal : je ne
suis pas venu appeler les justes à la repentance, mais les
pécheurs. »

33 Ils lui dirent : « Les disciples de Jean jeûnent fré-
quemment et font des prières, et ceux des pharisiens
34 également, tandis que les tiens mangent et boivent. » Il
leur répondit : « Pouvez-vous faire jeûner les amis de
35 l’époux, pendant que l’époux est avec eux ? Le temps
de jeûner viendra : quand l’époux leur sera ôté, alors ce

sera le temps de jeûner. » Il ajouta une comparaison : 36
« On ne prend pas une pièce à une étoffe neuve, pour la
mettre à un vieil habit ; autrement, non seulement on
déchire l'étoffe neuve, mais encore le neuf n'ira pas 37
bien avec le vieux. On ne met pas non plus du vin nou-
veau dans de vieilles outres ; autrement, le vin nouveau
fait rompre les outres, et le vin se répand, et les outres
sont perdues ; mais il faut mettre le vin nouveau dans 38
des outres neuves [a]. D'ailleurs, quand on vient de boire 39
du vin vieux, on ne veut pas [b] du nouveau, car on dit :
« Le vieux est bon. »

Épis arrachés un jour de sabbat. – Guérison de l'homme à la main sèche dans la synagogue de Capharnaüm. – *Jésus se retire sur la montagne :* choix des Douze. – Sermon sur la montagne : Les béatitudes. – « Malheur à... » – Amour pour les ennemis. – « Ne jugez point. » – La paille dans l'œil. – « Pourquoi m'appelez-vous, Seigneur, Seigneur ? » – La maison bâtie sur le roc.

Un jour de sabbat, Jésus passant par des blés, ses dis- VI
ciples arrachaient des épis et les mangeaient, après les
avoir froissés dans leurs mains. Des pharisiens dirent : 2
« Pourquoi faites-vous ce qui n'est pas permis le jour du
sabbat ? » Et Jésus prenant la parole, leur dit : « N'avez- 3
vous pas lu ce que fit David, lorsqu'il eut faim, lui et
ceux qui étaient avec lui ; comment il entra dans la mai- 4
son de Dieu, prit les pains de proposition, en mangea, et
en donna même à ceux qui l'accompagnaient, quoiqu'il
ne soit permis qu'aux sacrificateurs d'en manger ? » Et 5

a. T. R. ajoute : *et tous les deux se conservent.*
b. T. R. : pas *aussitôt* du nouveau... est *meilleur.*

il ajouta : « Le Fils de l'homme est maître même du sab-
bat. »
6 Il lui arriva, un autre jour de sabbat, d'entrer dans la
synagogue, et d'y enseigner. Il y avait là un homme
7 dont la main droite était sèche. Les scribes et les phari-
siens observaient Jésus, pour voir s'il faisait des guéri-
sons le jour du sabbat, afin d'avoir sujet de l'accuser.
8 Jésus pénétrant leurs pensées, dit à l'homme qui avait la
main sèche : « Lève-toi, et tiens-toi là au milieu » ; et
9 lui, s'étant levé, se tint debout. Jésus leur dit : « Je vous
demande[a] s'il est permis, le jour du sabbat, de faire bien
10 ou de faire mal, de sauver la vie ou de l'ôter ? » Puis,
ayant promené ses regards sur eux tous, il dit à cet
homme : « Étends ta main. » Il le fit, et sa main fut gué-
11 rie[b]. Les scribes et les pharisiens furent remplis de
fureur ; et ils conféraient ensemble pour savoir ce qu'ils
feraient à Jésus.
12 En ce temps-là, Jésus se rendit à la montagne pour
13 prier Dieu, et il passa toute la nuit en prière. Quand il fit
jour, il appela ses disciples, et en choisit douze, aux-
14 quels il donna le nom d'apôtres, savoir, Simon, qu'il
appela Pierre, et André, son frère, Jacques, Jean, Phi-
15 lippe, Barthélemi, Matthieu, Thomas, Jacques fils d'Al-
16 phée, Simon appelé le zélateur, Jude fils de Jacques, et
17 Judas Iscariote, qui fut un traître. Il descendit avec eux
et s'arrêta sur un plateau, où se trouvaient une foule de
ses disciples et une multitude de gens qui étaient venus
de toute la Judée, de Jérusalem et du littoral de Tyr et de
18 Sidon, pour l'entendre et pour être guéris de leurs mala-
dies. Ceux qui étaient tourmentés par des esprits impurs

a. T. R. : Je vous *ferai une question : Est-il* permis...
b. T. R. : fut rendue *saine, comme l'autre.*

étaient guéris ; et toute la foule cherchait à le toucher, 19
parce qu'il sortait de sa personne une force qui les gué-
rissait tous.

Alors, levant les yeux sur ses disciples, il dit : 20
« Vous êtes bienheureux, vous qui êtes pauvres,
parce que le royaume de Dieu est à vous.

» Vous êtes bienheureux, vous qui avez faim mainte- 21
nant, parce que vous serez rassasiés.

» Vous êtes bienheureux, vous qui pleurez mainte-
nant, parce que vous rirez.

» Bienheureux serez-vous, quand on vous haïra, 22
quand on vous chassera, qu'on vous insultera et qu'on
rejettera votre nom comme un nom infâme, à cause du
Fils de l'homme. Réjouissez-vous en ce jour-là et bon- 23
dissez de joie, car votre récompense est grande dans le
ciel : c'est ainsi que leurs pères traitaient les prophètes.

» Mais, malheur à vous, riches, parce que vous avez 24
déjà votre consolation !

» Malheur à vous, rassasiés, parce que vous aurez 25
faim !

» Malheur à vous, qui riez maintenant, parce que
vous serez dans l'affliction et que vous pleurerez !

» Malheur à vous, lorsque tous les hommes diront du 26
bien de vous, car c'est ce que leurs pères faisaient à
l'égard des faux prophètes [1] !

» Mais je vous dis, à vous qui m'écoutez : Aimez vos 27
ennemis ; faites du bien à ceux qui vous haïssent ;
bénissez ceux qui vous maudissent ; priez pour ceux qui 28
vous maltraitent. Si quelqu'un te frappe sur une joue, 29
présente-lui l'autre, et si quelqu'un t'enlève ton man-
teau, laisse-lui prendre aussi ta tunique. Donne à tout 30
homme qui te demande, et ne réclame pas ton bien à
celui qui te le prend [2]. Comme vous voulez que les 31

32 hommes fassent pour vous, faites de même pour eux. Si
vous aimez ceux qui vous aiment, quel gré vous en doit-
on avoir ? Les pécheurs aussi aiment ceux qui les
33 aiment. Si vous faites du bien à ceux qui vous en font,
quel gré vous en doit-on avoir ? Les pécheurs aussi en
34 font autant. Si vous prêtez à ceux de qui vous espérez
être remboursés, quel gré vous en doit-on avoir ? Des
pécheurs aussi prêtent à des pécheurs, afin qu'on leur
35 rende la pareille. Mais aimez vos ennemis, faites du
bien, et prêtez sans rien espérer : votre récompense sera
grande ; et vous serez fils du Très-Haut, car il est bon
36 envers les ingrats et les méchants. Soyez donc miséri-
37 cordieux, comme votre Père est miséricordieux. Ne
jugez point, et vous ne serez point jugés ; ne condamnez
point, et vous ne serez point condamnés ; absolvez, et
38 l'on vous absoudra ; donnez, et l'on vous donnera : on
vous donnera dans votre robe une bonne mesure, serrée,
secouée et débordante, car on se servira pour vous de la
même mesure avec laquelle vous aurez mesuré. »

39 Il ajouta cette comparaison : « Un aveugle peut-il
conduire un aveugle ? Ne tomberont-ils pas tous deux
40 dans un fossé ? — Le disciple n'est pas au-dessus de
son maître : tout disciple sera traité comme son maître.
41 Pourquoi vois-tu la paille qui est dans l'œil de ton frère,
tandis que tu ne remarques pas la poutre qui est dans ton
42 œil ? Ou comment peux-tu dire à ton frère : "Frère,
laisse-moi ôter la paille qui est dans ton œil", toi qui ne
vois pas la poutre qui est dans le tien ? Hypocrite, ôte
premièrement la poutre de ton œil, alors tu verras à ôter
43 la paille qui est dans l'œil de ton frère ; car il n'y a pas
de bon arbre qui produise de mauvais fruits, comme il
n'y a pas de mauvais arbre qui produise de bons fruits ;
44 chaque arbre se reconnaît à son fruit. On ne cueille pas

des figues sur des épines et l'on ne vendange pas le rai-
sin sur la ronce. L'homme de bien tire le bien du bon tré- 45
sor de son cœur, et le méchant tire le mal de son mauvais
trésor, car de l'abondance du cœur la bouche parle.
Pourquoi m'appelez-vous, Seigneur, Seigneur, et ne 46
faites-vous pas ce que je dis ? Je vous montrerai à qui 47
ressemble tout homme qui vient à moi, qui écoute mes
paroles et les met en pratique : il est semblable à un 48
homme qui bâtit une maison, et qui, ayant creusé pro-
fondément, en a posé les fondements sur le roc : une
inondation étant survenue, le fleuve est venu donner
contre cette maison, et n'a pu l'ébranler, parce qu'elle
était bien bâtie [a]. Mais celui qui écoute et ne pratique pas 49
est semblable à un homme qui a bâti une maison sur la
terre, sans creuser de fondements : le fleuve est venu
donner contre cette maison, et aussitôt elle s'est écrou-
lée ; et la ruine de cette maison a été grande. »

Jésus rentre à Capharnaüm. – Guérison du serviteur d'un centurion. – *Jésus à Naïm :* résurrection du fils d'une veuve. – Députation de Jean Baptiste. – Indifférence de cette génération. – Jésus chez le pharisien Simon : la pécheresse pardonnée.

Lorsqu'il eut achevé de parler au peuple qui l'écou- VII
tait, il entra dans Capharnaüm.
Or un centurion avait un serviteur, auquel il tenait 2
beaucoup, qui était malade et sur le point de mourir.
Ayant entendu parler de Jésus, il lui députa quelques 3
anciens des Juifs, pour le prier de venir guérir son servi-
teur. Ceux-ci, étant arrivés vers Jésus, le sollicitaient 4

a. T. R. : parce qu'*elle était fondée sur le roc.*

instamment, disant : « Il mérite bien que tu lui accordes
5 sa demande, car il aime notre nation, et c'est lui qui
6 nous a bâti la synagogue. » Jésus s'achemina donc avec
eux. Il n'était plus qu'à une petite distance de la maison,
lorsque le centurion lui envoya dire par des amis : « Sei-
gneur, ne te donne pas tant de peine, car je ne suis pas
7 digne que tu entres sous mon toit. C'est pour cela que je
n'ai pas jugé devoir me rendre moi-même auprès de
8 toi ; mais dis un mot, et que mon serviteur soit guéri. En
effet, moi qui suis placé sous le commandement d'au-
trui, j'ai des soldats sous mes ordres, et je dis à celui-ci :
"Va", et il va ; et à un autre : "Viens", et il vient ; et à
9 mon esclave : "Fais cela", et il le fait. » En entendant ces
paroles, Jésus admira cet homme, et, se retournant, il dit
à la foule qui le suivait : « Je vous déclare que je n'ai pas
10 trouvé une aussi grande foi même en Israël. » À leur
retour dans la maison du centurion, les envoyés trouvè-
rent en santé le serviteur qui était malade.

11 Le lendemain, Jésus se rendit dans une ville appelée
Naïm ; ses disciples, en assez grand nombre, et une
12 grande foule cheminaient avec lui. Au moment où il
arrivait près de la porte de la ville, on portait en terre un
mort, fils unique d'une veuve, et une foule considérable
13 de gens de la ville accompagnaient cette femme. Le Sei-
gneur, en la voyant, fut ému de compassion pour elle, et
14 lui dit : « Ne pleure pas » ; puis, s'étant approché, il tou-
cha le cercueil, et les porteurs s'arrêtèrent ; alors il dit :
15 « Jeune homme, je te le commande, lève-toi. » Et le
mort se leva sur son séant, et se mit à parler ; et Jésus le
16 rendit à sa mère. Un sentiment de crainte s'empara
d'eux tous, et ils glorifiaient Dieu, disant : « Un grand
prophète s'est élevé parmi nous », — et « Dieu a visité

son peuple ». Ce propos sur Jésus courut dans la Judée 17
tout entière et dans tout le pays d'alentour.

Jean ayant été informé de toutes ces choses par ses 18
disciples, en fit venir deux, et les envoya vers le Sei- 19
gneur, pour lui dire : « Es-tu celui qui doit venir, ou
devons-nous en attendre un autre ? » Quand ces 20
hommes furent arrivés vers Jésus, ils dirent : « Jean
Baptiste nous a envoyés vers toi, pour te dire : "Es-tu
celui qui doit venir, ou devons-nous en attendre un
autre ?"» À ce moment même, Jésus venait de guérir 21
plusieurs personnes de maladies, d'infirmités et de
mauvais esprits, et de rendre la vue à plusieurs
aveugles. Il répondit aux envoyés : « Allez rapporter à 22
Jean ce que vous avez vu et entendu : les aveugles
voient, les boiteux marchent, les lépreux sont rendus
nets, les sourds entendent, les morts ressuscitent, la
bonne nouvelle est annoncée aux pauvres. Heureux 23
celui pour qui je ne serai pas une occasion de chute ! »

Quand les messagers de Jean furent partis, Jésus se 24
mit à parler de Jean au peuple : « Qu'êtes-vous allés
contempler au désert ? un roseau agité par le vent ?
Mais encore, qu'êtes-vous allés voir ? un homme vêtu 25
d'habits somptueux ? Vous savez que ceux qui portent
des habits magnifiques et qui vivent dans le luxe, sont
dans les palais des rois. Mais, qu'êtes-vous allés voir ? 26
un prophète ? — Oui, vous dis-je, et plus qu'un pro-
phète. C'est celui dont il est écrit : *Voici, j'envoie mon* 27
messager devant ta face, pour préparer le chemin
devant toi. Car je vous dis, que parmi ceux qui sont nés 28
de femme, il n'y a point de plus grand prophète que
Jean ; toutefois le plus petit dans le royaume de Dieu est
plus grand que lui. Tout le peuple qui l'a écouté, ainsi 29
que les publicains, ont rendu justice à Dieu, en se faisant

30 baptiser du baptême de Jean, au lieu que les pharisiens
et les docteurs de la Loi ont fait échouer pour eux-
mêmes le plan de Dieu, en ne se faisant pas baptiser par
lui.
31 » À qui donc comparerai-je les hommes de cette
32 génération, et à qui ressemblent-ils ? Ils ressemblent
aux enfants qui sont assis dans la place publique, et qui
disent, en s'apostrophant les uns les autres : "Nous
avons joué de la flûte, et vous n'avez pas dansé ; nous
avons chanté des complaintes, et vous n'avez pas
33 pleuré." En effet, Jean Baptiste est venu, ne mangeant
point de pain et ne buvant point de vin, et vous dites :
34 "C'est un possédé." Le Fils de l'homme est venu man-
geant et buvant, et vous dites : "C'est un mangeur et un
35 buveur, un ami des publicains et des pécheurs" : et pour-
tant la Sagesse a été justifiée par tous ses enfants. »
36 Un pharisien invita Jésus à manger avec lui, et Jésus
étant entré dans la maison du pharisien, prit place à
37 table. Alors une femme qui menait une vie déréglée
dans la ville [1], apprenant que Jésus était à table dans la
maison de ce pharisien, apporta un flacon d'albâtre
38 plein de parfum ; et se tenant derrière lui, à ses pieds,
tout en pleurs, elle se mit à mouiller ses pieds de ses
larmes et à les essuyer avec les cheveux de sa tête ; elle
39 couvrait ses pieds de baisers et les oignait de parfum. À
cette vue, le pharisien qui l'avait invité, se dit en lui-
même : « Si cet homme était prophète, il saurait qui est
la personne qui le touche, et quelle sorte de femme
40 c'est : une femme de mauvaise vie ! » Jésus prit la
parole et lui dit : « Simon, j'ai quelque chose à te dire.
41 — Maître, parle, dit-il. — Un créancier avait deux débi-
teurs, l'un lui devait cinq cents deniers, l'autre cin-
42 quante. Comme ils ne pouvaient payer, il les tint quittes

tous les deux. Dis-moi lequel des deux l'aimera le
plus ? » Simon répondit : « Je pense que c'est celui 43
auquel il a le plus remis. » Jésus lui dit : « Tu as bien
jugé. » Puis, se tournant vers la femme, il dit à Simon : 44
« Tu vois cette femme ? Je suis entré dans ta maison ; tu
ne m'as point versé d'eau sur les pieds, mais elle a
mouillé mes pieds de ses larmes et les a essuyés avec ses
cheveux. Tu ne m'as point donné de baiser, mais elle, 45
depuis que je suis entré, n'a cessé de me baiser les pieds.
Tu n'as pas oint ma tête d'huile, mais elle a oint mes 46
pieds de parfum. Aussi je te dis que ses nombreux 47
péchés lui ont été pardonnés, car elle a beaucoup aimé ;
tandis que celui à qui l'on pardonne peu, aime peu. » Il 48
dit à la femme : « Tes péchés te sont pardonnés. » Et les 49
convives commencèrent à dire en eux-mêmes : « Qui
est cet homme qui ose pardonner les péchés ? » Mais 50
Jésus dit à la femme : « Ta foi t'a sauvée ; va en paix. »

Tournée missionnaire de Jésus. – Parabole du Semeur et son explication. – Venue de la mère et des frères de Jésus. – *Jésus traverse la mer.* – La tempête apaisée. – Guérison du démoniaque de Gadare. – *Retour à Capharnaüm.* – Guérison d'une hémorroïsse. – Résurrection de la fille de Jaïre.

Ensuite Jésus alla de ville en ville et de village en vil- VIII
lage, prêchant et annonçant la bonne nouvelle du
royaume de Dieu. Il était accompagné des Douze et de 2
quelques femmes qu'il avait guéries des mauvais
esprits et de leurs maladies ; c'était Marie, appelée
Madeleine, de laquelle étaient sortis sept démons,
Jeanne, femme de Chouza, intendant d'Hérode, 3
Suzanne et plusieurs autres qui l'assistaient de leurs
biens, lui et ses disciples.

4 Un jour que s'était amassée une foule nombreuse,
grossie de ceux qui de ville en ville venaient vers lui, il
5 leur dit en parabole : « Un semeur sortit pour faire ses
semailles, et, comme il semait, une partie de la semence
tomba le long du chemin ; elle fut foulée aux pieds, et
6 les oiseaux du ciel la mangèrent. Une autre partie tomba
sur le roc ; elle poussa et sécha, parce qu'elle manquait
7 d'humidité. Une autre partie tomba au milieu des
épines, et les épines poussant avec la semence, l'étouf-
8 fèrent. Enfin une autre partie tomba dans la bonne terre,
elle poussa et produisit du fruit au centuple. » Puis il
ajouta à haute voix : « Que celui qui a des oreilles pour
entendre, entende. »

9 Ses disciples lui ayant demandé ce que signifiait cette
10 parabole, il répondit : « Pour vous, il vous a été donné
de connaître les mystères du royaume de Dieu ; mais
pour les autres, ce n'est qu'en paraboles, *afin qu'en
regardant, ils ne voient point, et qu'en entendant, ils ne*
11 *comprennent point.* » Voici donc le sens de cette para-
12 bole : la semence, c'est la parole de Dieu. Ceux qui
reçoivent la semence le long du chemin sont ceux qui
entendent la Parole ; ensuite le diable vient, et il l'en-
lève de leur cœur, de peur qu'ils ne croient et ne soient
13 sauvés. Ceux qui reçoivent la semence sur le roc, sont
ceux qui reçoivent la Parole avec joie, dès qu'ils l'en-
tendent, mais qui, n'ayant pas de racines, ne croient que
pour un temps, et font défection au moment de
14 l'épreuve. Quant à la partie qui est tombée parmi les
épines, ce sont ceux qui ont entendu la Parole, et qui, en
cheminant, la laissent étouffer par les soucis, par les
richesses et par les plaisirs de la vie, et ne donnent que
15 des fruits avortés. Quant à la partie qui est tombée dans
la bonne terre, ce sont ceux qui entendent la Parole avec

un cœur honnête et bon, la conservent, et portent du
fruit avec persévérance.

» Il n'est personne, qui, après avoir allumé une 16
lampe, la couvre d'un vase, ou la mette sous un lit ; mais
on la met sur un pied, afin que ceux qui entrent voient
clair. Car il n'y a rien de caché qui ne se découvre, ni 17
rien de secret qui ne finisse par être connu, et ne vienne
au grand jour. Prenez donc garde à la manière dont vous 18
écoutez ; car on donnera à celui qui a, mais pour celui
qui n'a pas, on lui ôtera même ce qu'il croit avoir. »

Cependant la mère et les frères de Jésus étaient venus 19
le trouver, et ne pouvaient arriver jusqu'à lui, à cause de
la foule. On l'en informa en lui disant : « Ta mère et tes 20
frères sont là dehors, qui désirent te voir. » Il répondit : 21
« Ma mère et mes frères sont ceux qui écoutent la parole
de Dieu, et qui la mettent en pratique. »

Un jour il entra dans une barque avec ses disciples, et 22
leur dit : « Passons de l'autre côté du lac » ; et ils parti-
rent. Pendant qu'ils naviguaient, Jésus s'endormit, et un 23
ouragan ayant fondu sur le lac, la barque se remplissait
d'eau ; et ils étaient en péril. Les disciples s'approchè- 24
rent de Jésus et le réveillèrent en disant : « Maître,
maître, nous périssons ! » Jésus se leva, tança le vent et
les flots : ils s'apaisèrent, et le calme se fit. Puis il dit à 25
ses disciples : « Où est votre foi ? » Pour eux, saisis de
frayeur et d'étonnement, ils se disaient les uns aux
autres : « Quel est donc cet homme, qu'il commande
aux vents et à l'eau, et qu'ils lui obéissent ? »

Puis ils abordèrent au pays des Gadaréniens, qui est 26
vis-à-vis de la Galilée.

Quand Jésus fut descendu à terre, il rencontra un 27
homme de la ville, qui depuis longtemps était possédé
des démons : il ne portait point de vêtement, et demeu-

28 rait, non dans une maison, mais dans les sépulcres. Dès
qu'il vit Jésus, il poussa un cri, se jeta à ses pieds, et dit
d'une voix forte : « Qu'y a-t-il entre toi et moi, Jésus,
Fils du Dieu Très-Haut ? Je t'en prie, ne me tourmente
29 pas. » Jésus, en effet, commandait à l'esprit impur de
sortir de cet homme, car depuis longtemps l'esprit l'em-
portait avec lui : on avait beau le garder enchaîné et les
fers aux pieds, il brisait ses liens et était entraîné par le
30 démon dans les déserts. Jésus lui demanda : « Quel est
ton nom ? — Légion », répondit-il ; en effet, plusieurs
31 démons étaient entrés en cet homme ; et il se mit à sup-
plier Jésus de ne point commander à ces démons d'aller
32 dans l'abîme. Or, il y avait là un grand troupeau de
pourceaux qui paissaient sur la montagne, et les démons
le supplièrent de leur permettre d'aller dans ces pour-
33 ceaux ; et il le leur permit. Étant donc sortis de cet
homme, ils entrèrent dans les pourceaux, et le troupeau
34 se rua du haut du précipice dans le lac, et se noya. À
cette vue, les gardeurs s'enfuirent, et répandirent la
35 nouvelle dans la ville et dans la campagne. Les gens sor-
tirent pour voir ce qui était arrivé ; ils vinrent vers Jésus
et trouvèrent l'homme de qui les démons étaient sortis,
assis à ses pieds, vêtu et dans son bon sens ; ce qui les
36 remplit de frayeur. Les témoins de ce fait leur rapportè-
rent aussi comment le démoniaque avait été guéri.
37 Toute la population de la contrée voisine des Gadaré-
niens le pria de s'éloigner de chez eux, parce qu'ils
étaient en proie à une grande frayeur. Jésus étant entré
38 dans la barque, s'en retourna. L'homme de qui les
démons étaient sortis, lui demanda de rester avec lui,
39 Jésus le renvoya en lui disant : « Retourne dans ta mai-
son, et raconte tout ce que Dieu a fait pour toi. » Il s'en

alla, et publia par toute la ville tout ce que Jésus avait
fait pour lui.

À son retour, Jésus fut accueilli par la foule, car ils 40
étaient tous à l'attendre.

Alors il vint un homme nommé Jaïre, chef de la syna- 41
gogue, qui, se jetant aux pieds de Jésus, le supplia de
venir dans sa maison, parce qu'il avait une fille unique [1], 42
d'environ douze ans, qui se mourait.

Pendant que Jésus s'y acheminait, la foule le serrait à
l'étouffer. Et une femme qui était atteinte d'une hémor- 43
ragie depuis douze ans, et qui avait dépensé tout son
bien en médecins, sans qu'aucun d'eux eût pu la guérir,
s'approcha par-derrière, toucha la houppe de son man- 44
teau, et au même instant son hémorragie s'arrêta. Et 45
Jésus dit : « Qui est-ce qui m'a touché ? » Comme tous
s'en défendaient, Pierre et ceux qui étaient avec lui,
dirent : « Maître, la foule t'entoure et te presse, et tu
demandes qui t'a touché ! » Mais Jésus répondit : 46
« Quelqu'un m'a touché, car j'ai senti une vertu [2] sortir
de moi. » La femme voyant qu'elle n'était pas restée 47
inaperçue, vint toute tremblante se jeter aux pieds de
Jésus, et déclara devant tout le monde, pour quelle
cause elle l'avait touché, et comment elle avait été gué-
rie à l'instant. Jésus lui dit : « [a] Ma fille, ta foi t'a guérie : 48
va en paix. »

Il parlait encore, lorsqu'on vint de chez Jaïre dire à ce 49
chef de la synagogue : « Ta fille est morte, ne fatigue
pas le Maître. » Mais Jésus, qui avait entendu cette 50
parole, lui dit : « Ne crains point, crois seulement, et elle
sera guérie. » Lorsqu'il fut arrivé à la maison, il ne 51
laissa entrer personne avec lui, si ce n'est Pierre, Jean,

a. T. R. ajoute : *Rassure-toi,*

52 Jacques, avec le père et la mère de l'enfant. Comme
tous pleuraient et se lamentaient, Jésus leur dit : « Ne
53 pleurez pas ; elle n'est pas morte, mais elle dort. » Et ils
54 se moquèrent de lui, sachant qu'elle était morte. Mais
lui [a], la saisissant par la main, dit en élevant la voix :
55 « Enfant, lève-toi. » La respiration lui revint, et elle se
leva à l'instant ; et Jésus commanda qu'on lui donnât à
56 manger. Les parents de la jeune fille furent dans le
ravissement, et Jésus leur recommanda de ne dire à personne ce qui venait de se passer.

Mission des Douze : instructions de Jésus. – Perplexité d'Hérode. – Retour des Douze : *Jésus les emmène vers Bethsaïde-Julias*. – Multiplication des pains. – « Qui dites-vous que je suis ? » – Jésus annonce ses souffrances. – « Porter sa croix. » – La Transfiguration. – Guérison d'un épileptique. – « Qui est le plus grand ? » – « Qui n'est pas contre vous est pour vous. »

IX Jésus ayant assemblé les Douze, leur donna puis-
sance et autorité pour chasser tous les démons et pour
2 guérir toutes les maladies, puis il les envoya prêcher le
3 royaume de Dieu et guérir les malades. Il leur dit : « Ne
prenez rien pour la route, ni bâton, ni sac, ni pain, ni
4 argent, ni deux tuniques. Dans quelque maison que
vous entriez, restez-y, et que ce soit de là que vous par-
5 tiez. Quant à tous ceux qui ne vous recevront pas, sortez
de leur ville, et secouez la poussière de vos pieds en
6 témoignage contre eux. » Les disciples étant partis,
allèrent de village en village, annonçant la bonne nouvelle et faisant partout des guérisons.

a. T. R. ajoute : *ayant fait sortir tout le monde, il la saisit...*

Cependant Hérode, le tétrarque, entendit parler de 7
tout ce qui se passait, et il ne savait que penser, parce
que les uns disaient que Jean était ressuscité des morts ;
les autres, qu'Élie était apparu ; d'autres enfin, qu'un 8
des anciens prophètes était ressuscité. Mais Hérode dit : 9
« Quant à Jean, moi, je l'ai fait décapiter ; qui est donc
cet homme, dont j'entends dire des choses si extraordinaires ? » Et il désirait le voir.

Les apôtres, étant de retour, racontèrent à Jésus tout 10
ce qu'ils avaient fait ; et Jésus les prenant avec lui, se
retira à l'écart, vers une ville nommée Bethsaïde. Mais 11
la foule, en ayant eu connaissance, l'y suivit : Jésus l'accueillit, lui parla du royaume de Dieu, et guérit tous ceux qui avaient besoin d'être guéris.

Comme le jour commençait à baisser, les Douze vin- 12
rent lui dire : « Renvoie cette foule de gens, afin qu'ils
aillent loger dans les villages d'alentour et dans les
campagnes, et qu'ils trouvent de quoi manger, car ici
nous sommes dans un lieu désert. » Mais Jésus leur dit : 13
« Donnez-leur, vous-mêmes, à manger. » Ils répondirent : « Nous n'avons que cinq pains et deux poissons...
à moins que nous n'allions nous-mêmes acheter des
vivres pour ce peuple. » En effet, il y avait environ cinq 14
mille hommes. Jésus dit à ses disciples : « Faites-les
asseoir par groupes de cinquante. » Ils exécutèrent cet 15
ordre ; ils les firent tous asseoir. Alors Jésus prit les cinq 16
pains et les deux poissons, et, levant les yeux au ciel, il
les bénit, les rompit, et les donna aux disciples pour les
distribuer à la foule. Tous mangèrent et furent rassa- 17
siés ; et l'on emporta ce qu'il y avait eu de trop, douze
corbeilles de morceaux.

Un jour que Jésus s'était retiré dans un lieu solitaire, 18
pour prier, ses disciples vinrent le rejoindre, et il leur

adressa cette question : « Qui dit-on, dans le peuple, que
19 je suis ? » Ils lui répondirent : « On dit que tu es Jean
Baptiste ; d'autres disent que tu es Élie ; d'autres, qu'un
20 des anciens prophètes est ressuscité. — Et vous, leur dit-
il, qui dites-vous que je suis ? » Pierre répondit : « Tu es
21 l'Oint de Dieu. » Jésus leur recommanda sévèrement de
22 ne le dire à personne, et il ajouta : « Il faut que le Fils de
l'homme souffre beaucoup, qu'il soit rejeté par les
anciens, les principaux sacrificateurs et les scribes, qu'il
soit mis à mort, et qu'il ressuscite le troisième jour. »

23 Puis s'adressant à tout le monde, il dit : « Si quelqu'un
veut venir après moi, qu'il renonce à lui-même, qu'il se
24 charge chaque jour de sa croix et qu'il me suive. Car
celui qui voudra sauver sa vie, la perdra ; mais celui qui
25 aura perdu sa vie à cause de moi, la sauvera. À quoi sert-
il à un homme de gagner le monde entier, s'il se perd ou
26 se ruine lui-même ? En effet, si quelqu'un a honte de moi
et de mes paroles, le Fils de l'homme aura honte de lui,
quand il viendra dans sa gloire, dans celle de son Père et
27 dans celle des saints anges. Je vous le dis, certainement
quelques-uns de ceux qui sont ici présents, ne goûteront
point la mort, qu'ils n'aient vu le royaume de Dieu. »

28 Environ huit jours après ce discours, Jésus prit avec
lui Pierre, Jean et Jacques, et monta sur la montagne
29 pour prier. Pendant qu'il priait, son visage parut tout
autre et ses vêtements devinrent éblouissants de blan-
30 cheur. Tout à coup parurent, entourés de gloire, deux
hommes qui s'entretenaient avec lui : c'était Moïse et
31 Élie ; ils parlaient de son départ [1] qui devait s'accomplir
32 à Jérusalem. Pierre et ses compagnons étaient accablés
de sommeil ; mais s'étant tenus éveillés, ils virent sa
33 gloire et les deux hommes qui étaient avec lui ; et, au
moment où Moïse et Élie se séparaient de lui, Pierre dit

à Jésus : « Maître, il est bon que nous soyons ici ; dres-
sons trois tentes, une pour toi, une pour Moïse et une
pour Élie » : il ne savait pas ce qu'il disait. Comme il 34
parlait ainsi, une nuée vint, qui les enveloppa, et en les
voyant entrer dans la nuée, les disciples furent saisis de
frayeur. Il sortit de la nuée une voix qui dit : « Celui-ci 35
est mon Fils élu[a] ; écoutez-le » ; et après que la voix se 36
fut fait entendre, Jésus se trouva seul. Les disciples gar-
dèrent le silence sur ce qui s'était passé, et ne rapportè-
rent pour lors à personne rien de ce qu'ils avaient vu.

Le lendemain, lorsqu'ils furent descendus de la mon- 37
tagne, une foule considérable se porta à la rencontre de
Jésus, et un homme s'écria du milieu de la foule : 38
« Maître, je t'en prie, jette un regard sur mon fils, car je
n'ai que cet enfant : un esprit le saisit, et soudain lui 39
arrache des cris ; puis, il le jette dans des convulsions où
il écume, et il le quitte à grand-peine en le brisant
encore. J'ai prié tes disciples de le chasser, et ils ne l'ont 40
pu. » Jésus répondit : « Race incrédule et perverse, jus- 41
qu'à quand serai-je avec vous, et vous supporterai-
je ?... Amène ici ton fils. » Au moment où l'enfant 42
s'approchait, le démon le jeta par terre, dans des
convulsions ; mais Jésus tança l'esprit impur, guérit
l'enfant, et le rendit à son père. Tous les assistants 43
étaient frappés de la grandeur de Dieu.

Tandis que tout le monde était dans l'admiration de
tout ce que Jésus faisait, il dit à ses disciples : « Pour 44
vous, mettez-vous bien dans l'esprit ce que je vais vous
dire : c'est que le Fils de l'homme doit être livré entre
les mains des hommes[1]. » Mais les disciples ne 45
comprenaient pas cette parole ; elle était voilée pour

a. T. R. : mon Fils *bien-aimé ;*

eux, afin qu'ils n'en sentissent point la portée ; et ils craignaient de l'interroger là-dessus.
46 Une pensée s'éleva dans leur esprit : ils se deman-
47 daient lequel d'entre eux serait le plus grand. Jésus
voyant la pensée de leur cœur, prit un petit enfant, le
48 plaça auprès de lui, et leur dit : « Celui qui reçoit ce petit
enfant en mon nom, me reçoit ; et celui qui me reçoit,
reçoit celui qui m'a envoyé ; car celui d'entre vous tous
49 qui est le plus petit, c'est celui-là qui est grand. » Jean,
prenant la parole, lui dit : « Maître, nous avons vu un
homme qui chassait des démons en ton nom, et nous
l'en avons empêché, parce qu'il ne va pas avec nous. »
50 Jésus lui dit : « Ne l'en empêchez point : celui qui n'est
pas contre vous [a] est pour vous. »

Tournée missionnaire de Jésus se rendant à Jérusalem. – Le bourg des Samaritains. – Le scribe renvoyé ; le disciple retenu. – Mission des LXXII disciples : instructions de Jésus. – Menaces aux villes impénitentes. – Retour des LXXII. – Jésus bénit Dieu de ce qu'il a révélé ces choses aux enfants. – Le Docteur de la Loi, ou « Que dois-je faire pour obtenir la vie éternelle ? ». – Le bon Samaritain. – Marthe et Marie.

51 Quand le temps où Jésus devait être enlevé de ce
monde fut venu, il prit la résolution de s'acheminer à
52 Jérusalem. Il se fit précéder par des messagers. Ceux-ci
s'en étant allés, entrèrent dans une ville des Samaritains
53 pour lui préparer un logement ; mais on ne le reçut
54 point, parce qu'il se rendait à Jérusalem [1]. Ses disciples,
Jacques et Jean, témoins de ce refus, dirent : « Seigneur,
veux-tu qu'à l'exemple d'Élie, nous commandions que

a. T. R. : contre *nous*, est pour *nous.*

le feu descende du ciel et consume ces gens-là ? » Mais 55
Jésus s'étant retourné, les réprimanda, et leur dit :
« Vous ne savez de quel esprit vous êtes animés[a]. » Et 56
ils gagnèrent un autre village.

Comme ils s'y rendaient, un homme lui dit en che- 57
min : « Seigneur, je te suivrai partout où tu iras. » Et 58
Jésus lui dit : « Les renards ont des terriers, et les
oiseaux du ciel, des abris ; mais le Fils de l'homme n'a
pas un lieu où reposer sa tête. » Il dit à un autre : « Suis- 59
moi. » Celui-ci lui dit : « Seigneur, permets-moi d'aller
auparavant ensevelir mon père. » Mais il lui repartit : 60
« Laisse les morts ensevelir leurs morts ; pour toi, va
annoncer le royaume de Dieu. » Un autre lui dit aussi : 61
« Je te suivrai, Seigneur, mais permets-moi d'aller
auparavant faire mes adieux à ma famille. » Jésus lui 62
dit : « Quiconque met la main à la charrue et regarde en
arrière, n'est pas propre au royaume de Dieu. »

Après cela, le Seigneur désigna encore soixante- X
douze autres disciples[1], et les envoya devant lui, deux à
deux, dans toutes les villes et dans tous les lieux où lui-
même devait aller. Et il leur dit : « La moisson est 2
grande, mais il y a peu d'ouvriers ; priez donc le maître
de la moisson d'envoyer des ouvriers dans sa moisson.
Allez, je vous envoie comme des agneaux au milieu des 3
loups. Ne prenez ni bourse, ni sac, ni sandales, et ne 4
saluez personne en chemin[2]. Dans quelque maison que 5
vous entriez, dites d'abord : "Que la paix soit sur cette
maison !" et s'il se trouve là quelque enfant de paix, la 6
paix que vous aurez souhaitée reposera sur lui ; sinon,
elle reviendra à vous. Demeurez dans cette même mai- 7

a. T. R. ajoute : *car le Fils de l'homme est venu, non pour perdre les âmes des hommes, mais pour les sauver.*

son, mangez et buvez ce qu'on vous donnera, car l'ou-
vrier mérite son salaire. Ne passez point d'une maison
8 dans une autre. Dans quelque ville que vous entriez, si
9 l'on vous reçoit, mangez ce qu'on vous servira ; guéris-
sez les malades qui s'y trouveront, et dites aux habi-
10 tants : "Le royaume de Dieu est proche de vous." Dans
quelque ville que vous entriez, si l'on ne vous reçoit
11 pas, allez dans les rues, et dites : "Nous secouons de nos
pieds, pour vous la rendre, même la poussière qui s'y est
attachée dans votre ville ; pourtant, sachez-le bien, le
12 royaume de Dieu est proche[a]. " Je vous déclare qu'au
dernier jour, Sodome sera traitée moins rigoureusement
13 que cette ville-là. Malheur à toi, Chorazin ! Malheur à
toi Bethsaïde ! car si les miracles qui ont été faits au
milieu de vous, avaient été faits dans Tyr et dans Sidon,
il y a longtemps qu'elles se seraient repenties sous le sac
14 et la cendre ; mais au jour du jugement Tyr et Sidon
15 seront traitées moins rigoureusement que vous. Et toi,
Capharnaüm, qui a été élevée jusqu'au ciel, tu seras
16 abaissée jusqu'aux enfers. Qui vous écoute, m'écoute ;
qui vous rejette, me rejette ; et qui me rejette, rejette
celui qui m'a envoyé. »
17 Les soixante et douze disciples revinrent pleins de
joie, disant : « Seigneur, les démons mêmes se soumet-
18 tent à nous en ton nom ! » Il leur dit : « Je voyais Satan
19 tomber du ciel comme un éclair. Je vous ai donné le
pouvoir de fouler aux pieds les serpents et les scorpions,
et toutes les forces de l'ennemi, sans qu'elles puissent
20 aucunement vous nuire ; seulement, ne vous réjouissez
pas de ce que les esprits se soumettent à vous, mais

a. T. R. ajoute : *de vous.*

réjouissez-vous de ce que vos noms sont écrits dans les
cieux [1]. »
En ce moment même, Jésus tressaillit de joie en son 21
esprit et dit : « Je te loue, Père, Seigneur du ciel et de la
terre, de ce que tu as caché ces choses aux sages et aux
intelligents, et de ce que tu les as révélées aux enfants ;
oui, Père, je te loue de ce que tel a été ton bon plaisir. »
Et se tournant vers ses disciples, il dit : « Toutes choses 22
m'ont été enseignées par mon Père ; et personne ne
connaît ce qu'est le Fils, que le Père, ni ce qu'est le Père,
que le Fils, et que celui à qui le Fils le veut bien révé-
ler. » Puis se tournant vers ses disciples, il leur dit en 23
particulier : « Heureux les yeux qui voient ce que vous
voyez ! Car je vous dis que beaucoup de prophètes et de 24
rois ont désiré de voir ce que vous voyez, et ne l'ont pas
vu ; d'entendre ce que vous entendez, et ne l'ont pas
entendu. »

Un docteur de la Loi, qui voulait mettre Jésus à 25
l'épreuve, se leva et lui dit : « Maître, que faut-il que je
fasse pour obtenir la vie éternelle ? » Jésus lui répondit : 26
« Que dit la Loi ? Qu'y lis-tu ? » Il repartit : *Tu aimeras* 27
le Seigneur ton Dieu de tout ton cœur, de toute ton âme,
de toute ta force et de toute ta pensée, et ton prochain
comme toi-même. Jésus lui dit : « Tu as bien répondu : 28
fais cela et tu vivras. » Cet homme voulant se justifier 29
lui-même, dit à Jésus : « Et qui est mon prochain ? »
Jésus reprit : « Un homme, qui descendait de Jérusalem 30
à Jéricho, tomba au milieu des voleurs : ils le dépouillè-
rent, le chargèrent de coups, et s'en allèrent, le laissant
à demi mort. Un sacrificateur, qui, par hasard, descen- 31
dait par ce chemin, vit le malheureux et passa outre. De 32
même aussi, un lévite, étant arrivé dans cet endroit,
s'avança, et l'ayant vu, passa outre. Mais un Samaritain 33

qui voyageait, étant venu dans ce lieu et ayant vu cet
34 homme, fut touché de compassion. Il s'en approcha,
banda ses blessures, après y avoir versé de l'huile et du
vin ; puis, l'ayant mis sur sa propre monture, il le mena
35 dans une hôtellerie et prit soin de lui. Le lendemain
matin, en partant, il tira de sa bourse deux deniers, les
donna à l'hôte, et dit : " Aie soin de lui, et, ce que tu
dépenseras de plus, je te le rendrai à mon retour. "
36 Lequel des trois te semble avoir été le prochain de celui
37 qui était tombé au milieu des voleurs ? » Il dit : « C'est
celui qui a exercé la miséricorde envers lui. » Jésus lui
dit : « Va, et fais de même [1]. »
38 Pendant qu'il était en route avec ses disciples, il entra
dans un village ; une femme, nommée Marthe, le reçut
39 dans sa maison. Elle avait une sœur, nommée Marie,
qui, s'étant assise aux pieds de Jésus, écoutait sa parole,
40 tandis qu'elle-même était distraite par les soins nom-
breux du ménage. Marthe s'étant approchée, dit à
Jésus : « Seigneur, ne vois-tu pas que ma sœur me laisse
41 toute la tâche ? Dis-lui donc de m'aider. » Mais il lui
répondit : « Marthe, Marthe, tu t'inquiètes et tu t'agites
42 pour beaucoup de choses ; une seule chose est néces-
saire. Marie a choisi la bonne part, qui ne lui sera point
ôtée [2]. »

Suite du Voyage à Jérusalem. – L'Oraison dominicale. – L'ami importun. – Guérison d'un démoniaque sourd-muet. – « Il chasse les démons par Belzébuth. » – Le blasphème contre le Saint-Esprit. – « Heureux le sein qui t'a porté ! » – Le signe de Jonas. – La lampe sous le boisseau. – « Malheur à vous, pharisiens ! » – Hostilité des pharisiens.

Un jour, Jésus était en prière en un lieu. Lorsqu'il eut XI
fini de prier, un de ses disciples lui dit : « Seigneur,
enseigne-nous à prier, comme Jean l'a enseigné à ses
disciples. » Il leur dit : « Quand vous priez, dites : 2
"Père [a], que ton nom soit sanctifié ; que ton règne
vienne. Donne-nous chaque jour notre pain quotidien. 3
Remets-nous nos péchés, car nous remettons aussi leurs 4
dettes à ceux qui nous doivent, et ne nous induis point
en tentation [b]." »

Et il ajouta : « Si quelqu'un de vous avait un ami et 5
qu'il l'allât trouver au milieu de la nuit pour lui dire :
"Mon ami, prête-moi trois pains, car un de mes amis qui 6
voyage est arrivé chez moi, et je n'ai rien à lui offrir" ;
et que cet ami lui répondît de l'intérieur : "Ne m'impor- 7
tune pas ; ma porte est déjà fermée, et mes petits enfants
sont au lit avec moi ; je ne puis me lever pour te donner
ces pains" ; eh bien ! je vous dis qu'alors même qu'il ne 8
se lèverait pas pour les lui donner, parce qu'il est son
ami, il se lèvera à cause de son importunité, et lui en
donnera autant qu'il en désire. Je vous dis aussi : 9
Demandez, et l'on vous donnera ; cherchez et vous

a. T. R. : *Notre* Père *qui es aux cieux...* vienne, *que ta volonté soit faite sur la terre comme au ciel.*

b. T. R. ajoute : *mais délivre-nous du mal.*

10 trouverez ; heurtez, et l'on vous ouvrira ; car quiconque
demande, reçoit ; qui cherche, trouve ; et l'on ouvre à
11 qui heurte. Quel est le père, parmi vous qui donne une
12 pierre à son fils, quand il lui demande du pain ? ou, s'il
demande du poisson, lui donnera-t-il un serpent au lieu
d'un poisson ? ou, s'il lui demande un œuf, lui donnera-
13 t-il un scorpion [1] ? Si donc, tout méchants que vous êtes,
vous savez donner de bonnes choses à vos enfants,
combien plus le Père céleste donnera-t-il le Saint-Esprit
à ceux qui le lui demandent. »

14 Une autre fois, Jésus chassa un démon : c'était un
démon sourd-muet. Lorsque le démon fut sorti, le
sourd-muet parla ; et la foule était dans l'admiration.

15 Toutefois il y eut des gens qui dirent : « C'est par Bel-
zébuth, prince des démons, qu'il chasse les démons » ;
16 tandis que d'autres, pour le mettre à l'épreuve, lui
17 demandaient un signe qui vînt du ciel. Mais Jésus,
connaissant leurs pensées, leur dit : « Tout royaume en
proie aux divisions se détruit, et il tombe, maison après
18 maison. S'il est vrai que Satan soit en proie aux divi-
sions, comment son royaume subsistera-t-il, puisque
vous dites que c'est par Belzébuth que je chasse les
19 démons ? Et si, moi, je chasse les démons par Belzé-
buth, par qui vos fils les chassent-ils ? C'est pourquoi
20 ils seront eux-mêmes vos juges. Mais si je chasse les
démons par le doigt de Dieu [2], le royaume de Dieu est
21 donc venu vers vous. Quand l'homme fort et bien armé
garde l'entrée de sa maison, ses biens sont en sûreté,
22 mais qu'un plus fort que lui vienne et le vainque, il lui
enlève l'armure qui faisait sa sécurité, et il partage ses
23 dépouilles. Qui n'est pas avec moi est contre moi, et qui
24 n'assemble pas avec moi, disperse. Quand l'esprit
impur est sorti d'un homme, il va par des lieux arides,

pour chercher du repos ; et, n'en trouvant point, il se
dit : "Je retournerai dans la maison d'où je suis sorti." Il 25
vient et la trouve balayée et mise en ordre. Alors il s'en 26
va prendre sept autres esprits plus méchants que lui,
puis ils y rentrent et s'y établissent ; et la dernière condi-
tion de cet homme est pire que la première. »

Pendant qu'il parlait ainsi, une femme, élevant la 27
voix du milieu de la foule, lui dit : « Heureux le sein qui
t'a porté ! Heureuses les mamelles qui t'ont allaité !
— Ah ! heureux plutôt, reprit Jésus, ceux qui entendent 28
la parole de Dieu et qui la gardent ! »

Comme la foule s'amassait, il se mit à dire : « Cette 29
génération est une génération mauvaise ; elle réclame
un signe... eh bien ! il ne lui en sera point accordé
d'autre que le signe de Jonas : de même que Jonas fut un 30
signe pour les Ninivites, ainsi le Fils de l'homme sera
un signe pour cette génération. La reine du Midi se 31
lèvera au jour du jugement avec les hommes de cette
génération, et les condamnera ; car elle vint du bout du
monde pour entendre la sagesse de Salomon, et il y a ici
plus que Salomon. Les hommes de Ninive se lèveront 32
au jour du jugement avec cette génération, et la
condamneront ; car ils se convertirent à la prédication
de Jonas, et il y a ici plus que Jonas. On n'allume pas 33
une lampe pour la mettre dans une cave ou sous le bois-
seau ; mais on la met sur son pied, afin que ceux qui
entrent voient clair. La lampe de ton corps, c'est ton œil. 34
Quand ton œil est bon, tout ton corps est éclairé ; mais
quand ton œil est mauvais, ton corps est dans les ténè-
bres ; prends donc garde que la lumière qui est en toi ne 35
soit ténèbres. Si donc ton corps tout entier est éclairé, 36
sans qu'il y ait en toi aucune partie ténébreuse, il sera

complètement éclairé, comme lorsque la lampe
t'éclaire de sa lumière. »
37 Quand il eut parlé, un pharisien le pria de dîner chez
38 lui. Jésus entra et se mit à table. Le pharisien voyant
qu'il ne s'était point lavé avant le repas, en fut surpris.
39 Mais le Seigneur lui dit : « Vous autres, pharisiens,
vous nettoyez le dehors de la coupe et du plat, mais au-
dedans, vous êtes pleins de rapacité et de malhonnêteté.
40 Insensés, celui qui a fait le dehors, n'a-t-il pas fait aussi
41 le dedans ? Donnez-en plutôt le contenu en aumône, et
42 alors toutes choses seront pures pour vous. Mais mal-
heur à vous, pharisiens ! parce que vous payez la dîme
de la menthe, de la rue et de toute espèce de plantes
potagères, et que vous négligez la justice et l'amour de
Dieu : il fallait faire ces choses-ci, sans toutefois
43 omettre celles-là. Malheur à vous, pharisiens ! parce
que vous aimez la première place dans les synagogues,
44 et les salutations dans les places publiques. Malheur à
vous[a] ! parce que vous êtes comme ces sépulcres qu'on
ne voit pas : on marche dessus sans le savoir[1]. »
45 Un des docteurs de la Loi prit la parole et lui dit :
« Maître, tu nous outrages aussi en parlant de la sorte. »
46 Jésus lui dit : « Malheur à vous aussi, docteurs de la
Loi ! parce que vous chargez les hommes de fardeaux
insupportables, et vous-mêmes vous n'y touchez pas du
47 bout du doigt. Malheur à vous ! parce que vous bâtissez
les tombeaux des prophètes que vos pères ont tués.
48 Vous servez donc de témoins, et vous applaudissez aux
œuvres de vos pères : eux, les ont tués, vous, vous bâtis-
49 sez[b] ! C'est pourquoi la sagesse de Dieu a dit : Je leur

a. T. R. ajoute : *scribes et pharisiens hypocrites,*
b. T. R. ajoute : *leurs tombeaux.*

enverrai des prophètes et des apôtres ; ils tueront les uns
et chasseront les autres, afin qu'on redemande à cette 50
génération le sang de tous les prophètes, qui a été versé
depuis la création du monde, depuis le sang d'Abel jus- 51
qu'au sang de Zacharie, égorgé entre l'autel et le sanc-
tuaire ; oui, je vous le dis, ce sang sera redemandé à
cette génération. Malheur à vous, docteurs de la Loi ! 52
parce que vous avez enlevé la clef de la science : vous
n'êtes pas entrés, et vous avez arrêté ceux qui
entraient [1]. »

Quand Jésus fut sorti de cette maison [a], les scribes et 53
les pharisiens commencèrent à lui en vouloir violem-
ment et à le faire parler sur plusieurs points en lui adres- 54
sant des questions insidieuses, pour surprendre quelque
parole compromettante sortie de sa bouche [b].

Suite du Voyage à Jérusalem. – Le levain des pharisiens. – « Ne craignez pas ceux qui ôtent la vie du corps. » – Confesser Jésus devant les hommes – L'assistance du Saint-Esprit. – L'héritage à partager. – L'homme riche qui ne pense qu'à amasser des biens. – Confiance en Dieu. – L'aumône. – La vigilance. – Le serviteur fidèle et le serviteur infidèle. – « Je suis venu pour apporter le feu sur la terre. » – Les signes des temps. – S'accommoder avec son adversaire.

Cependant les gens s'étant amassés par milliers, au XII
point qu'ils s'écrasaient les uns les autres, Jésus se mit
à dire à ses disciples : « Avant tout, gardez-vous du 2
levain des pharisiens, qui est l'hypocrisie. Il n'y a rien
de caché qui ne se découvre, ni rien de secret qui ne

a. T. R. : *Comme il leur disait ces choses*, les scribes...
b. T. R. ajoute : *afin de l'accuser.*

3 finisse par être connu ; aussi tout ce que vous aurez dit
dans les ténèbres sera redit en plein jour, et ce que vous
aurez murmuré à l'oreille dans les chambres sera publié
4 sur les toits. Je vous dis à vous qui êtes mes amis : Ne
craignez point ceux qui tuent le corps, et qui, après cela,
5 ne peuvent rien faire de plus. Je vais vous dire qui vous
devez craindre : Craignez celui qui, après avoir ôté la
vie, a le pouvoir de jeter dans la Géhenne ; oui, je vous
6 le dis, c'est celui que vous devez craindre. Ne vend-on
pas cinq passereaux pour deux sous ? et pourtant pas un
7 seul n'est oublié de Dieu ; les cheveux même de votre
tête sont tous comptés. Ne craignez point ; vous valez
8 mieux que beaucoup de passereaux. Je vous le dis, qui-
conque me confessera devant les hommes, le Fils de
l'homme aussi le confessera devant les anges de Dieu ;
9 mais celui qui m'aura renié devant les hommes, sera
10 renié devant les anges de Dieu. Et quiconque aura parlé
contre le Fils de l'homme, en obtiendra le pardon ; mais
il n'y aura point de pardon pour celui qui aura blas-
11 phémé contre le Saint-Esprit. Quand on vous mènera
dans les synagogues et devant les magistrats et les auto-
rités, ne vous inquiétez pas de savoir comment vous
12 vous défendrez, ni ce que vous répondrez ou direz, car
le Saint-Esprit vous enseignera à l'heure même ce qu'il
faudra dire. »

13 Quelqu'un de la foule lui dit : « Maître, dis à mon
14 frère de partager avec moi notre héritage. » Mais Jésus
lui dit : « Ô homme, qui m'a établi pour être votre juge
et pour faire vos partages [1] ? »

15 Il dit à la foule : « Gardez-vous avec soin de toute
avarice, car un homme a beau être dans l'abondance, sa
16 vie ne dépend pas de ses biens. » Il leur ajouta cette
comparaison : « Il y avait un homme riche dont les

terres avaient beaucoup rapporté, et il réfléchissait en 17
lui-même, disant : “Que ferai-je ? car je n’ai pas de
place pour serrer ma récolte.” Et il se dit : “Voici ce que 18
je ferai : j’abattrai mes greniers, j’en bâtirai de plus
grands, et j’y serrerai tous mes produits et tous mes
biens ; et je dirai à mon âme : Mon âme, tu as de grands 19
biens en réserve pour plusieurs années ; repose-toi,
mange, bois et jouis.” Mais Dieu lui dit : “Insensé, cette 20
nuit même ton âme te sera redemandée ; et ce que tu as
mis en réserve, pour qui sera-t-il ?” Il en est ainsi de 21
l’homme qui thésaurise pour lui-même, et qui n’est pas
riche pour Dieu. »

Et il dit à ses disciples : « C’est pourquoi je vous dis : 22
Ne vous mettez point en souci, ni pour votre vie, de ce
que vous mangerez, ni pour votre corps, de quoi vous
vous vêtirez : la vie est plus que la nourriture, et le corps 23
plus que le vêtement. Considérez les corbeaux : ils ne 24
sèment ni ne moissonnent, ils n’ont ni cellier ni grenier,
et Dieu les nourrit. Combien ne valez-vous pas mieux
que ces oiseaux ! D’ailleurs, qui de vous peut, par ses 25
soucis, ajouter une coudée à sa taille ? Si donc les 26
moindres choses sont au-dessus de votre pouvoir, pour-
quoi vous mettez-vous en souci des autres ? Considérez 27
que les lis ne filent ni ne tissent, cependant je vous dis
que Salomon même, dans toute sa magnificence, n’était
point vêtu comme l’un de ces lis. Si Dieu revêt de la 28
sorte, dans les champs, l’herbe qui est aujourd’hui et qui
demain sera jetée au four, combien plus vous revêtira-
t-il, ô gens de peu de foi. Vous aussi, ne cherchez point 29
ce que vous mangerez et ce que vous boirez, et ne soyez
point inquiets ; car ce sont les nations du monde qui 30
cherchent toutes ces choses : votre Père sait que vous en

31 avez besoin. Mais cherchez son royaume, et toutes ces
choses vous seront données par-dessus.
32 » Ne craignez point, petit troupeau, car il a plu à votre
33 Père de vous donner le royaume. Vendez vos biens et
les donnez en aumônes. Faites-vous des bourses qui ne
s'usent point, un trésor inépuisable, dans les cieux, là où
34 le voleur ne pénètre pas, où la gerce ne gâte pas ; car là
où est votre trésor, là aussi sera votre cœur.
35 » Que vos reins soient ceints et vos lampes allumées.
36 Vous-mêmes, soyez semblables à des gens qui attendent le moment où leur maître doit revenir des noces,
afin de lui ouvrir dès qu'il arrivera et qu'il heurtera.
37 Heureux les serviteurs que le maître, à son arrivée, trouvera veillant ! En vérité, je vous dis qu'il se ceindra,
38 qu'il les fera mettre à table et viendra les servir. Qu'il
vienne à la seconde veille ou qu'il vienne à la troisième,
s'il les trouve en cet état, heureux ces serviteurs-là !
39 Soyez certains que si le maître de la maison savait à quel
moment le voleur doit venir, il veillerait et ne laisserait
40 pas forcer sa maison. Vous aussi, soyez prêts, parce que
le Fils de l'homme viendra à l'heure que vous ne pensez
pas. »
41 Pierre dit : « Seigneur, est-ce à nous que tu adresses
cette comparaison, ou l'adresses-tu aussi à tout le
42 monde ? » Le Seigneur dit : « Quel est donc l'économe
fidèle et sensé que le maître placera à la tête de ses gens,
43 pour donner à chacun sa portion au moment fixé ? Heureux le serviteur que son maître, à son arrivée, trouvera
44 agissant de la sorte ! En vérité, je vous dis qu'il lui don-
45 nera l'intendance de tous ses biens. Mais si ce serviteur
dit en lui-même : “Mon maître tarde à venir”, et qu'il se
mette à battre les serviteurs et les servantes, à manger, à
46 boire et à s'enivrer, son maître viendra au jour où il ne

s'y attend pas, et à l'heure qu'il ne sait pas ; il le coupera
en deux, et lui assignera sa part avec les infidèles. Le 47
serviteur qui aura connu la volonté de son maître et qui
n'aura pas préparé et fait toutes choses, selon sa
volonté, recevra un grand nombre de coups ; tandis que 48
celui qui ne l'aura pas connue et qui aura fait des choses
dignes de châtiment, recevra peu de coups. On exigera
beaucoup de celui à qui l'on aura beaucoup donné, et
plus on aura confié à quelqu'un, plus on lui redemandera[1].

« Je suis venu apporter le feu sur la terre, et que 49
désiré-je, sinon qu'il soit déjà allumé ? D'autre part, il y 50
a un baptême dont je dois être baptisé, et combien il me
tarde qu'il soit accompli[2] ! Croyez-vous que je sois 51
venu mettre la paix sur la terre ? — Non, vous dis-je,
mais plutôt la division ; car désormais, s'il y a cinq per- 52
sonnes dans une maison, elles seront divisées, trois
contre deux et deux contre trois : on sera divisé, père 53
contre fils et fils contre père, mère contre fille et fille
contre mère, la belle-mère sera contre sa belle-fille et la
belle-fille contre sa belle-mère. »

Jésus disait aussi à la foule : « Quand vous voyez la 54
nuée s'élever du couchant, vous dites aussitôt : "Il va
pleuvoir" ; et cela arrive ainsi. Et quand vous voyez 55
souffler le vent du midi, vous dites : "Il fera chaud" ; et
cela arrive. Hypocrites, vous savez bien juger de l'as- 56
pect du ciel et de la terre, pourquoi ne jugez-vous pas du
temps actuel ? Pourquoi ne discernez-vous pas de vous- 57
mêmes ce qui est juste ? Lorsque tu te rends avec ta par- 58
tie adverse devant le magistrat, mets tout en œuvre pour
te libérer avec elle en chemin, de peur qu'elle ne te
traîne devant le juge, que le juge ne te livre au sergent,

59 et que le sergent ne te jette en prison. Je te le dis, tu n'en
sortiras pas que tu n'aies payé jusqu'à la dernière pite. »

Suite du Voyage à Jérusalem. – Galiléens massacrés par Pilate. – La tour de Siloé. – Parabole du Figuier stérile. – La femme guérie le jour du sabbat. – Paraboles du Grain de moutarde – et du Levain. – « N'y a-t-il que peu de sauvés ? » – Hostilité d'Hérode. – Regrets sur Jérusalem.

XIII En ce moment même, il se trouva là quelques per-
sonnes qui apprirent à Jésus la nouvelle de ces Gali-
léens, dont Pilate avait mêlé le sang à celui de leurs
2 sacrifices. Et lui, prenant la parole, leur dit : « Croyez-
vous que ces Galiléens fussent de plus grands pécheurs
que les autres Galiléens, parce qu'ils ont souffert de la
3 sorte ? — Non, vous dis-je ; mais si vous ne vous repen-
4 tez, vous périrez tous semblablement. Ou bien, croyez-
vous que ces dix-huit personnes sur qui la tour est tom-
bée, à Siloé, et qu'elle a tuées, fussent plus coupables
5 que toutes celles qui habitent Jérusalem ? — Non, vous
dis-je ; mais si vous ne vous repentez, vous périrez tous
semblablement[1]. »
6 Il ajouta cette comparaison : « Un homme avait un
figuier planté dans sa vigne ; il alla y chercher du fruit
7 et n'en trouva point. Il dit au vigneron : "Voici trois ans
que je viens chercher du fruit à ce figuier et que je n'en
trouve point : coupe-le. Pourquoi occupe-t-il la terre
8 inutilement ?" Le vigneron répondit : "Seigneur, laisse-
le encore cette année. Je creuserai tout autour et j'y met-
9 trai du fumier ; peut-être portera-t-il du fruit ; sinon, tu
le couperas l'an prochain[2]." »
10 Un jour de sabbat, Jésus enseignait dans une syna-

gogue, et il vint une femme, qui était possédée, depuis 11
dix-huit ans, d'un esprit qui la rendait faible ; elle était
toute voûtée, et ne pouvait absolument pas se redresser.
Jésus la voyant, l'appela, et lui dit : « Femme, tu es déli- 12
vrée de ta faiblesse » ; et il lui imposa les mains : à l'ins- 13
tant elle se redressa, et glorifia Dieu. Mais le président 14
de la synagogue, fâché de ce que Jésus avait fait cette
guérison le jour du sabbat, prit la parole, et dit à la foule :
« Il y a six jours pour travailler ; venez donc vous faire
guérir ces jours-là, et non pas le jour du sabbat. » Mais 15
le Seigneur lui répondit : « Hypocrites, est-ce que cha-
cun de vous, le jour du sabbat, ne délie pas de la crèche
son bœuf ou son âne pour le mener boire ? Et cette fille 16
d'Abraham que Satan tient liée depuis dix-huit ans, il ne
fallait pas la délivrer de cette chaîne le jour du sabbat ! »
Cette réponse couvrit de confusion tous ses adversaires, 17
et le peuple se réjouissait de toutes les merveilles que
Jésus faisait.

Il ajouta donc : « À quoi ressemble le royaume de 18
Dieu et à quoi le comparerai-je ? Il est semblable à un 19
grain de moutarde qu'un homme a pris et a jeté dans son
jardin : le grain a poussé, il est devenu un [a] arbre, et les
oiseaux du ciel se sont abrités dans ses branches. »

Il dit encore : « À quoi comparerai-je le royaume de 20
Dieu ? Il est semblable à du levain qu'une femme a pris 21
et a mis dans trois mesures de farine, jusqu'à ce que tout
ait levé. »

Et Jésus traversait les villes et les villages, enseignant 22
et faisant route vers Jérusalem.

Quelqu'un lui dit : « Seigneur, n'y a-t-il que peu de 23
personnes de sauvées ? » Il répondit : « Efforcez-vous [1] 24

a. T. R. ajoute : *grand*

d'entrer par la porte étroite, car beaucoup, je vous le dis,
25 chercheront à entrer, et ne le pourront pas. Une fois que
le maître de la maison se sera levé et aura fermé la porte,
si vous êtes dehors et que vous commenciez à heurter,
en disant : "Seigneur, Seigneur, ouvre-nous" ; il vous
26 dira : "Je ne sais d'où vous êtes." Alors vous vous met-
trez à dire : "Nous avons mangé et bu avec toi ; c'est
27 dans nos places publiques que tu as enseigné" ; et il
répondra : "Je vous le dis, je ne sais d'où vous êtes ;
éloignez-vous de moi, vous tous, ouvriers d'iniquité."
28 C'est alors qu'il y aura des pleurs et des grincements de
dents, quand vous verrez Abraham, Isaac, Jacob et tous
les prophètes dans le royaume de Dieu, tandis que vous
29 serez jetés dehors. Il viendra de l'orient et de l'occident,
du nord et du midi, des gens qui seront à table dans le
30 royaume de Dieu ; et voici, il y en a des derniers qui
seront les premiers, et des premiers qui seront les der-
niers. »

31 Ce même jour, quelques pharisiens vinrent dire à
Jésus : « Pars, éloigne-toi d'ici, car Hérode veut te faire
32 mourir. » Il leur dit : « Allez dire à ce renard : Voici, je
chasse des démons et je fais des guérisons aujourd'hui
33 et demain, et après-demain j'ai fini ; seulement, il faut
qu'aujourd'hui et demain, et après-demain, je pour-
suive ma route, car il ne convient pas qu'un prophète
34 périsse hors de Jérusalem. Jérusalem, Jérusalem [1], toi
qui tues les prophètes et qui lapides ceux qui te sont
envoyés, combien de fois j'ai voulu rassembler tes
enfants, comme une poule rassemble sa couvée sous ses
35 ailes, et vous ne l'avez pas voulu ! Voici, votre maison
va vous être laissée [a], et je vous dis que vous ne me ver-

a. T. R. : vous être laissée *déserte*, et je vous dis *en vérité* que...

rez plus jusqu'à ce que le temps vienne, où vous direz : *Béni soit celui qui vient au nom du Seigneur !* »

Suite du Voyage à Jérusalem. – Guérison d'un hydropique, le jour du sabbat. – La première place dans les festins. – Invitez les pauvres. – Parabole des Conviés qui s'excusent. – « Porter sa croix. » – La tour inachevée. – Le roi demandant la paix.

Un jour de sabbat, Jésus entra dans la maison d'un XIV
des principaux pharisiens pour y manger, et on l'obser-
vait. Comme il se trouvait avoir devant lui un homme 2
hydropique, il prit la parole, et s'adressant aux docteurs 3
de la Loi et aux pharisiens, il leur dit : « Est-il permis,
oui ou non, de guérir le jour du sabbat ? » Ils gardèrent 4
le silence. Alors Jésus saisissant l'hydropique, le guérit,
et le renvoya. Puis, prenant la parole, il dit : « Qui de 5
vous, si son fils [a] ou son bœuf vient à tomber dans un
puits, ne l'en retire aussitôt, le jour du sabbat ? » Et ils 6
ne surent que lui répondre.

Ayant remarqué que les conviés choisissaient les 7
premières places, il leur adressa cette comparaison :
« Quand on t'invitera à des noces, ne prends pas la 8
première place, de peur qu'il ne se trouve parmi les
invités un homme plus considéré que toi, et que celui 9
qui vous aura invités l'un et l'autre, ne te dise : "Cède-
lui la place", car alors tu auras la confusion d'aller occu-
per la dernière place. Mais, lorsqu'on t'invite, va te 10
mettre à la dernière place, et, quand celui qui t'a invité
viendra, il te dira : "Cher ami, monte plus haut" ; alors
ce sera pour toi un honneur aux yeux des autres

a. T. R. : si son *âne* ou...

11 convives. Car quiconque s'élève, sera abaissé ; et qui-
conque s'abaisse, sera élevé. »
12 Il disait aussi à celui qui l'avait invité : « Quand tu
donnes à dîner ou à souper, n'invite ni tes amis, ni tes
frères, ni tes parents, ni tes voisins riches, de peur qu'ils
ne t'invitent aussi à leur tour et ne te rendent la pareille.
13 Mais, quand tu donnes un repas, invite les pauvres, les
14 estropiés, les boiteux, les aveugles, et tu seras heureux
de ce qu'ils ne peuvent te le rendre : cela te sera rendu à
la résurrection des justes. »
15 Un des convives, qui avait entendu ces recommanda-
tions, lui dit : « Heureux celui qui sera à table dans le
16 royaume de Dieu ! » Jésus lui dit : « Un homme donna
17 un grand souper et y convia beaucoup de monde. À
l'heure du souper, il envoya son serviteur dire aux
18 invités : "Venez, car tout est prêt." Et ils se mirent à
s'excuser tout d'une voix. Le premier lui dit : "J'ai
acheté un champ, et je suis forcé de sortir pour le voir ;
19 je te prie de m'excuser." Un autre dit : "J'ai acheté cinq
paires de bœufs, et je vais les essayer ; je te prie de
20 m'excuser." Un autre dit : "Je viens de me marier, ainsi
21 je n'y puis aller." Le serviteur étant de retour, rapporta
ces refus à son maître. Alors le maître de la maison,
irrité, dit à son serviteur : "Va vite dans les places et
dans les rues de la ville, et amène ici les pauvres, les
22 estropiés, les aveugles, les boiteux [1]." Le serviteur de
retour, dit : "Maître, tes ordres ont été exécutés, et il y a
23 encore de la place." Et le maître dit à son serviteur : "Va
dans les chemins et le long des haies, et presse les gens
24 d'entrer [2], afin que ma maison soit pleine ; car je vous
déclare qu'aucun de ceux qui avaient été conviés, ne
goûtera de mon souper." »
25 Comme une foule considérable cheminait avec

Jésus, il se retourna, et lui dit : « Si quelqu'un vient à 26
moi et ne hait pas son père, sa mère, sa femme, ses
enfants, ses frères et ses sœurs, bien plus, s'il ne hait pas
sa propre vie, il ne peut être mon disciple ; et quiconque 27
ne porte pas sa croix et ne me suit pas, ne peut être mon
disciple. Car quel est celui d'entre vous, qui, voulant 28
bâtir une tour, ne s'assied premièrement pour calculer
la dépense et pour voir s'il a de quoi en venir à bout ? de 29
peur qu'après avoir posé les fondements de l'édifice, il
ne puisse l'achever, et que tous ceux qui le verront ne se
mettent à se moquer de lui et à dire : "Cet homme a 30
commencé à bâtir et il n'a pu achever." Ou bien quel est 31
le roi, qui, étant sur le point d'aller livrer bataille à un
autre roi, ne s'assied premièrement pour délibérer et
pour voir s'il peut, avec dix mille hommes, marcher à la
rencontre d'un ennemi qui s'avance contre lui avec
vingt mille ? Autrement, pendant que celui-ci est 32
encore éloigné, il lui envoie une ambassade pour négo-
cier la paix. De même, quiconque d'entre vous ne 33
renonce pas à tout ce qu'il possède ne peut être mon dis-
ciple. C'est donc une bonne chose que le sel ; mais si le 34
sel aussi devient insipide, avec quoi lui donnera-t-on de
la saveur ? Il n'est bon ni pour la terre ni pour le fumier : 35
on le jette dehors. Que celui qui a des oreilles pour
entendre, entende. »

Suite du Voyage à Jérusalem. – Murmures des pharisiens. – Parabole de la Brebis perdue – de la Drachme perdue – et de l'Enfant prodigue.

Tous les publicains et les gens de mauvaise vie se XV
tenaient auprès de Jésus pour l'entendre. Les pharisiens 2

et les scribes en murmuraient, disant : « Cet homme
3 accueille les pécheurs et mange avec eux. » Mais il leur
4 adressa cette parabole : « Quel est l'homme parmi vous
qui, ayant cent brebis, s'il en perd une, ne laisse les
quatre-vingt-dix-neuf autres au désert, et n'aille après
celle qui est perdue, jusqu'à ce qu'il l'ait retrouvée ?
5 Puis, quand il l'a retrouvée, il la met tout joyeux sur ses
6 épaules, et, en rentrant chez lui, il appelle ses amis et ses
voisins et leur dit : "Félicitez-moi de ce que j'ai retrouvé
7 ma brebis qui était perdue." Je vous dis qu'il y aura de
même plus de joie dans le ciel pour un seul pécheur qui
se repent, que pour quatre-vingt-dix-neuf justes qui
8 n'ont pas besoin de se repentir. Ou bien quelle est la
femme qui, ayant dix drachmes, si elle vient à en perdre
une, n'allume une lampe, ne balaie sa maison, et ne
cherche avec soin jusqu'à ce qu'elle l'ait retrouvée ?
9 Puis, quand elle l'a retrouvée, elle appelle ses amies et
ses voisines, et leur dit : "Félicitez-moi de ce que j'ai
10 retrouvé la drachme que j'avais perdue." De même, je
vous le dis, il y a de la joie devant les anges de Dieu pour
un seul pécheur qui se repent. »

11-12 Il ajouta : « Un homme avait deux fils. Le plus jeune
dit à son père : "Mon père, donne-moi la part de patri-
moine qui me revient" ; et le père leur partagea son
13 bien. Peu de jours après, le plus jeune ayant tout
ramassé, partit pour un lointain pays et y dissipa son
14 avoir en vivant dans la débauche. Quand il eut tout
dépensé, une grande famine survint dans le pays, et il
15 commença d'être dans le besoin. Il alla se mettre au ser-
vice d'un citoyen du pays, qui l'envoya dans ses terres
16 garder les pourceaux ; et il aurait bien voulu se rassasier
des caroubes que mangeaient les pourceaux, mais per-
17 sonne ne lui en donnait. Alors, rentrant en lui-même, il

se dit : “Combien d’ouvriers de mon père ont plus de
pain qu’il ne leur en faut, et moi, je meurs ici de faim. Je 18
me lèverai, j’irai vers mon père, et je lui dirai : Mon
père, j’ai péché contre le ciel et contre toi ; et je ne 19
mérite plus d’être appelé ton fils, traite-moi comme l’un
de tes ouvriers.” Et il se leva et alla vers son père. Lors- 20
qu’il était encore bien loin, son père le vit, et tout ému,
il courut à lui, se jeta à son cou et le baisa tendrement.
Son fils lui dit : “Mon père, j’ai péché contre le ciel et 21
contre toi, je ne mérite plus d’être appelé ton fils.” Mais 22
le père dit à ses serviteurs : “Apportez vite une robe, la
plus belle, et l’en revêtez ; mettez-lui un anneau au
doigt et des sandales aux pieds. Amenez le veau gras, 23
qu’on le tue, et faisons un festin de réjouissance, parce 24
que mon fils que voici était mort, et qu’il est revenu à la
vie ; il était perdu, et il est retrouvé.” Et ils se mirent à
se réjouir. Cependant le fils aîné, qui était aux champs, 25
revint, et en approchant de la maison, il entendit de la
musique et des danses. Il appela un des serviteurs et lui 26
demanda ce que c’était. Le serviteur lui dit : “Ton frère 27
est arrivé, et ton père a fait tuer le veau gras, parce qu’il
a retrouvé son fils en bonne santé.” Il en fut irrité et ne 28
voulut point entrer. Son père sortit donc et le pria ins-
tamment de venir. Il répondit à son père : “Il y a tant 29
d’années que je te sers, sans avoir contrevenu à tes
ordres, et tu ne m’as jamais donné, à moi, un chevreau
pour me réjouir avec mes amis ; et quand ton fils, qui a 30
dévoré ton bien avec des femmes débauchées arrive, tu
tues pour lui le veau gras ! — Mon enfant, lui dit le père, 31
tu es toujours avec moi, et tout ce que j’ai, est à toi ;
mais il fallait bien s’égayer et se réjouir, parce que ton 32
frère était mort, et qu’il est revenu à la vie ; il était
perdu, et il est retrouvé [1]. »

Suite du Voyage à Jérusalem. – L'Économe infidèle. –
Reproches aux pharisiens. – Le mauvais riche.

XVI Jésus dit aussi à ses disciples : « Un homme riche
avait un économe qu'on lui dénonça comme dilapidant
2 ses biens. Il le fit venir, et lui dit : "Qu'est-ce que j'entends dire de toi ? Rends-moi compte de ta gestion, car
3 tu ne pourras plus gérer mes biens." L'économe dit en
lui-même : "Que ferai-je puisque mon maître m'ôte la
gestion de ses biens ? — Bêcher ? je n'en ai pas la force.
4 — Mendier ? j'en ai honte... je sais ce que je ferai, afin
que, lorsque j'aurai été renvoyé de mon emploi, il y ait
5 des gens qui me reçoivent dans leur maison." Et ayant
fait venir les uns après les autres tous les débiteurs de
son maître, il dit au premier : "Combien dois-tu à mon
6 maître ?" Celui-ci répondit : "Cent barils d'huile. —
Prends ton billet, lui dit-il, assieds-toi et dépêche-toi
7 d'en faire un de cinquante." Il dit ensuite à un autre :
"Et toi, combien dois-tu ?" Celui-ci répondit : "Cent
mesures de blé. — Prends ton billet, lui dit-il, et fais-en
8 un de quatre-vingts." Et le maître loua le savoir-faire de
cet économe infidèle ; car les enfants de ce siècle sont
bien plus habiles entre eux que les enfants de lumière.
9 Moi aussi je vous dis : Faites-vous des amis avec les
richesses, source de malversations, afin que, lorsqu'elles vous manqueront[a], ils vous reçoivent dans les
tabernacles éternels[1].
10 » Celui qui est fidèle en peu, l'est aussi en beaucoup,
et celui qui malverse dans peu, malverse aussi dans

a. T. R. : lorsque *vous viendrez à manquer*, ils...

beaucoup. Si donc vous n'avez pas été fidèles dans les 11
richesses, source de malversations, qui vous confiera
les véritables richesses ? Et si vous n'avez pas été 12
fidèles dans ce qui est à autrui, qui vous donnera ce qui
est à vous ? Nul serviteur ne peut servir deux maîtres ; 13
car, ou il haïra l'un et aimera l'autre, ou il s'attachera à
l'un et méprisera l'autre : vous ne pouvez servir Dieu et
Mammon. »

Les pharisiens aussi, qui étaient avares, écoutaient 14
toutes ces choses et se moquaient de lui. Il leur dit : 15
« Vous êtes de ces gens qui veulent se faire passer pour
justes aux yeux des hommes, mais Dieu connaît vos
cœurs ; car ce qui est grand pour les hommes, est une
abomination devant Dieu.

» La Loi et les Prophètes vont jusqu'à Jean ; dès lors, 16
le royaume de Dieu est annoncé et l'on y entre de vive
force. Il est plus aisé que le ciel et la terre passent, qu'il 17
ne l'est qu'une seule lettre de la Loi reste inexécutée.
Quiconque répudie sa femme et en épouse une autre, 18
commet un adultère, et celui qui épouse une femme
répudiée commet un adultère.

» Il y avait un homme riche, qui était vêtu de pourpre 19
et de fin lin, et qui faisait brillante chère tous les jours.
Un pauvre, nommé Lazare, avait été posé à sa porte : il 20
était couvert d'ulcères, et aurait bien voulu se nourrir de 21
ce qui tombait de la table du riche. Non seulement on ne
lui donnait rien, mais encore les chiens venaient lécher
ses ulcères. Le pauvre vint à mourir, et il fut porté par 22
les anges dans le sein d'Abraham. Le riche mourut
aussi, et fut enseveli. Et, dans le séjour des morts, étant 23
en proie aux tourments, il leva les yeux et vit de loin
Abraham, et Lazare dans son sein ; et il s'écria : "Père 24
Abraham, aie pitié de moi, et envoie Lazare, afin qu'il

trempe le bout de son doigt dans l'eau pour me rafraî-
chir la langue, car je souffre cruellement dans ces
25 flammes." Mais Abraham lui dit : "Mon enfant, sou-
viens-toi que tu as reçu tes biens pendant ta vie, et que
Lazare, au contraire, a eu ses maux ; maintenant ici, il
26 est consolé, et toi tu souffres. D'ailleurs, entre ous et
nous, s'ouvre un grand abîme, afin que ceux qui veulent
passer d'ici vers vous ne le puissent point, et qu'on ne
27 traverse pas non plus de là vers nous." Le riche dit :
"Père, envoie-le donc, je t'en prie, dans la maison de
28 mon père, où j'ai cinq frères, afin qu'il les avertisse, de
peur qu'ils ne viennent aussi dans ce lieu de tourments."
29 Abraham lui dit : "Ils ont Moïse et les Prophètes ; qu'ils
30 les écoutent. — Non, Père Abraham, dit-il, mais si quel-
qu'un se rend de chez les morts vers eux, ils se repenti-
31 ront." Mais Abraham lui dit : "S'ils n'écoutent pas
Moïse et les Prophètes, ils ne se laisseront pas persua-
der, quand même quelqu'un des morts ressuscite-
rait [1]." »

Suite du Voyage à Jérusalem. – Les scandales. – Le pardon des offenses. – Puissance de la foi. – « Nous sommes des serviteurs inutiles. » – *Jésus sur les confins de la Samarie et de la Galilée.* – Guérison de dix lépreux. – « Le royaume de Dieu ne vient point avec éclat. » – Exhortation à la vigilance.

XVII Il dit à ses disciples : « Il est impossible qu'il n'y ait
pas de scandales, mais malheur à celui par qui ils arri-
2 vent ! Il vaudrait mieux pour lui, qu'on lui mît au cou
une pierre de moulin, et qu'on le jetât dans la mer, que
d'être une occasion de chute pour un seul de ces petits.
3 Prenez donc garde à vous-mêmes. Si ton frère t'a

offensé, reprends-le, et s'il se repent, pardonne-lui ; et 4
quand il t'offenserait sept fois en un jour, s'il revient
sept fois te dire "je me repens", tu lui pardonneras. »
Les apôtres dirent au Seigneur : « Augmente-nous la 5
foi. » Mais le Seigneur leur dit : « Si vous aviez de la foi 6
gros comme un grain de moutarde, vous diriez à ce
sycomore : "Déracine-toi, et va te planter dans la mer" ;
et il vous obéirait.
» Qui de vous, ayant un serviteur occupé à labourer 7
ou à paître ses troupeaux, lui dira, à son retour des
champs : "Viens vite te mettre à table" ? Ne lui dira-t-il 8
pas au contraire : "Prépare-moi à souper, et ceins-toi pour
me servir, jusqu'à ce que j'aie mangé et bu ; après quoi,
tu mangeras et boiras" ? A-t-il de l'obligation à son ser- 9
viteur parce qu'il a fait ce qui lui était commandé ? Je ne
le pense pas. Vous, de même, quand vous aurez fait tout 10
ce qui vous est commandé, dites : "Nous sommes des
serviteurs inutiles [1] ; nous n'avons fait que ce que nous
devions faire." »
En se rendant à Jérusalem, il lui arriva de passer sur 11
les confins de la Samarie et de la Galilée ; et, comme il 12
entrait dans un village, il rencontra dix lépreux qui se
tenaient à distance et qui lui crièrent : « Jésus, Maître, 13
aie pitié de nous. » Jésus les ayant vus, leur dit : « Allez 14
vous montrer aux sacrificateurs » ; et en y allant, ils
furent nettoyés de leur lèpre. L'un deux, se voyant 15
guéri, revint sur ses pas, glorifiant Dieu à haute voix ; il 16
se jeta aux pieds de Jésus, la face contre terre, et lui ren-
dit grâces : c'était un Samaritain. Alors Jésus dit : « Les 17
dix autres n'ont-ils pas tous été rendus nets ? Où sont les
neuf autres ? Il ne s'est trouvé que cet étranger qui soit 18
revenu donner gloire à Dieu ? » Et il lui dit : « Lève-toi, 19
va ; ta foi t'a guéri. »

20 Les pharisiens lui ayant demandé quand le royaume
de Dieu devait venir, il leur répondit : « Le royaume de
21 Dieu ne vient point avec éclat, et l'on ne dira pas : "Il
est ici", ou "il est là" ; car voici, le royaume de Dieu est
au-dedans de vous [1]. »
22 Il dit à ses disciples : « Le temps viendra où vous sou-
haiterez de voir un jour, un seul des jours du Fils de
23 l'homme, et vous ne le verrez pas. On vous dira : "Il est
24 là ; il est ici" ; n'y allez pas, n'y courez pas, car, comme
l'éclair qui luit, brille d'un bout du ciel à l'autre, ainsi
25 en sera-t-il du Fils de l'homme en son jour. Mais il faut
auparavant qu'il souffre beaucoup, et qu'il soit rejeté
par cette génération.
26 » Et ce qui se passa au temps de Noé, se passera de
27 même au temps du Fils de l'homme : on mangeait, on
buvait, on prenait et l'on donnait en mariage, jusqu'au
jour où Noé entra dans l'arche ; et le déluge vint, qui les
28 fit tous périr. Et comme au temps de Loth, on mangeait,
on buvait, on achetait, on vendait, on plantait, on bâtis-
29 sait, mais le jour où Loth quitta Sodome, il tomba du
30 ciel une pluie de feu et de soufre qui les fit tous périr, de
même en sera-t-il le jour où le Fils de l'homme paraîtra.
31 » En ce jour-là, que celui qui sera sur le toit ne des-
cende pas prendre ses effets qui sont dans la maison ; de
même, que celui qui est aux champs, ne revienne pas en
32-33 arrière : souvenez-vous de la femme de Loth [2]. Celui qui
cherchera à conserver sa vie, la perdra, et celui qui
34 l'aura perdue, la retrouvera. Je vous le dis, en cette nuit-
là de deux personnes qui seront dans un même lit, l'une
35 sera prise, l'autre, laissée ; de deux femmes qui mou-
dront ensemble,l'une sera prise, l'autre, laissée [a]. »

a. T. R. ajoute v. 36 : *de deux hommes qui seront aux champs, l'un sera pris, l'autre, laissé.*

Alors ses disciples prenant la parole, lui dirent : « Où
sera-ce Seigneur ? » Il leur répondit : « Là où sera le 37
cadavre, là aussi s'assembleront les vautours [1]. »

Suite du voyage à Jérusalem. – Le juge inique. – Le pharisien et le publicain. – « Laissez venir vers moi les petits enfants. » – Le jeune homme riche. – « Quitter tout. » – Jésus annonce ses souffrances. – *Jésus à Jéricho.* – Guérison d'un aveugle.

Il leur montra encore par une parabole, qu'il faut tou- XVIII
jours prier, sans se lasser jamais. Il leur dit : « Il y avait 2
dans une ville un juge qui ne craignait point Dieu et qui
ne respectait personne. Il y avait aussi dans cette ville 3
une veuve, qui venait lui dire : "Fais-moi justice de ma
partie adverse." Pendant longtemps il s'y refusa ; mais 4
ensuite il dit en lui-même : "Encore que je ne craigne
point Dieu et que je ne respecte personne, toutefois, 5
parce que cette veuve m'importune, je lui rendrai jus-
tice, afin qu'elle ne vienne pas éternellement me rompre
la tête." » Le Seigneur dit : « Entendez-vous ce que dit 6
ce juge inique ?... Et Dieu ne rendrait pas justice à ses 7
élus, qui crient à lui jour et nuit !... [a] et il tarde à le faire !
Je vous dis qu'il leur rendra prompte justice ; seule- 8
ment, quand le Fils de l'homme viendra trouvera-t-il la
foi sur la terre [2] ? »

Il ajouta cette parabole, en vue de certaines personnes 9
qui se persuadent d'être justes, et qui méprisent les
autres : « Deux hommes montèrent au temple pour 10
prier ; l'un était pharisien, l'autre publicain. Le phari- 11
sien, la tête haute, priait ainsi en lui-même : "Ô Dieu,

a. T. R. : nuit, *bien qu'il* tarde à le faire !

je te rends grâces[1] de ce que je ne suis pas comme le
reste des hommes, qui sont ravisseurs, injustes, adul-
12 tères, ni même comme ce publicain ; je jeûne deux fois
13 la semaine ; je donne la dîme de tous mes revenus." Et le
publicain se tenant à distance ne se permettait pas même
de lever les yeux au ciel ; mais il se frappait la poitrine
en disant : "Ô Dieu, sois apaisé envers moi, qui suis un
14 pécheur." Je vous déclare que celui-ci s'en alla justifié
dans sa maison, plutôt que celui-là ; car quiconque
s'élève sera abaissé, et celui qui s'abaisse sera élevé. »
15 Quelques personnes lui amenèrent aussi leurs petits
enfants, afin qu'il les touchât. Ses disciples l'ayant vu,
16 reprenaient ces gens ; mais Jésus appela les enfants, et
dit : « Laissez venir vers moi les petits enfants, et ne les
en empêchez pas, car le royaume de Dieu est à ceux qui
17 leur ressemblent. En vérité, je vous dis que si l'on ne
reçoit pas le royaume de Dieu avec les dispositions d'un
petit enfant, l'on n'y entre point. »
18 Alors un président de synagogue lui adressa cette
question : « Bon Maître, que dois-je faire pour hériter la
19 vie éternelle ? » Jésus lui dit : « Pourquoi m'appelles-tu
20 bon ? Dieu seul est bon. Tu connais les commande-
ments : *Ne commets point adultère ; ne tue point ; ne*
dérobe point ; ne porte point de faux témoignage ;
21 *honore ton père et ta mère.* » Cet homme répondit :
« J'ai gardé tous ces commandements dès ma jeu-
22 nesse. » Jésus, entendant cette déclaration, lui dit :
« Il te manque encore une chose : vends tout ce que tu
as, distribue-le aux pauvres, et tu auras un trésor dans
23 les cieux ; puis viens, suis-moi. » Cet homme ayant
entendu ces paroles, devint tout triste, car il était très
riche.
24 Jésus, voyant qu'il était devenu fort triste se mit

à dire : « Qu'il est difficile à ceux qui possèdent les
richesses d'entrer dans le royaume de Dieu ! Il est 25
plus aisé qu'un chameau passe par un trou d'aiguille,
qu'il ne l'est à un riche d'entrer dans le royaume de
Dieu. » Ceux qui l'écoutaient, dirent : « Et qui peut être 26
sauvé ? » Jésus repartit : « Ce qui est impossible aux 27
hommes est possible à Dieu. » — « Pour nous, dit 28
Pierre, tu le vois, nous avons quitté nos propres affaires
pour te suivre. » Jésus leur dit : « En vérité, je vous le 29
dis, personne ne quittera maison, ou femme, ou frères,
ou parents, ou enfants pour le royaume de Dieu, qu'il ne 30
reçoive beaucoup plus dans le temps présent, et dans le
siècle à venir, la vie éternelle. »

Jésus prit les Douze près de lui et leur dit : « Voici 31
que nous montons à Jérusalem, et tout ce que les Pro-
phètes ont dit du Fils de l'homme va s'accomplir : on le 32
livrera aux Gentils, on le bafouera, ou l'outragera, on
crachera sur lui, et, après l'avoir battu de verges, on le 33
mettra à mort ; et, le troisième jour, il ressuscitera. »
Mais ils n'entendirent rien à tout cela : cette parole était 34
complètement obscure pour eux, et ils ne comprenaient
pas ce qu'il leur disait.

Comme il approchait de Jéricho, un aveugle qui était 35
assis au bord de la route, pour mendier, entendit la foule 36
passer et demanda ce que c'était. On lui dit : « C'est 37
Jésus de Nazareth qui passe » ; et il cria : « Jésus, fils de 38
David, aie pitié de moi. » Ceux qui marchaient en tête le 39
reprenaient pour le faire taire ; mais il criait encore plus
fort : « Fils de David, aie pitié de moi. » Jésus s'étant 40
arrêté, ordonna qu'on le lui amenât, et quand l'aveugle
se fut approché, il lui demanda : « Que veux-tu que je 41
fasse pour toi ? — Seigneur, dit-il, que je recouvre la
vue. » Et Jésus lui dit : « Recouvre la vue ; ta foi t'a 42

43 guéri. » À l'instant il recouvra la vue ; et il suivit Jésus en glorifiant Dieu. Tout le peuple témoin de cette guérison, se mit à louer Dieu.

Suite et fin du Voyage à Jérusalem. – Zachée, le publicain. – Parabole des dix mines. – *Jésus à Bethphagé et à Béthanie.* – Ovation populaire. – Pleurs sur Jérusalem. – *Entrée à Jérusalem.* – Les vendeurs chassés du temple.

XIX Jésus étant entré à Jéricho, traversa la ville. Et un
homme riche, nommé Zachée[1], chef des publicains,
3 cherchait à voir qui était Jésus, et il ne le pouvait à cause
4 de la foule, car il était de petite taille. Il courut donc en
avant et monta sur un sycomore pour le voir, parce qu'il
5 devait passer par là. Lorsque Jésus fut arrivé à cet
endroit, il leva les yeux et, l'ayant aperçu, lui dit :
« Zachée, hâte-toi de descendre, car il faut que je loge
6 aujourd'hui chez toi. » Zachée se hâta de descendre et
7 le reçut avec joie. Voyant cela, tous murmuraient et
disaient : « Il est allé loger chez un homme pécheur. »
8 Cependant Zachée se présentant devant le Seigneur, lui
dit : « Voici, Seigneur, je donne la moitié de mes biens
aux pauvres, et si j'ai fait tort à quelqu'un en quoi que
9 ce soit, je lui rends le quadruple. » Jésus lui dit : « Le
salut est venu aujourd'hui sur cette maison, parce que
10 celui-ci est aussi un fils d'Abraham ; car le Fils de
l'homme est venu chercher et sauver ce qui était
perdu. »

11 Comme on écoutait sa parole, il ajouta une parabole,
parce qu'il était près de Jérusalem, et qu'on s'imaginait
que le royaume de Dieu allait paraître immédiatement[2].
12 Il dit donc : « Un homme de haute naissance s'en alla

dans un pays lointain, pour être investi de la royauté et
revenir ensuite. Il appela dix de ses serviteurs, leur 13
donna dix mines [1], et leur dit : “Faites-les valoir, jusqu’à
ce que je revienne.” Mais ses concitoyens qui le haïs- 14
saient, envoyèrent une ambassade après lui, pour dire :
“Nous ne voulons pas qu’il règne sur nous.” Quand il 15
fut de retour, après avoir été investi de la royauté, il fit
appeler ses serviteurs à qui il avait remis son argent, afin
de connaître ceux qui l’avaient fait valoir et ce qu’ils
avaient gagné. Le premier serviteur vint, et dit : “Sei- 16
gneur, ta mine en a rapporté dix autres.” Et le roi lui dit :
“C’est bien, bon serviteur, puisque tu as été fidèle dans 17
une chose de minime valeur, reçois le gouvernement de
dix villes.” Le second vint, et dit : “Seigneur, ta mine en 18
a produit cinq autres.” Le roi lui dit de même : “Toi 19
aussi, gouverne cinq villes.” Le troisième vint et dit : 20
“Seigneur, voici ta mine que j’ai gardée soigneusement
dans un linge, car je te craignais, parce que tu es un 21
homme rigide : tu retires l’argent que tu n’as pas placé
et tu moissonnes ce que tu n’as pas semé.” Le roi lui dit : 22
“Mauvais serviteur, je te jugerai sur tes propres paroles.
Tu savais que je suis un homme rigide, qui retire l’ar-
gent qu’il n’a pas placé et qui moissonne ce qu’il n’a pas
semé ! pourquoi donc n’as-tu pas mis mon argent dans 23
une banque ? et à mon retour, je l’aurais retiré avec inté-
rêt.” Puis, il dit à ses gardes : “Ôtez-lui cette mine, et la 24
donnez à celui qui en a dix.” Ils lui dirent : “Seigneur, il 25
en a déjà dix. — Je vous dis que l’on donnera à tout 26
homme qui a ; quant à celui qui n’a pas, on lui ôtera
même ce qu’il a... Seulement, amenez ici mes ennemis, 27
ces gens qui n’ont pas voulu que je règne sur eux, et les
égorgez en ma présence.”»

28 Ayant ainsi parlé, Jésus se mit en marche, en tête de
la foule, pour monter à Jérusalem.
29 Lorsqu'il approcha de Bethphagé et de Béthanie,
vers la montagne appelée Bois d'Oliviers, il envoya
30 deux de ses disciples, en disant : « Allez à ce village qui
est en face ; en y entrant vous trouverez un ânon attaché,
sur lequel jamais homme ne s'est assis : détachez-le, et
31 amenez-le-moi. Si quelqu'un vous demande pourquoi
vous le détachez, vous lui direz : Parce que le Seigneur
32 en a besoin. » Ceux qui étaient envoyés partirent, et
trouvèrent les choses comme Jésus le leur avait dit.
33 Comme ils détachaient l'ânon, les maîtres de l'animal
34 leur dirent : « Pourquoi détachez-vous cet ânon ? » Ils
35 dirent : « Le Seigneur en a besoin », et ils l'amenèrent à
Jésus. Puis ayant jeté leurs manteaux sur l'ânon, ils y
firent monter Jésus.
36 Pendant que Jésus cheminait, les gens étendaient
37 leurs manteaux sur la route ; mais lorsqu'il approcha de
Jérusalem, déjà à la descente de la montagne des Oliviers, toute la foule des disciples, transportée d'allégresse, se mit à louer Dieu à haute voix de tous les
38 miracles qu'elle avait vus. Elle disait :

« *Béni soit* le roi *qui vient au nom du Seigneur !*

» Paix dans le ciel, et gloire dans les lieux très hauts. »

39 Quelques pharisiens mêlés à la foule, dirent à Jésus :
40 « Maître, reprends tes disciples. » Il répondit : « Je vous
dis que s'ils se taisent, les pierres crieront[1]. »
41 Quand il fut proche de Jérusalem, à la vue de cette
42 ville, il pleura sur elle, et dit : « Ah ! si tu connaissais,
toi aussi, du moins en ce jour qui t'est donné, les choses
qui appartiennent à ta paix !... Hélas ! elles sont cachées
43 à tes yeux. Des jours de malheur fondront sur toi : tes

ennemis t'environneront de tranchées, ils t'investiront,
ils te serreront de toutes parts, ils te détruiront, toi et tes 44
enfants qui sont dans ton sein, et ils ne te laisseront
pierre sur pierre, parce que tu n'as pas connu le temps
où tu as été visitée. »

Ensuite, étant entré dans le temple, il se mit à chasser 45
les vendeurs[a], en leur disant : « Il est écrit : *Ma maison* 46
sera une maison de prière, mais vous, vous en avez fait
une caverne de voleurs. »

« De quel droit fais-tu ces choses ? » – Parabole des Vignerons. – Hostilité des sacrificateurs et des scribes. – « Est-il permis de payer le tribut à César ? » – Y a-t-il une résurrection des morts ? – « Comment le Messie est-il fils de David ? – Orgueil des scribes. – La pite de la veuve.

Jésus passait toutes ses journées à enseigner dans le 47
temple. Les principaux sacrificateurs, les scribes, ainsi
que les grands, cherchaient à le faire périr ; mais ils ne 48
savaient comment s'y prendre, car tout le peuple s'atta-
chait à lui pour l'entendre.

Un de ces jours-là, comme Jésus enseignait le peuple XX
dans le temple et lui annonçait la bonne nouvelle, les
sacrificateurs et les scribes accompagnés des anciens
survinrent, et s'adressèrent à lui, disant : « Dis-nous de 2
quel droit tu fais ces choses, et qui t'a donné ce droit ? »
Jésus leur répondit : « Je vous ferai aussi une question ; 3
dites-moi : Le baptême de Jean venait-il du ciel ou des 4
hommes ? » Mais ils firent entre eux cette réflexion : 5
« Si nous disons "du ciel", il dira : "Pourquoi n'y avez-

a. T. R. ajoute : *et les acheteurs.*

6 vous pas cru ?” et si nous disons “des hommes”, tout le
peuple nous lapidera, car il est persuadé que Jean était
7 un prophète. » Ils répondirent qu'ils ne savaient d'où il
8 venait. « Ni moi non plus, leur dit Jésus, je ne vous dirai
pas de quel droit je fais ces choses. »

9 Il se mit à adresser au peuple cette parabole : « Un
homme avait planté une vigne ; il l'afferma à des vigne-
10 rons, et quitta le pays pour un temps assez long. À
l'époque des vendanges, il envoya un serviteur vers les
vignerons, pour qu'ils lui donnent une part de la
récolte ; mais les vignerons le battirent et le renvoyèrent
11 les mains vides. Il envoya un second serviteur ; ils le
battirent aussi, le maltraitèrent indignement et le ren-
12 voyèrent les mains vides. Il en envoya encore un
13 troisième ; ils le blessèrent aussi, et le chassèrent. Le
maître de la vigne se dit : “Que faire ? Je vais envoyer
mon fils bien-aimé ; peut-être qu'en le voyant, ils le res-
14 pecteront.” Mais, quand les vignerons le virent, ils se
dirent entre eux : “C'est l'héritier [a] ; tuons-le, pour que
15 l'héritage soit à nous.” Là-dessus, ils le jetèrent hors de
la vigne et le tuèrent. Que leur fera donc le maître de la
16 vigne ? Il viendra, fera périr ces vignerons, et donnera
la vigne à d'autres. » À ces mots, le peuple dit : « À
17 Dieu ne plaise ! » Mais Jésus jetant les yeux sur eux,
dit : « Que signifie donc cette parole de l'Écriture : *La
pierre que les constructeurs avaient mise au rebut est
18 devenue la pierre angulaire ?* Quiconque tombera sur
cette pierre, s'y brisera, et elle écrasera celui sur qui elle
tombera. »

19 Les scribes et les principaux sacrificateurs désiraient
se saisir de lui sur l'heure, mais la crainte du peuple les

a. T. R. ajoute : *venez,*

retint : ils avaient compris que c'était à eux que s'adres-
sait cette parabole. Ils ne perdirent pas Jésus de vue, et 20
envoyèrent des personnes insidieuses, qui contrefai-
saient les justes, afin de le surprendre dans ses paroles et
de le livrer aux magistrats et au pouvoir du gouverneur.
Elles lui posèrent cette question : « Maître, nous savons 21
que tu parles et enseignes comme il faut, et que tu ne fais
pas acception des personnes, mais que tu enseignes en
toute vérité la voie de Dieu. Nous est-il permis, ou non, 22
de payer le tribut à César ? » Mais Jésus ayant démêlé 23
leur fourberie, leur dit : « [a] Montrez-moi un denier ?... 24
De qui porte-t-il l'effigie et la légende ? » Ils répondi-
rent : « De César. — Eh bien ! leur dit-il, rendez à César 25
ce qui est à César, et à Dieu ce qui est à Dieu. » Ils ne 26
purent lui arracher aucune parole compromettante
devant le peuple, et, surpris de sa réponse, ils gardèrent
le silence.

Quelques sadducéens, gens qui prétendent qu'il n'y a 27
point de résurrection, vinrent vers Jésus, et lui posèrent 28
cette question : « Maître, Moïse nous a donné cette loi :
Si un frère marié meurt, et meurt sans enfants, que son
frère épouse sa femme et suscite lignée à son frère. Il y 29
avait donc sept frères : le premier s'étant marié, mourut
sans enfants. Le second [b], puis le troisième épousèrent 30-31
la veuve. Il en fut de même des sept ; ils moururent tous,
sans laisser d'enfants. Ensuite la femme mourut aussi. 32
Duquel d'entre eux sera-t-elle donc la femme dans 33
la résurrection, car les sept frères l'ont eue pour
femme ? » Jésus leur dit : « Les enfants de ce siècle, 34
hommes et femmes, se marient, mais ceux qui seront 35

a. T. R. ajoute : *Pourquoi essayez-vous de me surprendre ?*
b. T. R. : *ayant épousé la femme, mourut aussi sans enfants ;* le troisième *l'épousa*, et...

jugés dignes d'avoir part au siècle à venir et à la résur-
36 rection d'entre les morts, ne se marieront point ; car ils
ne peuvent même pas mourir, puisqu'ils sont comme
les anges, et qu'ils sont fils de Dieu, étant fils de la
37 résurrection. Que les morts ressuscitent, c'est ce que
Moïse même a indiqué dans le passage où il parle du
buisson, lorsqu'il appelle le Seigneur *le Dieu d'Abra-*
38 *ham, le Dieu d'Isaac et le Dieu de Jacob ;* Dieu n'est
pas Dieu des morts, mais Dieu des vivants, car ils sont
tous vivants pour lui.

39 Quelques scribes, ayant pris la parole, dirent :
40 « Maître, tu as bien parlé. » En effet on n'osait plus lui
poser une seule question.

41 Jésus leur dit : « Comment dit-on que le Messie est
42 fils de David, quand David dit, lui-même, dans le livre
des Psaumes : *Le Seigneur a dit à mon Seigneur :*
43 *Assieds-toi à ma droite, jusqu'à ce que j'aie fait de tes*
44 *ennemis ton marchepied* ? Puis donc que David l'ap-
pelle "Seigneur", comment est-il son fils ? »

45 Il dit à ses disciples en présence de tout le peuple, qui
46 l'écoutait : « Gardez-vous des scribes, qui aiment à se
promener en robes, qui recherchent les salutations dans
les places publiques, les premiers sièges dans les syna-
47 gogues et les premières places dans les repas : ces gens
qui dévorent les maisons des veuves, sous prétexte de
longues prières, seront jugés d'autant plus sévère-
ment. »

XXI Jésus, ayant levé les yeux, vit les riches qui mettaient
2 leurs offrandes dans le tronc. Il vit aussi une femme, une
3 veuve très pauvre, qui y mettait deux pites, et il dit : « Je
vous assure que cette pauvre veuve a mis plus que per-
4 sonne, car tous les autres ont fait offrande à Dieu de leur

superflu, tandis qu'elle a donné de son nécessaire, tout ce qu'elle avait pour vivre. »

Jésus annonce la ruine de Jérusalem et son avènement final. – « Veillez. »

Comme quelques personnes parlaient du temple, des 5
pierres magnifiques et des offrandes qui l'ornent, Jésus
dit : « Le temps viendra où, de tout ce que vous regardez 6
là, il ne restera pierre sur pierre qui ne soit renversée. »
Ses disciples lui demandèrent : « Maître, quand sera-ce 7
donc, et quel sera le signe précurseur de cet événe-
ment ? » Il dit : « Prenez garde de vous laisser séduire, 8
car plusieurs viendront sous mon nom, disant : "C'est
moi qui suis le Messie, et le temps est proche." Ne vous
attachez pas à eux. Quand vous entendrez parler de 9
guerres et de troubles, ne vous alarmez pas, car il faut
que cela arrive premièrement ; mais la fin ne viendra
pas de sitôt. » Alors il ajouta : « Une nation, s'élèvera 10
contre une nation et un royaume contre un royaume ; il 11
y aura de grands tremblements de terre, et çà et là des
pestes et des famines ; et il paraîtra dans le ciel d'ef-
frayants phénomènes et de grands signes.

» Mais auparavant on se saisira de vous et l'on vous 12
persécutera ; on vous traînera dans les synagogues et
dans les prisons ; on vous traduira devant les rois et les
gouverneurs à cause de mon nom. Cela vous arrivera 13
pour que vous me rendiez témoignage. Mettez-vous 14
donc bien dans l'esprit de ne point préparer de défense,
car je vous donnerai une parole et une sagesse, à 15
laquelle tous vos adversaires ne pourront ni répondre, ni
résister. Vous serez livrés même par vos pères et par vos 16

mères, par vos frères, par vos parents et par vos amis ;
17 plusieurs d'entre vous seront mis à mort, et vous serez
18 haïs de tout le monde à cause de mon nom ; mais il ne se
19 perdra pas un cheveu de votre tête : par votre persévé-
rance vous conquerrez vos âmes.

20 » Lorsque vous verrez que Jérusalem va être investie
par les armées, sachez que sa désolation est proche.
21 Alors, que ceux qui sont en Judée s'enfuient aux monta-
gnes ; que ceux qui demeurent dans la ville en sortent ;
que ceux qui demeurent dans les campagnes n'entrent
22 point dans la ville ; parce que ce sont les temps où la jus-
23 tice va accomplir tout ce qui est écrit. Malheur aux
femmes qui seront enceintes et à celles qui allaiteront en
ce temps-là ! car une grande calamité fondra sur le pays,
24 et un grand châtiment sera infligé à ce peuple : les uns
tomberont sous le tranchant de l'épée, les autres seront
emmenés en esclavage parmi toutes les nations, et Jéru-
salem sera foulée par les Gentils, jusqu'à ce que les
temps des Gentils soient accomplis.

25 » Et il y aura des signes extraordinaires dans le soleil,
dans la lune et dans les étoiles, et, sur la terre, on verra
l'angoisse des nations troublées par le fracas de la mer
26 et des flots, et celle des hommes mourant de frayeur
dans l'attente des événements qui menacent la terre, car
27 les puissances des cieux seront ébranlées. Alors on
verra le Fils de l'homme venir dans une nuée, revêtu
d'une grande puissance et d'une grande gloire.

28 » Quand ces phénomènes commenceront à arriver,
redressez-vous et relevez la tête, parce que votre déli-
29 vrance approche. » Et il ajouta une parabole : « Voyez
30 le figuier et tous les arbres : dès qu'ils ont commencé à
pousser, vous connaissez de vous-mêmes, en les
31 voyant, que déjà l'été est proche ; de même, quand vous

verrez ces événements se produire, sachez que le
royaume de Dieu est proche. En vérité, je vous dis que 32
cette génération ne passera point, que tous ces événe-
ments n'arrivent. Le ciel et la terre passeront, mais mes 33
paroles ne passeront point.
» Prenez garde à vous-mêmes ; craignez que vos 34
cœurs ne viennent à s'appesantir par les excès, par
l'ivresse, par les soucis de la vie, et que ce jour ne fonde
sur vous à l'improviste ; car il viendra s'abattre, comme 35
un filet, sur tous ceux qui habitent sur la face de la terre.
Mais veillez, priant en tout temps, afin d'être jugés 36
dignes d'échapper à tous ces malheurs à venir, et de
trouver place devant le Fils de l'homme [1]. »
Jésus passait ses journées dans le temple, à enseigner, 37
et il s'en allait passer les nuits à la montagne appelée
Bois d'Oliviers ; et tout le peuple venait dès le matin 38
vers lui, dans le temple, pour l'entendre.

La Pâque est proche. – Judas et les sacrificateurs. – La Sainte Cène. – « Lequel est le plus grand ? » – Annonce du reniement de Pierre. – *Gethsémani*. – Le baiser de Judas. – Pierre tire l'épée. – Arrestation de Jésus. – Il est conduit chez le souverain sacrificateur. – Reniement de Pierre. – Outrages des soldats. – Interrogatoire et condamnation.

La fête des pains sans levain, appelée la Pâque, était XXII
proche.
Les principaux sacrificateurs et les scribes cher- 2
chaient comment ils pourraient se défaire de Jésus, car
ils craignaient le peuple. Or Satan entra dans Judas, sur- 3
nommé Iscariote : cet homme, l'un des Douze, alla trou- 4
ver les principaux sacrificateurs et les officiers des
gardes du temple pour conférer avec eux sur la manière

5 de leur livrer Jésus. Ceux-ci en furent remplis de joie ;
6 ils convinrent de lui donner de l'argent ; et Judas s'étant
engagé, cherchait une occasion favorable pour le leur
livrer, sans provoquer d'attroupement.
7 Cependant le jour des pains sans levain, où l'on
8 devait immoler la pâque, étant arrivé, Jésus envoya
Pierre et Jean, en disant : « Allez nous préparer la
9 pâque, afin que nous la mangions. » Ils lui dirent : « Où
10 veux-tu que nous la préparions ? » Il leur répondit :
« En entrant dans la ville, vous rencontrerez un homme
portant une cruche d'eau ; suivez-le dans la maison où
11 il entrera, et vous direz au maître de la maison : Le
maître te fait dire : Où est la salle où je dois manger la
12 pâque avec mes disciples ? Et cet homme vous mon-
trera une grande salle haute, meublée : préparez-y tout
13 ce qu'il faut. » Ils s'en allèrent, trouvèrent les choses
comme il le leur avait dit, et ils préparèrent la pâque.
14 Quand l'heure fut venue, Jésus se mit à table, et les
15 apôtres avec lui. Et il leur dit : « J'ai vivement désiré de
16 manger cette pâque avec vous, avant de souffrir, car je
vous dis que je n'y prendrai plus part, jusqu'à ce que le
17 moment soit venu dans le royaume de Dieu. » Et, ayant
pris une coupe [1], il rendit grâces, et dit : « Prenez cette
18 coupe et la distribuez entre vous, car je vous dis que je
ne boirai pas du fruit de la vigne, jusqu'à ce que le
19 royaume de Dieu soit venu. » Puis il prit du pain, et
ayant rendu grâces, il le rompit et le leur donna en
disant : « Ceci est mon corps qui va être donné pour
20 vous : faites ceci en mémoire de moi. » Après avoir
soupé, il leur donna de même la coupe, en disant :
« Cette coupe est la nouvelle alliance en mon sang, qui
21 va être versé pour vous... Seulement voici que la main
22 de celui qui me livre est avec moi à cette table ! Car le

Fils de l'homme s'en va selon ce qui a été arrêté ; mais
malheur à l'homme par qui il est livré ! » Et les dis- 23
ciples se mirent à se demander les uns aux autres quel
était bien celui d'entre eux qui devait commettre ce
crime.

Il s'éleva aussi une querelle entre eux, pour savoir 24
lequel paraissait être le plus grand. Jésus leur dit : « Les 25
rois des nations en sont Seigneurs, et les princes qui les
gouvernent sont appelés Bienfaiteurs ; qu'il n'en soit 26
point ainsi entre vous, mais que le plus grand parmi
vous soit comme le plus petit, et celui qui est à la tête
comme celui qui sert. Car quel est le plus grand, de celui 27
qui est à table ou de celui qui sert ? N'est-ce pas celui
qui est à table ?... et moi, cependant, je suis au milieu de
vous comme celui qui sert [1]. Vous êtes demeurés avec 28
moi dans mes épreuves, c'est pourquoi je dispose du 29
royaume en votre faveur, comme mon Père en a disposé
en ma faveur, afin que vous mangiez et buviez à ma 30
table dans mon royaume, et que vous soyez assis sur des
trônes, pour juger les douze tribus d'Israël.

» Simon, Simon, Satan vous a réclamés, pour vous 31
cribler comme on crible le froment ; mais j'ai prié pour 32
toi, afin que ta foi ne défaille point ; et toi, quand tu
seras venu à résipiscence, affermis tes frères. — Sei- 33
gneur, lui dit Pierre, je suis prêt à aller avec toi, et en pri-
son et à la mort. » Jésus lui répondit : « Je te dis, Pierre, 34
que le coq ne chantera pas aujourd'hui, que tu n'aies nié
trois fois de me connaître. »

Ensuite il dit à ses disciples : « Lorsque je vous ai 35
envoyés sans bourse, ni sac, ni sandales, avez-vous
manqué de quelque chose ? — Non, de rien », répondi-
rent-ils. Il leur dit donc : « Eh bien ! maintenant, que 36
celui qui a une bourse, la prenne, et un sac également ;

et que celui qui n'a point d'épée, vende son manteau
37 pour en acheter une, car je vous dis que cette parole des
Écritures *et il a été mis au nombre des criminels*[1], doit
encore s'accomplir en ma personne : ce qui me
38 concerne touche à sa fin. » Ils lui dirent : « Seigneur, il
y a ici deux épées. » Il leur répondit : « Cela suffit[2]. »
39 Puis il sortit, et s'achemina, selon sa coutume, vers la
montagne des Oliviers. Ses disciples aussi l'accompa-
gnèrent.
40 Quand il fut arrivé au lieu où il se rendait, il leur dit :
41 « Priez, de peur que vous ne tombiez en tentation » ; et
il s'éloigna d'eux, à la distance d'environ un jet de
42 pierre, et s'étant mis à genoux, il pria, disant : « Père, si
tu voulais faire passer ce calice loin de moi !... toutefois,
43 que ta volonté soit faite et non la mienne. » Un ange
44 venu du ciel, lui apparut pour le fortifier, et, étant dans
l'agonie, Jésus priait avec plus d'ardeur. Sa sueur était
pareille à des caillots de sang, qui tombaient à terre.
45 Après avoir prié, il se leva, vint vers ses disciples, qu'il
46 trouva endormis de tristesse, et leur dit : « Pourquoi
dormez-vous ? Levez-vous et priez, de peur que vous
ne tombiez en tentation. »
47 Il parlait encore lorsqu'une troupe parut. Celui qu'on
appelait Judas, l'un des Douze, marchait en tête ; et
48 il s'approcha de Jésus pour le baiser. Jésus lui dit :
« Judas, c'est par un baiser que tu livres le Fils de
49 l'homme ! » Ceux qui accompagnaient Jésus, voyant ce
qui allait arriver, dirent : « Seigneur, si nous frappions
50 de l'épée ? » et l'un d'eux frappa le serviteur du souve-
51 rain sacrificateur et lui emporta l'oreille droite. Mais
Jésus prenant la parole, dit : « Arrêtez ! attendez !... »
52 et, ayant touché l'oreille de cet homme, il le guérit. Il dit
aux principaux sacrificateurs, aux officiers des gardes

du temple et aux anciens qui étaient venus pour le sai-
sir : « Vous êtes venus avec des épées et des bâtons,
comme si vous poursuiviez un brigand. J'étais pourtant 53
tous les jours avec vous dans le temple, et vous ne
m'avez pas arrêté ; mais c'est ici votre heure et la puis-
sance des ténèbres. » Alors ils se saisirent de lui, l'em- 54
menèrent, et le conduisirent dans le palais du souverain
sacrificateur. Pierre suivait de loin.

Les soldats allumèrent du feu au milieu de la cour, et 55
s'assirent. Pierre prit place parmi eux. Une servante 56
l'apercevant assis près du feu, le regarda fixement, et
dit : « Celui-ci était aussi avec lui », mais Pierre renia 57
Jésus, en disant : « Femme, je ne le connais pas. » Un 58
instant après, une autre personne le voyant, dit : « Toi
aussi, tu es de ces gens-là. » Pierre dit : « Non, je n'en
suis point. » Il s'était à peine écoulé une heure, qu'une 59
autre personne insista, disant : « Certainement cet
homme était aussi avec lui, car il est Galiléen. » Pierre 60
répondit : « Je ne sais ce que tu veux dire. » Au même
instant, comme il parlait encore, un coq chanta : le Sei- 61
gneur, s'étant retourné, regarda Pierre. Alors Pierre se
souvint de la parole que le Seigneur lui avait dite :
« Avant que le coq chante aujourd'hui, tu me renieras
trois fois » ; et étant sorti du palais, il pleura amèrement. 62

Ceux qui tenaient Jésus, le bafouaient et le frap- 63
paient ; ils lui avaient bandé les yeux et lui deman- 64
daient : « Devine qui t'a frappé. » Et ils lui disaient 65
beaucoup d'autres injures.

Dès qu'il fit jour, le corps des anciens du peuple s'as- 66
sembla avec les principaux sacrificateurs et les scribes,
et ayant fait introduire Jésus dans leur sanhédrin, ils lui 67
dirent : « Si tu es le Messie dis-le-nous. — Si je vous le

68 dis, leur répondit-il, vous ne le croirez pas, et si [a] je vous
69 interroge, vous ne répondrez pas ; mais désormais le
Fils de l'homme sera assis à la droite du Dieu tout-puis-
70 sant. » Ils s'écrièrent tous : « Tu es donc le Fils de
Dieu ? » Il leur répondit : « Vous le dites, je le suis. »
71 Alors ils dirent : « Qu'avons-nous encore besoin de
témoignage ? nous l'avons entendu nous-mêmes de sa
bouche. »

Jésus devant Pilate. – Jésus devant Hérode. – Il est renvoyé à Pilate. – Barrabas. – Pilate livre Jésus. – *Jésus conduit au Golgotha*. – Simon de Cyrène. – Les filles de Jérusalem. – Le crucifiement. – « Mon Père, pardonne-leur. » – Moqueries. – Le bon larron. – Ténèbres et mort. – Le centurion. – Les femmes autour de la croix. – La sépulture.

XXIII Ils se levèrent en masse et conduisirent Jésus devant
Pilate.
2 Ils se mirent à l'accuser, disant : « Nous avons trouvé
cet homme qui poussait notre nation à la révolte, et qui
3 défendait de payer le tribut à César, se prétendant lui-
même Messie, Roi. » Pilate l'interrogea, disant : « Tu
es le roi des Juifs ? — Tu le dis », lui répondit Jésus.
4 Pilate dit aux principaux sacrificateurs et à la foule :
5 « Je ne trouve rien de criminel en cet homme. » Mais ils
insistèrent, disant : « Il agite le peuple, en enseignant
par toute la Judée, après avoir commencé par la Galilée,
6 et être venu jusqu'ici. » Pilate, entendant nommer la
7 Galilée, demanda si cet homme était Galiléen ; et ayant
appris qu'il était de la juridiction d'Hérode, il le

a. T. R. : et si *même* je vous... vous ne *me* répondrez pas, *et vous ne me laisserez point aller ;*

renvoya à Hérode, qui était aussi à Jérusalem en ces jours-là.
Hérode eut une grande joie de voir Jésus, car depuis 8
longtemps il en avait le désir, parce qu'il avait entendu
parler de lui et qu'il espérait lui voir faire quelque
miracle. Il lui adressa un grand nombre de questions, 9
mais Jésus ne lui répondit rien. Or les principaux sacri- 10
ficateurs et les scribes étaient là, qui l'accusaient avec
véhémence ; mais Hérode avec sa garde le traita avec 11
mépris ; il le fit revêtir par dérision d'un magnifique
manteau et le renvoya à Pilate. Le jour même, Pilate et 12
Hérode devinrent amis, d'ennemis qu'ils étaient aupa-
ravant.

Pilate, ayant assemblé les principaux sacrificateurs, 13
les sénateurs et le peuple, leur dit : « Vous avez traduit 14
devant moi cet homme, comme excitant le peuple à la
révolte, et, après l'avoir interrogé en votre présence, je
ne l'ai trouvé coupable d'aucun des crimes dont vous
l'accusez. Hérode non plus, car je vous ai renvoyés à 15
lui, et, vous le voyez, cet homme n'a rien fait qui mérite
la mort. Je le relâcherai donc, après l'avoir fait châ- 16
tier [a]. » Mais ils crièrent tous à la fois : « Fais-le mourir ! 18
Relâche-nous Barrabas. » Ce Barrabas avait été mis en 19
prison pour une sédition, qui avait eu lieu dans la ville,
et pour un meurtre. Pilate, qui désirait relâcher Jésus, les 20
harangua donc de nouveau ; mais ils répondirent par les 21
cris de « crucifie-le ! crucifie-le ! ». Il leur dit pour la 22
troisième fois : « Quel mal a-t-il donc fait ? Je n'ai rien
trouvé en lui qui mérite la mort ; je le relâcherai donc,
après l'avoir fait châtier. » Mais ils insistèrent, deman- 23

a. T. R. ajoute v. 17 : *Or il était obligé à chaque fête de leur relâcher un prisonnier.*

dant à grands cris qu'il fût crucifié, et leurs clameurs et
24 celles des principaux sacrificateurs prévalurent, et
Pilate prononça que ce qu'ils demandaient serait exé-
25 cuté. Il leur relâcha celui qui avait été mis en prison pour
sédition et pour meurtre, et qu'ils réclamaient ; et il leur
abandonna Jésus.

26 Comme ils l'emmenaient au supplice, ils prirent un
nommé Simon, de Cyrène, qui venait des champs, et ils
le chargèrent de la croix, pour qu'il la portât derrière
Jésus.

27 Jésus était suivi d'une grande foule de peuple, et par-
ticulièrement de femmes, qui se frappaient la poitrine et
28 pleuraient sur lui. Il se tourna vers elles, et leur dit :
« Filles de Jérusalem, ne pleurez pas sur moi, mais
29 pleurez sur vous-mêmes et sur vos enfants ; car les
temps viennent où l'on dira : Heureuses les stériles !
Heureux le sein qui n'a point enfanté ! Heureuses les
30 mamelles qui n'ont point nourri ! Alors *on se mettra à
dire aux montagnes : Tombez sur nous ; et aux collines :*
31 *Couvrez-nous* [1], car si l'on fait ces choses au bois vert,
que fera-t-on au bois sec ?

32 Les soldats conduisaient en même temps deux mal-
faiteurs pour être mis à mort avec lui.

33 Quand ils furent arrivés au lieu appelé Calvaire, ils y
crucifièrent Jésus, ainsi que les malfaiteurs, l'un à sa
34 droite, l'autre à sa gauche ; et Jésus dit : « Père, par-
donne-leur, car ils ne savent ce qu'ils font [2]. » Ils se par-
tagèrent ses vêtements en les tirant au sort.

35 Le peuple était là, qui regardait. Les sénateurs se
moquaient et disaient : « Il en a sauvé d'autres, qu'il se
36 sauve lui-même, s'il est le Messie, l'élu de Dieu. » Les
soldats aussi, s'approchant pour lui présenter du
37 vinaigre, le raillaient, et disaient : « Si tu es le roi des

Juifs, sauve-toi toi-même. » Il y avait même une ins- 38
cription[a] au-dessus de sa tête, portant : « Le roi des
Juifs. » L'un des malfaiteurs pendus à la croix, l'inju- 39
riait, disant : « N'es-tu pas le Messie ? Sauve-toi toi-
même, et nous avec toi. » Mais l'autre le reprenait : 40
« N'as-tu point de crainte de Dieu, toi qui subis le même
jugement ? Pour nous, c'est justice, car nous recevons 41
la peine que nos crimes ont méritée ; mais lui, il n'a rien
fait de mal. » Et il dit à Jésus : « Souviens-toi de moi[b], 42
quand tu seras dans ton règne. » Et Jésus répondit : « Je 43
te dis en vérité, qu'aujourd'hui même tu seras avec moi
dans le paradis[1]. »

Il était déjà environ la sixième heure, quand des 44
ténèbres se répandirent sur tout le pays jusqu'à la neu-
vième heure. Le soleil pâlit ; le voile du temple se 45
déchira par le milieu, et Jésus s'écria d'une voix forte : 46
« Père, je remets mon esprit entre tes mains[2]. » En pro-
nonçant ces mots, il expira.

Le centurion, témoin de ces événements, donna 47
gloire à Dieu, disant : « Assurément cet homme était
juste » ; et les foules que ce spectacle avait attirées, 48
voyant ce qui s'était passé, s'en retournaient toutes en
se frappant la poitrine. Mais tous ceux qui connaissaient 49
Jésus, et les femmes qui l'avaient suivi de Galilée, se
tenaient là, à distance, regardant ce qui se passait.

Il y avait un membre du Conseil, nommé Joseph, 50
homme droit et juste, qui ne s'était associé ni au dessein 51
ni aux actes des autres membres du Conseil ; il était ori-
ginaire d'Arimathée, ville des Juifs, et il attendait le
royaume de Dieu. Il se rendit auprès de Pilate et lui 52

a. T. R. ajoute : *en grec, en latin et en hébreu.*
b. T. R. ajoute : *Seigneur,*

53 demanda le corps de Jésus. Il le descendit de la croix,
l'enveloppa d'un linceul et le déposa dans un sépulcre
taillé dans le roc, où personne n'avait encore été mis.
54 C'était le jour de la préparation, et le sabbat allait
commencer.
55 Les femmes qui étaient venues de la Galilée avec
Jésus, ayant accompagné Joseph, virent le sépulcre et la
56 manière dont le corps de Jésus y fut placé ; puis, s'en
étant retournées, elles préparèrent des aromates et des
parfums.

Les femmes au tombeau. – La Résurrection. – [*Pierre au tombeau.*] – Apparition de Jésus sur le chemin d'Emmaüs. – Apparition aux disciples. – L'Ascension.

XXIV Le jour du sabbat, elles se reposèrent selon le
commandement ; mais, le premier jour de la semaine, à
l'aube, elles [a] se rendirent au tombeau, portant les aro-
2 mates qu'elles avaient préparés. Elles trouvèrent qu'on
3 avait roulé la pierre loin du sépulcre, et, étant entrées,
elles ne trouvèrent point le corps du Seigneur Jésus.
4 Elles ne savaient qu'en penser, lorsque leur apparurent
deux hommes vêtus d'habits d'une éclatante blancheur.
5 Comme elles étaient saisies de frayeur, et qu'elles bais-
saient la tête vers la terre, ils leur dirent : « Pourquoi
6 cherchez-vous parmi les morts celui qui est vivant ? Il
n'est point ici, mais il est ressuscité. Rappelez-vous la
manière dont il vous a parlé, quand, étant encore en
7 Galilée, il vous disait qu'il fallait que le Fils de l'homme
fût livré entre les mains des pécheurs, qu'il fût crucifié,

a. T. R. ajoute : *et quelques autres personnes avec elles,*

et qu'il ressuscitât le troisième jour. » Alors, elles se 8
ressouvinrent des paroles de Jésus, et, à leur retour du 9
sépulcre, elles rapportèrent toutes ces choses aux Onze
et à tous les autres disciples. Celles qui leur firent ce 10
rapport, étaient Marie Madeleine, Jeanne, Marie, mère
de Jacques, et les autres femmes qui étaient avec elles ;
mais les apôtres ne virent dans ce rapport que des rêve- 11
ries et ne crurent point ces femmes[a][1].

Ce même jour, deux disciples allaient à un village 13
nommé Emmaüs, éloigné de Jérusalem de soixante
stades, et ils s'entretenaient de tous ces événements. 14
Pendant qu'ils parlaient et discutaient, Jésus lui-même 15
s'approcha et fit route avec eux. Mais ils avaient comme 16
un bandeau sur les yeux, de sorte qu'ils ne le reconnu-
rent point. Il leur dit : « De quoi vous entretenez-vous 17
chemin faisant ?... et vous êtes tout tristes. » L'un 18
d'eux, qui s'appelait Cléopas, lui répondit : « Tu es bien
le seul dans Jérusalem, qui ne sache pas ce qui s'est
passé ces derniers jours. — Eh quoi ? » leur dit-il. Ils lui 19
répondirent : « Ce qui est arrivé à Jésus de Nazareth, qui
était un prophète puissant en œuvres et en paroles,
devant Dieu et devant tout le peuple : comment nos 20
principaux sacrificateurs et nos sénateurs l'ont livré
pour être condamné à mort, et l'ont crucifié. Pour nous, 21
nous espérions que ce serait lui qui délivrerait Israël ;
mais, avec tout cela, voici le troisième jour, aujour-
d'hui, que ces événements se sont passés. Il est vrai que 22
des femmes, qui sont avec nous, nous ont extraordinai-
rement surpris : elles s'étaient rendues au point du jour
au sépulcre, et, n'ayant point trouvé son corps, elles 23

a. T. R. ajoute v. 12 : *Toutefois Pierre se leva, courut au sépulcre, et, s'étant baissé, il vit les bandes qui étaient à terre, toutes seules, et s'en retourna chez lui, surpris de ce qui était arrivé.*

sont venues dire que des anges leur sont apparus, et
24 qu'ils le disent vivant. Quelques-uns des nôtres sont
allés au sépulcre, ils ont trouvé toutes choses comme les
femmes l'avaient annoncé ; mais lui, ils ne l'ont pas
25 vu. » Alors il leur dit : « Hommes dépourvus de sens,
26 esprits lents à croire tout ce qu'ont dit les prophètes ! Ne
fallait-il pas que le Messie passât par ces souffrances
27 pour entrer dans sa gloire ? » Puis, commençant par
Moïse, et poursuivant par tous les prophètes, il leur
expliqua, dans toutes les Écritures, ce qui le concernait.
28 Cependant ils approchèrent du village où ils se ren-
daient, et comme l'étranger paraissait vouloir aller plus
29 loin, ils le pressèrent de s'arrêter, disant : « Reste avec
nous, car voici le soir, et le jour a déjà baissé » ; et il
30 entra dans le village, pour rester avec eux. Quand il se
mit à table avec eux, il prit le pain, et, ayant prononcé la
31 bénédiction, il le rompit et le leur donna ; alors leurs
yeux se dessillèrent ; ils le reconnurent ; mais il disparut
32 de devant leurs yeux. Ils se dirent l'un à l'autre : « Notre
cœur n'était-il pas tout brûlant au-dedans de nous, lors-
qu'il nous parlait en chemin, et qu'il nous expliquait les
33 Écritures ? » Et, se levant à l'heure même, ils retournè-
rent à Jérusalem [1].

Ils trouvèrent réunis les Onze et leurs compagnons,
34 qui leur dirent : « Le Seigneur est réellement ressuscité,
35 et il est apparu à Simon. » Ils racontèrent à leur tour, ce
qui leur était arrivé en chemin, et comment ils l'avaient
reconnu au moment où il avait rompu le pain.

36 Pendant qu'ils s'entretenaient ainsi, lui-même parut
37 au milieu d'eux [a]. Frappés de stupeur et d'effroi, ils cru-
38 rent voir un esprit ; et Jésus leur dit : « Pourquoi êtes-

a. T. R. ajoute : *et leur dit : « La paix soit avec vous ! »*

vous troublés ? Pourquoi vous faites-vous des idées fol-
les ? Voyez mes mains et mes pieds : c'est bien moi. 39
Palpez-moi, et considérez qu'un esprit n'a ni chair ni os,
comme vous voyez que j'en ai[a]. » Comme la joie les 41
rendait encore incrédules, et qu'ils ne revenaient pas de
leur surprise, il leur dit : « Avez-vous ici quelque chose
à manger ? » Ils lui présentèrent un morceau de poisson 42
rôti et un rayon de miel. Il les prit et les mangea devant 43
eux.

Puis il leur dit : « C'est là ce que je vous annonçais 44
quand j'étais encore avec vous ; je vous disais qu'il fal-
lait que s'accomplît tout ce qui est écrit de moi dans la
Loi de Moïse, dans les Prophètes et dans les Psaumes. »
Alors il leur ouvrit l'esprit, afin qu'ils entendissent les 45
Écritures. Et il leur dit : « C'est ainsi qu'il est écrit[b] que 46
le Messie souffrirait et qu'il ressusciterait des morts le
troisième jour, et qu'on prêcherait en son nom la repen- 47
tance et le pardon des péchés à toutes les nations, en
commençant par Jérusalem. Vous êtes témoins de ces 48
faits. Maintenant, je vais vous envoyer ce que mon Père 49
a promis ; pour vous, demeurez tranquillement dans la
ville, jusqu'à ce que vous soyez revêtus d'une puissance
qui vient d'en haut[1]. »

Il les emmena hors de la ville, jusqu'à Béthanie ; et, 50
élevant ses mains, il les bénit. Pendant qu'il les bénis- 51
sait, il se sépara d'eux[c][2]. Pour eux, ils s'en retournèrent 52
à Jérusalem, pleins d'une grande joie ; et ils étaient 53
continuellement dans le temple, louant et bénissant
Dieu[d].

a. T. R. ajoute v. 40 : *Après avoir ainsi parlé, il leur montra ses mains et ses pieds.*

b. T. R. ajoute : *et c'est ainsi que le Messie devait souffrir...*

c. T. R. ajoute : *et fut emporté au ciel. Après l'avoir adoré*, ils s'en...

d. T. R. ajoute : *Amen*[3] *!*

ÉVANGILE
SELON
SAINT JEAN

La Parole avec Dieu. – La Parole créatrice. – La Parole faite chair. – Témoignage de Jean Baptiste. – *Jean Baptiste et Jésus au Jourdain*. – Jésus et ses premiers disciples. – *Retour de Jésus en Galilée.*

Au commencement était la Parole[1] ; la Parole était I
avec Dieu[2] et la Parole était Dieu. Elle était au commen- 2
cement avec Dieu[3]. Toutes choses ont été faites par elle, 3
et rien de ce qui a été fait n'a été fait sans elle. En elle 4
était la vie, et cette vie était la lumière des hommes : la 5
lumière brille dans les ténèbres, mais les ténèbres ne
l'ont point reçue[4].

Un homme parut ; il était envoyé de Dieu, son nom 6
était Jean. Il vint pour un témoignage, pour rendre 7
témoignage à la Lumière, afin que tous crussent par lui :
il n'était pas la Lumière, mais il devait rendre témoi- 8
gnage à la Lumière. La véritable Lumière, qui éclaire 9
tout homme, était entrée dans le monde ; elle était dans 10
le monde, et le monde a été fait par elle, mais le monde
ne l'a point connue. Elle est venue chez les siens, et les 11
siens ne l'ont point reçue ; mais à tous ceux qui l'ont 12

reçue, à tous ceux qui croient en son nom, elle a donné
13 la prérogative d'être enfants de Dieu : enfants, qui ne
sont pas nés du sang, ni de la volonté de la chair, ni de
14 la volonté de l'homme, mais qui sont nés de Dieu. Et la
Parole a été faite chair [1] ; elle a habité [2] au milieu de
nous, pleine de grâce et de vérité, et nous avons
contemplé sa gloire, une gloire comme celle d'un fils
15 unique envoyé par son père. Jean lui rendit témoignage,
quand il dit à haute voix : « Voici celui dont je disais :
Celui qui vient après moi, a pris le pas devant moi, parce
16 qu'il est plus grand que moi. » C'est de sa plénitude que
17 nous avons tous reçu grâce sur grâce, car la Loi a été
donnée par Moïse ; mais la Grâce et la Vérité sont
18 venues par Jésus-Christ. Personne n'a jamais vu Dieu ;
le Fils unique, qui est dans le sein du Père [3], est celui qui
l'a révélé.

19 Voici le témoignage que rendit Jean, lorsque les Juifs
envoyèrent de Jérusalem des sacrificateurs et des
lévites pour lui adresser cette question : « Qui es-tu ? »
20 Il le déclara et ne le nia point ; il déclara qu'il n'était pas
21 le Messie. « Quoi donc ! Es-tu Élie ? » lui demandè-
rent-ils ; et il dit : « Je ne le suis point. — Es-tu le Pro-
22 phète [4] ? » et il répondit : « Non. » Ils lui dirent donc :
« Qui es-tu ? afin que nous rendions réponse à ceux qui
23 nous ont envoyés. Que dis-tu que tu es ? — Moi, dit-il,
je suis *une voix qui crie au désert : Redressez le chemin*
24 *du Seigneur*, comme a dit le Prophète Ésaïe. » Ceux
25 qu'on avait envoyés étaient des pharisiens. — Ils insis-
tèrent, et lui dirent : « Pourquoi donc baptises-tu, si tu
26 n'es pas le Messie, ni même Élie ou le Prophète ? » Jean
leur répondit : « Pour moi, je baptise d'eau, mais il y a
au milieu de vous quelqu'un que vous ne connaissez

pas, c'est celui qui vient après moi[a] ; je ne suis pas 27
digne de délier la courroie de ses sandales. »
Ces choses se passèrent à Béthanie[b], au-delà du Jour- 28
dain, où Jean baptisait.
Le lendemain, Jean vit Jésus qui venait vers lui, et il 29
dit : « Voici l'Agneau de Dieu[1] qui ôte le péché du
monde. C'est de lui que j'ai dit : Il vient après moi un 30
homme qui a pris le pas devant moi, parce qu'il est plus
grand que moi. Je ne le connaissais pas ; mais je suis 31
venu baptiser d'eau, afin qu'il fût manifesté à Israël (et
Jean avait rendu ce témoignage : "J'ai vu l'Esprit des- 32
cendre du ciel comme une colombe, et demeurer sur
lui"). Je ne le connaissais pas ; mais celui-là même qui 33
m'a envoyé baptiser d'eau m'a dit : "Celui sur qui tu
verras l'Esprit descendre et demeurer, c'est lui qui bap-
tise d'esprit saint." Je l'ai vu, et j'ai rendu témoignage 34
que c'est lui qui est le Fils de Dieu. »
Le lendemain, Jean se trouvait là de nouveau, avec 35
deux de ses disciples ; et, ayant considéré Jésus qui pas- 36
sait, il dit : « Voici l'agneau de Dieu. » Ces deux dis- 37
ciples l'ayant entendu parler de la sorte, suivirent Jésus.
Jésus s'étant retourné et voyant qu'ils le suivaient, 38
leur dit : « Que cherchez-vous ? » Ils lui dirent : « Rabbi
(ce qui signifie maître), où demeures-tu ? — Venez, 39
leur dit-il, et vous verrez. » Ils allèrent, et ils virent où il
demeurait, et ils restèrent auprès de lui ce jour-là.
C'était environ la dixième heure du jour.
André, frère de Simon Pierre, était l'un des deux *dis-* 40
ciples qui avaient entendu la parole de Jean et qui
avaient suivi Jésus. Il rencontra, le premier, son frère 41
Simon, et lui dit : « Nous avons trouvé le Messie » (ce

a. T. R. ajoute : *et qui a pris le pas devant moi.*
b. T. R. : se passèrent à *Béthabara.*

42 qui signifie le Christ) ; et il le mena vers Jésus. Celui-ci,
l'ayant considéré, lui dit : « Tu es Simon, fils de Jonas,
on t'appellera Céphas » (ce qui signifie Pierre).
43 Le lendemain, Jésus résolut de partir pour la Galilée.
44 Il rencontra Philippe, et lui dit : « Suis-moi. » Philippe
était de la ville de Bethsaïde, d'où étaient aussi André et
Pierre.
45 Philippe rencontra Nathanaël, et lui dit : « Nous
avons trouvé celui dont Moïse a parlé dans la Loi, et que
les prophètes ont annoncé ; c'est Jésus, fils de Joseph,
46 de Nazareth. » Nathanaël lui dit : « Peut-il sortir de
Nazareth quelque chose de bon ? » Philippe lui répon-
47 dit : « Viens et vois. » Jésus voyant venir Nathanaël, dit
en parlant de lui : « Voici un vrai Israélite, un homme
48 sans détour. — D'où me connais-tu ? » lui dit Natha-
naël. Jésus lui répondit : « Avant que Philippe t'appelât,
49 je t'ai vu sous le figuier. — Maître, lui repartit Natha-
50 naël, tu es le Fils de Dieu, tu es le roi d'Israël. » Jésus
répondit et lui dit : « Parce que je t'ai dit que je t'ai vu
sous le figuier, tu crois ! Tu verras de plus grandes
51 choses que celles-là. » Et il ajouta : « En vérité, en
vérité, je vous le dis, vous verrez désormais le ciel
ouvert, et les anges de Dieu monter et descendre sur le
Fils de l'homme [1]. »

Jésus à Cana. – Premier miracle. – (Fête de Pâque) *Jésus monte à Jérusalem.* – Les vendeurs chassés du temple. – Le temple relevé en trois jours. – Foi et défiance.

II Trois jours après, il se fit des noces à Cana en Gali-
2 lée [2], et la mère de Jésus y était. Jésus fut aussi convié
3 aux noces avec ses disciples. Le vin ayant manqué, la

mère de Jésus lui dit : « Ils n'ont point de vin. » Jésus lui 4
dit : « Femme, qu'y a-t-il entre toi et moi ? Mon heure
n'est pas encore venue. » Sa mère dit aux serviteurs : 5
« Faites ce qu'il vous dira. » Or, il y avait là six vases de 6
pierre servant aux ablutions des Juifs, de la contenance
de deux ou trois métrètes chacun. Jésus leur dit : « Rem- 7
plissez d'eau ces vases » ; et ils les remplirent jusqu'au
bord. « Puisez maintenant, leur dit-il, et portez-en au 8
chef de table » ; et ils en portèrent. Dès que le chef de 9
table eut goûté de cette eau changée en vin (il ne savait
pas d'où venait ce vin, mais les serviteurs le savaient
bien, ceux qui avaient puisé l'eau), il interpella l'époux,
et lui dit : « Tout le monde sert d'abord le bon vin, et, 10
quand on a beaucoup bu, le moins bon ; mais toi, tu as
gardé le bon vin jusqu'à cette heure. »

Ce fut là le premier des miracles de Jésus, et il le fit à 11
Cana en Galilée : il manifesta sa gloire, et ses disciples
crurent en lui.

Ensuite, il descendit à Capharnaüm avec sa mère, ses 12
frères et ses disciples, et ils n'y demeurèrent que peu de
jours.

La Pâque des Juifs étant proche, Jésus monta à Jéru- 13
salem. Il trouva dans le temple les marchands de bœufs, 14
de moutons et de pigeons, et les changeurs tout établis ;
et, ayant fait un petit fouet de cordes, il les chassa tous 15
du temple, avec les moutons et les bœufs ; il jeta par
terre la monnaie des changeurs, renversa leurs banques,
et il dit aux marchands de pigeons : « Ôtez cela d'ici ; 16
ne faites pas de la maison de mon Père une maison de
trafic ». Ses disciples se souvinrent qu'il est écrit : *Le* 17
zèle de ta maison me dévore[1]. Les Juifs prenant la 18
parole, lui dirent : « Par quel miracle nous prouves-tu
que tu as le droit d'agir de la sorte ? » Jésus leur répon- 19

dit : « Détruisez ce temple, et, en trois jours, je le relève-
20 rai. » Les Juifs repartirent : « On a mis quarante-six ans
à bâtir ce temple, et toi, en trois jours tu le relèveras ! »
21-22 Mais lui parlait du temple de son corps [1]. Quand donc il
fut ressuscité des morts, ses disciples se souvinrent
qu'il avait dit cela, et ils ajoutèrent foi à l'Écriture et à
la parole que Jésus avait prononcée.

23 Pendant qu'il était à Jérusalem, à la fête de Pâque,
plusieurs crurent en son nom, en voyant les miracles
24 qu'il faisait ; mais Jésus ne se fiait point à eux, parce
25 qu'il les connaissait tous, et qu'il n'avait pas besoin
qu'on lui rendît témoignage d'aucun homme : il
connaissait lui-même ce qu'il y a dans l'homme.

Jésus et Nicodème. – La nouvelle naissance. – « Dieu a tant aimé le monde. » – *Séjour de Jésus dans les campagnes de la Judée.* – Dispute des disciples de Jean. – Nouveau témoignage de Jean Baptiste. – « Celui qui vient d'en haut. »

III Il y avait, parmi les pharisiens, un homme qui s'appe-
2 lait Nicodème : c'était un notable juif. Il vint de nuit
trouver Jésus, et lui dit : « Maître, nous savons que tu es
un docteur venu de Dieu, car nul ne peut faire les
3 miracles que tu fais, si Dieu n'est avec lui... » Jésus
répondit et lui dit : « En vérité, en vérité, je te le dis, si
l'on ne naît à nouveau, on ne peut voir le royaume de
4 Dieu. » Nicodème lui dit : « Comment un homme qui
est vieux peut-il naître ? Peut-il rentrer dans le sein de
5 sa mère et naître ? » Jésus répondit : « En vérité, en
vérité, je te dis que si l'on ne naît d'eau et d'Esprit, on
6 ne peut entrer dans le royaume de Dieu [2] : ce qui est né
de la chair est chair, et ce qui est né de l'Esprit est

esprit... Ne t'étonne point de ce que je t'ai dit qu'il vous 7
faut naître à nouveau [1]. Le vent souffle où il veut, et tu 8
en entends le bruit ; mais tu ne sais d'où il vient ni où il
va ; ainsi en est-il de tout homme qui est né de l'es-
prit [2]. » Nicodème lui dit : « Comment cela peut-il se 9
faire ? » Jésus lui répondit : « Tu es le docteur d'Israël, 10
et tu ne sais pas ces choses ! En vérité, en vérité, je te dis 11
que nous disons ce que nous savons, et que nous ren-
dons témoignage de ce que nous avons vu ; mais vous
ne recevez pas notre témoignage. Si, quand je vous 12
parle des choses terrestres, vous ne croyez pas,
comment croirez-vous quand je vous parlerai des
choses célestes ? Nul n'est monté au ciel, que celui qui 13
est descendu du ciel, le Fils de l'homme qui était dans le
ciel ; et, comme Moïse éleva le serpent dans le désert [3], 14
il faut de même que le Fils de l'homme soit élevé, afin 15
que quiconque croit en lui [a] ait la vie éternelle. »

En effet, Dieu a tant aimé le monde, qu'il a donné son 16
Fils unique, afin que quiconque croit en lui ne périsse
point, mais qu'il ait la vie éternelle. Dieu n'a pas envoyé 17
son Fils dans le monde pour juger le monde, mais afin
que le monde soit sauvé par lui. Celui qui croit en lui 18
n'est point jugé, mais celui qui ne croit pas en lui est
déjà jugé, parce qu'il n'a pas cru au nom du Fils unique
de Dieu. Et voici ce jugement : la lumière est venue dans 19
le monde, mais les hommes ont mieux aimé les ténèbres
que la lumière, parce que leurs œuvres étaient mauvai-
ses ; car tout homme qui fait le mal, hait la lumière, et il 20
ne s'approche point de la lumière, de peur que la
méchanceté de ses œuvres ne soit mise en évidence ;
mais celui qui pratique la vérité, s'approche de la 21

a. T. R. ajoute : *ne périsse point, mais qu'il...*

lumière, afin que ses œuvres soient manifestées, parce
qu'elles sont faites en Dieu [1].
22 Après cela, Jésus se rendit dans les campagnes de la
Judée avec ses disciples ; il y séjourna avec eux, et il
23 baptisait. Jean baptisait aussi à Énon, près de Salim,
parce qu'il y avait là beaucoup d'eau ; et l'on venait s'y
24 faire baptiser, car Jean n'avait pas encore été mis en
prison.
25 Il s'éleva donc une dispute entre les disciples de Jean
26 et un Juif [a] au sujet du baptême. Les disciples vinrent
vers Jean, et lui dirent : « Maître, celui qui était avec toi
au-delà du Jourdain, et à qui tu as rendu témoignage, le
27 voilà qui baptise, et tout le monde va vers lui. » Jean
répondit et dit : « Un homme ne peut rien recevoir, s'il
28 ne lui a été donné du ciel. Vous m'êtes vous-mêmes
témoins que j'ai dit : "Je ne suis pas le Messie, mais j'ai
29 été envoyé devant lui." Celui qui a l'épouse est
l'époux ; mais l'ami de l'époux, qui se tient là et qui
l'écoute, est ravi de joie d'entendre la voix de l'époux :
30 cette joie donc est la mienne, et elle est parfaite. Il faut
qu'il croisse et que je diminue.
31 » Celui qui vient d'en haut est au-dessus de tous.
Celui qui vient de la terre est de la terre, et il parle
comme étant de la terre ; celui qui vient du ciel est au-
32 dessus de tous, et il rend témoignage de ce qu'il a vu et
33 entendu ; mais nul ne reçoit son témoignage. Celui qui
34 reçoit son témoignage certifie que Dieu est vrai ; car
celui que Dieu a envoyé profère les paroles de Dieu,
parce que Dieu ne lui donne pas son Esprit par mesure.
35 Le Père aime le Fils et a remis toutes choses entre ses
36 mains. Celui qui croit au Fils a la vie éternelle ; celui qui

a. T. R. : *des Juifs.*

ne croit point au Fils ne verra point la vie, mais la colère de Dieu demeure sur lui [1]. »

Jésus traverse la Samarie. – Jésus et la femme samaritaine. – « Les vrais adorateurs. » – Foi des Samaritains. – *Jésus à Cana.* – Il guérit le fils d'un officier du roi.

Lorsque le Seigneur sut que les pharisiens avaient IV
appris qu'il faisait et baptisait plus de disciples que Jean
(toutefois ce n'était pas Jésus lui-même qui baptisait, 2
mais c'étaient ses disciples), il quitta la Judée et 3
retourna en Galilée.
Or, il fallait qu'il passât par la Samarie. 4
Il arriva donc à une ville de Samarie, nommée 5
Sychar, située près du fonds de terre que Jacob avait
donné à son fils Joseph. Là, se trouvait la fontaine de 6
Jacob. Jésus, fatigué de la route, s'assit tout simplement
au bord de la fontaine. C'était environ la sixième heure
du jour.
Une femme samaritaine [2] étant venue pour puiser de 7
l'eau, Jésus lui dit : « Donne-moi à boire » ; car ses dis- 8
ciples étaient allés à la ville pour acheter des vivres.
Cette femme samaritaine lui dit donc : « Comment, toi 9
qui es Juif, me demandes-tu à boire, à moi qui suis une
femme samaritaine ? » Les Juifs, en effet, ne fraient pas
avec les Samaritains. Jésus lui répondit : « Si tu 10
connaissais la grâce que Dieu te fait, et qui est celui qui
te dit "donne-moi à boire", tu lui aurais toi-même
demandé à boire, et il t'aurait donné de l'eau vive. —
Seigneur, lui dit cette femme, tu n'as point de seau, et le 11
puits est profond. D'où aurais-tu donc cette eau vive ?
Es-tu plus grand que notre père Jacob, qui nous a donné 12

ce puits, et qui en a bu lui-même, aussi bien que ses fils
13 et ses troupeaux ? » Jésus lui répondit : « Quiconque
14 boit de cette eau aura encore soif ; celui qui boira de
l'eau que je lui donnerai, n'aura plus jamais soif ; mais
l'eau que je lui donnerai, deviendra en lui une source
15 d'eau jaillissant en vie éternelle. » Cette femme lui dit :
« Seigneur, donne-moi de cette eau, afin que je n'aie
16 pas soif et que je ne vienne pas ici pour puiser. — Va,
17 lui dit Jésus, appelle ton mari, et viens ici. — Je n'ai
point de mari », repartit cette femme. Jésus lui dit : « Tu
18 as raison de dire "je n'ai point de mari", car tu as eu cinq
maris, et celui que tu as maintenant, n'est pas ton mari.
19 Tu as dit vrai en cela. — Seigneur, lui dit cette femme,
20 je vois que tu es prophète. Nos pères ont adoré sur cette
montagne[1], et vous dites, vous, que c'est à Jérusalem
21 qu'est le lieu où l'on doit adorer. » Jésus lui dit :
« Femme, crois-moi ; l'heure vient où vous n'adorerez
22 le Père ni sur cette montagne, ni à Jérusalem. Vous ado-
rez ce que vous ne connaissez pas ; pour nous, nous
adorons ce que nous connaissons, car le salut vient des
23 Juifs. Mais l'heure vient, et elle est déjà venue, où les
vrais adorateurs adoreront le Père en esprit et en vérité :
24 ce sont là les adorateurs que le Père demande. Dieu est
esprit, et il faut que ceux qui l'adorent, l'adorent en
25 esprit et en vérité. » Cette femme lui dit : « Je sais que
le Messie va venir (celui qu'on appelle Christ) ; quand
26 il sera venu, il nous enseignera toutes choses. » Jésus lui
27 dit : « Je le suis, moi qui te parle. » Là-dessus, ses dis-
ciples arrivèrent, et ils s'étonnèrent de ce qu'il parlait
avec une femme ; cependant aucun d'eux ne lui dit :
« Que demandes-tu ? » ou « Pourquoi parles-tu avec
elle ? ».

28 Alors la femme laissant là sa cruche, s'en alla à la

ville et dit aux gens de l'endroit : « Venez voir un 29
homme qui m'a dit tout ce que j'ai fait ; ne serait-ce
point le Messie ? » Les gens sortirent de la ville et vin- 30
rent vers Jésus.

Cependant ses disciples le priaient de prendre 31
quelque nourriture, disant : « Maître, mange. » Il leur 32
dit : « J'ai à prendre une nourriture que vous ne connais-
sez pas. » Ses disciples se disaient donc les uns aux 33
autres : « Lui aurait-on apporté à manger ? » Jésus leur 34
dit : « Ma nourriture à moi, c'est de faire la volonté de
celui qui m'a envoyé et d'accomplir son œuvre. Ne 35
dites-vous pas qu'il y a encore quatre mois jusqu'à la
moisson ? Voici, je vous dis : Levez les yeux et regar-
dez les campagnes, elles sont blanches pour la moisson.
Déjà le moissonneur reçoit sa récompense, et serre la 36
récolte pour la vie éternelle, afin que le semeur et le
moissonneur se réjouissent ensemble ; car c'est bien ici 37
que l'on peut dire : L'un sème, un autre moissonne. Je 38
vous ai envoyés moissonner là où vous n'avez pas tra-
vaillé ; d'autres ont travaillé, et vous êtes entrés dans
leurs travaux. »

Plusieurs des Samaritains de cette ville crurent en 39
Jésus, pour avoir entendu cette femme les assurer qu'il
lui avait dit tout ce qu'elle avait fait. Lors donc que les 40
Samaritains furent venus vers lui, ils le prièrent de
demeurer chez eux ; et il y demeura deux jours. Un bien 41
plus grand nombre crurent, pour l'avoir entendu lui-
même, et ils disaient à la femme : « Ce n'est plus sur ton 42
rapport que nous croyons, car nous l'avons entendu
nous-mêmes, et nous savons que c'est lui qui est vrai-
ment le Sauveur du monde [a]. »

a. T. R. ajoute : *le Messie.*

43 Après ces deux jours, Jésus partit de là, et s'en alla en
44 Galilée ; car il avait déclaré lui-même qu'un prophète
45 n'est point honoré dans sa patrie. Quand il arriva en
Galilée, les Galiléens l'accueillirent, parce qu'ils
avaient vu tout ce qu'il avait fait à Jérusalem, lors de la
46 fête, car ils étaient aussi allés à la fête. Il vint donc de
nouveau à Cana en Galilée, où il avait changé l'eau en
vin.

Il y avait à Capharnaüm un officier du roi, dont le fils
47 était malade. Cet homme, ayant appris que Jésus était
revenu de Judée en Galilée, se rendit auprès de lui, et le
pria de descendre pour guérir son fils qui était mourant.
48 Jésus lui dit : « Si vous ne voyez des miracles et des pro-
49 diges, vous ne croyez point. » L'officier du roi lui dit :
50 « Seigneur, viens avant que mon enfant meure. — Va,
lui dit Jésus, ton fils vit. » Cet homme crut à la parole
51 que Jésus lui avait dite, et partit. Il était déjà en route,
lorsqu'il rencontra ses serviteurs, qui lui donnèrent
52 cette nouvelle : « Ton enfant vit. » Il s'informa de
l'heure à laquelle l'enfant s'était trouvé mieux, et ils lui
dirent : « Hier, à la septième heure, la fièvre l'a quitté. »
53 Le père reconnut que c'était à cette heure-là que Jésus
lui avait dit « ton fils vit », et il crut, lui et toute sa
maison.

54 Ce fut là un second miracle que Jésus fit encore à son
retour de Judée en Galilée.

Jésus monte à Jérusalem (fête des Purim). – La piscine de Beth-hesda : guérison d'un paralytique. – Jésus accusé de violer le sabbat et de se faire égal à Dieu. – Réponse de Jésus : ses rapports avec Dieu.

Après cela, il y eut une fête des Juifs, et Jésus monta V
à Jérusalem.
Or il y a à Jérusalem, près de la porte des Brebis, une 2
piscine appelée en hébreu Beth-hesda [1], qui a cinq por-
tiques. Là étaient couchés par terre un grand nombre de 3
malades, des aveugles, des boiteux, des gens ayant
quelque membre sec [a]. Il y avait là un homme qui était 5
malade depuis trente-huit ans. Jésus le voyant couché, 6
et reconnaissant qu'il était malade depuis longtemps,
lui dit : « Tu veux être guéri ? » Le malade lui répondit : 7
« Seigneur, je n'ai personne pour me jeter dans la pis-
cine quand l'eau est agitée, et, pendant que j'y vais, un
autre descend avant moi. » Jésus lui dit : « Lève-toi, 8
prends ton lit, et marche. » Aussitôt cet homme fut 9
guéri : il prit son lit et se mit à marcher. C'était un jour de
sabbat. Les Juifs dirent donc à celui qui avait été guéri : 10
« C'est le sabbat, il ne t'est pas permis de porter ton lit. »
Il leur répondit : « Celui qui m'a guéri m'a dit : "Prends 11
ton lit, et marche." » Ils lui demandèrent : « Qui est cet 12
homme qui t'a dit : "Prends [b] et marche" ? » Mais le 13
malade l'ignorait, car Jésus s'était esquivé, grâce à la
foule qui était en cet endroit. Plus tard, le trouvant dans 14

a. T. R. ajoute : *qui attendaient le bouillonnement de l'eau.* 4. *Car un ange descendait, à certains moments, dans la piscine et agitait l'eau. Le premier donc qui entrait dans l'eau, après qu'elle avait été agitée, était guéri de sa maladie, quelle qu'elle fût.*

b. T. R. ajoute : *ton lit,*

le temple, Jésus lui dit : « Te voilà guéri, ne pèche plus,
15 de peur qu'il ne t'arrive quelque chose de pis. » Cet
homme alla rapporter aux Juifs que c'était Jésus qui
16 l'avait guéri. Aussi les Juifs persécutaient-ils Jésus[a],
17 parce qu'il faisait ces choses le jour du sabbat. Mais
Jésus leur répondit : « Mon Père agit continuellement,
18 et moi aussi, j'agis[1]. C'est pourquoi les Juifs cher-
chaient encore plus à le faire mourir, non seulement
parce qu'il violait le sabbat, mais encore parce qu'il
disait que Dieu était son propre Père, se faisant égal à
19 Dieu. Jésus prenant la parole, leur dit : « En vérité, en
vérité, je vous dis que le Fils ne peut rien faire de lui-
même, s'il ne le voit faire au Père ; car ce que le Père
20 fait, le Fils aussi le fait pareillement. Le Père aime le Fils
et lui montre tout ce qu'il fait ; et il lui montrera des
œuvres plus grandes que celles-là, afin que vous soyez
21 dans l'étonnement. Car, de même que le Père ressuscite
les morts et donne la vie, de même le Fils donne la vie à
22 qui il veut. Le Père même ne juge personne, mais il a
23 remis au Fils le jugement tout entier, afin que tous hono-
rent le Fils comme ils honorent le Père. Celui qui n'ho-
nore point le Fils, n'honore point le Père, qui l'a envoyé.
24 » En vérité, en vérité, je vous le dis, celui qui écoute
ma parole, et qui croit en celui qui m'a envoyé, a la vie
éternelle ; et il n'est point amené en jugement, mais il
est passé de la mort à la vie[2].
25 » En vérité, en vérité, je vous le dis, l'heure vient, et
elle est déjà venue, où les morts[3] entendront la voix du
26 Fils de Dieu, et ceux qui l'auront entendue vivront ; car,
de même que le Père a la vie en lui-même, de même il a
27 donné au Fils d'avoir la vie en lui-même. Il lui a même

a. T. R. ajoute : *et cherchaient-ils à le faire mourir.*

donné le pouvoir d'exercer le jugement, parce qu'il est
un fils d'homme. Ne vous en étonnez point, car l'heure 28
vient, où tous ceux qui sont dans les sépulcres enten-
dront sa voix, et en sortiront : ceux qui auront fait le bien 29
ressusciteront pour la vie, ceux qui auront fait le mal
ressusciteront pour la condamnation [1]. Je ne puis rien 30
faire de moi-même ; je juge selon que j'entends ; et mon
jugement est juste, parce que je ne cherche pas ma
volonté, mais la volonté de celui [a] qui m'a envoyé.

» Si c'est moi qui rends témoignage de moi-même, 31
mon témoignage n'est pas vrai. Il y en a un autre qui 32
rend témoignage de moi, et je sais que le témoignage
qu'il me rend est vrai. Vous avez envoyé vers Jean, et il 33
a rendu témoignage à la vérité. Pour moi, je n'emprunte 34
pas le témoignage d'un homme, mais ce que je vous en
dis, c'est afin que vous soyez sauvés. Jean était la lampe 35
qui brûle et luit, mais vous n'avez voulu vous réjouir
qu'un moment à sa lumière. Pour moi, j'ai un témoi- 36
gnage qui est supérieur à celui de Jean, ce sont les
œuvres que mon Père m'a donné d'accomplir ; ces
œuvres mêmes rendent témoignage de moi, elles attes-
tent que mon Père m'a envoyé.

» Et le Père, qui m'a envoyé, a rendu lui-même 37
témoignage de moi : sa voix, vous ne l'avez jamais
entendue ; sa face, vous ne l'avez jamais vue ; et sa 38
parole... vous ne la gardez pas en vous, puisque vous ne
croyez pas en celui qu'il a envoyé. Vous sondez les 39
Écritures, parce que vous pensez y trouver la vie éter-
nelle... et ce sont elles qui rendent témoignage de moi.
Mais vous ne voulez pas venir à moi pour avoir la vie. 40

» Je ne demande pas ma gloire aux hommes ; mais je 41-42

a. T. R. : la volonté *du Père* qui...

vous connais, je sais que vous n'avez pas en vous
43 l'amour de Dieu. Je suis venu au nom de mon Père, et
vous ne me recevez pas ; si un autre vient en son propre
44 nom, vous le recevrez. Comment pouvez-vous croire,
vous qui tirez votre gloire les uns des autres et qui ne
45 recherchez pas la gloire qui vient de Dieu seul ? Ne pen-
sez pas que ce soit moi qui doive vous accuser devant le
Père ; votre accusateur, c'est Moïse, en qui vous avez
46 mis votre espérance, car si vous croyiez Moïse, vous me
47 croiriez, parce qu'il a parlé de moi ; mais si vous n'ajou-
tez pas foi à ses écrits, comment ajouteriez-vous foi à
mes paroles ? »

Jésus se rend au-delà de la mer de Tibériade en Galilée. – La fête de Pâque est proche. – La multiplication des pains. – *Retour à Capharnaüm.* – Jésus marche sur les eaux. – Discours : Jésus le pain de vie. – Manger sa chair et boire son sang. – Les Disciples scandalisés. – La confession de Pierre.

VI Jésus s'en alla ensuite de l'autre côté de la mer de
2 Tibériade en Galilée ; et une foule nombreuse le suivait,
parce qu'elle voyait les miracles qu'il opérait sur les
malades.

3 Jésus monta sur la montagne et s'y assit avec ses dis-
4 ciples. Or la Pâque, la grande fête des Juifs, était proche.
5 Jésus donc ayant levé les yeux, et voyant qu'une grande
foule se dirigeait de son côté, dit à Philippe : « Où nous
faut-il acheter du pain, pour que ces gens aient à man-
6 ger ? » Il disait cela pour l'éprouver, car, pour lui, il
7 savait bien ce qu'il voulait faire. Philippe lui répondit :
« Deux cents deniers de pain ne suffiraient pas pour en
8 donner un peu à chacun. » Un de ses disciples, André,

frère de Simon Pierre, lui dit : « Il y a ici un petit garçon 9
qui a cinq pains d'orge et deux poissons ; mais qu'est-
ce que cela pour tant de monde ? » Jésus dit : « Faites 10
asseoir ces gens. » Or il y avait une grande étendue
d'herbe en ce lieu. Les hommes s'assirent donc : ils
étaient au nombre d'environ cinq mille. Jésus prit les 11
pains, et, ayant rendu grâces, il les distribua [a] à ceux qui
étaient assis ; il leur donna de même des poissons,
autant qu'ils en voulurent. Lorsqu'ils furent rassasiés, il 12
dit à ses disciples : « Ramassez les morceaux qui res-
tent, afin que rien ne se perde. » Ils les ramassèrent, et 13
remplirent douze corbeilles des morceaux qui restèrent
des cinq pains d'orge, après que l'on eut mangé.

Ces gens ayant vu le miracle que Jésus avait fait, 14
disaient : « C'est vraiment le prophète qui doit venir
dans le monde. » Alors Jésus, ayant compris qu'ils
allaient venir l'enlever pour le faire roi, se retira de nou- 15
veau dans la montagne, tout seul [1].

Quand le soir fut venu, ses disciples descendirent au 16
bord de la mer ; et, étant entrés dans la barque, ils traver- 17
sèrent la mer dans la direction de Capharnaüm. Il faisait
déjà nuit, et Jésus ne les avait pas rejoints, et un gros 18
vent s'étant levé, la mer était agitée. Quand ils eurent 19
fait de vingt-cinq à trente stades, ils virent Jésus mar-
chant sur la mer, près de la barque, et ils eurent peur.
Mais Jésus leur dit : « C'est moi, n'ayez point de peur. » 20
Ils se disposèrent donc à le prendre dans la barque, et 21
aussitôt la barque aborda au lieu où ils se rendaient.

La foule qui était restée de l'autre côté de la mer, 22
avait vu qu'il n'y avait là qu'une seule barque [b], et que

a. T. R. ajoute : *aux disciples, et les disciples les distribuèrent à...*

b. T. R. : que *la* seule *barque dans laquelle les disciples étaient entrés*, et que...

Jésus n'y était point entré avec ses disciples, mais que
23 ceux-ci étaient partis seuls. Cependant il était arrivé de
Tibériade d'autres barques, près du lieu où ils avaient
mangé le pain, après que le Seigneur eut rendu grâces.
24 Le lendemain donc, lorsqu'ils virent que Jésus n'était
pas là, non plus que ses disciples, ils entrèrent dans ces
barques et se rendirent à Capharnaüm pour chercher
25 Jésus. Et l'ayant trouvé de l'autre côté de la mer, ils lui
26 dirent : « Maître, quand es-tu venu ici ? » Jésus leur
répondit : « En vérité, en vérité, je vous le dis, vous me
cherchez, non parce que vous avez vu des miracles,
mais parce que vous avez mangé des pains et que vous
27 avez été rassasiés. Travaillez pour avoir, non l'aliment
qui périt, mais l'aliment qui subsiste en vie éternelle, et
que le Fils de l'homme vous donnera, car c'est lui que le
28 Père, qui est Dieu, a marqué de son sceau. » Ils lui dirent
donc : « Que devons-nous faire, pour faire les œuvres
29 de Dieu ? » Jésus leur répondit : « L'œuvre que Dieu
demande, c'est que vous croyiez en celui qu'il a
30 envoyé. — Quel miracle fais-tu donc, lui dirent-ils, que
nous le voyions, et que nous croyions en toi ? Que fais-
31 tu ? Nos pères ont mangé la manne au désert, ainsi qu'il
est écrit : *Il leur donna à manger du pain du ciel*[1]. »
32 Jésus leur répondit : « En vérité, en vérité, je vous le dis,
Moïse ne vous a point donné "*le pain du ciel*" ; c'est
33 mon Père qui vous donne le vrai pain du ciel, car le pain
de Dieu, c'est le pain qui descend du ciel et qui donne la
34 vie au monde. » Ils lui dirent donc : « Seigneur, donne-
35 nous toujours de ce pain-là. » Jésus leur dit : « Je suis le
pain de vie : celui qui vient à moi n'aura jamais faim, et
36 celui qui croit en moi n'aura jamais soif ; mais, je vous
37 l'ai dit, vous m'avez vu, et vous ne croyez point. Tout ce
que le Père me donne viendra à moi, et je ne repousserai

point celui qui vient à moi ; car je suis descendu du ciel 38
pour faire, non ma volonté, mais la volonté de celui qui
m'a envoyé. Or la volonté de celui qui m'a envoyé, 39
c'est que je ne perde aucun de ceux qu'il m'a donnés,
mais que je les ressuscite au dernier jour. Car c'est ici la 40
volonté de mon Père, que quiconque voit le Fils et croit
en lui, ait la vie éternelle ; et moi, je le ressusciterai au
dernier jour. »

Les Juifs se mirent donc à murmurer contre lui, parce 41
qu'il avait dit : « Je suis le pain qui est descendu du
ciel », et ils disaient : « N'est-ce pas là Jésus, le fils de 42
Joseph, dont nous connaissons le père et la mère ?
comment donc dit-il : “Je suis descendu du ciel ?” »
Jésus répondit et leur dit : « Ne murmurez point entre 43
vous. Nul ne peut venir à moi, si le Père, qui m'a 44
envoyé, ne l'attire ; et moi, je le ressusciterai au dernier
jour. Il est écrit dans les Prophètes : *Et ils seront tous* 45
enseignés de Dieu[1] ; quiconque a entendu le Père et a
profité, vient à moi ; ce n'est pas que personne ait vu le 46
Père, si ce n'est celui qui vient de Dieu ; celui-là a vu le
Père. En vérité, en vérité, je vous le dis, celui qui croit 47
en moi a la vie éternelle. Je suis le pain de vie. Vos pères 48-49
ont mangé la manne au désert, et ils sont morts ; quant 50
au pain qui descend du ciel, on en mange et l'on ne
meurt point. Je suis le pain vivifiant qui est descendu du 51
ciel : si quelqu'un mange de ce pain, il vivra éternelle-
ment ; et le pain que je donnerai, c'est ma chair, que je
donnerai pour la vie du monde. »

Là-dessus, les Juifs disputaient entre eux, disant : 52
« Comment cet homme peut-il nous donner sa chair à
manger ? » Jésus leur dit donc : « En vérité, en vérité, je 53

vous le dis, si vous ne mangez la chair du Fils de
l'homme, et si vous ne buvez son sang, vous n'avez
54 point la vie en vous-mêmes : celui qui mange ma chair
et qui boit mon sang a la vie éternelle ; et moi, je le res-
55 susciterai au dernier jour. Car ma chair est vraiment une
56 nourriture, et mon sang est vraiment un breuvage. Celui
qui mange ma chair et qui boit mon sang demeure en
57 moi, et moi en lui. Comme le Père, qui a la vie, m'a
envoyé, et que je vis par le Père, de même, celui qui me
58 mange, vivra par moi. C'est là le pain qui est descendu
du ciel : il n'en est point comme de vos pères, qui ont
mangé et sont morts ; celui qui mange de ce pain vivra
éternellement. »

59 Jésus dit ces choses, enseignant en pleine synagogue
à Capharnaüm.

60 Plusieurs de ses disciples, l'ayant entendu, dirent :
61 « Cette parole est dure, qui peut l'écouter ? » Mais Jésus,
sachant en lui-même que ses disciples murmuraient, leur
62 dit : « Cela vous scandalise ?... que sera-ce donc, si vous
voyez le Fils de l'homme monter là où il était aupara-
63 vant ? C'est l'esprit qui vivifie ; la chair ne sert de rien.
Les paroles que je vous ai adressées sont esprit et vie ;
64 mais il y en a parmi vous qui ne croient point. » En
effet, Jésus savait dès l'abord qui étaient ceux qui ne
65 croyaient pas, et qui était celui qui le livrerait. Et il
ajouta : « C'est pour cela que je vous ai dit que nul ne
peut venir à moi, si cela ne lui a été donné par le Père. »

66 Dès lors, plusieurs de ses disciples se retirèrent
67 d'auprès de lui et cessèrent de le suivre. Jésus dit donc
aux Douze : « Et vous, ne voulez-vous pas aussi vous en
68 aller ? » Simon Pierre lui répondit : « Seigneur, à qui
69 irions-nous ? Tu as les paroles de la vie éternelle ; pour
nous, nous avons cru et nous avons connu que tu es le

Saint de Dieu[a]. » Jésus leur répondit : « N'est-ce pas 70
moi qui vous ai choisis, vous Douze ?... et l'un de vous
est un démon[1] ! » Il parlait de Judas, fils de Simon Isca- 71
riote, car c'était lui, l'un des Douze, qui devait le livrer.

Tournée en Galilée. – La fête des Tabernacles est proche. – Incrédulité des frères de Jésus. – *Jésus monte à Jérusalem.* – Il enseigne dans le temple. – Les Juifs veulent l'arrêter. – Le dernier jour de fête : discours de Jésus – Hostilité des sacrificateurs et des pharisiens.

Après cela, Jésus se mit à parcourir la Galilée : il ne VII
voulait pas séjourner en Judée, parce que les Juifs cher-
chaient à le faire mourir.
Cependant la fête des Juifs, appelée fête des Taberna- 2
cles[2], était proche. Ses frères lui dirent donc : « Quitte 3
ce pays, et t'en va en Judée, afin que tes disciples aussi
voient les œuvres que tu fais ; on n'agit pas secrète- 4
ment, quand on veut être connu du public. Si réellement
tu fais ces choses, montre-toi au monde. » Car ses frères 5
mêmes ne croyaient pas en lui. Jésus leur dit : « Le 6
moment n'est pas encore venu pour moi, tandis que
pour vous tous les moments sont bons. Le monde ne 7
peut vous haïr ; mais, moi, il me hait, parce que je rends
de lui ce témoignage que ses œuvres sont mauvaises.
Allez, vous, à la fête ; pour moi, je n'y vais pas[b], parce 8
que le moment n'est pas encore venu pour moi. » Leur 9
ayant ainsi parlé, il resta en Galilée ; mais, lorsque ses 10
frères furent partis, il alla aussi lui-même à la fête, non
pas publiquement, mais comme en cachette.

a. T. R. : que tu es *le Messie, le fils du Dieu vivant.*
b. T. R. : je n'y vais pas *encore.*

11 Les Juifs donc le cherchaient à la fête, et disaient :
12 « Où est-il ? » Et l'on parlait beaucoup de lui dans la
foule. Les uns disaient : « C'est un homme de bien. »
13 D'autres disaient : « Non ; il égare le peuple. » Toute-
fois, personne ne s'exprimait librement sur son compte,
par crainte des Juifs.

14 On était déjà au milieu de la fête, quand Jésus monta
15 au temple ; et il se mit à enseigner. Les Juifs, étonnés,
disaient : « Comment cet homme connaît-il les saintes
16 lettres, puisqu'il n'a point étudié ? » Jésus leur répon-
dit : « Ma doctrine n'est pas de moi ; elle est de celui qui
17 m'a envoyé. Si quelqu'un veut faire la volonté de Dieu,
il connaîtra si ma doctrine vient de Dieu ou si je parle de
18 mon chef. Celui qui parle de son chef, cherche sa propre
gloire ; mais celui qui cherche la gloire de celui qui l'a
envoyé, est véridique et il n'y a rien de malhonnête en
19 lui. Moïse ne vous a-t-il pas donné la Loi ?... et pourtant
nul de vous n'observe la Loi. Pourquoi cherchez-vous à
20 me faire mourir ? » Le peuple répondit : « Tu es pos-
sédé d'un démon ; qui est-ce qui cherche à te faire mou-
21 rir ? » Jésus répondit et leur dit : « J'ai fait une seule
22 œuvre, et vous en êtes tous dans l'étonnement. Moïse
vous a donné la circoncision (non qu'elle vienne de
Moïse ; elle vient des patriarches) et vous circoncisez le
23 jour du sabbat. Si l'on circoncit un homme le jour du
sabbat, pour que la loi de Moïse ne soit pas violée, pour-
quoi vous irritez-vous contre moi, de ce que j'ai guéri
24 un homme, dans tout son corps, un jour de sabbat ? Ne
jugez pas sur l'apparence, mais jugez avec justice. »

25 Alors quelques personnes de Jérusalem dirent :
26 N'est-ce pas celui qu'on cherche à faire mourir ?... et le
voilà qui parle librement, sans qu'on lui dise rien ! Les
notables auraient-ils reconnu qu'il est le Messie ?...

Mais nous savons d'où est celui-ci, tandis que, quand le 27
Messie viendra, personne ne saura d'où il est[1]. Jésus, 28
qui enseignait dans le temple, dit donc à haute voix :
« Vous me connaissez, et vous savez d'où je suis !... et
pourtant ce n'est pas de moi-même que je suis venu,
mais il y en a bien réellement un qui m'a envoyé : vous
ne le connaissez pas ; moi, je le connais, car je viens de 29
lui, et c'est lui-même qui m'a envoyé. »

Ils cherchèrent donc à le saisir ; toutefois personne ne 30
mit la main sur lui, parce que son heure n'était pas
encore venue. Mais plusieurs hommes du peuple cru- 31
rent en lui, et ils disaient : « Quand le Messie viendra,
fera-t-il plus de miracles que n'en a fait celui-ci ? » Les 32
pharisiens entendirent ce que le peuple disait tout bas de
Jésus, et de concert avec les principaux sacrificateurs,
ils envoyèrent des gardes pour l'arrêter. Jésus dit donc : 33
« Je suis encore avec vous pour un peu de temps, puis je
m'en vais vers celui qui m'a envoyé. Vous me cherche- 34
rez et vous ne me trouverez pas ; et, là où je serai, vous
ne pouvez venir. » Sur quoi, les Juifs se dirent entre 35
eux : « Où doit-il aller, que nous ne le trouverons pas ?
Est-ce qu'il doit aller chez ceux qui sont disséminés
parmi les Grecs, et enseigner les Grecs ? Que signifie ce 36
qu'il vient de dire : "Vous me chercherez, et vous ne me
trouverez pas ; et, là où je serai, vous ne pouvez
venir "? »

Le dernier et le plus grand jour de la fête[2], Jésus était 37
là, debout, et il dit à haute voix : « Si quelqu'un a soif,
qu'il vienne à moi et qu'il boive. Si quelqu'un croit en 38
moi, *des fleuves d'eau vive*, comme dit l'Écriture, *coule-*
ront de son sein[3]. » Il disait cela de l'Esprit que devaient 39
recevoir ceux qui croiraient en lui ; car l'Esprit[a] n'était

a. T. R. ajoute : *Saint.*

pas encore, parce que Jésus n'avait pas encore été glori-
40 fié. Là-dessus, des gens du peuple, qui avaient entendu
ces paroles, disaient : « Assurément, c'est le Prophète. »
41 D'autres disaient : « C'est le Messie. — Non, disaient
42 d'autres, car le Messie doit-il venir de Galilée ? L'Écri-
ture ne dit-elle pas que c'est de la race de David et du vil-
lage de Bethléem, où était David, que le Messie doit
43 venir ? » Le peuple était donc divisé à cause de lui.
44 Quelques-uns voulaient l'arrêter, cependant personne
45 ne mit la main sur lui. Les gardes vinrent donc vers les
principaux sacrificateurs et les pharisiens, et ceux-ci
leur dirent : « Pourquoi ne l'avez-vous pas amené ? »
46 Les gardes répondirent : « Jamais homme n'a parlé
47 comme cet homme. » Les pharisiens leur répliquèrent :
« Vous aussi, vous êtes-vous laissé séduire ?
48 Y a-t-il quelqu'un des chefs ou des pharisiens qui ait
49 cru en lui ? mais cette populace, qui ne connaît point la
50 Loi, est exécrable. » Nicodème, l'un d'eux, le même
51 qui était venu[a] trouver Jésus, leur dit : « Est-ce que
notre Loi condamne un homme avant de l'avoir entendu
52 et d'avoir pris connaissance de ce qu'il a fait ? » Ils lui
répondirent : « Toi aussi, es-tu Galiléen ? Examine, et
tu verras qu'il n'est point sorti de prophète de la Gali-
lée. »
53 [b] [Et chacun s'en alla dans sa maison.

[La femme adultère.] – Discours de Jésus dans la trésorerie. –
Les Juifs veulent le lapider.

VIII Pour Jésus, il se rendit à la montagne des Oliviers.
2 Au point du jour, il revint dans le temple, et tout le

a. T. R. ajoute : *de nuit.*
b. T. R. ajoute tout le paragraphe VII, 53 à VIII, 11.

peuple vint vers lui. Alors Jésus s'assit et se mit à les
enseigner.
Les scribes et les pharisiens lui amenèrent une 3
femme qui avait été surprise en adultère [1], et l'ayant pla-
cée au milieu de l'assemblée, ils dirent à Jésus : 4
« Maître, cette femme a été prise en flagrant délit
d'adultère ; or Moïse nous a commandé, dans la Loi, de 5
lapider ces sortes de femmes ; toi donc, qu'en dis-tu ? »
Ils parlaient ainsi pour l'éprouver, afin de pouvoir l'ac- 6
cuser ; mais Jésus s'étant baissé, écrivait avec le doigt
sur la terre. Comme ils persistaient à l'interroger, il se 7
releva et leur dit : « Que celui de vous qui est sans péché
lui jette le premier la pierre. » Et s'étant baissé de nou- 8
veau, il se remit à écrire sur la terre. Eux, l'ayant 9
entendu, et se sentant repris par leur conscience, se reti-
rèrent les uns après les autres, depuis les plus âgés jus-
qu'aux derniers ; et Jésus resta seul avec la femme qui 10
était là au milieu de l'assemblée. Alors Jésus s'étant
relevé, et ne voyant plus que la femme, lui dit :
« Femme, où sont tes accusateurs ? Est-ce que personne
ne t'a condamnée ? » Elle lui répondit : « Personne, 11
Seigneur. » Et Jésus lui dit : « Je ne te condamne pas
non plus ; va, et ne pèche plus. »]
Jésus prenant de nouveau la parole leur dit : « Je suis 12
la lumière du monde ; celui qui me suit ne marchera pas
dans les ténèbres, mais il aura la lumière de la vie. » Les 13
pharisiens lui dirent donc : « C'est toi qui rends témoi-
gnage de toi-même, ton témoignage n'est pas digne de
foi. » Jésus leur répondit : « Quoique ce soit moi qui 14
rende témoignage de moi-même, mon témoignage est
digne de foi, parce que je sais d'où je suis venu et où je
vais ; mais vous, vous ne savez ni d'où je viens ni où je
vais. Vous jugez selon la chair ; pour moi, je ne juge 15

16 personne ; et pourtant quand il m'arrive de juger, mon
jugement est digne de foi, parce que je ne suis pas seul,
17 mais que le Père, qui m'a envoyé, est avec moi. D'ail-
leurs, il est écrit dans votre Loi que *le témoignage de*
18 *deux personnes est digne de foi* [1] ; eh bien ! il y a moi,
qui témoigne de moi-même, et le Père, qui m'a envoyé,
19 rend aussi témoignage de moi. » Ils lui disaient donc :
« Où est ton Père ? » Jésus répondit : « Vous ne
connaissez ni moi, ni mon Père ; si vous me connais-
siez, vous connaîtriez aussi mon Père. »

20 Il prononça ces paroles dans la trésorerie, enseignant
dans le temple ; et personne ne mit la main sur lui ;
parce que son heure n'était pas encore venue.

21 Jésus leur dit encore : « Je m'en vais ; et vous me
chercherez, et vous mourrez dans votre péché : vous ne
22 pouvez venir où je vais. » Là-dessus, les Juifs disaient :
« Est-ce qu'il veut se tuer qu'il dit "vous ne pouvez venir
23 où je vais" ? » Jésus leur dit : « Vous êtes d'ici-bas ;
pour moi, je suis d'en haut ; vous êtes de ce monde ;
24 moi, je ne suis pas de ce monde : c'est pourquoi je
vous ai dit que vous mourrez dans vos péchés, car si
vous ne croyez pas ce que je suis [2], vous mourrez dans
25 vos péchés. » Ils lui disaient donc : « Qui es-tu, toi ? »
26 Jésus leur dit : « Je suis toujours ce que je vous dis. J'ai
beaucoup de choses à dire de vous et à reprendre en
vous ; mais celui qui m'a envoyé est la vérité même, et
27 je ne dis au monde que ce que j'ai appris de lui. » Ils ne
28 comprirent pas qu'il leur parlait du Père. Jésus ajouta
donc : « Lorsque vous aurez élevé le Fils de l'homme,
alors vous connaîtrez qui je suis [3], vous saurez que je ne
fais rien de moi-même, mais que je parle comme le Père
29 m'a enseigné, et que celui qui m'a envoyé, est avec

moi : il ne m'a point laissé seul, parce que je fais toujours ce qui lui est agréable. »

Comme il disait ces choses, plusieurs crurent en lui. 30
Jésus dit donc à ces Juifs qui avaient cru en lui : « Si 31
vous gardez ma parole, vous serez véritablement mes
disciples ; vous connaîtrez la vérité, et la vérité vous 32
affranchira. » Ils lui répondirent : « Nous sommes la 33
postérité d'Abraham, et nous n'avons jamais été
esclaves de personne ; pourquoi dis-tu : "Vous serez
affranchis" ? » Jésus leur repartit : « En vérité, en 34
vérité, je vous le dis, quiconque s'adonne au péché est
esclave du péché. Or l'esclave ne demeure pas toujours 35
dans la maison, c'est le fils qui y demeure toujours ; si 36
donc le Fils vous affranchit, vous serez réellement
libres. Je sais bien que vous êtes la postérité d'Abra- 37
ham ; mais vous cherchez à me faire mourir, parce que
ma parole ne pénètre point en vous. Pour moi, je dis ce 38
que j'ai vu chez mon Père, et vous, vous faites ce que
vous avez appris [a] de votre père. » Ils lui répondirent : 39
« Notre père, c'est Abraham. » Jésus leur dit : « Si vous
étiez enfants d'Abraham, vous feriez les œuvres
d'Abraham ; mais voici, vous cherchez à me faire mou- 40
rir, moi qui vous ai dit la vérité que j'ai apprise de Dieu :
Abraham n'a point fait ainsi. Vous faites, vous, les 41
œuvres de votre père. » Ils lui dirent : « Nous ne
sommes pas des enfants illégitimes. Nous n'avons
qu'un père, c'est Dieu. » Jésus leur dit : « Si Dieu était 42
votre père, vous m'aimeriez, car je suis issu de Dieu, et
je viens à vous ; je ne suis pas même venu de mon chef,
mais c'est lui qui m'a envoyé. Pourquoi ne reconnais- 43
sez-vous pas mon langage ? C'est qu'il vous est impos-

a. T. R. : ce que *vous avez vu chez* votre père.

44 sible d'entendre ma parole. Le père dont vous êtes issus,
c'est le diable [1], et vous avez la volonté d'accomplir les
désirs de votre père. Il a été homicide dès le commence-
ment, et il ne demeure point dans la vérité, parce qu'il
n'y a point de vérité en lui ; quand il profère le men-
songe, il parle de son propre fonds, car il est menteur et
45 le père du mensonge [2] : et moi, parce que je vous dis la
46 vérité, vous ne me croyez pas. Qui de vous peut me
convaincre de péché ? Si je dis la vérité, pourquoi ne me
47 croyez-vous pas ? Celui qui est issu de Dieu, entend les
paroles de Dieu ; aussi ne les entendez-vous point,
parce que vous n'êtes point issus de Dieu. »
48 Les Juifs repartirent : « N'avons-nous pas raison de
dire que tu es un Samaritain, et que tu es possédé d'un
49 démon ? » Jésus répondit : « Je ne suis point possédé
d'un démon, mais je rends honneur à mon Père, et vous,
50 vous me déshonorez. Pour moi, je ne cherche point ma
51 gloire : il y en a un qui la cherche et qui juge. En vérité,
en vérité, je vous le dis, si quelqu'un garde ma parole, il
52 ne verra jamais la mort. » Les Juifs lui dirent : « Nous
voyons bien maintenant que tu es possédé d'un démon :
Abraham est mort, les prophètes sont morts aussi, et tu
dis : "Si quelqu'un garde ma parole, il ne goûtera jamais
53 la mort !" Es-tu plus grand que notre père Abraham, qui
est mort ? Les prophètes aussi sont morts : qui donc pré-
54 tends-tu être ? » Jésus répondit : « Si je me glorifie moi-
même, ma gloire n'est rien ; c'est mon Père qui me glo-
55 rifie, lui, dont vous dites qu'il est votre Dieu, et pourtant
vous ne le connaissez pas. Moi, je le connais, et si je
disais que je ne le connais pas, je serais comme vous, un
56 menteur ; mais je le connais, et je garde sa parole. Abra-
ham, votre père, s'est réjoui de voir mon jour [3] : il l'a vu,
57 et il en a eu de la joie. » Les Juifs lui dirent donc : « Tu

n'as pas encore cinquante ans, et tu as vu Abraham ! »
Jésus leur dit : « En vérité, en vérité, je vous le dis, avant 58
qu'Abraham fût, je suis[1]. » Là-dessus, ils prirent des 59
pierres pour les lui jeter ; mais Jésus se cacha, et sortit
du temple[a].

Guérison d'un aveugle-né. – Enquête et incrédulité des pharisiens. – Foi de l'aveugle-né. – Aveuglement des clairvoyants.

Comme il passait, il vit un homme aveugle de nais- IX
sance, et ses disciples lui demandèrent : « Maître, qui 2
est-ce qui a péché, de cet homme ou de ses parents, pour
qu'il soit né aveugle ? » Jésus répondit : « Ce n'est pas 3
qu'il ait péché, ni lui, ni ses parents, mais c'est afin que
les œuvres de Dieu éclatent en lui[2]. Il nous[b] faut faire 4
les œuvres de celui qui m'a envoyé, pendant qu'il est
jour ; la nuit vient, où l'on ne peut travailler. Pendant 5
que je suis dans le monde, je suis la lumière du monde. »
Ayant ainsi parlé, il cracha à terre, fit de la boue avec sa 6
salive, enduisit de cette boue les yeux de l'aveugle, et 7
lui dit : « Va, lave-toi au réservoir de Siloé[3] » (nom qui
signifie Envoyé). Il s'en alla donc, se lava, et revint
clairvoyant.

Ses voisins et ceux qui auparavant l'avaient vu men- 8
dier, disaient : « N'est-ce pas là celui qui était assis et
qui mendiait ? » Les uns disaient : « C'est lui. — Non, 9
disaient d'autres, mais il lui ressemble. » Lui disait :
« C'est moi. » Sur quoi ils lui dirent : « Comment tes 10
yeux ont-ils été ouverts ? » Il répondit : « Un homme 11

a. T. R. ajoute : *en passant à travers la foule : c'est ainsi qu'il s'en alla.*
b. T. R. : il *me* faut...

appelé Jésus a fait de la boue, il m'en a enduit les yeux,
et m'a dit : "Va à Siloé, et te lave." J'y suis allé, et,
12 m'étant lavé, j'ai recouvré la vue. » Ils lui dirent : « Où
est cet homme ? — Je ne sais pas », répondit-il.
13 Ils menèrent vers les pharisiens celui qui naguère
14 était aveugle. Or c'était un jour de sabbat que Jésus
15 avait fait de la boue, et lui avait ouvert les yeux. Les
pharisiens, à leur tour, lui demandèrent aussi comment
il avait recouvré la vue ; et il leur dit : « Il m'a mis de la
16 boue sur les yeux ; je me suis lavé et je vois. » Là-dessus, quelques-uns des pharisiens dirent : « Cet homme
n'est pas envoyé de Dieu, puisqu'il n'observe pas le
sabbat[1]. » Mais d'autres disaient : « Comment un
méchant pourrait-il faire de tels miracles ? » Et ils
17 étaient divisés entre eux. Ils dirent donc de nouveau à
l'aveugle : « Et toi, que dis-tu de cet homme qui t'a
18 ouvert les yeux ? — C'est un prophète », dit-il. Les
Juifs ne voulurent point croire que cet homme eût été
aveugle et qu'il eût recouvré la vue, jusqu'à ce qu'ils
19 eussent fait venir son père et sa mère. Et ils les interrogèrent : « Est-ce là, demandèrent-ils, votre fils, que
vous dites être né aveugle ? Comment donc voit-il à
20 cette heure ? » Les parents répondirent : « Nous savons
21 que c'est bien là notre fils, et qu'il est né aveugle ; mais
comment il se fait qu'il voie maintenant, nous l'ignorons ; qui lui a ouvert les yeux, nous ne le savons pas.
Interrogez-le, il a de l'âge, il s'expliquera lui-même. »
22 Ses parents dirent cela, parce qu'ils craignaient les
Juifs : ceux-ci s'étaient déjà concertés pour faire chasser de la synagogue quiconque reconnaîtrait Jésus pour
23 le Messie. C'est pour cela que ses parents dirent : « Il a
de l'âge, interrogez-le. »
24 Les pharisiens firent venir une seconde fois l'homme

qui avait été aveugle, et lui dirent : « Donne gloire à
Dieu : nous savons que cet homme est un méchant. » Il 25
répondit : « Si c'est un méchant, je l'ignore ; je ne sais
qu'une chose, c'est que j'étais aveugle et qu'à cette
heure je vois. » Ils lui dirent : « Que t'a-t-il fait ? 26
Comment t'a-t-il ouvert les yeux ? — Je vous l'ai déjà 27
dit, leur répliqua-t-il, et vous n'avez pas écouté ; pour-
quoi voulez-vous l'entendre encore une fois ? Est-ce
que vous voulez devenir aussi ses disciples ? » Ils l'in- 28
jurièrent et lui dirent : « C'est toi qui es disciple de cet
homme ; pour nous, nous sommes disciples de Moïse.
Nous savons que Dieu a parlé à Moïse, mais pour celui- 29
ci, nous ne savons d'où il est. » Cet homme répondit et 30
leur dit : « C'est une chose étrange que vous ne sachiez
d'où il est... et pourtant il m'a ouvert les yeux ! Nous 31
savons que Dieu n'exauce point les méchants ; mais si
quelqu'un est pieux et fait sa volonté, c'est celui-là qu'il
exauce. Jamais on n'a entendu dire que quelqu'un ait 32
ouvert les yeux d'un aveugle-né ; si cet homme ne 33
venait pas de Dieu, il ne pourrait rien faire de pareil. »
Ils lui dirent : « Tu es né tout entier dans le péché, et tu 34
te mêles de nous faire des leçons ! » Et ils le chassèrent.

Jésus apprit qu'on l'avait chassé, et, l'ayant rencontré, 35
il lui dit : « Tu crois, toi, au Fils de Dieu ? » Cet homme 36
répondit : « Et qui est-il, Seigneur, afin que je croie en
lui ? — Tu le vois, lui dit Jésus, et c'est lui-même qui te 37
parle. — Je crois, Seigneur », dit-il alors, et il se pros- 38
terna devant lui. Jésus ajouta : « Je suis venu dans ce 39
monde pour un jugement, pour que ceux qui ne voient
pas, voient, et que ceux qui voient deviennent aveu-
gles [1]. » Les pharisiens qui étaient auprès de lui, 40
entendirent cette parole, et lui dirent : « Et nous,
sommes-nous aussi aveugles ? » Jésus leur dit : « Si vous 41

étiez aveugles, vous seriez sans péché ; mais puisque vous dites “nous voyons”, votre péché subsiste [1]. »

Discours : Jésus, le bon berger. – Foi et incrédulité. – Fête de la Dédicace. – Discours : Unité de Jésus et de Dieu. – Les Juifs veulent le lapider. – *Jésus se retire au-delà du Jourdain.*

X « En vérité, en vérité, je vous le dis, celui qui n’entre
pas par la porte dans la bergerie, mais qui l’escalade par
2 un autre endroit, est un voleur et un brigand ; mais celui
3 qui entre par la porte, est un berger des brebis. Le portier
lui ouvre, et les brebis entendent sa voix ; il appelle ses
4 brebis par leur nom, et il les conduit dehors : dès qu’il a
fait sortir toutes les siennes, il va devant elles, et les bre-
5 bis le suivent, parce qu’elles connaissent sa voix. Elles
ne suivront point un étranger, mais elles le fuiront,
parce qu’elles ne connaissent point la voix des étran-
gers. »
6 Jésus leur fit cette comparaison, mais ils ne compri-
rent pas de quoi il leur parlait.
7 Jésus reprit et leur dit : « En vérité, en vérité, je vous
8 le dis, je suis la porte des brebis [2] : tous ceux qui sont
venus avant moi sont des voleurs et des brigands ; mais
9 les brebis ne les ont point écoutés. Je suis la porte : si
quelqu’un entre par moi, il sera sauvé ; il entrera et il
10 sortira, et il trouvera de la pâture. Le voleur ne vient que
pour voler, pour égorger et pour détruire ; moi, je suis
venu pour que les brebis aient la vie, et qu’elles l’aient
11 abondamment. Je suis le bon berger : le bon berger
12 donne sa vie pour ses brebis ; mais le mercenaire, qui
n’est pas berger, à qui les brebis n’appartiennent pas en

propre, ne voit pas plutôt venir le loup, qu'il abandonne
les brebis, et s'enfuit : le loup les ravit, et disperse le
troupeau. Le mercenaire s'enfuit, parce qu'il est merce- 13
naire, et qu'il n'a nul souci des brebis. Je suis le bon ber- 14
ger : je connais mes brebis et mes brebis me connais-
sent, comme le Père me connaît et que je connais le 15
Père ; et je donne ma vie pour mes brebis. J'ai encore 16
d'autres brebis, qui ne sont pas de cette bergerie ; il faut
aussi que je les conduise : elles entendront ma voix ; et
il y aura un seul troupeau, un seul berger[1]. Mon Père 17
m'aime, parce que je donne ma vie, afin de la repren-
dre ; personne ne me l'ôte, mais je la donne de moi- 18
même ; j'ai le pouvoir de la donner, et j'ai le pouvoir de
la reprendre : tel est l'ordre que j'ai reçu de mon Père. »

Ces paroles provoquèrent une nouvelle division 19
parmi les Juifs. Un grand nombre d'entre eux disaient : 20
« Il est possédé d'un démon, il déraisonne : pourquoi
l'écoutez-vous ? » D'autres disaient : « Ces paroles ne 21
sont point celles d'un possédé. Est-ce qu'un démon peut
ouvrir les yeux des aveugles ? »

Or, on célébrait à Jérusalem la fête de la Dédicace[2] : 22
c'était l'hiver ; et Jésus se promenait dans le temple, 23
sous le portique de Salomon. Les Juifs l'entourèrent 24
donc, et lui dirent : « Jusques à quand nous tiendras-tu
l'esprit en suspens ? Si tu es le Messie, dis-le-nous fran-
chement. » Jésus leur répondit : « Je vous l'ai dit, et 25
vous ne le croyez pas : les œuvres que je fais au nom de
mon Père, rendent témoignage de moi, mais vous ne 26
croyez point, parce que vous n'êtes pas de mes brebis,
comme je vous l'ai dit. Mes brebis entendent ma voix ; 27
je les connais, et elles me suivent ; je leur donne la vie 28
éternelle et elles ne périront jamais ; et nul ne les ravira
de ma main : mon Père qui me les a données est plus 29

grand que tous, et personne ne peut les ravir de la main
30 de mon Père. Le Père et moi, nous ne faisons qu'un [1]. »
31 Là-dessus, les Juifs ramassèrent de nouveau des
32 pierres pour le lapider. Jésus leur dit : « J'ai fait sous vos
yeux plusieurs bonnes œuvres, par la puissance de mon
33 Père ; pour laquelle me lapidez-vous ? » Les Juifs lui
répondirent : « Ce n'est point pour une bonne œuvre
que nous te lapidons, mais pour un blasphème, et parce
34 qu'étant homme, tu te fais dieu. » Jésus leur repartit :
« N'est-il pas écrit dans votre Loi : *J'ai dit : "Vous êtes*
35 *des dieux* [2]" ? Si donc la Loi appelle "dieux", ceux à qui
la parole de Dieu a été adressée, et si l'Écriture ne peut
36 être rejetée, comment pouvez-vous dire à celui que le
Père a consacré et qu'il a envoyé dans le monde, "tu
blasphèmes", parce que j'ai dit : "Je suis le Fils de
37 Dieu" ? Si je ne fais pas les œuvres de mon Père, ne me
38 croyez pas ; mais si je les fais, quand même vous ne me
croiriez pas, croyez en mes œuvres ; reconnaissez et
sachez que le Père est en moi et que je suis dans le
Père [3]. »
39 Alors les Juifs cherchèrent de nouveau à se saisir de
40 lui, mais il s'échappa de leurs mains et s'en retourna au-
delà du Jourdain, dans le lieu où Jean avait baptisé tout
41 d'abord, et il y demeura. Bien des gens venaient vers
lui, et disaient : « Jean n'a point fait de miracles, mais
42 tout ce qu'il a dit de celui-ci est vrai. » Et il y en eut là
beaucoup qui crurent en lui.

Jésus à Béthanie. – Résurrection de Lazare. – Complots des Sénateurs. – *Jésus se retire à Éphraïm.* – La fête de Pâque est proche. – Ordre d'arrêter Jésus.

Il y avait un homme malade, nommé Lazare, qui était XI
de Béthanie, village de Marie et de Marthe, sa sœur.
Marie est celle qui oignit de parfum le Seigneur et lui 2
essuya les pieds avec ses cheveux, et c'était son frère
Lazare qui était malade. Les sœurs donc envoyèrent dire 3
à Jésus : « Seigneur, celui que tu aimes est malade. »
Jésus, ayant entendu ces paroles, dit : « Cette maladie ne 4
va point à la mort, mais elle est pour la gloire de Dieu,
afin que le Fils de Dieu soit glorifié par elle. » Or Jésus 5
aimait Marthe, et sa sœur, et Lazare. Lorsqu'il eut 6
appris que Lazare était malade, il resta encore deux
jours dans le lieu où il était ; puis, ce temps écoulé, il dit 7
à ses disciples : « Retournons en Judée. » Les disciples 8
lui dirent : « Maître, il n'y a que peu de temps que les
Juifs cherchaient à te lapider, et tu retournes en
Judée ! » Jésus répondit : « N'y a-t-il pas douze heures 9
au jour ? Si l'on marche pendant le jour, on ne se heurte
point, parce qu'on voit la lumière de ce monde ; mais si 10
l'on marche pendant la nuit, on se heurte, parce qu'on
manque de lumière. » Il parla ainsi, et ajouta : « Lazare, 11
notre ami, dort ; mais je vais l'éveiller. » Les disciples 12
lui dirent : « Seigneur, s'il dort, il sera guéri » ; mais 13
Jésus avait parlé de sa mort, et eux avaient cru qu'il par-
lait du repos du sommeil. Alors Jésus leur dit ouverte- 14
ment : « Lazare est mort ; et je me réjouis à cause de 15
vous de ce que je n'étais pas là, afin que vous croyiez ;
mais allons vers lui. » Sur quoi Thomas, qui est appelé 16

Didyme, dit aux autres disciples : « Allons-y aussi, afin
de mourir avec lui. »
17 Jésus étant arrivé, trouva qu'il y avait déjà quatre
18 jours[1] que Lazare était dans le sépulcre ; et, comme
Béthanie n'était éloigné de Jérusalem que de quinze
19 stades environ, beaucoup de Juifs étaient venus voir
Marthe et Marie pour les consoler de la mort de leur
20 frère. Dès que Marthe eut appris que Jésus venait, elle
alla au-devant de lui ; pour Marie, elle était assise à la
21 maison. Marthe dit donc à Jésus : « Seigneur, si tu
22 eusses été ici, mon frère ne serait pas mort ; mais, main-
tenant même, je sais que tout ce que tu demanderas à
23 Dieu, Dieu te l'accordera. » Jésus lui dit : « Ton frère
24 ressuscitera. — Je sais, reprit Marthe, qu'il ressuscitera,
25 lors de la résurrection, au dernier jour. » Jésus lui repar-
tit : « Je suis la résurrection et la vie : celui qui croit en
26 moi, vivra, quand même il serait mort, et quiconque vit
et croit en moi, ne mourra point pour toujours. Crois-tu
27 cela ? » Elle lui dit : « Oui, Seigneur, je crois que tu es
le Messie, le Fils de Dieu, celui qui devait venir dans le
monde[2]. »
28 Ayant ainsi parlé, elle s'en alla et appela en secret
Marie, sa sœur, disant : « Le maître est là, et il te de-
29 mande . » Dès que Marie l'eut entendu, elle se leva
30 promptement et alla vers lui. Or Jésus n'était pas encore
entré dans le village, mais il était à l'endroit où Marthe
31 l'avait rencontré. Les Juifs qui étaient avec Marie, dans
la maison, et qui la consolaient, la voyant se lever
promptement et sortir, la suivirent, disant : « Elle va au
sépulcre pour y pleurer. »
32 Dès que Marie fut arrivée à l'endroit où était Jésus, et
qu'elle le vit, elle tomba à ses pieds, et lui dit : « Sei-
gneur, si tu eusses été ici, mon frère ne serait pas mort. »

Lorsque Jésus la vit pleurer, elle et les Juifs qui l'ac- 33
compagnaient, il frémit intérieurement, et, se laissant
aller à son émotion, il dit : « Où l'avez-vous mis ? » Ils 34
lui dirent : « Seigneur, viens et vois. » Jésus pleura[1]. 35
Les Juifs disaient donc : « Voyez comme il l'aimait. » 36
Toutefois quelques-uns d'entre eux dirent : « Lui qui a 37
ouvert les yeux de l'aveugle, ne pouvait-il pas faire
aussi que celui-ci ne mourût pas ? »

Jésus, frémissant de nouveau en lui-même, se rend au 38
sépulcre : c'était un caveau, et une pierre était posée
dessus. Jésus dit : « Ôtez la pierre. » La sœur du mort, 39
Marthe, lui dit : « Seigneur, il a déjà de l'odeur, car il y
a quatre jours qu'il est là. » Jésus lui repartit : « Ne t'ai- 40
je pas dit que si tu crois, tu verras la gloire de Dieu ? »
Ils ôtèrent donc la pierre[a] ; alors Jésus, levant les yeux 41
en haut, dit : « Père, je te rends grâce, de ce que tu m'as
exaucé. Pour moi, je savais bien que tu m'exauces tou- 42
jours, mais je dis cela à cause de cette foule qui m'en-
toure, afin qu'elle croie que c'est toi qui m'as envoyé. »
Ayant ainsi parlé, il cria d'une voix forte : « Lazare, 43
sors » ; et le mort sortit, les mains et les pieds liés de 44
bandelettes, et le visage enveloppé d'un suaire. Jésus
leur dit : « Déliez-le, et le laissez aller[2]. » Un grand 45
nombre de Juifs, la plupart de ceux qui étaient venus
visiter Marie et avaient vu ce miracle de Jésus, crurent
en lui ; quelques-uns d'entre eux, cependant, allèrent 46
trouver les pharisiens et leur rapportèrent ce que Jésus
avait fait.

Alors les principaux sacrificateurs et les pharisiens 47
assemblèrent le sanhédrin et dirent : « Que ferons-
nous ? car cet homme opère beaucoup de miracles ; si 48

a. T. R. ajoute : *du caveau où le mort gisait ;*

nous le laissons faire, tout le monde croira en lui, et les
Romains viendront, et ils détruiront notre temple et
49 notre nation. » L'un d'eux, nommé Caïphe, souverain
50 sacrificateur cette année-là, leur dit : « Vous n'y enten-
dez rien ; vous ne réfléchissez pas qu'il nous est avanta-
geux qu'un seul homme meure pour le peuple, et que
51 toute la nation ne périsse pas. » Il ne dit pas cela de son
propre mouvement, mais comme il était souverain
sacrificateur cette année-là, il prophétisa que Jésus
52 devait mourir pour la nation ; — non pas pour la nation
seulement, c'était aussi afin de réunir en un seul corps
les enfants de Dieu qui sont dispersés.

53-54 Dès ce jour, ils délibérèrent de le faire mourir ; c'est pourquoi Jésus ne se montra plus en public parmi les Juifs, et s'en alla dans les campagnes de la Judée, près du désert, à Éphraïm-la-Ville, où il séjourna avec ses disciples.

55 Cependant la Pâque des Juifs était proche, et beau-
coup de gens montèrent des campagnes de la Judée à
56 Jérusalem, avant la Pâque, pour se purifier. Ils cher-
chaient Jésus, et, étant dans le temple, ils se disaient
entre eux : « Qu'en pensez-vous ? Ne viendra-t-il pas à
57 la fête ? » Or les principaux sacrificateurs et les phari-
siens avaient donné l'ordre que si l'on savait où il était,
on eût à le déclarer, afin qu'ils le fissent prendre.

Jésus à Béthanie. – Marie oint Jésus de parfum. – Ovation populaire. – *Entrée à Jérusalem.* – Discours : pressentiments de mort ; une voix du ciel. – Sommaire du ministère de Jésus.

XII Six jours avant la Pâque, Jésus se rendit à Béthanie,
2 où était Lazare, le mort qu'il avait ressuscité. Là, on lui

donna à souper : Marthe servait, et Lazare était un de
ceux qui étaient à table avec lui. Marie ayant pris une 3
livre d'un parfum de nard pur très précieux, en oignit les
pieds de Jésus et les essuya avec ses cheveux. Toute la
maison fut remplie de l'odeur de ce parfum. Alors l'un 4
de ses disciples, Judas Iscariote[a], celui qui devait le
livrer, dit : « Pourquoi n'avoir pas vendu ce parfum 5
trois cents deniers, et n'en avoir pas donné l'argent aux
pauvres ? » Il disait cela, non qu'il se souciât des 6
pauvres, mais parce qu'il était voleur, et qu'il tenait la
bourse et prenait ce qu'on y mettait. Jésus lui dit donc : 7
« Laisse-la en paix ; elle a voulu garder ce parfum pour
le jour de ma sépulture[1]. Vous aurez toujours des 8
pauvres avec vous, mais, moi, vous ne m'aurez pas toujours. »

Une foule de Juifs surent donc que Jésus était à 9
Béthanie, et ils y vinrent, non seulement à cause de
Jésus, mais aussi pour voir Lazare, qu'il avait ressuscité
des morts. Les principaux sacrificateurs délibérèrent de 10
faire mourir aussi Lazare[2], parce qu'à son occasion 11
beaucoup de Juifs les quittaient et croyaient en Jésus.

Le lendemain, une multitude de gens qui étaient 12
venus pour la fête, ayant appris que Jésus venait à Jérusalem, prirent des branches de palmier et allèrent au- 13
devant de lui, en criant : « Hosanna ! *Béni soit celui qui*
vient au nom du Seigneur, le Roi d'Israël ! » Jésus, 14
ayant trouvé un ânon, monta dessus, selon qu'il est
écrit : *Ne crains point, fille de Sion, voici ton roi qui* 15
vient, monté sur le petit d'une ânesse. Ses disciples ne 16
comprirent pas ces choses tout d'abord, mais quand
Jésus eut été glorifié, ils se souvinrent qu'elles étaient

a. T. R. : Judas *Iscariote, fils de Simon.*

écrites pour lui, et qu'ils les avaient accomplies à son égard.

17 La foule donc qui était avec Jésus rendait témoignage
qu'il avait fait sortir Lazare du sépulcre et l'avait res-
18 suscité des morts ; et c'est aussi parce qu'elle avait
appris qu'il avait fait ce miracle, que la multitude s'était
19 portée à sa rencontre. Sur quoi les pharisiens se dirent
les uns aux autres : « Vous voyez bien que vous ne
gagnez rien ; voilà que tout le monde court après lui. »

20 Or, dans le nombre des Grecs qui montent à Jérusa-
21 lem, pour adorer, lors de la fête, il s'en trouva là
quelques-uns qui abordèrent Philippe de Bethsaïde en
Galilée, et lui firent cette demande : « Seigneur, nous
22 voudrions bien voir Jésus. » Philippe alla le dire à
23 André, puis André et Philippe le dirent à Jésus. Jésus
leur répondit : « L'heure est venue où le Fils de
24 l'homme doit être glorifié. En vérité, en vérité, je vous
le dis, si le grain de blé ne meurt, après qu'il est tombé
en terre, il demeure seul ; mais s'il meurt, il porte beau-
25 coup de fruit[1]. Celui qui aime sa vie, la perdra, mais
celui qui hait sa vie en ce monde, la conservera pour la
26 vie éternelle. Si quelqu'un me sert, qu'il me suive ; et là
où je suis, là aussi sera mon serviteur : si quelqu'un me
27 sert, mon Père l'honorera. Maintenant mon âme est
troublée... et que dirai-je ?... Père, délivre-moi de cette
heure... mais c'est pour cette heure même que je suis
28 venu. Père, glorifie ton nom[2]. » Alors il vint une voix
du ciel : « Je l'ai glorifié, et je le glorifierai encore. »

29 La foule qui était là, et qui avait entendu, disait :
« C'est un tonnerre » ; d'autres disaient : « Un ange lui
30 a parlé. » Jésus dit : « Ce n'est pas pour moi que cette
31 voix s'est fait entendre, c'est pour vous. C'est mainte-
nant que le jugement de ce monde a lieu ; c'est mainte-

nant que le prince de ce monde va être expulsé ; quant à 32
moi, dès que j'aurai été élevé de la terre, j'attirerai tous
les hommes à moi[1]. » (Il indiquait par là de quelle mort 33
il devait mourir.) La foule lui répondit : « Nous avons 34
appris par la Loi que le Messie doit demeurer éternelle-
ment, comment donc dis-tu que le Fils de l'homme doit
être élevé ? Qui est ce Fils de l'homme ? » Jésus leur dit 35
donc : « La lumière n'est plus au milieu de vous que
pour un peu de temps ; marchez, puisque[a] vous avez la
lumière, de peur que les ténèbres ne vous surprennent ;
celui qui marche dans les ténèbres ne sait où il va.
Puisque vous avez la lumière, croyez en la lumière, afin 36
que vous soyez des enfants de lumière. »

Ainsi parla Jésus, et, s'en étant allé, il ne se montra plus à eux.

Quoiqu'il eût fait tant de miracles en leur présence, 37
ils ne croyaient point en lui, afin que s'accomplît la 38
parole qu'Ésaïe le prophète a prononcée : *Seigneur, qui
a cru à notre prédication, et à qui le bras du Seigneur
a-t-il été révélé*[2] *?* Et ils ne pouvaient croire, parce 39
qu'Ésaïe a dit encore : *Il a aveuglé leurs yeux et endurci* 40
*leur cœur, afin qu'ils ne voient pas de leurs yeux, ne
comprennent pas de leur cœur, et qu'ils ne se convertis-
sent pas : aussi ne les guérirai-je point*[3]. C'est là ce que 41
dit Ésaïe, lorsqu'il vit la gloire du Seigneur et qu'il parla
de lui.

Plusieurs, toutefois, même parmi les sénateurs, cru- 42
rent en lui ; mais, à cause des pharisiens, ils ne le
confessaient point, de peur d'être chassés de la syna-
gogue. Ils aimèrent mieux la gloire des hommes que la 43
gloire de Dieu.

a. T. R. : *pendant que* vous avez...

44 Cependant Jésus avait dit à haute voix : « Quiconque
croit en moi, croit, non pas en moi, mais en celui qui m'a
45 envoyé, et quiconque me voit, voit celui qui m'a
46 envoyé. Je suis venu dans le monde comme une
lumière, afin qu'aucun de ceux qui croient en moi, ne
47 demeure dans les ténèbres. Si quelqu'un entend mes
paroles et ne les garde pas[a], je ne le juge point, car je
suis venu, non pour juger le monde, mais pour le sauver.
48 Celui qui me rejette et repousse mes paroles a son juge :
c'est la parole que j'ai prêchée, c'est elle qui le jugera
49 au dernier jour. Car je n'ai point parlé de mon chef, mais
le Père, qui m'a envoyé, m'a lui-même commandé ce
50 que je dois dire et ce dont je dois parler ; et je sais que
son commandement, c'est la vie éternelle. En conséquence, les choses que j'annonce, je les annonce
comme le Père me les a dites. »

Le Cénacle. – Le souper et le lavement des pieds. – Annonce d'un traître. – Judas sort. – Discours de Jésus à ses disciples : « Aimez-vous les uns les autres. » – Annonce du reniement de Pierre.

XIII Avant la fête de Pâque, Jésus, sachant que son heure
était venue de quitter ce monde pour aller vers le Père,
témoigna souverainement aux siens, qui sont dans le
2 monde, l'amour dont il les avait aimés. Dans un repas,
le diable ayant déjà mis dans le cœur de Judas Iscariote,
3 fils de Simon, le dessein de livrer son Maître, Jésus, qui
savait que le Père avait remis toutes choses entre ses
mains, qu'il était venu de Dieu et qu'il s'en allait vers

a. T. R. : et *n'y ajoute pas foi,*

Dieu, se leva de table, posa son manteau, et, ayant pris 4
un linge, il s'en ceignit ; puis, ayant versé de l'eau dans 5
le bassin, il se mit à laver les pieds de ses disciples et à
les essuyer avec le linge dont il était ceint[1]. Il vint donc 6
à Simon Pierre, qui lui dit : « Toi, Seigneur, me laver les
pieds ! » Jésus lui répondit : « Ce que je fais, tu ne le 7
sais pas en ce moment, mais tu le sauras tout à l'heure. »
Pierre lui dit : « Non, jamais tu ne me laveras les 8
pieds. » Jésus lui répondit : « Si je ne te lave, tu n'auras
point de part avec moi. » Simon Pierre lui dit : « Sei- 9
gneur, non seulement les pieds, mais encore les mains
et la tête. » Jésus lui dit : « Celui qui s'est baigné, n'a 10
besoin que de se laver les pieds, il est net dans toute sa
personne ; et vous êtes nets[2]... mais non pas tous. » Il 11
savait, en effet, qui était celui qui allait le livrer, c'est
pourquoi il dit : « Vous n'êtes pas tous nets. »

Après qu'il leur eut lavé les pieds, il reprit son man- 12
teau, et, s'étant remis à table, il leur dit : « Comprenez-
vous ce que je vous ai fait ? Vous m'appelez Maître et 13
Seigneur ; et vous avez raison, car je le suis. Si donc 14
moi, le Seigneur et le Maître, je vous ai lavé les pieds,
vous devez aussi vous laver les pieds les uns aux autres,
car je vous ai donné un exemple[3], afin que, comme je 15
vous ai fait, vous fassiez aussi vous-mêmes : en vérité, 16
en vérité, je vous le dis, le serviteur n'est pas plus grand
que son maître, ni l'envoyé plus grand que celui qui
l'envoie. Si vous savez ces choses, vous êtes bienheu- 17
reux, pourvu que vous les pratiquiez. Je ne dis pas cela 18
de vous tous ; je connais ceux que j'ai choisis, mais il
faut que cette parole de l'Écriture soit accomplie : *Celui
qui mange le pain avec moi, a levé le pied contre moi*[4].
Je vous le dis dès à présent, avant que la chose arrive, 19
afin que, lorsqu'elle sera arrivée, vous reconnaissiez

20 qui je suis. En vérité, en vérité, je vous le dis, quiconque
reçoit celui que j'envoie, me reçoit, et quiconque me
reçoit, reçoit celui qui m'a envoyé. »
21 Ayant ainsi parlé, Jésus, profondément ému, dit
ouvertement : « En vérité, en vérité, je vous dis que l'un
22 de vous me livrera. » Ses disciples se regardaient les
23 uns les autres, ne sachant de qui il voulait parler. Or l'un
d'eux était couché sur le sein de Jésus : c'était celui que
24 Jésus aimait. Simon Pierre lui fit donc signe, pour lui
25 dire : « De qui parle-t-il ? » Le disciple se penchant sur
26 le sein de Jésus, lui dit : « Seigneur, qui est-ce ? » Jésus
lui répondit : « C'est celui à qui je donnerai le morceau
de pain que je vais tremper. » Alors ayant trempé le
27 morceau, il le donna à Judas Iscariote, fils de Simon ; et
aussitôt que Judas l'eut pris, Satan entra en lui. Jésus lui
28 dit : « Fais au plus tôt ce que tu as à faire » ; mais aucun
de ceux qui étaient à table ne comprit pourquoi il lui
29 disait cela : quelques-uns pensaient que, comme Judas
avait la bourse, Jésus voulait lui dire : « Achète ce qu'il
nous faut pour la fête », ou qu'il lui commandait de don-
30 ner quelque chose aux pauvres. Judas, ayant pris le mor-
ceau de pain, sortit aussitôt. Il était nuit [1].
31 Lorsqu'il fut sorti, Jésus dit : « Maintenant le Fils de
l'homme a été glorifié, et Dieu a été glorifié en lui.
32 Puisque Dieu a été glorifié en lui, Dieu aussi le glori-
33 fiera en lui-même, et il le glorifiera bientôt. Mes chers
enfants, je ne suis plus avec vous que pour un peu de
temps ; vous me chercherez ; et comme j'ai dit aux Juifs
qu'ils ne pouvaient venir où je vais, je vous le dis aussi à
34 cette heure. Je vous donne un commandement nouveau,
c'est de vous aimer les uns les autres comme je vous ai
35 aimés ; vous aussi, aimez-vous les uns les autres. C'est
à ceci que tous connaîtront que vous êtes mes disciples,

si vous avez de l'amour les uns pour les autres. Simon 36
Pierre lui dit : « Seigneur, où vas-tu ? » Jésus lui répon-
dit : « Là où je vais, tu ne peux me suivre maintenant ;
plus tard, tu me suivras. — Seigneur, lui dit Pierre, 37
pourquoi ne puis-je te suivre à cette heure ? Je donnerai
ma vie pour toi. » Jésus lui répondit : « Tu donneras ta 38
vie pour moi ! En vérité, en vérité, je te le dis, le coq ne
chantera pas, que tu ne m'aies renié trois fois. »

Suite du Discours de Jésus dans le Cénacle. – Consolations et exhortations. – Promesse d'un autre Paraclet. – « Je vous donne ma paix. »

« Que votre cœur ne se trouble point. Confiez-vous XIV
en Dieu ; confiez-vous aussi en moi.
» Il y a beaucoup de demeures dans la maison de mon 2
Père ; si cela n'était pas, je vous l'aurais dit : je vais
vous y préparer une place. Dès que je serai allé et que 3
je vous aurai préparé une place, je reviendrai, et je vous
prendrai auprès de moi, afin que là où je suis, vous y
soyez aussi ; et [a] là où je vais, vous en savez le chemin. » 4
Thomas lui dit : « Seigneur, nous ne savons où tu vas, 5
comment donc en saurions-nous le chemin ? » Jésus lui 6
dit : « Je suis le chemin, la vérité et la vie ; nul ne vient
au Père que par moi [1]. Si vous me connaissiez, vous 7
connaîtriez aussi mon Père... et dès à présent vous le
connaissez, et vous l'avez vu. » Philippe lui dit : « Sei- 8
gneur, montre-nous le Père, et cela nous suffit. » Jésus 9
lui dit : « Il y a si longtemps que je suis avec vous, et tu
ne m'as pas connu, Philippe ! Celui qui m'a vu, a vu le

a. T. R. : et *vous savez où je vais, et* vous en savez le chemin.

Père[1] ; comment donc peux-tu dire “montre-nous le
10 Père” ? Ne crois-tu pas que je suis dans le Père et que le
Père est en moi ? Les paroles que je vous dis, je ne les
dis pas de mon chef : le Père qui demeure en moi fait lui-
11 même les œuvres que je fais. Croyez-moi, croyez que je
suis dans le Père et que le Père est en moi ; sinon,
croyez-le à cause de ces œuvres mêmes.

12 » En vérité, en vérité, je vous le dis, celui qui croit en
moi fera aussi les œuvres que je fais ; et il en fera de plus
13 grandes encore[2], parce que je m'en vais vers le Père, et
que tout ce que vous demanderez en mon nom, je le
14 ferai, afin que le Père soit glorifié dans le Fils : si vous
15 demandez quelque chose en mon nom, je le ferai. Si
16 vous m'aimez, gardez mes commandements ; quant à
moi, je prierai le Père, et il vous donnera un autre Para-
17 clet[3], afin qu'il soit éternellement avec vous : c'est l'Es-
prit de vérité, que le monde[4] ne peut recevoir, parce
qu'il ne le voit point et qu'il ne le connaît point ; mais
vous, vous le connaissez, parce qu'il demeure auprès de
vous ; et il sera en vous.

18 » Je ne vous laisserai point orphelins ; je viendrai
19 vers vous. Encore un peu de temps, et le monde ne me
verra plus ; mais vous, vous me verrez ; parce que je vis,
20 vous aussi vous vivrez. En ce jour-là, vous connaîtrez
que je suis en mon Père, et que vous êtes en moi, et que
je suis en vous[5].

21 » Celui qui retient mes commandements et qui les
garde, c'est celui-là qui m'aime : celui qui m'aime sera
aimé de mon Père, et moi, je l'aimerai et je me ferai
22 connaître à lui. » Judas, non pas Iscariote, lui dit : « Sei-
gneur, et d'où vient que tu te feras connaître à nous,
23 mais non pas au monde ? » Jésus répondit et lui dit : « Si
quelqu'un m'aime, il gardera ma parole : mon Père l'ai-

mera, et nous viendrons vers lui, et nous ferons notre
demeure chez lui. Celui qui ne m'aime pas, ne garde pas 24
mes paroles ; et la parole que vous entendez n'est pas de
moi, mais elle est de mon Père, qui m'a envoyé.
» Je vous dis ces choses, pendant que je demeure 25
auprès de vous, mais le Paraclet, le Saint-Esprit, que 26
mon Père enverra en mon nom [1], vous enseignera toutes
choses et vous fera ressouvenir de tout ce que je vous ai
dit. Je vous laisse la paix ; je vous donne ma paix ; je ne 27
la donne pas comme le monde la donne. Que votre cœur
ne se trouble point, qu'il ne s'intimide point. Vous avez 28
entendu que je vous ai dit "je m'en vais, et je reviens
vers vous" ; si vous m'aimiez, vous vous réjouiriez de
ce que je vais vers le Père, car mon Père est plus grand
que moi [2]. Je vous dis maintenant ces choses, avant 29
qu'elles arrivent, afin que, lorsqu'elles seront arrivées,
vous croyiez. Je ne m'entretiendrai plus guère avec 30
vous, car le prince du monde vient ; et il n'a rien en moi.
Mais afin que le monde sache que j'aime le Père, et que 31
j'agis selon que le Père m'a commandé, levez-vous,
partons d'ici [3]. »

Suite du Discours de Jésus dans le Cénacle. – Le cep et les sarments. – Amour de Jésus ; haine du monde. – Promesse d'un autre Paraclet.

« Je suis le vrai cep et mon Père est le vigneron : tout XV
sarment qui est en moi et qui ne porte pas de fruit, il le
retranche ; et tout sarment qui porte du fruit, il le net-
toie, afin qu'il en porte davantage. Pour vous, vous êtes 3
déjà nets, à cause de la parole que je vous ai annoncée.
» Demeurez en moi, et je demeurerai en vous. 4

Comme le sarment ne peut de lui-même porter du fruit,
s'il ne demeure attaché au cep, ainsi vous ne le pouvez
5 non plus, si vous ne demeurez en moi. Je suis le cep et
vous êtes les sarments [1] : celui qui demeure en moi et en
qui je demeure, porte beaucoup de fruit, car hors de moi,
6 vous ne pouvez rien faire. Si quelqu'un ne demeure pas
en moi, on le jette dehors, comme le sarment, et il
sèche ; puis on ramasse ces sarments, on les jette au feu,
7 et ils brûlent. Si vous demeurez en moi et que mes
paroles demeurent en vous, demandez ce que vous vou-
8 drez, et cela vous sera accordé. C'est en ceci que mon
Père sera glorifié ; si vous portez beaucoup de fruit ; et
vous serez mes disciples [2].

9 » Comme le Père m'a aimé, je vous ai aussi aimés :
10 demeurez dans mon amour. Si vous gardez mes
commandements, vous demeurerez dans mon amour,
comme j'ai gardé moi-même les commandements de
mon Père, et je demeure dans son amour.

11 » Je vous dis ces choses, afin que ma joie soit en vous
et que votre joie soit parfaite.

12 » C'est ici mon commandement, que vous vous
13 aimiez les uns les autres, comme je vous ai aimés. Il n'y
a pas de plus grand amour que de donner sa vie pour ses
14 amis ; vous êtes mes amis, si vous faites ce que je vous
15 commande. Je ne vous appelle plus serviteurs, parce
que le serviteur ne sait pas ce que fait son maître ; mais
je vous appelle "amis", parce que je vous ai fait
16 connaître tout ce que j'ai appris de mon Père. Ce n'est
pas vous qui m'avez choisi ; c'est moi qui vous ai choi-
sis, et qui vous ai établis, afin que vous alliez dans le
monde, que vous portiez du fruit, un fruit qui demeure,
et que le Père vous accorde ce que vous lui demanderez

en mon nom. Je vous donne ces instructions, afin que 17
vous vous aimiez les uns les autres.
» Si le monde vous hait, sachez qu'il m'a haï avant 18
vous. Si vous étiez du monde, le monde aimerait ce qui 19
serait à lui ; parce que vous n'êtes pas du monde et que
je vous ai choisis du milieu du monde, c'est pour cela
que le monde vous hait. Rappelez-vous la parole que je 20
vous ai dite : “Le serviteur n'est pas plus grand que son
maître” ; s'ils m'ont persécuté, ils vous persécuteront
aussi ; s'ils ont gardé ma parole, ils garderont aussi la
vôtre ; mais ils vous feront toutes ces choses à cause de 21
mon nom, parce qu'ils ne connaissent point celui qui
m'a envoyé. Si je n'étais pas venu et que je ne leur eusse 22
point parlé, ils seraient sans péché, mais maintenant
leur péché est sans excuse. Celui qui me hait, hait aussi 23
mon Père. Si je n'avais pas fait au milieu d'eux des 24
œuvres qu'aucun autre n'a faites, ils seraient sans
péché ; mais maintenant ils les ont vues, et ils ont haï et
moi et mon Père. Mais il fallait que s'accomplît la 25
parole qui est écrite dans leur Loi : *Ils m'ont haï sans
sujet*[1]. Quand le Paraclet que je vous enverrai de la part 26
du Père, l'Esprit de vérité qui provient du Père[2], sera
venu, c'est lui qui rendra témoignage de moi ; vous 27
aussi, vous me rendrez témoignage, parce que vous
avez été dès le commencement avec moi.

Suite du Discours de Jésus dans le Cénacle. – Persécutions. – Promesse d'un autre Paraclet. – Annonce de la séparation. – Tristesse et consolation.

« Je vous ai parlé de ces choses, afin que vous ne XVI
vous laissiez point scandaliser. Ils vous excluront de 2

leurs synagogues ; l'heure même vient, où quiconque
3 vous fera mourir croira servir Dieu ; et ils agiront de la
4 sorte, parce qu'ils n'auront connu ni le Père ni moi. Je
vous le dis, afin que, lorsque l'heure sera venue, il vous
souvienne que je vous en ai parlé. Je ne vous en ai pas
parlé dès le commencement, parce que j'étais avec
vous.
5 » Maintenant que je m'en vais vers celui qui m'a
envoyé, aucun de vous ne me demande "où vas-tu ?"
6 mais, parce que je vous ai dit ces choses, la tristesse a
7 rempli votre cœur. Cependant moi, je vous dis la vérité :
il vous est bon que je m'en aille, car si je ne m'en vais
pas, le Paraclet ne viendra point vers vous, tandis que,
8 si je m'en vais, je vous l'enverrai [1]. Et quand il sera
venu, il convaincra le monde au sujet du péché, de la
9 justice et du jugement : au sujet du péché, parce que le
10 monde ne croit pas en moi ; de la justice, parce que je
m'en vais vers le Père, et que vous ne me verrez plus ;
11 du jugement, parce que le prince de ce monde est jugé [2].
12 » J'ai encore beaucoup de choses à vous dire, mais
elles sont présentement au-dessus de votre portée.
13 Quand l'Esprit de vérité sera venu, il vous guidera dans
toute la vérité, car il ne parlera pas de son chef, mais il
dira tout ce qu'il aura entendu, et il vous annoncera ce
14 qui doit arriver. Il me glorifiera, parce qu'il prendra de
15 ce qui est à moi, et il vous l'annoncera. Tout ce que le
Père a est à moi ; c'est pourquoi je dis qu'il prendra de
16 ce qui est à moi, et qu'il vous l'annoncera. Encore un
peu de temps, et vous ne me verrez plus ; puis, un peu
de temps encore, et vous me verrez [3], parce que je m'en
vais vers le Père. »
17 Alors quelques-uns de ses disciples se dirent les uns
aux autres : « Qu'est-ce qu'il nous dit : "Encore un peu

de temps, et vous ne me verrez plus ; puis, un peu de
temps encore, et vous me verrez" ; et "parce que je m'en
vais vers le Père" ? » Ils disaient donc : « Que veut-il 18
dire avec ce "un peu de temps" ? Nous ne savons ce
qu'il veut dire. »

Jésus comprit qu'ils voulaient l'interroger, et il leur 19
dit : « Vous discutez entre vous sur ce que j'ai dit,
"encore un peu de temps, et vous ne me verrez plus ;
puis, un peu de temps encore et vous me verrez". En 20
vérité, en vérité, je vous dis que vous pleurerez et que
vous vous lamenterez, tandis que le monde se réjouira ;
vous serez affligés, mais votre affliction se changera en
joie. Quand la femme enfante, elle est dans la douleur, 21
parce que son heure est venue ; mais quand elle a donné
le jour à l'enfant, elle ne se souvient plus de sa souf-
france, dans la joie qu'elle éprouve de ce qu'un homme
est venu au monde [1]. Vous donc aussi, vous êtes mainte- 22
nant dans l'affliction, mais je vous reverrai, et votre
cœur sera réjoui ; et nul ne vous ravira votre joie. En ce 23
jour-là, vous ne m'interrogerez plus sur rien : en vérité,
en vérité, je vous dis que ce que vous demanderez au
Père en mon nom, il vous le donnera. Jusqu'à présent 24
vous n'avez rien demandé en mon nom ; demandez et
vous recevrez, afin que votre joie soit parfaite [2].

» Je vous ai dit ces choses en me servant de figures ; 25
l'heure vient où je ne vous parlerai plus par figures,
mais où je vous parlerai ouvertement du Père. En ce 26
jour-là, vous demanderez en mon nom, et je ne vous dis
pas que je prierai le Père pour vous, car le Père lui- 27
même vous aime, parce que vous m'avez aimé, et que
vous avez cru que je suis venu de Dieu. Je suis venu du 28
Père, et je suis venu dans le monde ; maintenant je
quitte le monde, et je vais vers le Père. »

29 Ses disciples lui dirent : « Voici, c'est maintenant
30 que tu parles ouvertement et sans figures. Maintenant
nous voyons bien que tu sais toutes choses et que tu n'as
pas besoin que l'on t'interroge ; c'est pourquoi nous
31 croyons que tu es venu de Dieu. » Jésus leur répondit :
32 « Vous croyez à présent... Voici, l'heure vient, et elle
est déjà venue, où vous allez être dispersés ; chacun de
vous s'enfuira chez soi et vous me laisserez seul ; pour-
tant je ne suis pas seul, parce que le Père est avec moi.
33 Je vous ai dit ces choses, afin que vous ayez la paix en
moi : vous aurez des tribulations dans le monde, mais
prenez courage, j'ai vaincu le monde. »

Fin du Discours de Jésus dans le Cénacle.
– La prière sacerdotale.

XVII Ainsi parla Jésus, puis il leva les yeux au ciel, et dit :
« Père, l'heure est venue [1], glorifie ton Fils, afin que ton
2 Fils te glorifie, selon que tu lui as donné autorité sur
toute chair, afin qu'à tous ceux que tu lui as donnés, il
3 donne la vie éternelle. Or c'est ici la vie éternelle, qu'ils
te connaissent, toi, pour le seul vrai Dieu, et pour Mes-
sie, Jésus que tu as envoyé.
4 » Pour moi, je t'ai glorifié sur la terre, j'ai achevé
5 l'œuvre que tu m'as donnée à faire : maintenant, toi,
Père, glorifie-moi auprès de ta personne, en me rendant
la gloire que je possédais auprès de toi, avant que le
monde fût.
6 » J'ai fait connaître ton nom aux hommes que tu as
tirés du monde, pour me les donner ; ils étaient à toi, tu
7 me les as donnés ; et ils ont gardé ta parole. Ils ont
reconnu maintenant que tout ce que tu m'as donné,

vient de toi, car les paroles que tu m'as données, je les 8
leur ai données, et ils les ont reçues : ils ont vraiment
connu que je viens de ta part, et ils ont cru que c'est toi
qui m'as envoyé.

» Moi, je prie pour eux : je ne prie pas pour le monde, 9
mais je prie pour ceux que tu m'as donnés, parce qu'ils
sont à toi (tout ce qui est à moi est à toi, et tout ce qui est 10
à toi est à moi) et que je suis glorifié en eux. Je ne suis 11
plus dans le monde ; pour eux, ils sont dans le monde,
mais moi, je vais vers toi. Père saint, garde-les fidèles à
ton nom[a], que tu m'as chargé de manifester, afin qu'ils
ne fassent qu'un, comme nous. Lorsque j'étais avec 12
eux[b], je les gardais fidèles à ton nom : j'ai gardé ceux
que tu m'as donnés, et aucun d'eux ne s'est perdu, hor-
mis le fils de perdition, afin que l'Écriture fût accom-
plie. Maintenant je vais vers toi, et je t'adresse cette 13
prière, pendant que je suis dans le monde, afin qu'ils
possèdent complètement ma joie au-dedans d'eux.

» Je leur ai donné ta parole, et le monde les a haïs, 14
parce qu'ils ne sont pas du monde, comme moi-même
je ne suis pas du monde. Je ne te demande pas de les ôter 15
du monde, mais de les préserver du mal. Ils ne sont pas 16
du monde, comme moi-même je ne suis pas du monde.
Sanctifie-les par ta vérité : ta parole est vérité. 17

» Comme tu m'as envoyé dans le monde, je les ai 18
aussi envoyés dans le monde, et je me sanctifie moi- 19
même pour eux, afin que eux aussi soient vraiment
sanctifiés. Ce n'est pas pour eux seulement que je prie, 20
mais je prie encore pour ceux qui, par leur parole, vont
croire en moi, pour que tous ne fassent qu'un, comme 21

a. T. R. : garde-les *en ton nom, ceux que tu m'as donnés*, afin qu'ils...
b. T. R. ajoute : *dans le monde...*

toi, mon Père, tu es en moi et moi en toi — pour qu'eux
aussi ne fassent qu'un en nous, afin que le monde croie
22 que c'est toi qui m'as envoyé. Et je leur ai donné la
gloire que tu m'as donnée, afin qu'ils ne fassent qu'un,
23 comme nous ne faisons qu'un, moi en eux et toi en moi
— afin qu'ils soient parfaits dans l'unité, et que le
monde connaisse que c'est toi qui m'as envoyé, et que
24 tu les as aimés comme tu m'as aimé. Père, ma volonté
est que là où je suis, ceux que tu m'as donnés y soient
aussi avec moi, afin qu'ils voient ma gloire, la gloire
que tu m'as donnée, parce que tu m'as aimé avant la
25 création du monde. Père juste, le monde ne t'a point
connu ; mais moi, je t'ai connu, et ceux-ci ont connu
26 que c'est toi qui m'as envoyé. Je leur ai fait connaître
ton nom, et je le leur ferai connaître, afin que l'amour
dont tu m'as aimé soit en eux, et que je sois moi-même
en eux. »

Gethsémani. – L'arrestation. – Pierre tire l'épée. – Jésus est conduit chez Anne, puis chez Caïphe. – Pierre renie Jésus. – Interrogatoire. – Second et troisième reniement de Pierre. – Jésus devant Pilate. – Barrabas.

XVIII Ayant ainsi parlé, Jésus, accompagné de ses dis-
ciples, passa au-delà du torrent du Cédron[a], où se trou-
2 vait un jardin dans lequel il entra avec eux. Judas, qui le
livrait, connaissait aussi ce lieu-là, parce que Jésus y
était souvent allé avec ses disciples.
3 Judas donc, à la tête de la cohorte et des gardes des
principaux sacrificateurs et des pharisiens, y vint avec

a. T. R. : torrent *des Cèdres...*

des lanternes, des flambeaux et des armes. Alors Jésus, 4
qui savait tout ce qui devait lui arriver, sortit et leur dit :
« Qui cherchez-vous ? » Ils lui répondirent : « Jésus de 5
Nazareth ! [1] » Jésus leur dit : « C'est moi. » Or Judas,
qui le livrait, était là avec eux. Lorsque Jésus leur eut dit 6
« c'est moi », ils reculèrent et tombèrent par terre. Il 7
leur demanda une seconde fois : « Qui cherchez-
vous ? » Ils répondirent : « Jésus de Nazareth. » Jésus 8
reprit : « Je vous ai dit que c'est moi. Si donc c'est moi
que vous cherchez, laissez aller ceux-ci. » Il parla ainsi,
afin que s'accomplît cette parole qu'il avait dite : « Je 9
n'ai perdu aucun de ceux que tu m'as donnés. »

Simon Pierre, qui avait une épée, la tira, en frappa le 10
serviteur du souverain sacrificateur, et lui coupa
l'oreille droite : ce serviteur s'appelait Malchus. Jésus 11
dit à Pierre : « Remets ton épée dans le fourreau : ne boi-
rai-je pas le calice que mon Père m'a donné à boire ? »

Alors la cohorte, le tribun et les agents des Juifs se 12
saisirent de Jésus, le lièrent et l'emmenèrent d'abord 13
chez Anne : c'était le beau-père de Caïphe qui était sou-
verain sacrificateur cette année-là, et Caïphe était celui 14
qui avait donné aux Juifs ce conseil : « Il est avantageux
qu'un seul homme périsse pour le peuple. »

Cependant Simon Pierre et l'autre disciple suivaient 15
Jésus. Ce disciple était connu du souverain sacrifica-
teur, et il entra en même temps que Jésus dans la cour du
souverain sacrificateur, tandis que Pierre était resté à la 16
porte, en dehors. L'autre disciple, qui était connu du
souverain sacrificateur, sortit donc, parla à la portière et
fit entrer Pierre. Alors cette servante dit à Pierre : 17
« N'es-tu pas, toi aussi, des disciples de cet homme ? »
Il dit : « Je n'en suis point. » Les serviteurs et les gardes 18
se tenaient autour d'un brasier qu'ils avaient allumé,

parce qu'il faisait froid, et ils se chauffaient. Pierre était
aussi là, et se chauffait avec eux.
19 Le souverain sacrificateur interrogea Jésus sur ses
20 disciples et sur sa doctrine. Jésus lui répondit : « J'ai
parlé ouvertement à tout le monde ; j'ai toujours
enseigné en pleine synagogue et dans le temple, où tous
21 les Juifs s'assemblent, et je n'ai rien dit en secret. Pour-
quoi m'interroges-tu ? Demande à ceux qui m'ont
entendu ce que je leur ai dit : ils savent ce que j'ai dit. »
22 Comme il prononçait ces mots, un des gardes, qui se
trouvait là, donna un soufflet à Jésus, en disant : « C'est
23 ainsi que tu réponds au souverain sacrificateur ? » Jésus
lui répondit : « Si j'ai mal parlé, fais voir ce que j'ai dit
de mal ; mais si j'ai bien parlé, pourquoi me frappes-
24 tu ? » Anne l'avait envoyé lié à Caïphe, le souverain
sacrificateur.
25 Cependant Simon Pierre était debout qui se chauffait.
On lui dit donc : « N'es-tu pas, toi aussi, de ses disci-
26 ples ? » Il le nia, et dit : « Je n'en suis point. » Un des
serviteurs du souverain sacrificateur, parent de celui à
qui Pierre avait coupé l'oreille, lui dit : « Ne t'ai-je pas
27 vu avec lui dans le jardin ? » Pierre le nia encore une
fois, et aussitôt un coq chanta.
28 On mena donc Jésus de chez Caïphe au prétoire.
C'était de grand matin. Ils n'entrèrent point dans le pré-
toire de peur de se souiller et de ne pouvoir manger la
29 pâque. Pilate se rendit donc vers eux, et leur dit : « De
30 quoi accusez-vous cet homme ? » Ils lui répondirent :
« Si ce n'était pas un malfaiteur, nous ne te l'aurions pas
31 livré. » Alors Pilate leur dit : « Prenez-le vous-mêmes,
et le jugez selon votre loi. » Mais les Juifs lui répondi-
rent : « Nous n'avons pas le droit de mettre à mort per-
32 sonne. » Cela arriva, afin que s'accomplît la parole que

Jésus avait prononcée, quand il avait indiqué de quelle mort il devait mourir.
Pilate étant rentré dans le prétoire, fit venir Jésus et 33
lui dit : « C'est toi qui es le roi des Juifs ? » Jésus répon- 34
dit : « Dis-tu cela de toi-même, ou d'autres te l'ont-ils
dit de moi ? — Suis-je Juif, moi ? lui répliqua Pilate. Ta 35
nation et les principaux sacrificateurs t'ont livré à moi :
qu'as-tu fait ? » Jésus répondit : « Mon royaume n'est 36
pas de ce monde [1]. Si mon royaume était de ce monde,
mes gens auraient combattu pour que je ne fusse pas
livré aux Juifs, mais mon royaume n'est pas d'ici-bas. »
Pilate lui dit : « Ainsi tu es roi ? — Tu le dis, répondit 37
Jésus, je suis roi : je suis né et je suis venu dans le monde
pour rendre témoignage à la vérité. Quiconque est pour
la vérité, écoute ma voix. » Pilate lui dit : « Qu'est-ce 38
que la vérité ? » En disant ces mots, il se rendit de nou-
veau vers les Juifs, et leur dit : « Pour moi, je ne trouve
aucun crime en lui ; mais il est d'usage que je vous 39
relâche un prisonnier à Pâque, voulez-vous donc que je
vous relâche le roi des Juifs ? » Alors tous crièrent de 40
nouveau : « Non pas lui, mais Barrabas. » Or Barrabas
était un brigand.

La flagellation. – La couronne d'épines. – « Voici l'homme. » – Pilate livre Jésus. – *Jésus conduit au Golgotha.* – Le crucifiement. – Les vêtements tirés au sort. – « Femme, voilà ton fils. » – « J'ai soif. » – « Tout est consommé. » – La mort. – Le côté percé. – La sépulture.

Alors Pilate fit prendre Jésus et le fit battre de verges. XIX
Et les soldats, ayant tressé une couronne d'épines, la lui 2
mirent sur la tête ; ils le revêtirent aussi d'un manteau de

3 pourpre, puis, s'approchant de lui, ils lui disaient :
« Salut, roi des Juifs ! » et ils lui donnaient des souf-
flets.
4 Pilate sortit encore une fois du prétoire, et dit aux
Juifs : « Voici, je vous l'amène, afin que vous sachiez
5 que je ne trouve aucun crime en lui. » Jésus sortit donc,
portant la couronne d'épines et le manteau de pourpre,
6 et Pilate leur dit : « Voici l'homme [1]. » Dès que les prin-
cipaux sacrificateurs et leurs agents le virent, ils se
mirent à crier : « Crucifie ! crucifie-le ! » Pilate leur
dit : « Prenez-le vous-mêmes et le crucifiez, car, pour
7 moi, je ne trouve aucun crime en lui. » Les Juifs lui
répondirent : « Nous avons une loi, et, d'après notre loi,
il doit mourir, parce qu'il s'est fait Fils de Dieu. »
8 Quand Pilate eut entendu cette parole, il fut encore
9 plus effrayé [2], et, étant rentré dans le prétoire, il dit à
Jésus : « D'où es-tu ? » Mais Jésus ne lui fit aucune
10 réponse. Alors Pilate lui dit : « Tu ne me parles pas ? Ne
sais-tu pas que j'ai le pouvoir de te crucifier, et que j'ai
11 le pouvoir de te relâcher ? » Jésus lui répondit : « Tu
n'aurais aucun pouvoir sur moi, s'il ne t'était donné
d'en haut ; c'est pourquoi celui qui me livre entre tes
mains est plus coupable que toi. »
12 Dès ce moment Pilate cherchait à le délivrer ; mais
les Juifs criaient : « Si tu le relâches, tu n'es pas ami de
César. Quiconque se fait roi se déclare contre César. »
13 Pilate ayant entendu ces paroles, fit conduire Jésus hors
du prétoire, et s'assit sur son tribunal, au lieu appelé Le
14 Pavé, en hébreu Gabbatha. C'était la préparation de la
Pâque et environ la sixième heure du jour. Et Pilate dit
15 aux Juifs : « Voilà votre roi. » Mais ils se mirent à crier :
« À mort ! à mort ! crucifie-le ! » Pilate leur dit : « Cru-
cifierai-je votre roi ? » Les principaux sacrificateurs

répondirent : « Nous n'avons d'autre roi que César[1]. »
Alors il le leur livra pour être crucifié. 16
Ils prirent donc Jésus et l'emmenèrent.
Jésus portant sa croix s'achemina hors de la ville, au 17
lieu nommé la place du Crâne, en hébreu Golgotha : là 18
ils le crucifièrent, et deux autres avec lui, l'un d'un côté,
l'autre de l'autre, et Jésus au milieu.
Pilate fit faire aussi, et placer au haut de la croix, un 19
écriteau portant ces mots : Jésus de Nazareth, Roi des
Juifs. Un grand nombre de Juifs lurent cet écriteau, 20
parce que le lieu où Jésus avait été crucifié était près de
la ville, et que l'inscription était en hébreu, en latin et en
grec. Les principaux sacrificateurs des Juifs dirent à 21
Pilate : « Ne mets pas : Roi des Juifs ; mets qu'il a dit :
"Je suis roi des Juifs." » Pilate répondit : « Ce qui est 22
écrit, est écrit. »
Après avoir crucifié Jésus, les soldats prirent ses 23
vêtements et en firent quatre parts, une pour chaque sol-
dat. Ils prirent aussi la tunique, et, comme elle était sans
couture, d'un seul tissu depuis le haut jusqu'en bas, ils 24
se dirent entre eux : « Ne la déchirons pas, mais tirons
au sort à qui l'aura. » Ainsi firent les soldats ; afin que
s'accomplît l'Écriture, qui dit : *Ils se sont partagé mes*
habits, et ils ont tiré au sort mon vêtement.
Près de la croix, se tenaient la mère de Jésus et la sœur 25
de sa mère, Marie, femme de Clopas, et Marie Made-
leine. Jésus, ayant vu sa mère, et à côté d'elle le disciple 26
qu'il aimait, dit à sa mère : « Femme, voilà ton fils » ;
puis il dit au disciple : « Voilà ta mère » ; et, dès ce 27
moment, ce disciple la prit chez lui[2].
Après cela, Jésus, sachant que tout était déjà 28
consommé, dit, afin que l'Écriture fût accomplie : *J'ai*
soif[3]. Or il y avait là un vase plein de vinaigre, et les sol- 29

dats, ayant mis au bout d'une tige d'hysope une éponge
imbibée de vinaigre, l'approchèrent de sa bouche.
30 Quand Jésus eut pris ce vinaigre, il dit : « Tout est
consommé » ; et, ayant penché la tête [1], il rendit l'esprit.
31 Comme les Juifs craignaient que les corps ne restas-
sent sur la croix pendant le sabbat, car c'était la prépara-
tion, et ce jour de sabbat était très solennel, ils demandè-
rent à Pilate qu'on leur rompît les jambes, et qu'on les
32 ôtât. Les soldats vinrent donc et rompirent les jambes au
premier brigand, puis à l'autre qui avait été crucifié
33 avec lui ; ensuite étant venus à Jésus, et le voyant déjà
34 mort, ils ne lui rompirent pas les jambes, mais l'un des
soldats lui perça le côté avec sa lance, et aussitôt il en
35 sortit du sang et de l'eau [2]. Celui qui l'a vu, en rend
témoignage, et son témoignage est digne de foi ; et il
36 sait qu'il dit vrai, afin que vous aussi vous croyiez. En
effet, ces choses arrivèrent, afin que l'Écriture fût
37 accomplie : *Aucun de ses os ne sera brisé* [3]. Et un autre
passage de l'Écriture dit encore : *Ils regarderont celui
qu'ils ont percé* [4].
38 Après cela, Joseph d'Arimathée, qui était disciple de
Jésus, mais en secret, par crainte des Juifs, demanda à
Pilate l'autorisation de prendre le corps de Jésus, et
Pilate la lui accorda. Il vint donc et prit le corps de Jésus.
39 Nicodème, le même qui, la première fois, était venu de
nuit vers Jésus, vint aussi, apportant environ cent livres
40 d'un mélange de myrrhe et d'aloès. Ils prirent donc le
corps de Jésus et le lièrent de bandes en le couvrant
d'aromates, selon la manière d'ensevelir usitée chez les
41 Juifs. Or il y avait là, au lieu où Jésus avait été crucifié,
un jardin, et dans ce jardin, un sépulcre tout neuf, où
42 personne n'avait encore été mis : c'est là qu'ils déposè-

rent le corps de Jésus, parce que la préparation des Juifs arrivait et que ce sépulcre était proche.

La Résurrection. – Marie Madeleine au sépulcre. – Pierre et Jean. – Apparition de Jésus à Marie Madeleine. – Apparition aux disciples. – Incrédulité de Thomas. – Nouvelle apparition de Jésus aux disciples. – Fin.

Le premier jour de la semaine, Marie Madeleine se XX
rendit au sépulcre, de grand matin, lorsqu'il faisait
encore obscur : elle vit que la pierre en était ôtée. Elle 2
courut donc trouver Simon Pierre, ainsi que l'autre disciple que Jésus aimait, et leur dit : « On a enlevé du sépulcre le Seigneur, et nous ne savons où on l'a mis. »
Pierre sortit donc, ainsi que l'autre disciple, et ils se 3
rendirent au sépulcre. Ils couraient tous deux ; mais 4
l'autre disciple courut plus vite que Pierre et arriva le
premier au sépulcre ; et, s'étant baissé, il vit les bandes 5
qui étaient à terre ; cependant il n'entra point. Simon 6
Pierre, qui le suivait, arriva à son tour ; il entra dans le
sépulcre et vit les bandes qui étaient à terre, et le suaire 7
dont on avait couvert la tête de Jésus, non point avec les
bandes, mais roulé à part dans un coin. Alors cet autre 8
disciple qui était arrivé le premier au sépulcre, y entra
aussi : il vit, et il crut ; car ces disciples ne savaient pas 9
encore que, d'après l'Écriture, le Messie devait ressusciter des morts[1]. Là-dessus, ils s'en retournèrent chez 10
eux.

Cependant Marie se tenait près du sépulcre, en 11
dehors, et pleurait. Tout en pleurant, elle se baissa pour
regarder dans le sépulcre, et elle vit deux anges, vêtus 12
de blanc, assis au lieu où avait reposé le corps de Jésus,

13 l'un à la tête, l'autre aux pieds. Et ces anges lui dirent :
« Femme, pourquoi pleures-tu ? » Elle leur répondit :
« C'est qu'on a enlevé mon Seigneur, et je ne sais où on
14 l'a mis. » En disant ces mots, elle se retourna et vit Jésus
qui était là ; mais elle ne savait pas que c'était Jésus.
15 Jésus lui dit : « Femme, pourquoi pleures-tu ? Qui
cherches-tu ? » Marie, croyant que c'était le jardinier,
lui dit : « Seigneur, si c'est toi qui l'as emporté, dis-moi
16 où tu l'as mis, et j'irai le prendre. » Jésus lui dit :
« Marie ! » Elle se retourna et lui dit en hébreu : « Rab-
17 bouni [1] ! » c'est-à-dire, Maître. Jésus lui dit : « Ne me
touche pas, car je ne suis pas encore monté vers le Père ;
mais va trouver mes frères, et dis-leur que je monte vers
mon Père et votre Père, vers mon Dieu et votre Dieu [2]. »
18 Marie Madeleine alla annoncer aux disciples qu'elle
avait vu le Seigneur et qu'il lui avait dit ces choses.
19 Dans la soirée de ce même jour, qui était le premier
de la semaine, les portes du lieu où étaient les disciples
étant fermées par crainte des Juifs, Jésus vint [3], et, se
présentant au milieu d'eux, il leur dit : « La paix soit
20 avec vous ! » Ayant ainsi parlé, il leur montra ses mains
et son côté. Les disciples furent remplis de joie en
21 voyant le Seigneur. Jésus leur dit une seconde fois :
« La paix soit avec vous ! Comme le Père m'a envoyé,
22 moi aussi je vous envoie. » Après ces paroles, il souffla
23 sur eux, et leur dit : « Recevez le Saint-Esprit. Ceux à
qui vous pardonnerez leurs péchés, ces péchés leur
seront pardonnés ; ceux à qui vous retiendrez leurs
péchés, ses péchés leur seront retenus [4]. »
24 Thomas, l'un des Douze, celui qu'on appelle
25 Didyme, n'était pas avec eux, lorsque Jésus vint. Les
autres disciples lui dirent donc : « Nous avons vu le Sei-
gneur. » Mais Thomas leur dit : « Si je ne vois dans ses

mains la marque des clous, si je ne mets mon doigt à la
place où étaient les clous et si je ne mets ma main dans
son côté, je ne le croirai point. »
Huit jours après, les disciples se trouvaient de nou- 26
veau dans la maison, et Thomas était avec eux. Jésus
vint, quoique les portes fussent fermées, et, se présen-
tant au milieu d'eux, leur dit : « La paix soit avec
vous ! » Il dit ensuite à Thomas : « Approche ici ton 27
doigt et regarde mes mains ; approche aussi ta main et
la mets dans mon côté, et ne sois pas incrédule, mais
crois. » Thomas répondit et lui dit : « Mon Seigneur et 28
mon Dieu ! » Jésus lui dit : « Parce que tu m'as vu, tu as 29
cru : heureux ceux qui auront cru sans avoir vu ! »
Jésus a fait, en présence de ses disciples, beaucoup 30
d'autres miracles qui ne sont pas consignés dans ce
livre ; mais ceux-ci ont été rapportés, afin que vous 31
croyiez que Jésus est le Messie, le Fils de Dieu, et qu'en
croyant vous ayez la vie en son nom.

Appendice. – Apparition de Jésus sur les bords du lac de Tibériade. – Pierre rétabli dans l'Apostolat. – Prédiction de sa mort. – Le disciple bien-aimé. – Attestation.

Après cela, Jésus se montra encore à ses disciples, au XXI
bord de la mer de Tibériade, et voici comment il se mon-
tra : Simon Pierre, Thomas appelé Didyme, Nathanaël 2
de Cana en Galilée, les fils de Zébédée et deux autres de
ses disciples se trouvaient ensemble. Simon Pierre leur 3
dit : « Je vais pêcher. » Ils lui dirent : « Nous y allons
aussi avec toi. » Ils sortirent donc et entrèrent dans une
barque ; mais ils ne prirent rien cette nuit-là.
Le matin étant venu, Jésus se trouva sur le rivage ; 4

cependant les disciples ne savaient pas que c'était
5 Jésus. Jésus leur dit : « Enfants, n'avez-vous rien à
6 manger ? » Ils lui répondirent : « Non. » Il leur dit :
« Jetez le filet à droite de la barque et vous trouverez du
poisson. » Ils le jetèrent, et ils ne pouvaient plus le tirer
à cause de la grande quantité de poissons qu'il conte-
7 nait. Alors le disciple que Jésus aimait, dit à Pierre :
« C'est le Seigneur. » Dès que Simon Pierre eut
entendu que c'était le Seigneur, il mit son sarrau et se
8 ceignit, car il était nu, et il se jeta dans l'eau. Les autres
disciples vinrent avec la barque, traînant le filet plein de
poissons, car ils n'étaient éloignés de la terre que d'en-
9 viron deux cents coudées [1]. Lorsqu'ils furent descendus
à terre, ils virent sur le sol des braises allumées, du pois-
10 son dessus et du pain. Jésus leur dit : « Apportez de ces
11 poissons que vous venez de prendre. » Simon Pierre
entra dans la barque et tira sur la grève le filet qui était
plein de cent cinquante-trois gros poissons [2], et quoi-
12 qu'il y en eût tant, le filet ne se rompit point. Jésus leur
dit : « Venez et déjeunez. » Mais aucun des disciples
n'osa lui demander : Qui es-tu ? parce qu'ils savaient
13 bien que c'était le Seigneur. Jésus s'approcha, prit du
14 pain, leur en donna, et du poisson également [3]. C'était la
troisième fois déjà que Jésus se montrait à ses disciples
depuis qu'il était ressuscité des morts.
15 Après qu'ils eurent déjeuné, Jésus dit à Simon
Pierre : « Simon, fils de Jonas, m'aimes-tu plus que ne
font ceux-ci ? » Pierre lui répondit : « Oui, Seigneur, tu
sais que je t'aime. » Jésus lui dit : « Pais mes agneaux. »
16 Il lui demanda pour la seconde fois : « Simon, fils de
Jonas, m'aimes-tu ? » Pierre lui répondit : « Oui, Sei-
gneur, tu sais que je t'aime. » Jésus lui dit : « Pais mes
17 brebis. » Il lui demanda pour la troisième fois :

« Simon, fils de Jonas, m'aimes-tu ? » Pierre fut affligé
de ce qu'il lui demandait pour la troisième fois
« m'aimes-tu ? » et il lui répondit : « Seigneur, tu sais
toutes choses, tu sais bien que je t'aime. » Jésus lui dit :
« Pais mes chères brebis [1] [a]. En vérité, en vérité, je te le 18
dis, quand tu étais jeune, tu te ceignais toi-même et tu
allais où tu voulais ; quand tu seras vieux, tu étendras
les bras, et un autre te ceindra et t'entraînera là où tu ne
voudras pas. » Il dit cela pour indiquer de quelle mort 19
Pierre devait glorifier Dieu. Puis il ajouta : « Suis-
moi. »

Pierre s'étant retourné, vit venir derrière eux le dis- 20
ciple que Jésus aimait, celui qui, pendant le souper,
s'était penché sur le sein de Jésus, et lui avait dit : « Sei-
gneur, qui est celui qui te livre ? » Pierre, le voyant, dit 21
à Jésus : « Et celui-ci, Seigneur, que deviendra-t-il ? »
Jésus lui dit : « Si je veux qu'il demeure jusqu'à ce que 22
je vienne, que t'importe ? Pour toi, suis-moi. » Le bruit 23
se répandit donc parmi les frères, que ce disciple ne
mourrait pas. Pourtant Jésus ne lui avait pas dit qu'il ne
mourrait pas, mais il avait dit : « Si je veux qu'il
demeure jusqu'à ce que je vienne, que t'importe [2] ? »

C'est ce même disciple qui atteste ces faits et qui les a 24
écrits ; et nous savons que son témoignage est véritable.
Jésus a fait encore beaucoup d'autres choses : si on les 25
rapportait en détail, je ne pense pas que le monde même
pût contenir les livres qu'on en écrirait [b].

a. T. R. : « Pais mes brebis. »
b. T. R. ajoute : *Amen !*

DOSSIER

CHRONOLOGIE

Pour la date des Évangiles deux tendances s'affrontent violemment : l'une situe leur rédaction dans le dernier quart du premier siècle, l'autre autour de l'an 50. J'ai choisi la solution, intelligente, documentée et modérée, que propose Philippe Rolland dans son ouvrage *L'Origine et la Date des Évangiles*[1]. Bien entendu, la plupart des dates concernant l'existence de Jésus restent approximatives.

– 40 Hérode roi des Juifs.
– 27 Auguste empereur.
– 20 Début de la reconstruction du Temple de Jérusalem.
– 7 env. Naissance de Jésus.
– 4 ou – 1 Mort d'Hérode. Archélaüs ethnarque de la Judée et de la Samarie (jusqu'à 6) ; Hérode Antipas tétrarque de Galilée (jusqu'à 39).
1 Ère chrétienne fixée par erreur (au VIe siècle) à la 754e année de Rome.
5 Jésus adolescent à Jérusalem, il s'entretient avec les docteurs de la Loi.
6 La Judée désormais directement gouvernée par un procurateur romain, *praefectus.*
14 Mort d'Auguste. Tibère empereur (jusqu'en 37).
18 Caïphe grand-prêtre (jusqu'en 36).
26 Pilate procurateur de Judée (jusqu'en 36).

1. Éd. Saint Paul, 1994.

27-28 Jean « le Baptiste » baptise dans le Jourdain, « la quinzième année du Principat de Tibère » (Luc III, 1).
28 Baptême de Jésus. Le désert, jeûne et tentations.
Les premiers disciples.
Les noces de Cana.
Avril-mai : Première Pâque à Jérusalem.
Rencontre avec Nicodème.
Évangélisation de la Galilée.
Arrestation puis exécution de Jean Baptiste.
29 Multiplication des pains.
Jésus en Syrie (Césarée de Philippe) et en Décapole.
Septembre-octobre : Jésus à Jérusalem pour la fête des Tentes (Tabernacles).
Octobre-novembre : Jésus en Galilée.
Décembre : Jésus à Jérusalem pour les fêtes de la Dédicace.
30 (Année où coïncident Pâque et le sabbat).
Janvier-mars : Jésus réfugié à Éphraïm.
Mi-mars : Jésus à Béthanie. Résurrection de Lazare, puis de nouveau à Éphraïm.
Samedi 1er avril : 6 jours avant la Pâque, passage à Béthanie, montée à Jérusalem.
Dimanche 2 avril : Entrée triomphale de Jésus à Jérusalem.
Les vendeurs chassés du Temple.
Jeudi 6 avril : La dernière Cène.
Gethsémani.
Vendredi 7 avril : Jésus condamné par le sanhédrin puis par Pilate.
Vers 3 heures de l'après-midi : mort de Jésus crucifié.
Vers 18 heures : Ensevelissement.
Les grands-prêtres commencent à célébrer Pâque.
Samedi 8 avril : Sabbat. Jésus au tombeau.
Dimanche 9 avril : Résurrection à l'aube.
Premières apparitions.
Dimanche 16 avril : Deuxième apparition aux apôtres.
Thomas, cette fois présent, dit sa foi.
Lundi 17 avril : Départ des apôtres pour la Galilée. Nouvelles apparitions.
Mai : Ascension.
Pentecôte.
36 Départ de Ponce-Pilate.
36-37 Martyre d'Étienne.

Conversion de Saül — désormais Paul.
37 Caligula empereur jusqu'en 41.
41 Claude empereur jusqu'en 54.
45 à 52 Voyages missionnaires de Paul.
v. 50 Évangile hébreu de Matthieu (?).
54 Néron empereur.
Première lettre de Paul aux Corinthiens attestant l'institution de l'eucharistie et donnant la chaîne des témoins de la résurrection.
63-64 Évangiles (en grec) de Matthieu et de Luc.
64 Incendie de Rome. Persécution des chrétiens. Martyre de Pierre à Rome.
64-65 Évangile de Marc.
66 Insurrection des Juifs.
67 Martyre de Paul à Rome.
68 Mort de Néron.
69 Vespasien empereur jusqu'en 79.
70 Incendie du Temple. Prise et sac de Jérusalem.
81 Domitien empereur jusqu'en 96.
90-95 Évangile de Jean.
93 Jean exilé à Patmos.
96 env. *Antiquités judaïques* de Flavius Josèphe.
98 Trajan empereur jusqu'en 117. Jean à Éphèse.
v. 100 Mort de Jean à Éphèse.

FORMATION DES ÉVANGILES

Les manuscrits des Évangiles sont plus anciens, mieux attestés que ceux des grands auteurs de la Grèce et de Rome. Dès le IIe siècle, la tradition a retenu quatre évangiles, selon le critère de l'apostolicité : l'Évangile de Matthieu dériverait d'un premier texte hébreu attribué à l'apôtre de ce nom ; l'Évangile de Marc présente le témoignage de Pierre ; Luc précise dans son prologue qu'il a fait une enquête serrée et les Actes des Apôtres, qui sont aussi de lui et font corps avec son Évangile, montrent qu'il fut le collaborateur de Paul ; le quatrième Évangile, enfin, aurait pour auteur Jean, « l'apôtre bien-aimé ».

D'autres Évangiles ont été peu à peu écartés ou perdus, soit parce qu'ils donnaient, comme le Protévangile de Jacques, dans un merveilleux échevelé, soit parce qu'ils avaient été marqués par le gnosticisme : ainsi les textes retrouvés en 1945 à Nag-Hammadi, en Égypte. De ceux-ci, le plus intéressant est l'*Évangile de Thomas* [1], recueil de paroles, *logia*, de Jésus dont beaucoup ont des parallèles dans les Évangiles « canoniques » (retenus par le « canon », c'est-à-dire la règle peu à peu établie par la tradition) et dont certains présentent peut-être une forme primitive de ces propos.

L'Église a scrupuleusement respecté la diversité des quatre Évangiles, quatre regards différents qui, par leur différence même, suggèrent la même présence.

La *Formgeschichte* — histoire des formes — eut tendance à décomposer ces textes en fragments dont on cherchait quel

1. Jean-Yves Leloup, l'*Évangile de Thomas*, Albin Michel, 1986, p. 172.

milieu, selon quel « genre littéraire », les avait élaborés, l'assemblage de ces fragments exprimant uniquement les conceptions des premières communautés. L'idée que seule la communauté soit créatrice remonte au romantisme allemand : au début du XIXe siècle, Arnim, Brentano, les frères Grimm, voyaient dans « le tout » de la communauté le seul auteur des textes archaïques.

À partir des années soixante de notre siècle, la *Redaktiongeschichte* réhabilite le sens global de chaque Évangile et l'importance du rédacteur. Certains insistent sur la mémoire et la tradition orale, rythmiquement, corporellement vécue et transmise dans les civilisations traditionnelles. On cesse de séparer, comme l'avait fait la *Formgeschichte*, le « Jésus de l'histoire » et le « Christ de la foi ». La foi pascale a relu et compris l'histoire à la lumière de l'Esprit.

« Si les Évangélistes n'étaient pas véridiques », écrivait Origène au IIIe siècle, « s'ils avaient inventé des fables [...], ils n'auraient pas parlé du reniement de Pierre et du scandale des disciples [1]. » Des passages comme l'épisode de la femme adultère ou le cri de Jésus sur la croix : « Mon Dieu, mon Dieu, pourquoi m'as-tu abandonné ? » ont fait difficulté à certains rédacteurs ou copistes, qui rejetaient cet épisode ou modifiaient ce cri (par exemple en écrivant : « Ma force, ma force tu m'abandonnes » — mais en définitive ils ont été maintenus, comme d'autres *skandala* qui feront difficulté aux Pères de l'Église (ainsi l'infériorité de Jésus : « le Père est plus grand que moi », ou ses ignorances, concernant par exemple l'heure et le jour du Jugement).

On peut penser que l'enseignement oral des apôtres a d'abord suscité des recueils de *logia* de Jésus, de ses actions et d'hymnes soulignant leur portée (ainsi les attestations et citations de saint Paul, quinze ou vingt ans après la résurrection), sans doute en araméen ou en hébreu. Vers 50 commence la rédaction de nos Évangiles, en grec, langue véhiculaire de l'Orient méditerranéen, déjà utilisé pour la Septante, la traduction de la Bible réalisée à Alexandrie du IVe au IIe siècle av. J.-C. environ. Chaque Évangile tente de répondre — non sans certaines distorsions parfois par rapport aux sources — aux préoccupations d'un milieu précis, syro-palestinien pour Matthieu et Jean, hellénistique de l'Égée pour Luc, hellénistique et romain pour Marc.

Les trois Évangiles de Matthieu, Marc et Luc sont appelés

1. *Contre Celse*, II, 15.

« synoptiques » parce qu'on peut les « regarder ensemble » en constatant de nombreux parallélismes. L'Évangile de Marc compte 661 versets dont 600 se retrouvent dans celui de Matthieu et 350 dans celui de Luc. 230 versets, inconnus de Marc, sont en revanche communs à Matthieu (1 068 versets) et Luc (1 150 versets).

La majorité des exégètes, mais une majorité de plus en plus ébranlée, se rallie au système dit « des deux sources », qui seraient d'une part Marc, de l'autre un document inconnu nommé Q (du mot allemand *Quelle*, qui signifie source) : peut-être le Matthieu hébreu, ou un vieux récit araméen... On peut penser aussi que les trois évangélistes ont emprunté à la même tradition orale. Les Pères en effet affirment que la première mise par écrit de l'Évangile fut réalisée par Matthieu, en hébreu. « Matthieu, chez les Hébreux, exposa l'Évangile dans leur langue et leur écriture », écrivait saint Irénée de Lyon au IIe siècle [1]. De même, les « anciens presbytres », cités par Clément d'Alexandrie, « disaient que les Évangiles qui comportent des généalogies [c'est-à-dire Matthieu et Luc] ont été écrits d'abord, celui de Marc le fut ultérieurement [2] ».

Le Matthieu grec, beaucoup plus universaliste, et Luc ont été probablement rédigés vers 63-64. Certains arguent du fait que Matthieu, en XXIV, 1-22, ferait allusion à l'incendie de Jérusalem par Titus en 66 pour repousser après cette date la rédaction de cet Évangile. Mais John Arthur Thomas Robinson [3] souligne qu'il n'y a rien de précis dans le texte de Matthieu et que partout dans l'Ancien Testament les villes conquises sont brûlées.

Quant à Marc, selon le témoignage des Pères les plus anciens, il aurait écrit aux environs du martyre romain de Pierre et de Paul, vers 64-66.

Reprenons dans son intégralité le passage d'Irénée qui résume bien cette tradition : « Ainsi Matthieu publia-t-il chez les Hébreux, dans leur langue, une forme écrite d'Évangile, à l'époque où Pierre et Paul évangélisaient Rome et y fondaient l'Église. Après la mort de ces derniers, Marc, le disciple et l'interprète de Pierre, nous transmit lui aussi par écrit ce que prêchait Pierre. De son côté Luc, le compagnon de Paul, consigna en un

1. *Contre les hérésies*, III, 1, 1.
2. Eusèbe, *Histoire de l'Église*, VI, 14, 5-7.
3. *Re-dater le Nouveau Testament*, éd. angl. 1976, trad. de l'anglais par Marie de Mérode, éd. Lethielleux, 1987.

livre l'Évangile que prêchait celui-ci. Puis Jean, le disciple du Seigneur, celui-là même qui avait reposé sur sa poitrine, publia lui aussi l'Évangile tandis qu'il séjournait à Éphèse, en Asie. »

L'Évangile de Jean, cependant, est à part. Les Pères sont unanimes pour attribuer ce quatrième Évangile à l'apôtre. Saint Irénée, dans sa *Lettre à Florinus*[1], rappelle comment, dans son enfance, il avait bien connu Polycarpe, l'évêque de Smyrne, qui « racontait ses relations avec Jean » lequel parlait « du Seigneur, de ses miracles, de son enseignement ». Jean, qui serait mort fort âgé, serait revenu de sa déportation à Patmos après la disparition de Domitien en 96 pour s'établir à Éphèse où il mourut « à l'époque de Trajan » qui a régné de 98 à 117[2]. L'Évangile de Jean parle des « Juifs » comme étant globalement les ennemis de Jésus, ce qui n'a de sens qu'après le synode juif de Jamnia qui, en 85, a consacré la rupture entre Juifs et chrétiens et durement condamné ceux-là. D'autre part, un fragment de papyrus portant un passage du quatrième Évangile a été trouvé en Égypte : il date d'environ 120. Il fallait alors deux ou trois décennies pour que se diffuse un écrit fait à la main. On peut donc dater cet Évangile au plus tard de 90-95. L'Évangile de Jean présente deux caractères inséparables : d'une part une très bonne connaissance de la Judée et de la topographie de Jérusalem, avec des détails qu'ignorent les « synoptiques », et une chronologie plus vraisemblable que la leur : le ministère public de Jésus s'étalant sur trois années et non sur une seule ; d'autre part, d'amples développements symboliques, sacramentels, théologiques, mystiques, particulièrement dans les longs discours de Jésus qui constituent le cœur de l'Évangile et qui expriment, sans doute en les amplifiant et en les recomposant, le sens profond de ses paroles. Tel de ces discours (x, 22-42) s'insère par exemple dans un récit d'une exactitude étonnante : « On célébrait à Jérusalem la fête de la Dédicace : c'était l'hiver et Jésus se promenait dans le Temple, sous le portique de Salomon. » Cependant, on ne peut pas ne pas remarquer, à côté d'une unité puissante, inspirée, certains éléments disparates, des ruptures de continuité, des blocs erratiques, un achèvement inégal. On peut penser que certains passages ont été notés sous la dictée de l'apôtre, d'autres rédigés avec son accord, d'autres enfin fixés après sa mort dans le cadre de l'école johannique d'Éphèse.

1. Eusèbe, ouvr. précit., v, 20, 5, 8.
2. *Contre les Hérésies*, III, 3, 4.

CHRISTOLOGIES DES ÉVANGILES

On peut mettre à la fois en contraste et en convergence les Évangiles de Matthieu et de Luc. Le premier constitue la catéchèse de milieux chrétiens d'origine juive, son interprétation du Christ est typique du judaïsme palestinien. Le second donne au contraire une catéchèse destinée aux milieux d'origine païenne, de langue sinon de culture grecque.

Pourtant, et là se fait la convergence, la préoccupation majeure de Matthieu est universaliste, tandis que Luc a souci de se ressourcer aux traditions originelles, palestiniennes et d'expression araméenne (sans oublier pourtant de rappeler qu'Élie fut envoyé chez une veuve au pays de Sidon et que ce fut un lépreux syrien qui trouva guérison au temps d'Élysée, IV, 25-27).

Matthieu veut montrer dans la destinée du Christ l'accomplissement du Premier Testament : il multiplie les citations bibliques en les appliquant aux actes et aux paroles de Jésus, il décèle dans les moments majeurs de l'existence de celui-ci la reprise et la réalisation plénière de l'Hexateuque (les cinq livres dits « de Moïse », plus celui de Josué). Ainsi, pour prendre deux exemples, le Sermon sur la montagne correspond à la donation de la Loi au Sinaï et tout l'ensemble où il s'insère forme la reprise transcendante de l'Exode ; le récit de la Passion et de la Résurrection signifie, lui, l'entrée dans la Terre promise définitive. Pour Matthieu, Jésus est le Messie, mais ce messianisme apparaît symbolique, il est Roi, mais du Royaume « des cieux ». Le Peuple s'universalise, la Loi s'intériorise, le Royaume devient l'horizon ultime où l'histoire est dépassée. En Jésus coïncident les figures du Serviteur souffrant et du céleste « Fils de l'Homme », en lui

Dieu fait descendre son Royaume du ciel sur la terre, en orientant la terre vers le ciel.

La christologie de Luc, c'est-à-dire, inséparablement, de l'Évangile qui lui est attribué et du Livre des Actes, est « pneumatologique », fondée sur le rôle majeur joué par l'Esprit-Saint, et culmine à la Pentecôte. L'Esprit donne aux hommes le Christ : tout le début de l'Évangile, avec les cantiques d'Élisabeth, Marie, Zacharie, Siméon, témoigne de l'allégresse que provoque l'effusion de l'Esprit. Et c'est l'Esprit qui, descendant sur Marie, permet l'Incarnation. Marie, dans l'Esprit, rouvre au Verbe sa création : nouvelle Ève, comme le dira saint Irénée. Toute l'existence de Jésus est une existence dans l'Esprit, et ce n'est pas pour rien qu'il inaugure sa première prédication en citant Esaïe : « L'Esprit du Seigneur est sur moi parce qu'il m'a oint [...] Aujourd'hui est accomplie la parole de l'Écriture, comme vous venez de l'entendre de vos oreilles » (IV, 18-21). Toute la vie terrestre de Jésus, ses paroles, ses miracles sont dans la mouvance du Souffle saint dont il prépare l'effusion plénière à la Pentecôte. Le Fils de Dieu devenu homme apparaît comme le principe d'une nouvelle humanité, qu'il baptisera « d'Esprit saint et de feu » (III, 16).

L'Évangile de Marc, qui donc n'est peut-être pas le plus ancien, doit être rapproché de celui de Jean, sans doute moins récent qu'on ne l'a cru, tant il contient d'authentiques précisions. Marc a su suggérer simultanément l'humanité et la divinité du Christ. Pour lui, la « bonne nouvelle » n'est pas seulement un enseignement, c'est une personne, Jésus lui-même. Le Royaume vient dans la personne de Jésus, celui-ci est à la fois le Roi et le Royaume. Dans certains manuscrits, dont celui que suit notre version, le début de l'Évangile : « Commencement de l'Évangile de Jésus-Christ », est complété par la formule « Fils de Dieu ». Marc voit en Jésus « le Fils » par excellence, sans aucun prédicat ; Paul dit le Fils « premier-né », *prototokos* ; Jean, le *Monogenês*, l'Unique Engendré. Jésus, dans l'Évangile de Marc, se nomme lui-même « le Fils », au sens absolu. Et ce titre exprime la pleine présence en lui de la divinité du Père.

Les études les plus récentes ont démontré le sémitisme foncier de l'Évangile de Jean, contre tant d'hypothèses appelées par le terme essentiel du Prologue, *Logos*, et concernant des influences de l'hellénisme mystique, voire gnostique. Le *Logos*, en réalité, c'est surtout le *Davar* biblique, la Parole créatrice de la Genèse, dont le commencement, *Bereschit*, repris par le Prologue, prend un sens absolu : de toute éternité. C'est aussi la Sagesse, source de vie et de lumière pour toute la création, et surtout la *Schekinah*, mot quasi translittéré dans le grec du Prologue. Désormais, la « Tente », le Tabernacle de la Présence, c'est la « chair » — autre sémitisme — c'est-à-dire l'humanité de Jésus.

Dans le Verbe, dans sa filialité, se trouve la Vie, la source de la Vie, c'est-à-dire la grâce de l'Esprit, et la Vie est « la lumière des hommes ». Le Verbe a tout créé, il porte le monde, il vient donc chez les siens quand il s'incarne, mais se heurte à la séparation, au refus, à la haine, à tout ce « mensonge » dont le « séparateur » est le « père » — par là même « meurtrier » car il retranche de la Vie. « La lumière luit dans les ténèbres » qui ne l'ont ni reçue ni dominée. Tout l'Évangile décrit la lutte de la lumière et des ténèbres, non pas au sens de deux principes ontologiques, mais comme de la vérité et du mensonge. Et quand le Christ, le lumineux, est livré aux ténèbres et que celles-ci se referment sur lui, elles sont métamorphosées, Pâque est la fête de la lumière, de la nuit devenue lumineuse. La résurrection, pour Jean, est inséparable de la croix. La croix est une paradoxale élévation. L'aspect sacrificiel de la Passion exprime simplement la remise totale du Fils à la volonté du Père qui lui fait affronter, pour les vaincre, les puissances du néant. Le Crucifié victorieux entraîne l'entière humanité dans son ascension vers le Père ; plus exactement, la « remontée » du Fils avec sa chair (avec toute chair) permet la « descente » de l'Esprit : celui-ci, qui reposait en Jésus, repose désormais sur son Corps ecclésial, sacramentel : l'« eau » baptismale et le « sang » eucharistique jaillissent du côté transpercé sur la première Église représentée par la Mère et le Disciple bien-aimé, remis l'un à l'autre (XIX, 26-27). La foi, pour Jean, est accès à la vie éternelle au-delà de tout jugement : « Celui qui écoute ma parole, et qui croit en celui qui m'a envoyé, a la vie éternelle ; et il n'est pas amené en jugement, mais il est passé de la mort à la vie » (V, 24). Le jugement est tout intérieur : c'est l'amour accepté ou refusé.

De ce point de vue, et malgré l'apparence, cet admirable Évangile de l'amour est plus dur que les synoptiques : du moins dans sa version définitive écrite dans un contexte de persécution et de violente opposition entre Juifs et chrétiens désormais cruellement séparés. Jean fait dire à Jésus, à propos des « Juifs » (le mot désignant ici uniquement les ennemis de Jésus), « le père dont vous êtes issus, c'est le diable » (VIII, 45), tandis que les synoptiques, Luc en particulier, insistent sur « l'amour des ennemis », rappellent que Dieu est miséricordieux « pour les ingrats et pour les méchants » et rapportent ce mot du Crucifié : « Père, pardonne-leur, car ils ne savent pas ce qu'ils font » (Luc XXIII, 34).

NOTE SUR LA TRADUCTION ET L'ÉDITION

LA TRADUCTION

Marc-Hugues Oltramare (1813-1891) a vécu à Genève où il a fait des études théologiques (avec une thèse sur le sixième chapitre de l'Épître aux Romains). Il a approfondi ses connaissances d'exégèse, et notamment des langues du Moyen-Orient ancien, à Berlin et à Tübingen. En 1841 il est devenu pasteur à Genève. De 1854 à sa mort, il a enseigné l'exégèse du Nouveau Testament à la Faculté de théologie. Il a publié un commentaire, en deux volumes, de l'Épître aux Romains et reçu un doctorat *honoris causa* à l'Université de Strasbourg.

Sa traduction du Nouveau Testament a paru en 1872 et il l'a améliorée plusieurs fois par la suite, notamment en 1879 (c'est le texte que nous présentons ici). Nous l'avons choisie parce qu'elle présente un équilibre remarquable du littéraire et du littéral, de la rigueur scientifique et d'une langue simple et fluide capable de transmettre l'esprit du texte au lecteur non spécialisé.

On sait que le texte originel est attesté par trente-cinq papyrus datant du IIe au IVe siècle, situation favorablement exceptionnelle par rapport aux auteurs classiques de l'Antiquité. Les variantes ne dépassent pas une vingtaine et aucune ne met en cause la substance du message. Un des premiers textes imprimés le fut en 1516 par les soins d'Érasme. Il a été revu un peu plus tard par le théologien protestant Théodore de Bèze, reproduit par Robert Étienne et popularisé par les éditions des Elzévir sous le titre de *Texte Reçu (Textus Receptus)*. (Les Elzévir étaient une célèbre famille d'éditeurs hollandais dont les ouvrages furent imprimé de la fin du XVIe siècle à celle du XVIIe.)

Oltramare, sans ignorer le *Textus Receptus*, s'est surtout fondé sur le texte critique établi par Tischendorf et publié à Leipzig en 1869 et 1872. Il indique d'ailleurs en notes, et en italiques, sous les initiales TR, les variantes du *Textus Receptus* par rapport à celui de Tischendorf, qu'il est d'ailleurs loin de suivre d'une manière servile. D'assez longs passages, rares, imprimés non seulement en italiques mais aussi entre crochets, sont aussi empruntés au « Texte Reçu ».

L'ÉDITION

J'ai modernisé, et par là même précisé, la désignation de certaines fonctions : ainsi, en Matthieu XXIII, 10 et 11, il s'imposait de remplacer « directeurs » par « docteurs » ; en Jean, aux chapitres XIV, XV et XVI, à propos du Saint-Esprit, de mettre « Paraclet » et non « Directeur » et, dans le même Évangile, en XVIII, 18 et 22, de remplacer « agent » par « gardes ».

De même ai-je modifié la graphie de quelques noms de personnes ou de lieux, pour introduire celle qui est devenue maintenant habituelle : ainsi on trouvera Capharnaüm au lieu de Capernaoum, Bethléem au lieu de Bethléhem, Jaïre au lieu de Jaïrus, Naïm au lieu de Naïn... En revanche, j'ai gardé Arimathée, comme le fait la Traduction Œcuménique de la Bible (TOB) et Ésaïe, plus fidèle à l'hébreu.

Les italiques, qui indiquaient chez Oltramare quelques mots introduits en paraphrase pour rendre la version française plus intelligible ont été supprimées. En revanche, les citations de l'Ancien Testament restent en italiques. Pour les Évangiles synoptiques (Matthieu, Marc et Luc) et pour quelques indications identiques dans l'Évangile de Jean, *les commentaires ont été reportés dans les notes sur l'Évangile de Matthieu.* Les sommaires disposés par Oltramare au début de chaque chapitre permettront de se reporter facilement d'un Évangile à l'autre. Le lecteur les trouvera d'ailleurs regroupés à la fin de notre volume.

O. C.

BIBLIOGRAPHIE

PRINCIPALES ÉDITIONS MODERNES DE LA BIBLE EN FRANÇAIS.

« La Bible de Segond » : La Sainte Bible illustrée, sous la direction de Louis Segond : L'Ancien Testament, 1874. Le Nouveau Testament, 1880 ; Société Biblique de Genève, Maison de la Bible, 1995.

« La Bible de Crampon » : La sainte Bible traduite en français sur les textes originaux, avec introductions et notes et la Vulgate en regard, sous la direction d'Augustin Crampon, Tournai-Paris-Rome, Desclée, 7 vol., 1894-1904 ; en 1 vol., 1904 ; Dominique Martin-Morin, 1989.

« La Bible de Jérusalem » : La Sainte Bible, traduite sous la direction de l'École biblique de Jérusalem, Le Cerf, 1955 ; dernière édition revue en 1998.

« La Bible de la Pléiade » :

L'Ancien Testament, sous la direction d'Édouard Dhorme, Bibliothèque de la Pléiade, Gallimard, 2 vol., 1956 et 1959.

Le Nouveau Testament, textes traduits, présentés et annotés par Jean Grosjean et Michel Léturmy, Gallimard, 1971.

« Le Nouveau Testament » : Traduit par Émile Osty et Joseph Trinquet, Siloë, 1974.

« Les Évangiles » : Traduits par sœur Jeanne d'Arc, Les Belles-Lettres-Desclée de Brouwer ; Matthieu, Marc et Luc, 1986 ; Jean, 1990.

« La TOB » : Traduction Œcuménique de la Bible, Société biblique française, Le Cerf, 1988.

OUVRAGES ÉCRITS OU TRADUITS EN FRANÇAIS.

Jean-Claude BARREAU, *Biographie de Jésus*, Plon, 1993.

La Bible intertestamentaire, sous la direction d'André Dupont-Sommer et Marc Philonenko, Bibliothèque de la Pléiade, Gallimard, 1987.

Claire BOMPOIS, *Concordance du Nouveau Testament*, Mame, 1995.

Günther BORNKAMM, *Qui est Jésus de Nazareth ?* trad. fr. par Maurice Barth et S. de Bussy, Seuil, 1973.

Jean BRECK, *La Puissance de la Parole. Introduction à l'herméneutique orthodoxe*, Cerf, 1996.

Rudolf BULTMANN, *Jésus, mythologie et démythologisation*, trad. fr. par Florence Fuyn, Samuel Durand-Gasselin et Christian Payot, Seuil, 1958.

Rudolf BULTMANN, *Histoire de la tradition synoptique*, trad. fr. par André Malet, Seuil, 1973.

Charles-Harold DODD, *Le Fondateur du christianisme*, trad. fr. par Paul-André Lesort, Seuil, 1972.

Jacques DUQUESNE, *Jésus*, Flammarion et Desclée de Brouwer, 1994.

David FLUSSER, *Jésus*, trad. fr. par Michaël Marsch et Henri Rochais. Seuil, 1970.

Birger GERHARDSSON, *Préhistoire des Évangiles*, trad. fr. par A. Liefooghe, Cerf, 1978.

Jacques GUILLET, *Jésus devant sa vie et sa mort*, Aubier, 1971.

Michel HENRY, *C'est moi la vérité*, Seuil, 1996.

Marcel JOUSSE, *L'Anthropologie du geste*, 3 vol., Gallimard, 1974, 1975 et 1978.

René LAURENTIN, *Vie authentique de Jésus-Christ*, 2 vol., Fayard, 1996.

Xavier LÉON-DUFOUR, *Les Évangiles et l'Histoire de Jésus*, Seuil, 1963.

Xavier LÉON-DUFOUR, *Résurrection de Jésus et message pascal*, Seuil, 1971.

Xavier LÉON-DUFOUR, *Lecture de l'Évangile selon Jean*, 3 vol., Seuil, 1990-1993.

Alain MARCHADOUR, *Les Évangiles au feu de la critique*, Bayard-Centurion, 1995.

Dimitri Merejkovsky, *Le Christ qui vient*, Grasset, 1937.

Dimitri Merejkovsky, *Jésus inconnu*, Éd. du Rhône, Genève, 1946. Nouvelle édition à l'Âge d'Homme, Lausanne, 1995.

Elaine Pagels, *Les Évangiles secrets*, trad. fr. par Tanguy Kenec'hdu, Gallimard, 1982.

Pères (les Évangiles commentés par les Pères) :

Maurice Vericel, *L'Évangile commenté par les Pères*, Éd. Ouvrières, 1965.

L'Évangile selon Matthieu commenté par les Pères, Desclée de Brouwer, 1985.

Marc commenté par Jérôme et Jean Chrysostome, Desclée de Brouwer, 1986.

Origène, *Homélies sur saint Luc*, « Sources chrétiennes », n° 87, Cerf, 1962.

Ambroise de Milan, *Traité sur l'Évangile de saint Luc*, 2 vol., « Sources chrétiennes », n° 45 et n° 52, Cerf, 1956 et 1958.

L'Évangile selon Jean expliqué par les Pères, Desclée de Brouwer, 1985.

Qumrân et les Manuscrits de la mer Morte (collectif), Cerf, 1997.

France Quéré, *Les Femmes de l'Évangile*, Seuil, 1982.

France Quéré, *Jésus enfant*, Desclée, 1992.

Philippe Rolland, *L'Origine et la Date des Évangiles*, Éd. Saint Paul, 1994.

Claude Tresmontant, *L'Enseignement de leschoua de Nazareth*, Seuil, 1970.

Heinz Zahrn, *Aux prises avec Dieu : la théologie protestante du* XXe *siècle.* Chap. 8 : « La redécouverte du Jésus historique », p. 339 s., trad. fr. par A. Liefooghe, Cerf, 1969.

NOTES

ÉVANGILE SELON SAINT MATTHIEU

Page 49.

1. Les généalogies ne sont pas des listes exactes. Elles éclairent les origines et la signification de Jésus. — Fils de David : dans le judaïsme de l'époque on était convaincu que le roi eschatologique attendu serait un descendant de David. — Lors de l'émigration à Babylone : en 598 av. J.-C., sur l'ordre de Nabuchodonosor. — Après l'émigration : en 538 av. J.-C., Cyrus, roi des Perses, qui s'est rendu maître du Moyen-Orient, permet aux Hébreux de rentrer de Babylone. — Dans la présentation de la généalogie (v. 1-6), c'est l'homme qui engendre. La femme accueille la semence et la fait mûrir. Quatre noms de femmes sont mentionnés : Thamar, qui se déguise en prostituée et séduit son beau-père Juda dont elle a deux jumeaux, Pharès et Zara (Genèse XXXVIII, 6-30) ; Rahab, la prostituée de Jéricho, qui sauve les espions envoyés par Josué en les cachant dans sa maison (Josué II, 1-21) ; Ruth la Moabite, une « étrangère » qui, une nuit pendant la moisson, s'étend près du vieux, sage et riche Booz qui est amené ainsi à l'épouser (Livre de Ruth) ; la femme d'Urie le Hittite, Bethsabée : très belle, elle est séduite par David qui fait périr Urie sur le champ de bataille. Trois étrangères donc, et toute la densité de la vie et de la passion. — À la fin, il n'est pas dit que Joseph engendra Jésus, mais seulement que Jésus est né de Marie, c'est-à-dire, ici, a été conçu par elle. Mystère de la conception virginale ?

Page 50.

1. Quatorze générations : nombre repris par trois fois. Un rythme dans l'histoire ; quatorze = deux fois sept. Jésus vient au

terme de la sixième semaine de l'histoire sainte, à la plénitude des temps.

2. Un homme de bien, *dikaios* en grec : c'est le *tsaddiq* hébreu, mot qui désigne une sorte de sainteté.

3. Un ange du Seigneur, ou, plutôt, l'ange du Seigneur. Le mot signifie messager ; au singulier l'ange est presque identique à Dieu lorsque celui-ci se manifeste. — En songe : c'est l'« imaginal » vrai dont a si bien parlé Henri Corbin, notamment dans ses études sur la mystique iranienne. Dans ce *mundus imaginalis*, Dieu communique à l'homme ses messages.

4. Jésus : en hébreu *Iesu'a*, plus tard *Jehosu'a*. Étymologiquement : « Seigneur, viens en aide. » À partir d'une étymologie populaire, les Hébreux ont compris : « Le Seigneur sauve, libère, met au large. » Pour la pensée sémite, le nom suggère le sens d'un être et de sa destinée.

5. Son peuple : non seulement Israël, mais tous ceux qui croiront en lui.

6. Afin que s'accomplît ce qu'avait dit le Seigneur par la prophétie... : Matthieu interprète les événements majeurs de la vie de Jésus comme l'accomplissement des grands événements et des prophéties de l'Ancien Testament. La citation, ici, provient de la Septante (Esaïe VII, 14), la version hébraïque ne parle pas de la « vierge » mais de la « jeune femme ». Matthieu combine le texte grec et le texte hébreu d'Esaïe, comme c'est déjà le cas dans les manuscrits de Qumrân.

7. Dieu avec nous : c'est le premier et le dernier mot de cet Évangile, l'affirmation fondamentale de Matthieu reprise de l'Ancien Testament et prodigieusement amplifiée.

8. Il ne la connut point : expression biblique désignant l'acte sexuel. — Jusqu'à ce qu'elle eût mis au monde : le mot *eôs*, jusqu'à ce que, permet des interprétations différentes. Selon de nombreux exégètes protestants (et quelques-uns catholiques), il signifie que Marie et Joseph, après la naissance de Jésus, ont eu la vie d'un couple normal. Les Pères de l'Église, et la grande tradition catholique et orthodoxe estiment que Matthieu ne parlait pas ici du temps d'après cette naissance, et donc que Marie était restée vierge. (Cf. aussi Luc, p. 193, n. 3.)

9. Bethléem, à 8 km de Jérusalem. Le nom peut signifier soit maison du pain, soit maison de Lahma, une divinité cananéenne.

10. Hérode : Hérode le Grand vécut entre 63 et 4 ou 1 av. notre ère. En 40, sous le protectorat romain, il était devenu roi de Judée.

En 37, il avait conquis Jérusalem, au prix d'un massacre. C'était un souverain cruel mais habile, grand bâtisseur à la manière hellénistique. La naissance de Jésus eut lieu quelques années avant sa mort.

11. Les mages : à l'origine, les membres d'un clan mède, prêtres de la religion zoroastrienne. À l'époque de Jésus, on appelait ainsi les prêtres, astrologues et magiciens orientaux. On a dit, en s'appuyant sur le nombre de leurs cadeaux, qu'ils étaient trois, puis, en Occident, des rois. Pour Matthieu, les mages symbolisaient sans doute les sages païens.

Page 51.

1. L'étoile : certains interprètes ont évoqué ici un événement naturel mais exceptionnel : une *supernova*, une comète. Pour Képler, la conjonction du Saturne juif et du Jupiter hellène, signe annonciateur du « Grand Roi ». D'autres évoquent un événement miraculeux. Ou encore, un thème astrologique déchiffré par les mages : il y avait alors, en Orient, des astrologues voyageurs. On a même trouvé, à Qumrân, un horoscope du Messie.

2. Les scribes : ceux qui connaissent la Loi ; appartenant le plus souvent au groupe des pharisiens.

3. Et toi, Bethléem... : citation de Michée v, 1 combinée avec le 2e Livre de Samuel v, 2.

4. L'or, l'encens et la myrrhe : parfums arabes, reprise de l'espérance juive que le Messie serait vénéré par tous les peuples. Plus tard, l'Église a vu dans l'or le symbole de la majesté royale, dans l'encens, celui du sacerdoce suprême, dans la myrrhe, utilisée pour l'embaumement, l'annonce de la mort-résurrection du Sauveur.

Page 52.

1. L'Égypte : Osée XI, 1. La destinée de Jésus, selon Matthieu, récapitule celle du peuple juif. Par ailleurs, l'Égypte était le refuge traditionnel des Juifs de Palestine, à l'époque des souverains ptoléméens.

2. *Un cri a été entendu à Rama* : Rachel pleurait ses enfants car elle était la mère de la tribu de Benjamin emmenée en esclavage (Jérémie XXXI, 15). Les récits de l'enfance, chez Matthieu, ont un caractère tragique. Comme l'a écrit saint Jean : « La lumière brille dans les ténèbres, mais les ténèbres ne l'ont point reçue » (Jean I, 5).

3. Archelaüs : souverain de Judée, Samarie et Idumée entre 4 av. J.-C. et 6 ap. J.-C. Sur la plainte de ses sujets, l'Empereur le destitua, l'exila en Gaule et confia ses territoires à un administrateur romain.

4. La Galillée : *Gehil-ha-Goïm*, la Galilée des nations où vivaient des Juifs mêlés de Phéniciens, Babyloniens et Grecs.

5. Nazaréen : qui vient de Nazareth, pensent les uns. Mais pour d'autres, ce nom est lié à la prophétie sur le « rameau », *neser*, qui sort de la souche de Jessé (Esaïe 11, 1). Pour d'autres encore, il désigne le *nazir*, celui qui est « consacré à Dieu », avant même sa naissance.

6. Jean Baptiste a commencé sa prédication en 27. — Le royaume des cieux : expression révérentielle pour Royaume de Dieu, dont on n'ose pas écrire le Nom. Pour les chrétiens, dit Origène, Jésus lui-même est le Royaume.

Page 53.

1. *Préparez le chemin du Seigneur* : Esaïe, XL, 3.

2. Baptiser : le baptême de Jean était donné à tous (et non à des initiés comme les bains de purification à Qumrân), il était donné aux Juifs pour les préparer à devenir un peuple nouveau (et non aux païens pour devenir juifs, selon un rite attesté à la fin du Ier siècle), et il était irrépétable, préparation au jugement ultime.

3. Pharisiens : *perushim*, c'est-à-dire « séparés ». Un des grands courants de pensée du judaïsme à l'époque de Jésus. Ils n'étaient pas prêtres et venaient de toutes les couches de la société. Ils étudiaient et pratiquaient la Loi dans tous ses développements, écrits et oraux (fixés plus tard dans le Talmud). D'une grande rigueur morale et spirituelle. — Sadducéens : groupe lié aux descendants de Sadoc, auxquels, après l'exil, avait été confié le ministère sacerdotal au Temple. Au temps de Jésus, ils constituaient une sorte d'aristocratie. Ils ne reconnaissaient comme Écriture sainte que le Pentateuque et refusaient, par archaïsme, la foi dans la résurrection.

4. La colère à venir : expression anthropomorphique pour désigner l'expérience de Dieu qu'auront, lors du Jugement, ceux qui le refusent. Le feu de l'amour éprouvé « du dehors ».

5. Repentance : en grec *metanoïa*, retournement de toute la saisie du réel.

6. Pierres... enfants : en araméen, une sorte de jeu de mots car

les pierres (*abnajja*) et les fils (*benajja*) s'expriment par des termes très proches.

7. Digne de lui porter ses sandales : dans la société d'alors une des besognes les plus basses, dont même les esclaves d'origine juive étaient dispensés.

8. Ce qui est juste : Jésus, dans son abaissement, se fait semblable aux pécheurs et prend sur lui leur condition.

Page 54.

1. Mon Fils bien-aimé : c'est la manifestation (théophanie : nom de la fête en Orient) trinitaire du Baptême : le Père parle, l'Esprit descend sous la forme d'une colombe (lumière et croix), rendant pleinement consciente en Jésus sa divinité.

2. Tenté par le diable : diable, *diabolos* en grec, c'est-à-dire le « séparateur », traduction du mot hébreu *shatan*, l'adversaire.

3. *L'homme ne vivra pas de pain seulement* : Deutéronome VIII, 3.

4. *Il donnera des ordres à ses anges...* : Psaume XCI, 11-12.

5. *Tu ne tenteras point...* : Deutéronome VI, 16.

6. Une montagne très haute : montagne symbolique. Mais les moines, à partir du IVe siècle, ont vénéré une montagne près de Jéricho et, plus tard, l'ont nommée « de la quarantaine ».

7. « Retire-toi Satan » : Jésus est tenté comme le fut le peuple hébreu durant l'Exode, les quarante jours de jeûne reprenant les quarante années du désert. Mais il triomphe des trois tentations majeures...

8. *Tu adoreras le Seigneur...* : Deutéronome VI, 13.

Page 55.

1. *La terre de Zabulon* : Esaïe VIII, 23-9, 1.

2. Le suivirent : l'appel de Jésus suscite une adhésion immédiate.

3. Des démoniaques : les Hébreux ont considéré d'abord le mal comme un châtiment divin. Durant leur exil à Babylone, ils adoptèrent l'idée que la maladie, surtout mentale, est causée par les démons. Jésus refuse que la maladie ou le malheur soit un châtiment (cf. la tour de Siloé, Luc XIII, 4 et l'épisode de l'aveugle-né, Jean IX, 1-41) et libère ceux qui se considèrent comme possédés. — Lunatiques : livrés aux caprices de la lune et du monde « sublunaire ». Probablement des épileptiques.

Page 56.

1. « Heureux... » : les Béatitudes des Évangiles, parce qu'elles sont essentiellement spirituelles, se distinguent des textes du même genre que l'on peut trouver dans le Moyen-Orient ancien. La « pauvreté en esprit » signifie le dépouillement intérieur, la simplicité de cœur. « Ceux qui pleurent » sur le mal du monde et leur propre complicité font place au Paraclet, au Consolateur. La « terre », c'est la terre messianique, c'est-à-dire dès maintenant la face cachée de la terre que décèle le « cœur » profond, lavé par les larmes, devenu un « œil de feu » qui voit la lumière divine. La « justice », dans les grandes prophéties bibliques, signifie le service du pauvre, le partage librement consenti. Pour l'Évangile, c'est le même mouvement mais dans la résurrection communiquée.

Page 57.

1. Le sel de la terre : c'est le sel qui, dans la pensée biblique, transforme la terre en offrande, à la fois la conserve et lui donne sens et goût.

2. Celui qui... aura appris aux hommes à observer les commandements : Jésus ne détruit pas la Loi, il la désobjective, lui ôte son juridisme minutieux, à la fois rassurant et impossible, exprime son intention profonde.

3. *Tu ne tueras point* : Deutéronome V, 17, et Exode XX, 13.

Page 58.

1. « Raca » : crétin, en araméen.

2. Le Sanhédrin, autorité suprême pour les Juifs, comptait 71 membres, était présidé par le grand prêtre et siégeait à Jérusalem.

3. *Tu ne commettras point l'adultère* : Deutéronome V, 18, Exode, XX, 14.

4. Une occasion de chute : dans la Septante, le verbe *skandalizo* traduit deux racines hébraïques qui signifient « achopper » et « poser un piège ». D'où le double sens du mot *skandalon.*

5. « Qu'un seul de tes membres périsse... » : l'œil désigne la manière de voir, la main, de saisir. Il s'agit non de se mutiler — encore que l'accent, violent, soit de rupture — mais de transformer radicalement la vision et l'usage du monde.

6. *Que celui qui répudie sa femme...* : Deutéronome XXIX, I ;

dans la société juive, les hommes avaient le privilège de la répudiation, soit totalement à leur gré (Hillel) soit en cas d'infidélité (Shammaï). Jésus rejette cette possibilité et pose l'absolu du mariage, sauf en cas de *porneia*, objectivation de la sexualité en dehors d'un authentique amour. Hillel et Shammaï sont deux grands sages pharisiens de l'époque hérodienne (seconde moitié du Ier siècle av. J.-C. et début du Ier siècle après). Ils s'affrontaient, eux et leurs écoles, sur l'interprétation de la Loi : interprétation stricte, légaliste, pour Shammaï, large et attentive aux cas personnels et aux imprévus de la vie pour Hillel.

7. *Tu ne parjureras point...* : Exode XX, 7.

Page 59.

1. *Œil pour œil...* : Exode XXI, 24.

2. *Tu aimeras ton prochain* : Lévitique XIX, 18 ; tu haïras ton ennemi : on ne peut trouver pareil commandement dans l'Ancien Testament ni dans les écrits rabbiniques. Par contre les textes de Qumrân appellent la vengeance divine sur les « fils des ténèbres » (1 QS 1, 9 ; 2 QS 2, 2-17) [Dans les références aux écrits qumraniens, la lettre Q signifie Qumran, le chiffre qui la précède désigne celle des grottes où le texte a été découvert ; les chiffres qui suivent le Q spécifient le fragment, la lettre S indique la Règle de cette communauté monastique juive : *Sérèk ha-Yahad.*

Page 60.

1. Le secret, la chambre dont on ferme la porte : c'est l'intériorité la plus silencieuse.

Page 61.

1. Notre Père : *Abba*, Père, est, dans l'Évangile, la révélation, humble et plénière, du nom de Dieu. L'Église ancienne avait un tel respect pour cette prière qu'elle ne l'enseignait qu'au moment du baptême.

2. Notre pain quotidien : *épiousios*, un mot qui ne se trouve qu'ici dans les Évangiles et qui semble signifier « substantiel » et « de demain », c'est-à-dire du jour ultime, du monde à venir. Beaucoup de Pères ont vu dans cette expression le pain eucharistique ou la Parole de Dieu.

3. Ne nous induis point en tentation est un sémitisme pour : ne

nous laisse pas entrer dans la tentation, celles des derniers temps : l'idole, l'oubli, et celle de toujours : le meurtre, le suicide.

4. Délivre-nous du mal : ou du « mauvais », l'adversaire (satan), le séparateur (*diabolos*).

5. Quand tu jeûnes... : c'est justement quand le Père est avec nous, « dans le secret », que nous ne pensons pas à « manger » : le « parfum » des êtres, des choses, de Dieu, remplace la nourriture.

6. La gerce : les mites.

7. L'œil, c'est l'œil du cœur. S'il est ouvert à la lumière de Dieu, tout notre être participe à celle-ci ; sinon, tout est dans les ténèbres.

Page 62.

1. Mammon, c'est l'argent.

2. Votre Père céleste sait que vous en avez besoin : Jésus enseigne le refus du souci et l'étonnement devant la beauté du monde.

Page 63.

1. Ne donnez point les choses saintes aux chiens : l'Évangile souligne que Dieu se révèle et se donne, mais il n'ignore pas un certain retrait « ésotérique ». « Je ne révélerai pas le mystère à tes ennemis », dit la prière avant la communion dans les liturgies orientales.

Page 64.

1. Tout ce que vous voudriez que les hommes fissent pour vous... : telle est la « règle d'or », connue dans le monde antique tout entier. « Voici la loi, tout le reste n'est qu'explication », disait le rabbin Hillel (*Michna, Shahhat* 31 a). Jésus exprime la règle d'or de manière affirmative, ce qui était rare : on doit prendre l'initiative, sans rien attendre en retour.

2. C'est donc à leurs fruits que vous les connaîtrez : dans ses *Homélies sur l'Évangile de Matthieu*, saint Jean Chrysostome note que le Christ n'interdit pas à un homme mauvais de changer, mais dit qu'il ne peut donner de bons fruits tant qu'il reste uni au mal.

3. Retirez-vous de moi, ouvriers d'iniquité : réaliser des miracles, manifester ostensiblement des charismes, même au nom du Christ, ne signifie pas que l'on fasse la volonté du Père.

L'orgueil guette. L'appel est à l'humble service, dans une confiance tenace. Quant aux textes de malédiction, dans l'Évangile, ce sont des avertissements dont plusieurs Pères ont souligné le caractère « pédagogique ». Le sens profond de l'Évangile, c'est la volonté de Dieu « que tous les hommes soient sauvés » (1re Épître à Timothée II, 4).

Page 65.

1. Lépreux : le mot désignait tout homme atteint d'une maladie de peau. Ce type de maladie excluait de la communauté, étant tenu pour un châtiment que Dieu infligeait à l'homme pécheur. Jésus ignore cette conception, voit seulement la douleur, le malheur, et guérit. Mais il ne veut pas qu'on le dise : ce n'est pas lui qui guérit, c'est la force venant du Père et qui rayonne de Jésus et que seule la foi peut recevoir.

2. Garde-toi d'en parler à personne : cf. Marc p. 142, n. 1.

Page 66.

1. *Il a pris nos infirmités...* : cf. Esaïe LIII, 4.

2. Fils de l'homme : dans le Nouveau Testament, on ne trouve cette expression que dans la bouche de Jésus. C'est par elle qu'il se désigne le plus souvent. Elle prend son sens dans le livre de Daniel VII, 13 ; il s'agit de l'homme céleste qui vient pour le jugement ultime. Elle désigne à la fois une personne et, en elle, une communauté.

3. Toute culture, religion ou non-religion, qui ignore la résurrection est une culture de morts qui ensevelissent leurs morts. L'essentiel est de suivre le Vivant qui vivifie et en qui il n'y a plus de mort, ni de morts.

Page 67.

1. Le pays des Gadaréniens ou des Gergéséniens, en Décapole, au sud-est du lac de Génésareth, est un pays païen où l'on élevait des porcs (interdits en Israël). Le porc est un sanglier domestiqué, et le sanglier avait été l'animal favori de la « grande déesse ». Par un mouvement régressif, les démons, chassés des hommes, se réfugient dans les porcs et ceux-ci dans la mer, la déesse-mère pour les païens, le résidu du chaos pour les Juifs, et tout s'achève dans la mort. On comprend que les habitants du pays prennent peur devant cet exorcisme cosmique.

Page 68.

1. Les publicains étaient doublement méprisés : parce qu'ils collectaient impôts et taxes pour le compte des Romains, occupants et païens, et parce qu'ils en profitaient souvent pour préssurer le peuple à leur propre bénéfice.

Page 69.

1. *Je veux la miséricorde...* : Osée VI, 6, repris en Matthieu XII, 7.

2. Je ne suis pas venu appeler les justes... : l'épisode résume le mouvement profond de l'Évangile. Jésus, partageant le repas (rite semi-communionnel) des « publicains et gens de mauvaise vie », brise les tabous du pur et de l'impur pour aller sauver, par pure grâce, les malades et les pécheurs.

3. Le jeûne, dans la spiritualité juive, exprime le deuil, le sentiment d'une vie qui n'a plus de sens. Par contre, être avec Jésus signifie la vie en plénitude. Après son « ascension », le jeûne désignera l'attention à cette absence/présence et l'attente de sa venue.

4. Le vin nouveau est la grâce du Christ, disaient les Pères.

Page 70.

1. Jésus s'en alla : une force vivifiante rayonne du Christ. Mais elle doit être recherchée, accueillie : « Ta foi t'a guérie », dit-il à la femme atteinte d'une hémorragie. La scène de résurrection, entrelacée significativement à cette guérison, est d'une légèreté émouvante : « La jeune fille dort » : diagnostic d'une catalepsie, ou modestie de Jésus — qui « s'en alla », fuyant ses propres miracles.

2. Fils de David : une des origines, dans la tradition orientale, de la formule employée dans la « prière de Jésus ».

Page 71.

1. La moisson est grande mais il y a peu d'ouvriers : telle est, plus que jamais, notre situation.

2. Apôtres : le mot grec *apostolos*, traduction de l'hébreu *shaliah*, araméen *cheliha*, signifie l'« envoyé » — qui partage la dignité de celui qui l'envoie.

3. Thomas : c'est le mot araméen *té'oma* qui signifie « jumeau » (en grec Didyme signifie aussi jumeau) — un surnom plu-

tôt qu'un nom. Jumeau de qui ? Nous ne savons. Les gnostiques diront : de Jésus, d'où l'importance qu'ils accorderont à l'Évangile de Thomas.

4. Lebbée : chez Marc, Thaddée. Il y a une incertitude sur ce nom : chez Luc (VI, 16), il s'agit de Jude, et chez Jean (XV, 22) de Judas (non pas Iscariote).

5. Simon le zélateur : le zélé. Peut-être un ancien « zélote », appartenant au groupe qui préconisait une résistance violente contre l'occupant romain.

6. L'iscariote ou Iscariote : homme (*ish*) de Kérioth, un bourg au sud de la Palestine ; ou de *sicarius*, sicaire, équivalent latin de zélote. Judas et Simon le zélote formaient-ils une sorte de paire ? Cela permet à certains exégètes d'expliquer la trahison de Judas par sa déception devant le refus de Jésus de devenir roi et de prendre la tête d'une insurrection.

7. « N'allez pas vers les Gentils... » : les Païens. Jésus s'adresse alors uniquement à la maison d'Israël, dont il espère que « les brebis perdues », par lui sauvées, pourraient faire le noyau du nouveau peuple de Dieu.

Page 73.

1. Belzébuth : litt. « le dieu des mouches », un des noms de satan.

2. Il n'en tombe pas un à terre sans la volonté de votre Père : Dieu ne veut la mort d'aucune créature (Sagesse I, 13). « Jésus, dit saint Jean Chrysostome, évoque uniquement le fait que rien de ce qui se passe n'est invisible à Dieu. » La crainte de Dieu nous libère de la crainte du monde. L'angoisse (au sens heideggérien) ne s'explique que par l'intuition, quand le vide de « ce monde » nous absorbe, que nous manquons notre destinée éternelle.

3. Quiconque me reniera..., je le renierai aussi... : toujours le dualisme et la dureté matthéens ; est-ce Jésus qui parle ainsi, ou le témoin d'une communauté persécutée, qui aspire à la vengeance ?

4. On aura pour ennemis les gens de sa propre maison : cf. Michée VII, 6.

5. C'est l'adjectif possessif qui doit être barré.

Page 74.

1. Celui qui perdra sa vie : mot à mot son âme, c'est-à-dire le sens même de son existence.

Page 75.

1. *Voici, j'envoie mon messager...* : Malachie III, 1. *Une voix qui crie au désert...* : Esaïe XL, 3.

2. Élie : il n'existe pas de tradition juive disant qu'Élie est le précurseur du Messie. Dans le livre de Ben Sirah (l'Ecclésiastique) et les textes rabbiniques, Élie est plutôt considéré comme l'annonciateur du Jour du Seigneur. Peut-être Jean Baptiste pensait-il être le précurseur d'Élie dans sa nouvelle venue...

Page 76.

1. Sodome sera traitée moins rigoureusement que toi : il est difficile de penser que Jésus ait pu proférer ces malédictions collectives, exclues par la Bible depuis le sublime marchandage d'Abraham avec Dieu au sujet de Sodome et Gomorrhe. Pour saint Jean Chrysostome, mieux vaut exclure que contraindre ceux qui refusent la Parole : ainsi provoque-t-on en eux le désir de Dieu.

2. Révélées aux enfants : en grec *nepia*, c'est-à-dire aux enfants qui ne savent pas encore parler. L'équivalent hébreu de ce terme désigne, dans l'Ancien Testament et les manuscrits de Qumrân, les humbles, qui mettent toute leur confiance en Dieu.

Page 77.

1. Ce que fit David... : 1er livre de Samuel, XXI, 2-7.

2. Pains de proposition : selon la législation sacerdotale, ces pains étaient offerts sur une table, dans le Temple. Ils symbolisaient la communion entre Dieu et ses fidèles. C'étaient les prêtres seuls qui les consommaient.

3. *Je veux la miséricorde et non le sacrifice...* : Osée VI, 6.

Page 78.

1. L'homme à la main sèche : dans son commentaire, saint Jérôme écrit que l'Évangile aux Hébreux (un texte qui s'est perdu, faute sans doute d'une communauté pour l'utiliser et le diffuser) expliquait que l'homme était briquetier et aurait ainsi supplié Jésus : « Seigneur, je suis briquetier et je vis du travail de mes mains. Je te prie de me rendre la santé pour que je ne sois pas contraint de mendier pour me nourrir. » Selon l'enseignement des rabbins, il était permis, le jour du sabbat, d'aider un malade, mais seulement en cas de danger mortel. Par contre, dans les textes de

Qumrân, il est dit que pendant le sabbat on ne doit aider ni un animal ni même un homme tombé dans un puits ou une quelconque excavation (cf. le *Document de Damas* 11 et 16).

2. *Voici le serviteur...* : Esaïe XLII, 1-4.

Page 79.

1. Le blasphème contre l'Esprit : il s'agit, dans ce texte, du fait de dire que Jésus chasse les démons avec l'aide de leur chef. Plus largement, blasphémer contre l'Esprit « qui donne la vie », c'est nier sa propre existence.

Page 80.

1. Dans le sein de la terre : pas d'autre signe que la résurrection elle-même. La « baleine » ou « monstre marin », comme l'expliquait au IIe siècle saint Irénée de Lyon, symbolise ce monde scellé par la mort.

2. La reine du midi : la reine de Saba (Ier Livre des Rois X, 1-13 ; 2e Livre des Chroniques IX, 1-12).

3. Cette méchante génération : le sens est multiple. Il peut s'agir de la « génération mauvaise » guérie par Jésus mais retombée dans une incrédulité pire. Il peut s'agir d'une âme purifiée en quelque sorte « négativement », sans qu'un dynamisme nouveau, résurrectionnel, y ait été introduit.

4. Les frères de Jésus : dans la Bible, le mot peut désigner aussi des cousins proches. Les exégètes catholiques adoptent le plus souvent cette explication. Les orthodoxes ont souvent pensé qu'il s'agit des enfants d'un premier mariage de Joseph, celui-ci étant veuf quand il a épousé Marie (tradition apocryphe). La plupart des exégètes protestants et certains catholiques aujourd'hui estiment qu'il s'agit des enfants de Joseph et de Marie. Les Évangiles eux-mêmes excluent que Jacques et Joseph (ou Joses) mentionnés par Matthieu et par Marc comme des « frères » de Jésus soient des fils de Marie. Dans la liste des femmes au pied de la croix, Matthieu (XXVII, 56) mentionne : « Marie, mère de Jacques et de Joses » et Marc (XV, 40) : « Marie, mère de Jacques le petit et de Joset », mais nullement « Marie, mère de Jésus ». Dans le texte parallèle de Jean (XIX, 25), on trouve : « Marie, la [femme] de Clopas ». Il est donc probable que Jacques et Joseph étaient des cousins de Jésus, de même que Jude et Simon, que Matthieu (XIII, 55) et Marc (VI, 3) nomment après eux.

Page 81.

1. La parabole du semeur montre la nécessaire collaboration entre Dieu et l'homme ; Dieu donne la semence, mais pour la recevoir et la faire fructifier, l'homme doit devenir une bonne terre, bien labourée.

Page 82.

1. On donnera à celui qui a... : thème repris et explicité en Matthieu XXV, 14-30 et en Luc XIX, 12-27. Voir la note correspondant au premier de ces textes.

2. *Vous entendrez de vos oreilles et vous ne comprendrez pas* : Esaïe VI, 9-10, dans la version de la Septante.

Page 83.

1. Ramassez d'abord l'ivraie : cette parabole — christique — et sa conclusion — plus cruellement matthéenne, me semble-t-il, doit être radicalement intériorisée, comme y invite sa première expression : il faut laisser le bien et le mal grandir ensemble, de peur de tuer la vie et parce que leur limite, toujours mouvante, passe par le cœur de chacun. À travers le bien et le mal (et non au-delà !) vient le Royaume où le partage se fera en chacun.

2. *J'ouvrirai la bouche pour parler en paraboles* : Psaumes LXXVIII.

Page 84.

1. La perle symbolise l'image de Dieu en l'homme. Le mot iranien *gohr* signifie à la fois la perle et l'essentiel.

Page 85.

1. Le fils du charpentier : le mot grec *tektôn*, araméen *naggar*, signifie à la fois « charpentier », « menuisier », « maçon » — « maître constructeur ». « Jésus fabriquait des charrues et des jougs », écrit Justin au IIe siècle (*Dialogue avec Tryphon*, 88). Symboliquement, le bois, dans beaucoup de langues, est transcrit par un mot qui signifie la « matière » : Jésus charpentier façonne la matière universelle.

Page 86.

1. Il ne t'est pas permis d'en faire ta femme : la loi (Lévitique XX, 21) l'interdisait.

2. La fille d'Hérodiade : Salomé.

3. Il envoya décapiter Jean : l'affaire avait sans doute aussi une dimension politique, Hérode, dit Flavius Josephe, craignant que Jésus, dont l'influence était grande sur le peuple, ne le conduisît à la révolte. L'Évangile va plus profond en évoquant le jeu du pouvoir, du désir et de la mort.

Page 87.

1. Attestée par tous les Évangiles comme un événement décisif, la multiplication des pains ne peut être expliquée au niveau de la matière déchue, objectivée (sinon de la manière la plus ridicule : un partage de miettes...). Elle implique des états multiples, plastiques, de l'être créé, où la matière est inséparable de l'esprit de l'homme dans sa relation avec Dieu. En Christ, la communion est totale et l'amour multiplie les pains (cf. préface, p. 20). En Orient comme en Occident, des faits analogues sont survenus par la prière et l'amour des saints.

2. C'est moi : *ego eimi*, allusion, qui reviendra souvent chez Jean, à la parole de Dieu dans le Buisson ardent : « Je suis celui qui est » ou « celui qui suis » — Dieu se révèle ainsi à la fois insaisissable et présent.

3. Pour les Juifs, la mer, résidu de la création, est un élément chaotique où subsistent des forces maléfiques. La maîtrise de la mer par Jésus prouve sa nature divine. Marcher sur l'eau peut relever de certaines lois de la matière « subtile », comme on le voit par exemple dans l'ascèse de l'Inde. Mais, symboliquement, l'aventure de Pierre est celle de toute âme croyante.

Page 88.

1. *Honore ton père et ta mère...* : Exode XX, 12 ; Que celui qui maudit son père : Exode XXI, 17.

2. *Qorban*, offrande à Dieu : une promesse par laquelle on consacrait au Temple des moyens qui auraient permis d'entretenir des parents âgés ou ruinés. Détournement vivement critiqué dans le judaïsme bien avant Jésus.

3. *Ce peuple m'honore des lèvres* : Esaïe XXIX, 13.

Page 89.

1. Cela ne souille pas l'homme : ces paroles libératrices détruisent une conception quasi magique du pur et de l'impur.

Page 90.

1. Femme ta foi est grande : l'humilité mêlée d'humour de la femme syro-phénicienne achève de faire prendre conscience à Jésus de l'universalité de sa mission. La religion de cette femme n'est pas celle des Juifs !

2. Cette seconde multiplication des pains, en Décapole (cf. Préface p. 20), c'est-à-dire à l'étranger, précise Marc (VIII 1-10), semble donc concerner les païens.

Page 92.

1. Pierre, en grec *Petra*, traduit le surnom araméen *kéfa* — Céphas — qui signifie la pierre, le roc. Le mot « église », en grec *ekklêsia*, traduit sans doute l'expression hébraïque *kahal*, où l'on trouve le sens d'appel. Il peut s'agir aussi des termes *sod* et *edah* que la communauté de Qumrân utilisait pour se décrire elle-même. Le lien entre *Petros* et *petra* (la pierre) a été très diversement interprété par les Pères de l'Église : s'agit-il de la personne de Pierre, ou bien de sa foi ? ou des deux ?

Page 93.

1. Le fils de l'homme doit venir dans sa royauté : il s'agit très probablement de la Transfiguration à laquelle ces paroles servent d'introduction, et qui n'est, selon les Pères, que l'anticipation de la Seconde Venue du Christ dans la gloire.

2. Comme la lumière : (parallèles : Marc IX, 2-9 ; Luc IX, 28-36), il fut transfiguré : en Jésus, la lumière divine pénètre et métamorphose tout l'humain. Byzance, au XIVe siècle, a affirmé ainsi le réalisme de la « déification ». Le dépassement rêvé par Nietzsche, la nécessité d'une transformation ontologique de l'homme dont parle un personnage de Dostoïevski, le « vivre est gloire » de Rilke apparaissent comme autant de pressentiments de la Transfiguration.

3. Moïse et Élie : ils ont, selon la Bible, rejoint Dieu mystérieusement et l'on attend leur retour. Moïse représente la Loi, Élie les prophètes.

Page 95.

1. Jésus et les siens sont des « fils de roi ». C'est avec une certaine fantaisie qu'ils s'acquittent de leurs devoirs civiques, « pour ne pas scandaliser ». L'histoire du poisson apportant une pièce d'or dans sa bouche est une vieille et universelle légende.

Page 96.

1. Si ton œil est pour toi une occasion de chute : voir note 4, p. 58.

2. La brebis égarée : chacun est unique et vaut plus que l'ensemble. Ici est affirmée, par rapport à toutes les totalités, la transcendance de la personne.

Page 97.

1. *Sur la déclaration de deux ou trois témoins* : Deutéronome XIX, 15.

2. La capacité de lier et de délier les pécheurs pour qu'ils soient écartés de la communauté ou réintégrés en elle n'est donc réservée ni à Pierre seul (cf. XVI, 19), ni à l'ensemble des apôtres (Jean XX, 23) mais revient à tous les chrétiens. Ainsi l'a compris l'Église orthodoxe à propos de l'« homme apostolique », *géronda* ou *starets*, dont la place dans la hiérarchie importe peu.

Page 98.

1. Dix mille talents représentent une somme colossale, le salaire de soixante millions de journées de travail. Cent deniers : le salaire d'un ouvrier pour cent jours de travail. Nous devons tout à Dieu. Alors, s'il nous acquitte, pourquoi ne pas remettre aux autres le peu qu'ils nous doivent ? Logique de la surabondance...

2. *L'un homme, l'autre femme...* : Genèse I, 27 ; II, 24.

Page 99.

1. Eunnuques : dans la société antique, les esclaves castrés, groupe assez important, étaient méprisés ou, parfois, faisaient carrière. Par ailleurs, les prêtres de certains cultes d'Asie Mineure pratiquaient l'autocastration. Jésus se place dans une tout autre perspective et fait de la castration le symbole d'une offrande totale à Dieu. Ses paroles mystérieuses ouvrent la voie au renoncement monastique à la génitalité. Exception eschatologique, qui n'a rien d'obligatoire : quelques-uns, dit saint Grégoire de

Nazianze, au IVe siècle, sont tellement pris par le Royaume qu'ils s'engendrent eux-mêmes dans l'éternité. Pour certains spirituels, et dans la philosophie religieuse russe, l'homme en plénitude intègre et dépasse les deux pôles du masculin et du féminin.

Page 100.

1. *Tu ne tueras point...* : Exode XX, 12-16 et Deutéronome V, 16-20.
2. On peut penser que si le jeune homme riche avait accédé à la demande de Jésus, celui-ci lui aurait imposé une autre exigence, finalement impossible, pour qu'il comprenne que l'homme ne se sauve pas en « gardant les commandements » mais en s'ouvrant à la grâce : car « ce qui est impossible aux hommes est possible à Dieu » (Genèse XVIII, 14).
3. La Renaissance : dans la *palingenesia*, le renouvellement ultime de toutes choses.

Page 102.

1. « Les derniers seront les premiers » : l'amour ne se compte ni ne se divise. « Si j'avais commis tous les crimes possibles, je sentirais que cette multitude d'offenses serait comme une goutte d'eau dans un brasier ardent » (sainte Thérèse de Lisieux).

Page 103.

1. On les enverra tout de suite : ces indications montrent que Jésus disposait de tout un réseau de sympathisants.
2. Monté sur une ânesse et un ânon : citation modifiée de Zacharie IX, 9. Dans ce triomphe même, Jésus ne chevauche pas un destrier, comme font les rois de la terre, mais un ânon.

Page 104.

1. *Hosanna* : d'abord appel à l'aide puis salutation (2e Livre de Samuel XIV, 4). Le mot a été très tôt utilisé au cours des offices chrétiens, c'est pourquoi il a gardé sa forme araméenne.
2. *Béni soit...* : Psaume CXVIII, 25-26.
3. *Ma maison...* : Parallèles en Marc XI, 15-19 ; Luc XIX, 45-48 ; Jean II, 13-16. « En ce jour, il n'y aura plus de marchands dans le Temple du Seigneur de l'univers » (Zacharie XIV, 21). « Ma maison sera appelée maison de prière pour toutes les nations » (Esaïe LVI, 6-7), cité par Marc XI, 17. *Évangile de Tho-*

mas, logion 64 : « Les acheteurs et les marchands n'entrent pas dans la demeure de mon Père. » On ne peut avoir un rapport de commerce avec Dieu. Pour cet épisode, la chronologie des synoptiques semble plus plausible que celle de Jean, ce qui est rare. Jean place en effet l'expulsion des marchands au tout début du ministère public de Jésus : s'il en avait été ainsi, celui-ci aurait été d'emblée disqualifié auprès des scribes et des pharisiens, ce qui n'apparaît pas dans les textes.

4. « Tu as tiré des louanges de la bouche des petits enfants » : cf. Psaume VIII, 3.

Page 105.

1. La parabole du figuier : parallèle en Marc XI, 12-14 et 20-25 ainsi qu'en Luc XIII, 6-9 (cf. p. 240, n. 2). Texte incompréhensible, d'autant que Marc précise que « ce n'était pas la saison des fruits ». La nature refuse un miracle (qui aurait été analogue à celui que rapportent les légendes bouddhistes à propos de la naissance du Bouddha). Jésus réaliserait ici un prodige, fait pour impressionner, ce qui est contraire à son attitude habituelle. D'un événement certainement mal compris, Matthieu et Marc font un symbole pour dénoncer la stérilité de l'Israël incroyant (en fait, rien n'était joué alors, ni aujourd'hui).

Page 106.

1. La pierre angulaire : psaume CXVIII, 22-23, la parabole s'adresse au peuple élu.

Page 108.

1. Gratuité du salut, accueil de l'homme. Ce ne sont ni les vertus ni les mérites qui sont exigés (« ils amenèrent tous ceux qu'ils trouvèrent, méchants et bons ») mais la gratitude et la joie — « l'habit de noces ».

2. Peu d'élus : tous sont appelés, peu répondent. Mais la plus haute spiritualité, en Orient surtout, parfois aussi en Occident, souligne que les élus ne le sont pas pour eux-mêmes mais pour témoigner, servir et prier afin que tous soient sauvés.

3. Son frère épousera sa veuve : Deutéronome XXV, 5-6.

Page 109.

1. Comme les anges : ce n'est pas une négation de la résurrection des corps car les anges, « incorporels » par rapport à Dieu sont corporels par rapport à nous. De même la négation de la génitalité n'interdit nullement la transfiguration de l'amour.
2. *Je suis le Dieu d'Abraham...* : Exode III, 6.
3. *Tu aimeras le Seigneur...* : Deutéronome VI, 5.
4. *Tu aimeras ton prochain...* : Lévitique XIX, 18.
5. *Assieds-toi à ma droite* : Psaume CX, 1.

Page 112.

1. Zacharie, fils de Barachie : selon une interprétation, il s'agit de Zacharie, fils de Yehoyada ; il fut lapidé sur l'ordre du roi Joas de Juda, et son meurtre est le dernier cité par l'Ancien Testament pour qui il correspond au premier, celui d'Abel. Selon une autre interprétation, Jésus évoque ici un personnage que nous ne connaissons pas. La tradition chrétienne, sans s'appuyer sur quoi que ce soit, a identifié ce Zacharie au père de Jean Baptiste.
2. Votre maison : soit le Temple, soit la descendance comme l'explique un manuscrit de Qumrân (4 Q Flor 1, 10).
3. *Béni soit celui qui vient...* : Psaume CXVIII, 26.

Page 113.

1. Fin du monde : toute cette description relève du genre littéraire apocalyptique. Il y a contradiction entre un horizon non précité, lointain semble-t-il, de l'histoire (nul n'en connaît le jour, dit ailleurs Jésus, la bonne nouvelle sera d'abord publiée dans le monde entier, selon saint Paul) et l'annonce très concrète d'une Palestine ravagée, avec des notations purement juives (un jour de sabbat), sans qu'on puisse dire qu'il s'agit de la tragédie de 66-70.
2. Une nation... contre une nation : Isaïe XIX, 2.
3. Les douleurs sont celles de l'accouchement, métaphore utilisée par le prophète et qui se retrouve fréquemment dans la littérature apocalyptique (Esaïe XIII, 8, *Enoch* éthiopien LXII, 4 ; 1 QH 3, 7-12).

Page 114.

1. L'abomination de la désolation : dans la version grecque du Livre de Daniel IX, 27, cette expression désigne la profanation du

Temple par Antiochus IV Épiphane, en 167 av J.-C. Ici, il s'agit sans doute de l'antéchrist.

Page 115.

1. Le texte grec porte : « ni le Fils, mais le Père seul ». Souvent, on a omis le mot Fils, de peur de diminuer sa divinité. Cyrille d'Alexandrie, au IVe siècle, dans un de ses fragments sur l'Évangile de Matthieu, pense que le Christ ne connaissait pas l'avenir à cause de sa condition humaine. La contradiction est nette entre « cette génération ne passera point que tous ces événements n'arrivent » et « Quant au jour ou à l'heure, nul ne le sait... pas même le Fils... ». L'ultime est la « grille » qui permet de déchiffrer l'histoire, mais l'histoire continue...

2. L'avènement du Fils de l'homme : Daniel VII, 13.

3. L'une sera prise, l'autre laissée : les manuscrits de Qumrân décrivent de la même manière le châtiment de Dieu.

4. « Veillez » : ce long passage, qui relève du genre apocalyptique, s'achève par une exhortation concrète à la vigilance, à la *nepsis*, qui est une des attitudes majeures de l'ascèse chrétienne, en Orient surtout. Il faut s'éveiller à la présence et à la venue de Dieu en toutes choses et en toutes circonstances.

Page 118.

1. La parabole des talents, parallèle en Luc XIX, 12-27, rappelle l'exigence de créativité que Dieu attend de l'homme. Plus on reçoit, plus on donne ; plus on donne, plus on reçoit. Sans cette force, cette hardiesse, on devient un mort vivant. Celui qui enterre son talent a peur de Dieu qu'il caricature (sans doute est-ce le serpent qui lui a insinué cette conception, comme il l'a fait pour Adam et Ève dans la Genèse). Dieu en effet moissonne les créations de l'homme, qui ne viennent pas de lui, mais de la liberté humaine. Quant au champ de créativité offert au serviteur stérile, il sera annexé par l'homme créateur... L'*Évangile de Thomas* donne peut-être la version germinative de la parabole : « Jésus dit : "Si vous faites valoir ce qui est en vous, ce que vous ferez valoir vous sauvera. Si vous ne faites pas valoir ce qui est en vous, ce que vous ne faites pas valoir sera votre ruine [ou : vous fera mourir]" » (trs. Elaine Pagels, *Les Évangiles secrets*, trad. fr. de Tanguy Kenec'hdu, Gallimard, 1982, p. 15).

Page 119.

1. « Toutes les fois que vous l'avez fait à l'un des plus petits... » : parabole totalement universaliste. Bien au-delà des limites apparentes du christianisme, la présence secrète du Christ transforme l'homme en sacrement de Dieu pour l'homme.

Page 120.

1. Le jour des pains sans levain : durant la fête, on n'utilisait pas de levain. Le moment où Jésus a fêté la Pâque n'est pas clairement défini. En 30, les Juifs l'ont célébrée le soir de la mort de Jésus. Peut-être celui-ci l'a-t-il fait un jour auparavant, en utilisant les variantes du calendrier.

Page 121.

1. Dans le royaume de mon Père : l'eucharistie ouvre sur la Parousie. Le mot Parousie signifie à la fois présence et attente. Les chrétiens attendent le Royaume de Dieu qui est déjà secrètement présent dans l'eucharistie.

2. *Je frapperai le berger...* : cf. Zacharie XIII, 7.

Page 122.

1. Que ta volonté soit faite. . : à travers l'angoisse, la volonté humaine de Jésus adhère à la volonté divine, comme l'ont souligné, au VIIe siècle, saint Maxime le Confesseur et le sixième Concile œcuménique.

Page 125.

1. Pilate gouverneur : l'inscription trouvée en 1961 à Césarée, où résidait habituellement Pilate, dit clairement que son titre était *praefectus*.

Page 126.

1. *Et ils ont reçu les trente pièces d'argent...* : amalgame de Zacharie XI, 12-13 et de Jérémie XXXII, 7-9 et XIX, 1-2.

2. Il ne répondait rien : il ne fit plus aucune réponse. Ce silence de Jésus a une signification profonde : « On témoigne toujours faussement contre Jésus et jamais on ne cessera de le juger. Mais il était silencieux et il l'est toujours... » Seule la vie d'un authentique chrétien peut « crier la vérité » (Origène).

3. Barrabas : d'anciens manuscrits donnent à Barrabas le prénom de Jésus — prénom effacé ensuite, car Barrabas signifie en araméen « le fils du Père ». Ironie de l'histoire, son ambiguïté ?

4. « Sa femme » : la femme de Pilate. Selon une légende conservée par des récits apocryphes, son nom était Claudia Procula ; et c'était une prosélyte juive qui, par la suite, serait devenue chrétienne.

Page 127.

1. Que son sang soit sur nous et sur nos enfants : sémitisme qui signifie qu'on prend la responsabilité de la mort de quelqu'un. Cette phrase ne veut pas dire que la responsabilité de la mort de Jésus retombe sur le peuple juif entier de l'époque, et encore moins sur sa descendance.

2. Les femmes juives pieuses donnaient à boire aux condamnés à mort, pour qu'ils perdent conscience, du vin avec un peu de myrrhe (voir Marc XV, 24). Matthieu parle ici de fiel qui rendrait le vin imbuvable. On ne comprend pas pourquoi, mais sans doute le sens est-il symbolique : « ... ils me donnaient du poison, dans ma soif ils m'abreuvaient de fiel » (Psaume LXIX, 22). Jean parle de vinaigre : l'eau mêlée d'un peu de vinaigre était la boisson habituelle des soldats romains.

3. Ils se partagèrent ses vêtements : Psaume XXII, 19.

Page 128.

1. Les brigands qui étaient avec lui l'insultaient : les railleurs demandent un miracle qui soit un prodige contraignant. Il y aura seulement l'évidence de la mort et le secret de la résurrection.

2. *Éli, Éli*,... Psaume XXII.

3. Le voile du Temple se déchira en deux : le mystère enclos dans le Temple, dans le judaïsme, est maintenant offert à tous.

4. ... Plusieurs saints... ressuscitèrent... : ces événements apparaissaient aux Pères de l'Église comme l'expression de la descente de Jésus aux enfers. Celle-ci, dont les Évangiles ne parlent pas, est attestée plusieurs fois par le Nouveau Testament : Actes II, 23-24 ; 1 Pierre III, 19-20 et IV, 6 ; Romains X, 7 ; VIII, 11 ; X, 9 ; Galates I, 1 ; 1re Épître Éphésiens IV, 9 ; Colossiens I, 18 ; IIe Épître Timothée II, 8.

Page 129.

1. La préparation : de la célébration du sabbat.

2. Dérober le corps : accusation restée longtemps en vigueur comme en témoigne, au IIe siècle, Justin dans son *Dialogue avec Tryphon*. En Occident, cette hypothèse, ou d'autres semblables (y compris l'idée d'une décomposition immédiate du corps), n'a cessé de revenir depuis le XVIIIe siècle.

ÉVANGILE SELON SAINT MARC

Page 136.

1. Il vous baptisera d'Esprit-Saint : certains exégètes pensent à la Pentecôte, d'autres à l'œuvre de rédemption et de déification de Jésus dans sa totalité, d'autres enfin à l'embrasement eschatologique (cf. 1 QS 3, 6-8). En réalité, il semble que ces trois interprétations soient inséparables.

Page 137.

1. Le Saint de Dieu : la littérature juive n'emploie pas cette expression dans un sens messianique. Les démons semblent vouloir anéantir la mission de Jésus en le reconnaissant, le nommant, ce qui leur donnerait pouvoir sur lui.

Page 139.

1. Ce Lévi semble identique au Matthieu du premier Évangile (cf. Matthieu IX, 9).

Page 142.

1. Ne pas le faire connaître : c'est le fameux « secret messianique » (cf. préface p. 21). Si la messianité de Jésus était proclamée par les démons, elle prendrait un caractère mensonger, correspondant par exemple à des formes triomphalistes de messianisme.

Page 145.

1. La parabole du Semeur, qui met l'accent sur le rôle de l'homme dans l'accueil de la Parole trouve ici son équilibre. Pour l'Antiquité, juive aussi, la plante pousse par l'action miraculeuse

de Dieu. Bien des germinations se font secrètement dans l'homme et dans l'histoire.

Page 148.

1. Le possédé gadarénien : chez Marc, il s'agit d'un seul possédé. Le démon que Jésus expulse, sommé de dire son nom, répond : « Légion. » L'homme séparé, abandonné à la fascination du néant, est menacé de décomposition ; il devient *dipsychos* (Jacques IV, 8), âme dédoublée, brisée. L'épisode s'achève non seulement sur le départ de Jésus mais sur l'envoi en mission de l'homme guéri.

2. Jaïre : *Jaïr* en hébreu, signifie « Que Dieu nous éclaire », ce qui n'est pas sans importance pour le sens de cet épisode.

Page 149.

1. Une vertu : au sens originel du mot — une force.

Page 155.

1. Tous les Juifs : ce jugement de Marc ne s'applique guère outre les pharisiens, qu'il mentionne, qu'à la Communauté de Qumrân et, plus largement, aux esséniens.

Page 157.

1. Les doigts dans les oreilles et de la salive sur la langue : il ne s'agit pas d'un recours aux pratiques médicales et magiques de l'époque, mais d'une reprise du mouvement créateur par lequel Dieu, par son Verbe, par la Parole sortie de sa bouche, modelait la boue primordiale. « *Ephphata* » : forme grecque contractée de l'araméen *etpet'ah* — ouvre-toi. Jésus s'adresse à la personne tout entière. C'est pourquoi le terme est entré dans l'ancien office du baptême.

Page 159.

1. N'en parle à personne : toujours le « secret messianique ».

Page 162.

1. Viens au secours de mon incrédulité : c'est le cri de toute âme chrétienne.

Page 164.

1. *Où le ver ne meurt point...* : Esaïe LXVI, 24. L'image doit être intériorisée. Elle désigne le rongement et la brûlure de l'âme quand elle prend conscience de ses manquements à l'amour.

Page 168.

1. Fils de David : autre origine de la formule employée, dans la tradition « hésychaste », pour la « prière de Jésus ». L'hésychasme (du grec *hesychia*, paix, silence de l'union avec Dieu) est la méthode de méditation et de prière mise au point par les moines de l'Orient chrétien. Elle utilise l'invocation du nom de Jésus sur le rythme de la respiration et celui du cœur.

Page 171.

1. Dieu répond toujours à notre prière, mais c'est seulement par la foi que nous pouvons pressentir ce qu'est cette réponse. Entre le pardon de Dieu et celui de l'homme, la relation est circulaire : le pardon de Dieu donne à l'homme la force de pardonner, le pardon de l'homme le rend capable d'accueillir celui de Dieu. La « circularité » est intensification.

Page 172.

1. Il donnera la vigne à d'autres : l'avertissement vaut pour Israël et, peut-être, pour telle ou telle Église.

Page 173.

1. Le passage où il est question du buisson : l'épisode du Buisson ardent, Exode III, 15.

Page 174.

1. Tu n'es pas loin du royaume de Dieu : affirmation à double sens, le scribe est proche de l'enseignement qui mène au royaume, mais il est aussi en présence de celui qui *est* le royaume.

Page 175.

1. Le tronc : il s'agit du trésor du Temple. On annonçait à haute voix la somme donnée.
2. Pites : mot à mot *lepte* — une monnaie de valeur infime.

Page 177.

1. Prenez garde : l'apocalyptique, à l'horizon lointain, et l'historique, à l'horizon proche, se confondent ici. Reste parfaitement valable aujourd'hui la mise en garde contre les faux prophètes et les pseudo-messies.

Page 182.

1. Un jeune homme le suivait : sans doute Marc lui-même.

Page 184.

1. Manteau de pourpre : pourpre royale, pourpre de dérision.

Page 185.

1. Le vin aromatisé de myrrhe donnait au condamné une certaine inconscience. Jésus refuse celle-ci, il veut souffrir et mourir en toute lucidité.

2. « *Et il a été mis au nombre des malfaiteurs* » : Esaïe LIII, 12.

Page 187.

1. Or Jésus... : la finale actuelle, XVI, 9-20, semble avoir été ajoutée pour corriger le caractère abrupt et sans doute inexact de l'affirmation que les femmes, témoins de la résurrection, gardèrent le silence. On ne saura jamais si la finale originale a été perdue ou si Marc estimait que la référence à la tradition des apparitions en Galilée suffisait. Le texte actuel résume les récits des autres Évangiles en insistant sur la transfiguration de l'humanité de Jésus, désormais « sous une autre forme » et de ses disciples, dotés d'une sorte d'invulnérabilité — comme le prouve la mésaventure de Paul à Malte : « ... ayant ramassé une certaine quantité de bois mort et l'ayant posé sur le feu, la chaleur en fit sortir une vipère qui s'accrocha à sa main [...]. Mais lui, secouant la bête dans le feu, ne souffrit aucun mal... » (*Actes des Apôtres* XXVIII, 3-5).

ÉVANGILE SELON SAINT LUC

Page 191.

1. Théophile : sans doute un personnage important. Toutefois, certains interprètes pensent qu'il s'agit d'un personnage symbolique, prototype de ceux qui aiment Dieu et sont aimés de lui — c'est le sens du mot Théophile.

2. Du temps d'Hérode : les Évangiles de l'enfance allaient contre les attentes de beaucoup de chrétiens. Luc en effet parle de Jésus comme d'un *bréphos*, un bébé, d'un *paidion*, un petit enfant au neutre, muet dans une mangeoire, lui qui est la Parole. Le Jésus des Évangiles n'est pas, comme dans certains apocryphes, un petit surhomme, une sorte de divin prestidigitateur.

Page 192.

1. Les prêtres étaient nombreux, et c'étaient pour eux un rare honneur de pouvoir offrir de l'encens sur l'autel du Temple.

2. Visions d'anges et songes abondent, chez Luc, dans les récits de l'enfance : ce qui renvoie au *mundus imaginalis*, où se font d'authentiques rencontres avec l'invisible.

3. Se réjouiront de sa naissance : tout l'Évangile de Luc commence et finit par la joie.

4. *Ramener les cœurs des pères vers les enfants* : Malachie III, 24.

Page 193.

1. Depuis la grossesse de Sarah lorsqu'elle était « avancée en âge » (Genèse XVIII, 11), la Bible rapporte plusieurs cas de grossesses biologiquement impossibles mais dues à l'intervention de la transcendance. Le Dieu biblique n'est pas le Dieu de la biologie, comme l'étaient les Baals cananéens.

2. Je te salue : en grec *chairé* signifie littéralement « réjouis-toi » et c'est dans ce sens qu'il faut prendre l'expression.

3. Lorsque Marie dit : « Je ne connais point d'homme », elle semble déclarer un état, peut-être un vœu (la communauté de Qumrân en connaissait de semblables) sinon son étonnement n'aurait pas de sens puisqu'elle était fiancée et que son mariage allait se consommer (cf. Matthieu p. 50, n. 8).

Page 194.

1. Remplie du Saint-Esprit : Luc a raconté dans les Actes des Apôtres la venue plénière de l'Esprit à la Pentecôte. Les récits de l'Enfance ont chez lui un caractère pré-pentecostal, ils sont rythmés par la formule « rempli du Saint-Esprit ». Marie, Élisabeth, Zacharie, Siméon sont ainsi « remplis du Saint-Esprit » et c'est celui-ci qui fait tressaillir de joie le petit enfant dans le ventre d'Élisabeth.

2. De sa miséricorde : tel est le *Magnificat*, dont les accents sont tantôt d'amour, comme le Cantiques des cantiques (cf. surtout II, 8-14), tantôt guerriers, comme le Psaume XLV.

Page 195.

1. Jean : en grec *Iôannes*, en hébreu *Yohanân, Yehohanân*, « Yah [Dieu] a fait grâce ».

2. Le cantique de Zacharie, parallèle au *Magnificat*, est nommé *Benedictus* par la tradition latine.

3. « La connaissance du Salut, c'était la connaissance du Fils de Dieu [...] qui est dit et qui est en toute vérité le Salut » (saint Irénée de Lyon, *Contre les hérésies*, III, X, 3).

Page 196.

1. Dieu, dans ses tendres compassions : mot à mot, grâce à ses entrailles de miséricorde. L'expression grecque ne provient pas de la Septante, elle traduit directement la Bible hébraïque.

2. Crèche : exactement : une mangeoire.

Page 197.

1. Les hommes de bonne volonté : mot à mot, les hommes qu'il agrée, ou de son agrément. L'expression se trouve aussi dans les manuscrits de Qumrân où elle signifie « les élus de Dieu », c'est-à-dire les membres de la Communauté. Dans l'Évangile, l'« agrément » de Dieu, sa bienveillance, sont accordés à tous les hommes.

2. Les repassait dans son cœur : *symballousa*, participe du verbe *symballô*, mettre ensemble, de la même famille que le mot *symbolon*, symbole, ce qui relie : ici le ciel et la terre, Dieu et l'humanité. Le contraire donc de *diabolos*, celui qui sépare.

Page 198.

1. *Tout mâle premier-né sera consacré au Seigneur* : cf. Nombres III, 13 et XVIII, 15-16. La purification de la mère avait lieu quarante jours après la naissance. En même temps, on devait racheter le premier-né qui, comme tel, appartenait au Seigneur : c'est pourquoi Luc parle de « leur purification ». (Voir aussi Lévitique XII, 8.)

2. C'est le *Nunc dimittis* — où l'universalisme s'affirme mais à partir d'Israël.

Page 199.

1. Douze ans : selon un texte talmudique postérieur, les garçons devaient vivre selon la Loi à partir de leur treizième année. Cette coutume était probablement en usage au temps de Jésus. Plus tard, les Juifs en ont fait la cérémonie de l'accès à la maturité religieuse, au cours de laquelle les garçons deviennent « fils des commandements », en araméen *bar-mitsvah.*

Page 202.

1. Luc rattache Jésus à Adam pour marquer son lien à l'humanité tout entière. Jésus n'est pas seulement le descendant d'Abraham, comme chez Matthieu, donc le Messie du peuple juif, il est le nouvel Adam qui sauve directement l'humanité tout entière.

Page 203.

1. Toute l'existence de Jésus est une existence dans l'Esprit-Saint.

Page 204.

1. *L'Esprit du Seigneur est sur moi* : Esaïe LXI, 1-2.

2. Dans le pays de Sidon : Ier Livre des Rois XVII, 1.

3. Naamân le Syrien : IIe Livre des Rois V, 14. Ces deux exemples soulignent l'universalité du salut.

Page 211.

1. Bienheureux... Malheur à vous : quatre béatitudes, quatre malédictions en contraste et parallèle, les unes et les autres moins intériorisées que les béatitudes rapportées par Matthieu et concer-

nant beaucoup plus la situation concrète des hommes, avec une forte dimension sociale.

2. Aimez vos ennemis : le contraste est grand avec le *Manuel de Discipline* essénien trouvé dans les manuscrits de la mer Morte : « Aimez les enfants de lumière, haïssez les enfants de ténèbres, chacun selon sa culpabilité. » Donner sans rien attendre en retour : il ne s'agit donc pas de réciprocité qui, même spirituelle, relèverait de ce monde où l'on donne pour recevoir. La gratuité de la démarche introduit en nous la grâce.

Page 216.

1. Une femme qui menait une vie déréglée : en Occident, à partir de Grégoire le Grand, on a identifié cette femme à Marie-Madeleine et Marie de Béthanie. Rien, dans l'Évangile, ne fonde cette identification, du reste inconnue des Pères grecs (et latins avant Grégoire le Grand). Cette femme est la « chaste prostituée » dont parle la tradition, qui voit en elle une image de l'Église.

Page 221.

1. Étonnante symétrie entre « la fille unique » de Jaïre et « le fils unique » de la veuve de Naïm : chaque fois un lien essentiel.

2. Une vertu : voir Marc v, 30, p. 149, n. 1.

Page 224.

1. Ils parlaient de son départ : son *exodos*, son chemin de Passion. La Transfiguration et la Croix sont liées, comme sont liées la mort et la résurrection, mais en sens inverse. C'est donc volontairement que le Transfiguré va à sa défiguration, à sa Passion.

Page 225.

1. Le Fils de l'homme doit être livré... : ici encore, la gloire n'abolit pas mais annonce la Croix.

Page 226.

1. On ne le reçut point : cf. préface p. 30, sur les mauvaises relations entre Juifs et Samaritains.

Page 227.

1. Soixante-douze autres disciples : le nombre est celui, sup-

posé alors, de tous les peuples de la terre. La visée, cette fois, est universaliste.

2. Les salutations orientales sont un rituel fort long, alors que la tâche d'évangélisation est urgente.

Page 229.

1. Vos noms sont écrits dans les cieux : telle est la personne pleinement réalisée : elle exprime enfin son vrai nom, inscrit dans la transcendance. Les « pouvoirs » ne sont rien en comparaison.

Page 230.

1. La parabole du Bon Samaritain : texte très violent car le prêtre et le lévite « descendent » de Jérusalem et donc n'ont pas à se hâter pour accomplir leur service au Temple, ou à redouter le contact impur d'un cadavre. Le Samaritain, lui, est un hérétique. Il vient en aide au blessé et assume même son avenir. Jésus inverse la question « qui est mon prochain ? » en « qui a été le prochain... ? ». Se mettre en état d'être le prochain des autres. Les Pères ont vu dans le Samaritain l'image de Jésus qui prend en charge l'humanité blessée.

2. Marie a choisi la bonne part : un texte libérateur pour la femme qui n'est plus enfermée dans ses tâches domestiques mais peut, tout comme un homme, s'asseoir aux pieds du Maître et recueillir son enseignement.

Page 232.

1. Tout le passage est ironique : l'homme réveillé au milieu de la nuit se lève et donne du pain à son ami non par amitié mais pour se débarrasser de lui. Et confondre un œuf et un scorpion serait vraiment une mauvaise farce.

2. Je chasse les démons par le doigt de Dieu : c'est-à-dire par l'Esprit-Saint.

Page 234.

1. Malheur à vous : la psychanalyse confirme ces remarques. C'est l'aumône, au sens profond de partage aimant et volontaire, qui purifie, et non l'observation du détail des prescriptions et des interdits.

Page 235.

1. Vous avez enlevé la clef de la science : il existe donc une « connaissance », une « gnose » proprement chrétienne, la foi illuminant l'intelligence.

Page 236.

1. Votre juge : Jésus donne le sens, l'inspiration, la vie, il ne dit pas le droit.

Page 239.

1. Ces paroles équilibrent la parabole des talents. Il faut savoir risquer.

2. Jésus est venu jeter sur la terre le feu de l'Esprit-Saint. Le baptême dont il doit être baptisé est celui de la Passion, du passage par l'agonie et la mort.

Page 240.

1. Vous périrez tous : Jésus rejette la conception selon laquelle le malheur (ou la maladie) résulte du péché. C'est la condition humaine qui est radicalement précaire et exige la *metanoïa.*

2. Peut-être sommes-nous ici plus proches de la parole originelle de Jésus sur le figuier stérile que dans le « montage » du prodige qu'on trouve en Matthieu XXI, 18 s. et Marc XI, 12 s.

Page 241.

1. Efforcez-vous... : toujours la rigueur de l'appel, l'invitation pressante à la décision, avec la rhétorique amplificatrice habituelle de l'évangéliste.

Page 242.

1. Jérusalem, Jérusalem : par rapport à Jérusalem, maternellement aimée, la déception certes mais aussi l'espérance eschatologique.

Page 244.

1. Les estropiés, les aveugles, les boiteux : dans les manuscrits de Qumrân, de tels hommes étaient exclus de l'armée des Fils de lumière engagés dans le combat ultime et ne pouvaient participer aux repas de la communauté (1 QM7, 4 — 1 Qs sa 2, 5-6)

2. Presse les gens d'entrer : c'est le fameux *compelle intrare* qui, depuis saint Augustin, a justifié tant de contraintes, voire de persécutions. En réalité, il faut rassurer les misérables, les indignes qui hésitent à entrer...

Page 247.

1. La parabole du fils prodigue est l'une des plus significatives des Évangiles. Habituellement, on héritait à la mort du père, mais le partage pouvait se faire de son vivant à la demande d'un de ses fils. Dans ce cas, l'aîné recevait deux fois plus que les autres. On voit que le second fils — il semble qu'il n'y en avait que deux — reçoit le tiers des biens familiaux. Il revient avec des sentiments intéressés, presque serviles. Mais le père le devance, dans son amour sans mesure, et lui fait fête, sans un mot de reproche. L'aîné ouvrira-t-il son cœur ? La parabole ne conclut pas.

Page 248.

1. Tabernacles éternels : encore l'ironie de Jésus. Il loue le « savoir-faire » d'une fripouille et demande aux « Enfants de lumière », comme disaient les esséniens, d'être au moins aussi habiles que les enfants de ce monde. Jésus ne voit pas dans les habiles de ce monde des « Fils des ténèbres », mais un exemple à imiter !

Page 250.

1. Cette parabole est plus juive que proprement chrétienne. Dans l'Évangile de Jean (XI, 1-43), un autre Lazare ressuscite des morts. Y a-t-il un lien, et lequel, entre ces deux Lazare ?

Page 251.

1. Inutiles : mieux vaudrait traduire : « quelconques ».

Page 252.

1. Le royaume de Dieu est au-dedans de vous : *entos* signifie à la fois « au-dedans » et « parmi ». L'intériorité n'est pas schizophrène ! (Cf. Matthieu p. 52, n. 6.)
2. La femme de Loth : Genèse XIX, 1-29.

Page 253.

1. Là où sera le cadavre... : phrase mystérieuse. Saint Ambroise de Milan, dans son *Traité sur l'Évangile de saint Luc* (VIII, 54), traduit : « Où sera le corps, là se rassembleront les aigles » et explique qu'il s'agit de la communion des saints autour du corps du Christ, corps crucifié, corps glorifié, corps eucharistique donc ecclésial.

2. Le Fils de l'homme trouvera-t-il la foi sur la terre ? : il s'agit de l'oubli — indifférence et idolâtrie — qui s'établira à la fin des temps.

Page 254.

1. La formule « je te rends grâces, Seigneur » ne se trouve qu'une seule fois dans tout l'Ancien Testament (Isaïe XII, 1). Or, dans les manuscrits de Qumrân, elle est constamment employée au début des hymnes. Peut-être encore l'ironie de Jésus car pharisiens et esséniens ne s'entendaient guère mais les uns et les autres pratiquaient le même orgueil communautaire.

Page 256.

1. Zachée était méprisé et pour sa richesse (peut-être mal acquise) et comme collaborateur de l'occupant. Ce qui le pousse, c'est une curiosité passionnée, de sorte que cet homme important grimpe à un arbre ! Que Jésus vienne chez lui retourne son cœur, et sa conduite. La dernière phrase : « Le Fils de l'homme est venu chercher et sauver ce qui était perdu », résume tout l'Évangile.

2. Hyperbole du conteur oriental. L'absence du roi, c'est « l'éclipse de Dieu », comme dit Martin Buber.

Page 257.

1. Dix mines : comme pour les talents, il s'agit d'une somme très considérable cf : Matthieu p. 98, n. 1. La mine valait à peu près 100 francs or et soixante mines valaient un talent. Le conteur, comme il se doit, majore le trait.

Page 258.

1. Les pierres crieront... : si les hommes ne reconnaissent pas le Fils de l'homme, c'est l'univers qui le reconnaîtra. Car même les pierres chantent gloire.

Page 265.

1. Le Fils de l'homme : Daniel VII, 13.

Page 266.

1. Luc est le seul évangéliste à mentionner la coupe de vin qui inaugurait le repas pascal, le président prononçant alors la louange du Créateur. C'est seulement à la fin du repas que Jésus prend pour la dernière fois la coupe qui désignait le destin ultime de l'humanité en disant : « Cette coupe est la nouvelle alliance en mon sang » (verset 20), signifiant par là que toute alliance s'accomplissait en lui qui *est* la Nouvelle Alliance.

Page 267.

1. Comme celui qui sert : le vrai pouvoir est service.

Page 268.

1. *Il a été mis au nombre des criminels* : Esaïe LIII, 12.
2. Acheter une épée, c'est se préparer à la guerre eschatologique, au combat contre les forces de la mort et de l'enfer. L'épée, ici, est un symbole. On trouve ce type d'expression dans les manuscrits de Qumrân (1 QM 6). — Cela suffit : assez sur ce sujet, et deux épées sont plus que suffisante. Jésus, peut-être, laisse entendre ironiquement que les disciples n'ont pas compris le vrai sens de ses paroles. Durant le Moyen Âge occidental, ce passage fut souvent allégué pour justifier la théorie des deux glaives, des deux pouvoirs, spirituel et temporel, le second soumis au premier. Une façon de contourner la parole de Jésus qu'il faut rendre à Dieu ce qui est à Dieu, et à César ce qui est à César.

Page 272.

1. *Couvrez-nous* : Osée X, 8.
2. Père pardonne-leur parce qu'ils ne savent pas ce qu'ils font : une des paroles de Jésus les plus importantes ; voici, en acte, l'amour des ennemis. Et aussi le rejet de tout antijudaïsme, le peuple juif étant alors « théâtre d'humanité » (cf. la préface p. 26 et Matthieu p. 127, n. 1).

Page 273.

1. Chacun de nous est à la fois le mauvais larron et le bon larron. Le cheminement spirituel va de l'un à l'autre. « Aujourd'hui même, tu seras avec moi dans le paradis » : Jésus crucifié porte en lui le paradis — c'est-à-dire la présence et la lumière de Dieu.

2. Mon esprit entre tes mains : cette phrase vient du psaume XXXI, 6, c'est la transmutation, déjà résurrectionnelle, du « Mon Dieu, mon Dieu, pourquoi m'as-tu abandonné ? ».

Page 275.

1. Les femmes n'ont pas gardé trop longtemps le silence ! (cf. Marc XVI, 8).

Page 276.

1. Les exégètes les plus radicaux reconnaissent que l'épisode des pèlerins d'Emmaüs est l'un des plus archaïques des Évangiles. Les pèlerins, d'abord, ne reconnaissent pas Jésus parce qu'il est « sous une autre forme » comme dit la finale de Marc. Sa parole, s'éclairant elle-même, prépare la « reconnaissance » en embrasant leurs cœurs (étape bien attestée dans la voie hésychaste). Ils le reconnaissent au partage déjà eucharistique du pain et c'est alors qu'il s'efface pour une autre forme de présence, sacramentelle, ecclésiale, dans l'Esprit.

Page 277.

1. Une puissance qui vient d'en haut : annonce de la Pentecôte, que Luc raconte dans les Actes des Apôtres (II, 1613), inséparables de son Évangile.

2. Il se sépara d'eux : c'est l'Ascension, racontée avec plus de détails dans les Actes des Apôtres (I, 6-11). Selon une tradition monastique, la « prière du cœur » ou « prière de Jésus » est née de et dans cette bénédiction.

3. *Amen* : ce mot hébreu (et araméen) vient de la racine *'mn* qui connote la certitude. Il signifie donc, non seulement ni surtout, « Qu'il en soit ainsi » mais « C'est vrai ! C'est assuré ! ». Il était souvent employé pour sceller une approbation liturgique. Luc a traduit « en vérité » l'*amen* utilisé par Jésus pour introduire ses affirmations majeures, *amen* redoublé et inséré dans le texte grec pour l'Évangile de Jean, où on traduit le plus souvent par « En vérité, en vérité... ».

ÉVANGILE SELON SAINT JEAN

Page 281.

1. Au commencement : il semble que l'évangéliste n'ait pas composé lui-même ce prologue mais qu'il ait utilisé et sans doute amplifié un hymne liturgique.

2. Parole : le mot grec est *Logos*. Vers la fin du Iᵉʳ siècle, ce mot, utilisé dans le syncrétisme hellénistique, avait plusieurs acceptions. Depuis Héraclite jusqu'aux stoïciens, *Logos* désignait souvent le divin comme intelligence et ordre. Dans la pensée juive, la Parole de Dieu, *davar* en hébreu, *memra* en araméen, avait une grande importance : c'était la Parole créatrice. Le Prologue fait sur ce point la synthèse de la pensée grecque et de la pensée hébraïque.

3. Avec Dieu : plus exactement « tendu vers le Dieu » (*pros ton théon*). Le Dieu, avec l'article, signifie le Père, principe et source de la divinité, tandis que le *Logos* est dit Dieu, sans l'article. Mystère de la divinité qui s'ouvre et se donne.

4. Ne l'ont point reçue : on peut traduire aussi par les ténèbres ne l'ont pas arrêtée, ne l'ont pas étouffée.

Page 282.

1. La Parole a été faite chair, le Verbe s'est fait chair, c'est-à-dire a assumé toute la réalité du créé, et d'abord la nature humaine. Sans pour autant cesser d'être le *Logos* divin.

2. Elle a habité, *eskênôsen* : elle a établi sa tente, allusion au premier sanctuaire et aussi, par la consonance même du mot, à la *shekinah*, la présence de Dieu exilée dans le monde.

3. Dans le sein du Père : Dieu est au-delà de la polarisation sexuelle. C'est pourquoi il peut être évoqué aussi bien par une symbolique masculine (le Père) que féminine (le sein). La Bible évoque souvent ses « entrailles de miséricorde », au sens utérin.

4. Es-tu le Prophète ? : L'attente d'un prophète des derniers jours dont parle le Deutéronome XVIII, 15, n'est pas claire. Les recherches récentes l'ont montrée fort complexe. Un exemple se trouve dans la triade messianique attendue par la Communauté de Qumrân (1 QS 9, 11, S de l'hébreu *Sérek*, « règle de la communauté) : le prophète et les deux descendants d'Aaron et d'Israël.

Page 283.

1. Dans l'apocalyptique juive, l'image de l'Agneau est celle du vainqueur eschatologique. La tradition chrétienne reprendra cette image, présente dans l'Apocalypse, mais en précisant qu'il s'agit de l'Agneau pascal, qui est allé au sacrifice.

Page 284.

1. Cette allée et venue est liée au symbolisme de l'échelle de Jacob, et au thème de l'Homme céleste, dans le livre de Daniel. Selon les targoums araméens, c'est par cette échelle que la *shékinah* « descend sur la terre ». Après leur retour d'exil, la plupart des Juifs, parlant désormais araméen, ne comprenaient plus l'hébreu. Il fut donc nécessaire de traduire, ou plutôt de paraphraser, en araméen les livres du Pentateuque (Genèse, Exode, Lévitique, Nombres, Deutéronome) qui constituent la Loi au sens propre. Le mot *targoum* vient justement de l'araméen *targûm*, qui signifie « traduire » et « expliquer ».

2. Les noces de Cana : un « miracle d'ivrognes » dit magnifiquement Dimitri Merejkovsky, qui parle du festin nuptial où la Terre-Mère est l'épouse et le Fils de l'Homme l'époux (*Le Christ qui vient*, Grasset, 1937, p. 11).

Page 285.

1. *Le zèle de ta maison me dévore* : Psaume LXIX, 10. Pour les synoptiques, Jésus a chassé les vendeurs du Temple à la veille de sa Passion. Pour Jean, il s'agit du premier éclat — combien violent — du ministère public de Jésus.

Page 286.

1. Le corps crucifié de Jésus sera ressuscité après trois jours ; glorifié, il englobera l'humanité et le cosmos et sera le nouveau Temple.

2. Dans l'Évangile de Jean, l'expression « royaume de Dieu » n'apparaît que dans ce passage. Jean préfère parler de la « vie », de la « lumière de la vie ».

Page 287.

1. Naître à nouveau : c'est la naissance initiatique, d'eau et d'Esprit, mort et résurrection baptismale. C'est pourquoi on a pu

dire que l'Église, par la matrice baptismale, était « un lieu pour renaître ».

2. L'homme né de l'Esprit, on ne sait ni d'où il vient ni où il va, comme l'Esprit lui-même dont le vent est le symbole (en hébreu comme en grec et en latin, c'est le même mot : le Souffle). Un tel homme échappe aux déterminismes du monde déchu, il échappe à la mort dans une suprême liberté.

3. Moïse éleva le serpent... : Jésus interprète ce passage des Nombres (XXI, 9) dans le même sens que les targums juifs pour lesquels le regard jeté sur le serpent d'airain signifiait l'ouverture du cœur à la Parole de Dieu.

Page 288.

1. Le Fils ne juge pas, mais chacun se juge dans sa lumière.

Page 289.

1. La colère de Dieu : c'est-à-dire comme le revers de l'amour de Dieu quand l'homme le refuse.

2. L'entretien avec la Samaritaine : un des textes les plus libérateurs de l'Évangile. Un *rabbi* juif ne devait pas s'adresser à une femme, encore moins à une Samaritaine, une hérétique et, qui plus est, de vie passablement agitée — donc doublement ou triplement « impure ». Au-delà, la rencontre, et la révélation la plus haute, d'abord par malentendus subtilement agencés, ensuite directement.

Page 290.

1. Cette montagne : le mont Garizim, haut lieu du culte samaritain.

Page 293.

1. Beth-hesda ou Bethesda signifie « maison de miséricorde ». Ce lieu est aussi attesté par le rouleau de cuivre qu'on a trouvé à Qumrân.

Page 294.

1. L'action créatrice de Dieu ne s'interrompt jamais. Dans cette action le Fils est inséparable du Père.

2. Il est passé de la mort à la vie : un des thèmes fondamentaux de l'Évangile de Jean est la perspective pascale ; dans le ressus-

cité, c'est dès maintenant que l'homme peut devenir un vivant. Le jugement aussi s'anticipe dans le maintenant de la foi et de la *metanoïa*.

3. Les « morts » sont aussi ceux des vivants qui restent prisonniers du monde de la mort et de son somnambulisme.

Page 295.

1. Ressusciteront pour la condamnation : comme souvent dans l'Évangile de Jean, les paroles les plus fortes, les plus libératrices de Jésus retombent soudain dans un dualisme moral qui semble les annuler ; de même pour la possibilité de passer dès maintenant de la mort à la vie, qui est renvoyée au jugement de la fin des temps. Le rédacteur a-t-il pris peur, a-t-il voulu corriger les affirmations presque insoutenables du maître ? Ou faut-il donner un tout autre sens au « bien » et au « mal », sans oublier qu'ils sont en chacun de nous et aussi que les « bons » ne le seraient pas s'ils ne servaient et priaient pour les « mauvais », comme l'ont dit sainte Thérèse de Lisieux, le starets Silouane (Silouane, Sylvain, grand mystique orthodoxe d'origine russe, qui vécut à l'Athos où il mourut en 1938 ; le *starets* signifie l'« Ancien », le Père spirituel), ou Nicolas Berdiaev : « cinquième Évangile », dans l'Esprit-Saint ?

Page 297.

1. Ayant compris qu'ils allaient venir l'enlever pour le faire roi : attitude décisive. Jésus refuse la royauté terrestre, qui aurait signifié aussi la guerre avec Rome. Sa destinée est celle du Serviteur souffrant, elle passe par la solitude et la prière. Pour que « le pain descende du ciel et donne la vie au monde (VI, 33). »

Page 298.

1. *Le pain du ciel* : Psaume LXXVIII, 24. Le discours sur le pain de vie pourrait avoir été prononcé par Jésus lors de la dernière Cène (qui n'est pas décrite par Jean mais remplacée par le récit du lavement des pieds). — La manne et le pain de vie : les Juifs attendaient une telle manne au jour ultime (*Midrash Rabah sur le Prêcheur* I, 9 ; *2*[e] *Livre de Baruch* XXIX, *8 :* le *Midrash* est un commentaire synagogal, *Rabah* provient de l'hébreu *rab* : développement, le prêcheur signifie le prophète). — Nul ne peut venir à moi, si le Père ne l'attire : pour les Pères de l'Église, cette parole

n'abolit pas notre liberté mais indique seulement que nous avons besoin d'aide. Le Père n'attire personne contre sa volonté. — La chair et le sang : expression sémitique qui signifie l'humain tout entier. Dans la théologie de Jean, elle a un sens eucharistique ; le mot « chair », au lieu du mot « corps », est employé dans le rite eucharistique de l'Église syriaque. On n'en saurait pour autant diminuer la violence du texte : « Celui qui mange ma chair », le verbe est *trôguein*, dévorer. Nous sortons ici de l'univers biblique pour entrevoir l'accomplissement des cultes archaïques, le mystère de la Théophagie (se nourrir rituellement de Dieu), mystère qui subsistait à l'époque du Christ, plus ou moins dégénéré, dans les cultes d'Osiris, Tammuz, Adonis, Dionysos..., sans qu'on puisse d'ailleurs parler d'influences. Les hommes, depuis le commencement de leur histoire, ont eu faim de la chair du Fils, soif de son Sang. C'est pourquoi aussi, pour les Juifs (alors et encore aujourd'hui), cette parole était insupportable.

Page 299.

1. *Et ils seront tous enseignés de Dieu* : Esaïe LIV, 13.

Page 301.

1. Jean, par un sémitisme connu, identifie parfois tel homme et la force qui le possède. Ainsi, Judas « est un démon », « votre père, c'est le diable », dira plus loin Jésus (VIII, 44) à des Juifs incrédules. La personne, à commencer par celle de Judas, est au-delà de cette identification, et nous ne pouvons rien savoir sur sa destinée éternelle.

2. La fête des Tabernacles : elle dure huit jours entre le 15 et le 22 du mois de Tishri (cela peut tomber entre la première moitié de septembre et la seconde d'octobre) et commémore la traversée du désert, pendant quarante ans, après la sortie d'Égypte. Les Hébreux, alors nomades, vivaient sous des tentes ; pendant la fête, les familles juives dressent des tabernacles — des huttes, des tentes — pour rappeler ce temps de passage.

Page 303.

1. Personne ne saura d'où il est : l'apocalyptique juive évoquait un Messie caché, inconnu « même de lui-même », et qui se révélerait soudain à son peuple (cf. Justin, *Dialogue avec Tryphon*, LXXXVIII).

2. Chaque matin, pendant les sept jours de la fête, une procession descendait vers la source de Gihôn, sur la pente sud-ouest de la colline du temple. Le prêtre puisait de l'eau tandis que le chœur chantait : « Vous puiserez avec joie aux sources du salut » (Isaïe XII, 3). Puis on remontait au temple où le prêtre versait l'eau sur la terre avec un entonnoir d'argent. Les paroles de Jésus sont liées au symbolisme de ce rite.

3. *Des fleuves d'eau vive* : Zacharie XIV, 8. Selon la ponctuation, on peut traduire soit comme l'a fait Oltramare : c'est du sein de celui qui croit en Jésus que coulent des fleuves d'eau vive, soit : « Si Quelqu'un a soif, qu'il vienne à moi et qu'il boive, celui qui croit en moi » ; c'est alors le Christ lui-même — aujourd'hui, pour Jean, dans sa présence sacramentelle — qui est la source d'eau vive.

Page 305.

1. La femme adultère : un des textes les plus importants des Évangiles, si dérangeant que cet *agraphon* (écrit sans contexte, non rattaché) a été longtemps exclu du canon. Saint Augustin le tient encore pour apocryphe parce qu'il accorderait aux femmes « l'impunité de l'adultère » et « qu'un péché trop grave y est trop vite pardonné » (*De conjugibus adulteris* II, 7, Au sujet des époux adultères). — Scribes et pharisiens tendent un piège à Jésus : s'il approuve la lapidation, il peut être condamné par le pouvoir romain, qui seul inflige la peine capitale ; s'il pardonne à la femme, on l'accusera de contrevenir à la Loi de Moïse.

Jésus écrit sur la terre. Les péchés des accusateurs, a suggéré saint Jérôme. Qu'importe ? Les pas, le vent effacent ce qui n'est pas gravé dans la pierre. La femme ne demande rien, ne dit rien. Et lui : « Je ne te condamne pas non plus. Va, et ne pèche plus. »

Page 306.

1. *Le témoignage de deux personnes est digne de foi* : Deutéronome XVII, 6.

2. Si vous ne croyez pas ce que je suis : si vous ne croyez pas que *je suis* (mot à mot), ce qui constitue un nom divin.

3. Qui je suis : même remarque.

Page 308.

1. Le diable : voir p. 301, note 1. Il y a une certaine incohérence

dans ce passage violemment polémique car Jésus s'adresse à des « Juifs qui avaient cru en lui » (VIII, 31).

2. Le mensonge, c'est de nier Dieu, c'est-à-dire la source de la vie. C'est donc tuer. Le *diabolos*, le « séparateur » puise « dans son propre fonds », qui est néant et vertige du néant puisque la créature (et lui aussi est une créature : un ange) n'existe que par sa relation avec Dieu.

3. Abraham s'est réjoui de voir mon jour : Genèse XVII, 17.

Page 309.

1. Ici le « je suis » est clairement posé dans l'éternité.

2. Une fois encore Jésus refuse d'identifier au péché la maladie ou l'infirmité. Ce qui compte, c'est que « les œuvres de Dieu éclatent » en cet homme. La maladie ou l'infirmité appellent de notre part non la condamnation qui culpabilise, mais la guérison. Bien sûr, ici, l'aveuglement est aussi symbolique — non du péché mais d'une attente de la Lumière.

3. Siloé signifie « canal ». Réservoir où aboutissait le canal amenant les eaux du Gihôn.

Page 310.

1. Durant le sabbat, il était défendu de s'oindre les yeux (*Talmud de Babylone, Abodach'Zarah*, XXVIII B. Un *talmud*, mot hébreu qui signifie étude, est un recueil d'explications des textes de la Loi. Le plus important est celui de Babylone, qui fut achevé à la fin du ve siècle).

Page 311.

1. Pour que ceux qui ne voient pas, voient : dans la lumière de Dieu, l'homme voit son péché et se juge lui-même.

Page 312.

1. Être aveugle, et le savoir, c'est attendre la Lumière. Être aveugle et dire qu'on voit est mensonge et supercherie.

2. Je suis la porte des brebis : le berger, c'est-à-dire le Christ, connaît chaque brebis « par son nom », dans le caractère unique de sa personne. En même temps, il est « la porte » de la bergerie, dans l'unité de son corps ecclésial. Lequel n'est point un enfermement, serait-ce dans une plénitude supposée : il faut « entrer et

sortir », dans un constant échange avec les autres, avec le monde. Condamnation de tout intégrisme ou totalitarisme.

Page 313.

1. Un seul berger : le Christ deviendra consciemment présent à toutes les cultures, toutes les religions.

2. La fête de la Dédicace, à la fin de décembre, commémorait la nouvelle dédicace du Temple, qui avait suivi la victoire des Juifs, conduit par Judas Maccabée, sur le souverain hellénistique Antiochus IV, en 164 av. J.-C. On remarquera la rigueur chronologique et topographique de Jean.

Page 314.

1. Le Père et moi ne faisons qu'un : et pourtant le Fils reste le Fils. Antinomie où s'exprime le mystère de l'Uni-Trinité (l'Esprit-Saint, le Troisième, étant révélé plus loin, dans le Discours d'Adieu).

2. Psaume LXXXII, 6. L'exégèse juive appliquait cette parole au peuple tout entier.

3. Le Père est en moi et je suis dans le Père : développement de la formule, « le Père et moi, nous ne faisons qu'un ».

Page 316.

1. Pour les Juifs, la mort n'était vraiment réelle que le quatrième jour, le souffle de vie ayant alors quitté le corps — devenu cadavre.

2. Le Messie : c'est dès maintenant — thème essentiel chez Jean — que Jésus, étant lui-même « la résurrection et la vie », les accorde à ceux qui adhèrent à lui. La mort n'est plus alors qu'une apparence. La confession de foi de Marthe rejoint et précise celle de Pierre à Césarée de Philippe (Matthieu XVI, 16).

Page 317.

1. Jésus pleura : le verset le plus court des Évangiles. Par les yeux humains de Jésus, Dieu voit ce que l'homme a fait de son « image » : une charogne. Et la douleur des survivants...

2. La résurrection de Lazare anticipe celle de Jésus. Peut-on dire, en contraste avec celle-ci, que Lazare est seulement rendu aux modalités de notre existence déchue, donc qu'il lui faudra

mourir à nouveau, alors que Pâques bouleversera radicalement ces modalités ? Nous n'en savons rien.

Page 319.

1. Ce parfum pour le jour de ma sépulture : l'éros trouve sens dans la résurrection.

2. Nous ne savons rien sur un assassinat de Lazare. Certains romanciers, à commencer par Kazantzakis, l'ont évoqué.

Page 320.

1. S'il meurt, il porte beaucoup de fruit : symbole de la Passion-Résurrection. Les Anciens croyaient que la semence périssait dans la terre et que Dieu intervenait pour que de sa mort naisse la plante.

2. Mon âme est troublée... : comme à Gethsémani (c'est au fond le même épisode), dans l'angoisse s'éprouve (et se prouve) la pleine liberté humaine de Jésus — notre commune liberté — qui, à travers l'angoisse même, adhère à la volonté du Père.

Page 321.

1. « Ce monde » est le réseau d'illusions et d'idolâtries qui enveloppe, masque et dénature la création de Dieu, « le monde », avec l'article (bien que la distinction ne soit pas toujours aussi nette dans le Discours des Adieux). Lorsque, avec la croix, ce monde se referme sur Jésus et croit l'anéantir, il est consumé par le feu de son humanité déifiée : la croix d'ignominie devient alors croix de gloire, axe définitif du monde, et elle attire vers le Père toute l'humanité et tout l'univers.

2. Révélé : voir Esaïe LIII, 1 ; pour introduire à l'exaltation du Serviteur souffrant.

3. Il a aveuglé leurs yeux : Esaïe VI, 9-10 ; sémitisme. Ce n'est pas Dieu qui aveugle les yeux et endurcit les cœurs, il ne fait que constater l'aveuglement et l'endurcissement des hommes.

Page 323.

1. Laver les pieds de quelqu'un était tenu pour une humiliation extrême. Accompli volontairement, ce geste devenait le signe du plus grand amour.

2. Contre les excès des philosophies actuelles de l'autre et de la réciprocité, laver les pieds de quelqu'un n'est pas le laver tout

entier, aimer et servir quelqu'un ne le fait pas exister. Il existe par sa relation avec Dieu qui le « baigne », sans doute, mais non uniquement, d'une manière baptismale, en nettoyant en lui son « image ».

3. Par cet exemple, donné lors de la dernière Cène, Jésus montre que le sacrement de l'eucharistie est inséparable du « sacrement du frère », pour reprendre les expressions de saint Jean Chrysostome.

4. *Celui qui mange...* : inspiré du Psaume XLI, 10

Page 324.

1. Il était nuit : l'effet de style est prodigieux. La nuit se referme sur cette âme nocturne.

Page 325.

1. Nul ne vient au Père que par moi : un de ces versets exclusivistes, qu'il n'est pas facile d'interpréter dans le dialogue interreligieux. On peut soit évoquer une présence universelle et secrète du Christ, soit penser que les religions montrent divers aspects bien réels du divin mais que seul le Christ révèle la paternité de Dieu, *abba*, Père.

Page 326.

1. Celui qui m'a vu a vu le Père : c'est cette parole qui fonde la légitimité de l'icône.

2. Celui qui croit en moi fera aussi les œuvres que je fais : en Christ s'ouvre l'« économie du Saint-Esprit » (Vladimir Lossky, dans le chapitre qui porte justement ce titre dans son *Essai sur la Théologie mystique de l'Église d'Orient*, Aubier, 1944), économie durant laquelle, par l'union de l'Esprit et de la liberté, l'homme se révèle à Dieu (Nicolas Berdiaev, cf. préface, p. 42, n. 1).

3. Paraclet : consolateur, avocat, guide. L'anglais *comforter* synthétise ces significations.

4. Le monde, ici, est mis pour : ce monde.

5. Je suis en vous : la relation du Fils au Père devient celle des hommes au Christ et, à travers lui, au Père.

Page 327.

1. En mon nom : le Père est le principe et la source de la divinité. Comme Fils, Jésus reçoit tout de lui.

2. Mon Père est plus grand que moi : la mort — emprise du « prince de ce monde » — n'a nulle place en Jésus. C'est volontairement, pour la vaincre, qu'il se laisse assassiner.

3. Le « partons d'ici » annonce une rupture qui n'a pas de suite dans le texte.

Page 328.

1. Je suis le cep et vous êtes les sarments : saint Paul dira que les hommes sont *symphytoï*, une seule plante avec le Christ dont la sève les nourrit.

2. Disciples : le bien et le mal, au sens johannique, désignent ceux qui acceptent activement, ou ceux qui refusent, que la sève du cep monte en eux. Quand elle peut monter, ils portent beaucoup de fruits.

Page 329.

1. *Ils m'ont haï sans sujet* : Psaume XXXV, 19 et Psaume LXIX, 5.

2. L'Esprit de vérité qui provient du Père : la révélation du Paraclet se précise. C'est du Père qu'il procède — comme l'a souligné l'Orient chrétien — mais « au nom » du Fils (XIV, 26) qui l'envoie aussi, comme l'a souligné l'Occident.

Page 330.

1. Il vous est bon que je m'en aille : dans l'absence/présence du Christ vient le Paraclet en qui l'homme trouve sa vocation de créateur créé.

2. Le péché, c'est le refus du lien avec Dieu, car tel voudrait être le monde ou, plutôt, « ce monde ». — Au sujet de la justice : le refus du lien avec Dieu entraîne la rupture du lien avec le frère, d'où l'oppression et l'injustice. — Au sujet du jugement : le « prince de ce monde » est vaincu, le lien est pleinement rétabli entre Dieu et l'homme.

3. Et vous me verrez : vous me verrez ressuscité — et, comme tel, je ne cesserai d'être avec vous, en vous, dans l'Esprit-Saint.

Page 331.

1. Dans la joie qu'elle éprouve de ce qu'un homme est venu au monde : parole magnifique, qui bénit la vie. Le thème de la femme qui souffre les douleurs de l'enfantement traverse toute la Bible pour aboutir, dans l'Apocalypse, à la Femme vêtue de soleil, couronnée d'étoiles et dont l'Enfant triomphe du dragon.

2. La joie est le dernier mot de l'Évangile de Jean.

Page 332.

1. Père, l'heure est venue... : cette prière de Jésus a été nommée, à partir du XVIe siècle, « prière sacerdotale ». En réalité elle couronne le « Discours des Adieux », dont elle fait la synthèse. On ne saurait la commenter, il faut seulement la lire, la méditer, la prier.

Page 335.

1. Jésus de Nazareth : ou le Nazôréen, cf. Matthieu II, 23 et p. 52, n. 5.

Page 337.

1. Le royaume n'est pas de ce monde, il ne relève pas du sort des armes, du jeu de la puissance. Mais il est présent dans le cœur des hommes, dans leur liberté créatrice et peut alors agir dans le monde comme un levain, une inspiration, un feu.

Page 338.

1. Voici l'homme — *Ecce Homo* —, dérisoire et magnifique. Sans le savoir, Pilate confesse que Jésus est l'homme au sens absolu, le vrai temple de Dieu, « l'Homme-maximum » comme l'écrira Nicolas de Cuse (cf. Préface p. 28.).

2. Il fut encore plus effrayé : exécration des Juifs, pour qui Dieu est pure transcendance, effroi du païen, pour qui le divin peut se manifester sous bien des formes, souvent redoutables.

Page 339.

1. Les « principaux sacrificateurs » se recrutaient parmi l'aristocratie sadducéenne qui collaborait avec les Romains. D'où le blasphème : ces Juifs affirment n'avoir d'autre roi que l'empereur païen, idolâtre et idolâtré, qui se fait adorer comme un dieu.

2. Jésus fait de Marie la mère des chrétiens.

3. *J'ai soif* : Psaume LXIX, 22.

Page 340.

1. « Il inclina la tête, comme s'il la cachait dans le sein du Père où il savait pouvoir trouver soulagement et réconfort... » (Origène, Sermon 138).

2. Il en sortit du sang et de l'eau : phénomène médicalement explicable. Par ailleurs, cela veut dire que Jésus est vraiment mort puisque, selon une tradition rabbinique, le corps de l'homme se compose d'eau et de sang. Mais le texte de Jean a aussi valeur symbolique, quasi sacramentelle : l'eau du baptême, le sang de la Parole et de l'eucharistie. Pour les Pères, comme Ève est née du côté d'Adam, l'Église naît du côté transpercé de l'Adam ultime.

3. *Aucun de ses os ne sera brisé* : Exode XII, 46 — à propos justement de l'agneau pascal.

4. *Ils regarderont celui qu'ils ont percé* : Zacharie XII, 10.

Page 341.

1. *Le Messie devait ressusciter...* : Psaume XVI, 11.

Page 342.

1. Rabbouni : le nom, réveillant la relation, permet la reconnaissance.

2. Ne me touche pas : Jésus, dans sa présence charnelle, pour Marie humaine trop humaine, doit échapper à celle-ci. Il remonte vers le Père et la renvoie aux « frères », à l'Église, où il sera désormais absent/présent dans le Saint-Esprit.

3. Jésus vint... : l'humanité transfigurée du Christ échappe aux contraintes du temps et de l'espace déchus, bouleverse toutes nos modalités d'existence.

4. C'est ce qu'on a nommé la « Pentecôte johannique » : le « pouvoir des clés », ici, n'est pas donné à Pierre seul, mais à tous les apôtres.

Page 344.

1. Deux cents coudées : moins de 100 mètres.

2. 153 est la somme de la valeur numérique des lettres de l'expression « enfants de Dieu » en hébreu. Il s'agit donc de la plénitude de l'Église.

3. Et du poisson également : encore une anticipation du repas

eucharistique, dans la simplicité de l'amitié et la beauté du monde.

Page 345.

1. Pais mes brebis : triple réintégration, correspondant au triple reniement de Pierre, celui-ci se retrouvant de nouveau en tête ; « M'aimes-tu *plus* que ne font ceux-ci ? ».

2. L'Église est de Pierre, elle est aussi de Jean, toujours mystérieusement présent.

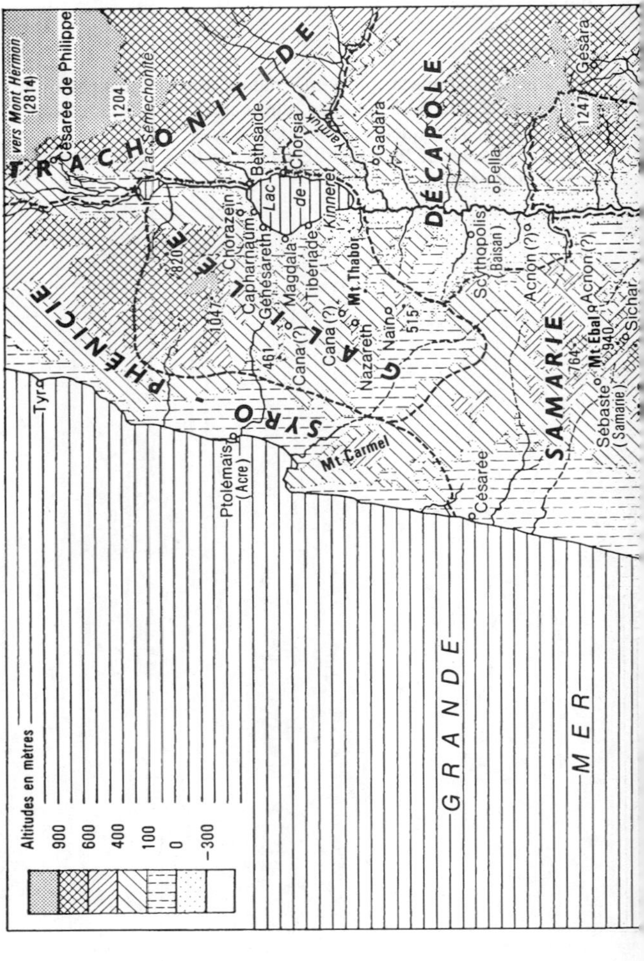
vers Mont Hermon (2814)
Césarée de Philippe
Lac Séméchonite
1204
TRACHONITIDE
DÉCAPOLE
Gadara
Yarmuk
Bethsaide
Chorsia
Lac de Kinneret
Chorazein
Capharnaüm
Génésareth
Magdala
Tibériade
Mt Thabor
1820
1047
461
Cana (?)
Nazareth
Naïn
515
GALILÉE
Pella
Scythopolis (Baisan)
Acnon (?)
Gésara
1247
SAMARIE
Sichar
Mt Ebal
940
764
Sébaste (Samarie)
Césarée
Mt Carmel
SYRO-PHÉNICIE
Tyr
Ptolémaïs (Acre)
GRANDE MER
Altitudes en mètres
900
600
400
100
0
-300

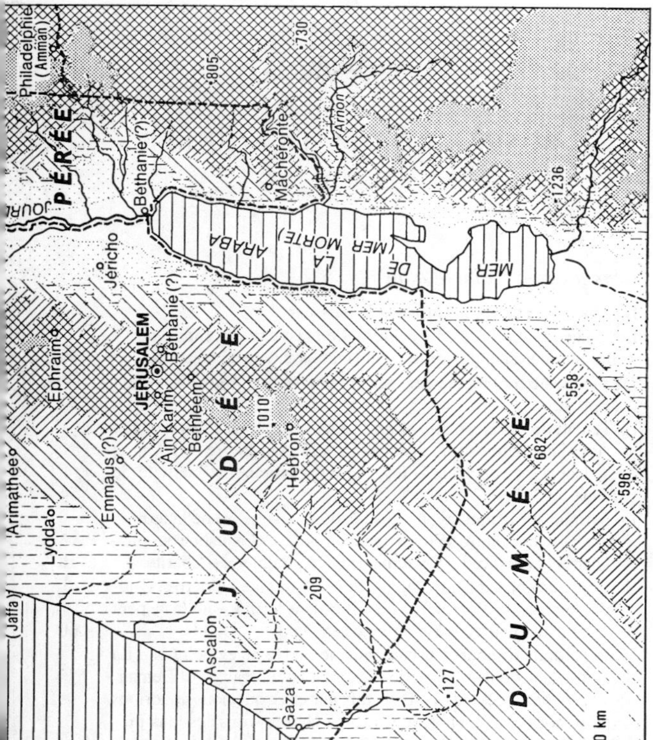

Philadelphie
(Amman)
PÉRÉE
JOURDAIN
Béthanie (?)
Machéronte
Arnon
805
730
1236
LA
ARABA
MER
DE
(MER MORTE)
Jéricho
Ephraïm
Arimathée
Lydda
(Jaffa)
Emmaüs (?)
JÉRUSALEM
Béthanie (?)
Aïn Karim
Bethléem
1010
Hébron
JUDÉE
209
Ascalon
Gaza
127
IDUMÉE
682
558
596
0
10
20
30 km

SOMMAIRE DES ÉVANGILES

Évangile selon saint Marc

Évangile selon saint Luc

Évangile selon saint Jean

L'ANTIQUITÉ
DANS *FOLIO CLASSIQUE*

APULÉE. L'ÂNE D'OR ou LES MÉTAMORPHOSES. *Préface de Jean-Louis Bory. Traduction de Pierre Grimal.*

ARISTOPHANE. THÉÂTRE COMPLET (2 volumes). *Préface et traduction de Victor-Henry Debidour.*

Tome I : LES ACHARNIENS. LES CAVALIERS. LES NUÉES. LES GUÊPES. LA PAIX.

Tome II : LES OISEAUX. LYSISTRATA. LES THESMOPHORIES. LES GRENOUILLES. L'ASSEMBLÉE DES FEMMES. PLUTUS.

SAINT AUGUSTIN. CONFESSIONS. *Préface de Philippe Sellier. Traduction d'Arnauld d'Andilly.*

JULES CÉSAR. GUERRE DES GAULES. *Préface de Paul-Marie Duval. Traduction de L.-A. Constans.*

COLLECTIF. LES QUATRE ÉVANGILES. *Préface d'Olivier Clément. Traduction d'Hugues Oltramare.*

COLLECTIF. LE NOUVEAU TESTAMENT. *Préfaces de Jean-Robert Armogathe, Olivier Clément et Vincent Schmid. Traduction d'Hugues Oltramare.*

COLLECTIF. ANTHOLOGIE DE LA LITTÉRATURE LATINE. *Préface de Jacques Gaillard. Choix, édition et traduction de Jacques Gaillard et René Martin.*

COLLECTIF (Polybe, Tite-Live, Appien...). LES GUERRES PUNIQUES. *Édition de Claudia Moatti, avec la collaboration de Michel Humm et Philippe Torrens. Traductions de Denis Roussel, Maxime Gaucher et Philippe Torrens.*

ESCHYLE. TRAGÉDIES COMPLÈTES : LES SUPPLIANTES. LES PERSES. LES SEPT CONTRE THÈBES. PROMÉTHÉE ENCHAÎNÉ. ORESTIE. *Préface de Pierre Vidal-Naquet. Traduction de Paul Mazon.*

EURIPIDE. TRAGÉDIES COMPLÈTES (2 volumes). *Préface et traduction de Marie Delcourt-Curvers.*

Tome I : LE CYCLOPE. ALCESTE. MÉDÉE. HIPPOLYTE. LES HÉRACLIDES. ANDROMAQUE. HÉCUBE. LA FOLIE D'HÉRACLÈS. LES SUPPLIANTES. ION.

Tome II : LES TROYENNES. IPHIGÉNIE EN TAURIDE. ÉLECTRE. HÉLÈNE. LES PHÉNICIENNES. ORESTE. LES BACCHANTES. IPHIGÉNIE À AULIS. RHÉSOS.

HÉRODOTE. L'ENQUÊTE (2 volumes). *Préface et traduction d'Andrée Barguet.*

Tome I : Livres I à IV.

Tome II : Livres V à IX.

HÉSIODE. THÉOGONIE. LES TRAVAUX ET LES JOURS. BOUCLIER, suivi des HYMNES HOMÉRIQUES. *Préface et traduction de Jean-Louis Backès.*

HOMÈRE. ILIADE. *Préface de Pierre Vidal-Naquet. Traduction de Paul Mazon.*

HOMÈRE. ODYSSÉE. *Préface de Paul Claudel. Édition de Jean Bérard. Traduction de Victor Bérard.*

HOMÈRE. ODYSSÉE. *Nouvelle édition de Philippe Brunet. Traduction de Victor Bérard.*

LONGUS. DAPHNIS ET CHLOÉ, suivi d'HISTOIRE VÉRITABLE de LUCIEN. *Préface de Kostas Papaïoannov. Traduction de Pierre Grimal.*

OVIDE. L'ART D'AIMER, suivi des REMÈDES À L'AMOUR et des PRODUITS DE BEAUTÉ POUR LE VISAGE DE LA FEMME. *Préface d'Hubert Juin. Traduction d'Henri Bornecque.*

OVIDE. LES MÉTAMORPHOSES. *Préface et notes de Jean-Pierre Néraudau. Traduction de Georges Lafaye.*

OVIDE. LETTRES D'AMOUR (LES HÉROÏDES). *Édition de Jean-Pierre Néraudau. Traduction de Théophile Baudement.*

PÉTRONE. LE SATRICON. *Préface d'Henry de Montherlant. Traduction de Pierre Grimal.*

PLAUTE. THÉÂTRE COMPLET (2 volumes). *Préface et traduction de Pierre Grimal.*

Tome 1 : AMPHITRYON. LA COMÉDIE DES ÂNES. LA COMÉDIE DE LA MARMITE. LES BACCHIS. LES PRISONNIERS. CASINA ou LES TIREURS DE SORT. LA COMÉDIE DE LA CORBEILLE. CHARANÇON. ÉPIDICUS. LES MÉNECHMES. LE MARCHAND.

Tome II : LE SOLDAT FANFARON. LA COMÉDIE DU FANTÔME. LE PERSE. LE CARTHAGINOIS. L'IMPOSTEUR. LE CORDAGE. STICHUS. LES TROIS ÉCUS. LE BRUTAL.

PLINE L'ANCIEN : HISTOIRE NATURELLE. *Édition et choix d'Hubert Zehnacker.*

QUINTE-CURCE : HISTOIRE D'ALEXANDRE. *Préface de Claude Mossé. Édition et traduction nouvelle d'Annette Flobert.*

SOPHOCLE. TRAGÉDIES COMPLÈTES : LES TRACHINIENNES. ANTIGONE. AJAX. ŒDIPE ROI. ÉLECTRE. PHILOCTÈTE. ŒDIPE À COLONE. *Préface de Pierre Vidal-Naquet. Traduction de Paul Mazon.*

SUÉTONE. VIES DES DOUZE CÉSARS. *Préface de Marcel Benabou. Traduction d'Henri Ailloud.*

TACITE. ANNALES. *Préface et traduction de Pierre Grimal.*

TACITE. HISTOIRES. *Préface d'Emmanuel Berl. Postface de Pierre Grimal. Traduction d'Henri Goelzer.*

TÉRENCE THÉÂTRE COMPLET. *Préface et traduction de Pierre Grimal.*

THUCYDIDE. LA GUERRE DU PÉLOPONNÈSE. *Préface de Pierre Vidal-Naquet. Édition et traduction de Denis Roussel.*

TITE-LIVE. LE ORIGINES DE ROME (Histoire romaine, livre I). Édition bilingue de Dominique Briquel. Traduction de Gérard Waker revu par Dominique Briquel.

VIRGILE. ÉNÉIDE. *Préface et traduction de Jacques Perret.*

VIRGILE. BUCOLIQUES. GÉORGIQUES. *Préface de Florence Dupont. Traductions de Jacques Delille et Paul Valéry. Édition bilingue.*

Composition Nord Compo.
Impression CPI Bussière
à Saint-Amand (Cher), le 4 janvier 2011.
Dépôt légal : janvier 2011.
1er dépôt légal dans la collection : novembre 1998.
Numéro d'imprimeur : 103679/1.
ISBN 978-2-07-040098-0./Imprimé en France.

182052